民國演義

從故老重來至青島生風

一代皇圖成過去，帝運告終清祚覆
民國初建共和成
功成身退不貪榮，可惜奸人慣食言

見證清末民初變革的浪潮
局勢未定，人人各有盤算

蔡東藩 著

目 錄

第一回　揭大綱全書開始　乘巨變故老重來　　007

第二回　黎都督覆函拒使　吳軍統被刺喪元　　015

第三回　奉密令馮國璋逞威　舉總統孫中山就職　　023

第四回　復民權南京開幕　抗和議北伐興師　　031

第五回　彭家珍狙擊宗社黨　段祺瑞倡率請願團　　039

第六回　許優待全院集議　允退位民國造成　　047

第七回　請瓜代再開選舉會　迓專使特闢正陽門　　055

第八回　變生不測蔡使遭驚　喜如所期袁公就任　　063

第九回　袁總統宣布約法　唐首輔組織閣員　　071

第十回　踐夙約一方解職　借外債四國違言　　079

第十一回　商墊款熊秉三受謗　拒副署唐少川失蹤　　087

第十二回　組政黨笑評新總理　嚇軍人脅迫眾議員　　095

第十三回　統中華釐訂法規　徵西藏欣聞捷報　　103

第十四回　張振武赴京伏法　黎宋卿通電辨誣　111

第十五回　孫黃並至協定政綱　陸趙遞更又易總理　119

第十六回　祝國慶全體臚歡　竊帝號外蒙抗命　127

第十七回　示協約驚走梁如浩　議外交忙煞陸子欣　135

第十八回　憂中憂英使索覆文　病上病清後歸冥籙　143

第十九回　競選舉黨人滋鬧　斥時政演說招尤　151

第二十回　宋教仁中彈捐軀　應桂馨洩謀拘案　161

第二十一回　訊凶犯直言對簿　延律師辯訟盈庭　169

第二十二回　案情畢現幾達千言　宿將暴亡又弱一個　177

第二十三回　開國會舉行盛典　違約法擅簽合約　185

第二十四回　爭借款挑是翻非　請改制弄巧成拙　193

第二十五回　煙沈黑幕空具彈章　變起白狼構成巨禍　201

第二十六回　暗殺黨駢誅湖北　討袁軍豎幟江西　209

第二十七回　戰湖口李司令得勝　棄江寧程都督逃生　217

第二十八回	勸退位孫袁交惡　告獨立皖粵聯鑣	225
第二十九回	鄭汝成力守製造局　陳其美戰敗春申江	233
第三十回	占督署何海鳴弄兵　讓砲臺鈕永建退走	241
第三十一回	逐黨人各省廓清　下圍城三日大掠	249
第三十二回	尹昌衡回定打箭鑪　張鎮芳怯走駐馬店	257
第三十三回	遭彈劾改任國務員　冒公民脅舉大總統	267
第三十四回	踵事增華正式受任　爭權侵法越俎遣員	275
第三十五回	拒委員觸怒政府　借武力追索證書	283
第三十六回	促就道副座入京　避要路兼督辭職	291
第三十七回	罷國會議員回籍　行婚禮上將續姻	299
第三十八回	讓主權孫部長簽約　失盛譽熊內閣下臺	307
第三十九回	逞陰謀毒死趙智庵　改約法進相徐東海	315
第四十回	返老巢白匪斃命　守中立青島生風	325

第一回
揭大綱全書開始　乘巨變故老重來

　　鄂軍起義，各省響應，號召無數兵民，造成一個中華民國。什麼叫做民國呢？民國二字，與帝國二字相對待。從前的中國，是皇帝主政，所有神州大陸，但教屬諸一皇以下，簡直與自己的家私一般，好一代兩代承襲下去。自從夏禹以降，傳到滿清，中間雖幾經革命，幾經易姓，究不脫一個皇帝範圍。小子生長清朝，猶記得十年以前，無論中外，統稱中國為大清帝國。到了革命以後，變更國體，於是將帝字廢去，換了一個民字。帝字是一人的尊號，民字是百姓的統稱。一人當國，人莫敢違，如或賢明公允，所行政令，都愜人心，那時國泰民安，自然至治。怎奈創業的皇帝，或有幾個賢明，幾個公允，傳到子子孫孫，多半昏憒糊塗，暴虐百姓，百姓受苦不堪，遂鋌而走險，相聚為亂，所以歷代相傳，總有興亡。天下無不散的筵席，從古無不滅的帝家。近百年來，中外人士，究心政治，統說皇帝制度，實是不良，欲要一勞永逸，除非推翻帝制，改為民主不可。依理而論，原說得不錯。皇帝專制，流弊甚多，若改為民主，雖未嘗無總統，無政府，但總統由民選出，政府由民組成，當然不把那昏憒糊塗的人物，公舉起來。況且民選的總統，民組的政府，統歸人民監督；一國中的立法權，又屬諸人民，總統與政府，只有一部分的行政權，不能違法自行，倘或違法，便是叛民，民得彈劾質問，並可將他捽去。這種新制度，既叫做民主國體，又叫做共和國體，真所謂大道為公，最好沒有的了。原是無上的政策，可惜是紙上空談，不見實行。

小子每憶起辛亥年間，一聲霹靂，發響武昌，全國人士，奔走呼應，彷彿是痴狂的樣兒。此時小子正寓居滬上，日夕與社會相接，無論紳界學界，商界工界，沒一個不喜形於色，聽得民軍大勝，人人拍手，個個騰歡，偶然民軍小挫，便都疾首蹙額，無限憂愁。因此紳界籌餉，學界募捐，商界工界，情願歇去本業，投身軍伍，誓志滅清，甚至嬌嬌滴滴的女佳人，也居然想做花木蘭、梁紅玉，組織什麼練習團、競進社、後援會、北伐隊，口口女同胞，聲聲女英雄，鬧得一塌糊塗。還有一班超等名伶、時髦歌妓，統乘此大出風頭，藉著色藝，釀賞助餉，看他宣言書，聽他演說談，似乎這愛國心，已達沸點，若從此堅持到底，不但衰微的滿清，容易掃蕩，就是東西兩洋的強國，也要驚心動魄，讓我一籌呢。中國人熱度只有五分鐘，外人怕我什麼，況當時募捐助餉的人物，或且藉名中飽，看似可喜，實是可恨。老天總算做人美，偏早生了一個孫中山，又生了一個黎黃陂，並且生了一個袁項城，趁這清祚將絕的時候，要他三人出來作主，幹了一番掀天動地的事業，把二百六七十年的清室江山，一古腦兒奪還，四千六百多年的皇帝制度，一古腦兒掃清。中國四萬萬同胞，總道是民國肇興，震鑠今古，從此光天化日，函夏無塵，大家好安享太平了。當時我也有此妄想。

　　誰知民國元二年，你也集會，我也結社，各自命為政黨，分門別戶，互相訛誹，已把共和二字，撇在腦後，當時小子還原諒一層，以為破壞容易，建設較難，各人有各人的意見，表面上或是分黨，實際上總是為公，倘大眾競爭，辯出了一種妥當的政策，實心做去，豈非是愈競愈進麼？故讓一步。無如聚訟嘵嘵，總歸是沒有辯清，議院中的議員，徒學了劉四罵人的手段，今日吵，明日鬧，把筆墨硯瓦，做了兵械，此拋彼擲，飛來飛去，簡直似孩兒打架，並不是政客議事，中外報紙，傳

為笑談。那足智多能的袁項城,看議會這般胡鬧,料他是沒有學識,沒有能耐,索性我行我政,管什麼代議不代議,約法不約法,黨爭越鬧得厲害,項城越笑他庸駭,後來竟仗著兵力,逐去議員,取消國會。東南民黨,與他反對,稍稍下手,已被他四面困住,無可動彈,只好抱頭鼠竄,不顧而逃。袁項城志滿心驕,遂以為人莫餘毒,竟欲將辛苦經營的中華民國,據為袁氏一人的私產。可笑那熱中人士,接踵到來,不是勸進,就是稱臣,向時倡言共和,至此反盛稱帝制。不如是,安得封侯拜爵?斗大的洪憲年號,抬出朝堂,幾乎中華民國,又變作袁氏帝國。偏偏人心未死,西南作怪,醞釀久之,大江南北,統飄揚這五色旗,要與袁氏對仗。甚至袁氏左右,無不反戈,新華宮裡,單剩了幾個嬌妾,幾個愛子,算是奉迎袁皇帝。看官!你想這袁皇帝尚能成事麼?皇帝做不成,總統都沒人承認,把袁氏氣得兩眼翻白,一命嗚呼。禍由自取。

副總統黎黃陂,援法繼任,仍然依著共和政體,敷衍度日。黃陂本是個才不勝德的人物,仁柔有餘,英武不足;那班開國元勛,及各省丘八老爺,又不服他命令,鬧出了一場復辟的事情。冷灰裡爆出熱栗子,不消數日,又被段合肥興兵致討,將共和兩字,掩住了復辟兩字。宣統帝仍然遜位,黎黃陂也情願辭職,馮河間由南而北,代任總統,段居首揆。西南各督軍,又與段交惡,雙方決裂,段主戰,馮主和,府院又激成意氣,弄到和不得和,戰無可戰,徒落得三湘七澤,做了南北戰爭的磨中心,忽而歸北,忽而歸南,擾擾年餘,馮、段同時下野。徐氏繼起,因資望素崇,特地當選,任為總統。他是個文士出身,不比那袁、黎、馮三家,或出將門,或據軍閥,雖然在前清時代,也曾做過東三省制軍,復入任內閣協理,很是有點閱歷,有些膽識;究竟他慣用毛錐,沒有什麼長槍大戟,又沒有什麼虎爪狼牙,只把那老成歷練四字,取了

總統的印信,論起勢力,且不及段合肥、馮河間。河間病歿,北洋派的武夫系,自然推合肥為領袖,看似未握重權,他的一舉一動,實有足踏神京、手掌中原的氣焰。隆隆者滅,炎炎者絕,段氏何未聞此言?麾下一班黨羽,組成一部安福系,橫行北方,偌大一個徐總統,哪裡敵得過段黨。段黨要什麼,徐總統只好依他什麼,勉勉強強的過了年餘,南北的惡感,始終未除,議和兩代表,在滬上駐足一兩年,並沒有一條議就,但聽得北方武夫系,及遼東胡帥,又聯結八省同盟,與安福系反對起來,京畿又做了戰場,安福部失敗,倒臉下臺,南方也黨派紛爭,什麼滇系,什麼桂系,什麼粵系,口舌不足,繼以武力。蜂採百花成蜜後,為誰辛苦為誰甜,咳!好好一座中國江山,被這班強而有力的大人先生,鬧到四分五裂,不可究詰,共和在哪裡?民主在哪裡?轉令無知無識的百姓,反說是前清制度,沒有這般瞎鬧,暗地裡怨悔得很。小子雖未敢作這般想,但自民國紀元,到了今日,模模糊糊的將及十年,這十年內,蒼狗白雲,幾已演出許多怪狀,自愧沒有生花筆,粲蓮舌,寫述歷年狀況,喚醒世人痴夢。篝燈夜坐,愁極無聊,眼睜睜的瞧著硯池,尚積有幾許剩墨,硯池旁的禿筆,也躍躍欲動,令小子手中生癢,不知不覺的檢出殘紙,取了筆,醮了墨,淋淋漓漓,潦潦草草的寫了若干言,方才倦臥。明早夜間,又因余懷未盡,續寫下去,一夕復一夕,一帙復一帙,居然積少成多,把一肚皮的陳油敗醬,盡行發出。哈哈!這也是窮措大的牢騷,書呆子的伎倆,看官不要先笑,且看小子筆下的讕言!這二千餘言,已把民國十年的大綱,籠罩無遺,直是一段好楔子。

話說清宣統三年八月十九日,湖北省會的武昌城,所有軍士,竟揭竿起事,倡言革命。清總督瑞澂,及第八鎮統制張彪,都行了三十六著的上著,溜了出去,逃脫性命。從革命開始,是直溯本源。革命軍公推

統領，請出一位黎協統來，做了都督，黎協統名元洪，字宋卿；湖北黃陂縣人，曾任二十一混成協統領。既受任為革命軍都督，免不得抵拒清廷，張起獨立旗，打起自由鼓，堂堂正正，與清對壘。第一次出兵，便把漢陽占住，武漢聯繫，遂移檄各省，提出「民主」兩字，大聲呼號。清廷的王公官吏，嚇得魂飛天外，急忙派陸軍大臣蔭昌，督率陸軍兩鎮，自京出發，一面命海軍部加派兵輪，飭海軍提督薩鎮冰，督赴戰地，並令水師提督程允和，帶領長江水師，即日赴援。不到三五日，又起用故宮保袁世凱為湖廣總督，所有該省軍隊，及各路援軍，統歸該督節制，就如蔭昌、薩鎮冰所帶水陸各軍，亦得由袁世凱會同調遣。看官！你想袁宮保世凱，是清朝攝政王載灃的對頭，宣統嗣位，載灃攝政，別事都未曾辦理，先把那慈禧太后寵任的袁宮保，黜逐回籍，雖乃兄光緒帝，一生世不能出頭，多半為老袁所害，此時大權在手，應該為乃兄雪恨，事俱詳見《清史演義》。本書為《清史演義》之續，故不加詳述，只含渾說過。但也未免躁急一點。袁宮保的性情，差不多是魏武帝，寧肯自己認錯，閉門思過？只因載灃得勢，巨卵不能敵石，沒奈何退居項城，託詞養痾，日與嬌妻美妾，詩酒調情，釣遊樂性，大有理亂不知、黜陟不聞的情狀。若非革命軍起，倒也優遊卒歲，不致播惡。及武昌起義，又欲起用這位老先生，這叫做退即墜淵，進即加膝，無論如何長厚，也未免憤憤不平，何況這機變絕倫的袁世凱呢？單就袁世凱提論。因此書章法，要請此公作主，所以特別評敘。且蔭昌是陸軍大臣，既已派他督師，不應就三日內，復起用這位袁宮保，來與蔭昌爭權，眼見得清廷無人，命令顛倒，不待各省響應，已可知清祚不膩了。這數語是言清廷必亡，袁項城只貪天之功，以為己力耳。清廷起用袁公的詔旨，傳到項城，袁公果不奉詔，覆稱足疾未癒，不能督師。載灃卻也沒法，只促蔭昌南下，規復武漢。蔭昌到了信陽州，竟自駐紮，但飭統帶馬繼增等，

進至漢口。黎都督也發兵抵禦，雙方逼緊，你槍我彈，對轟了好幾次，互有擊傷。薩軍門帶著海軍，鳴砲助威，民軍踞住山上，亦開砲還擊，薩艦從下擊上，非常困難，民軍從上擊下，卻很容易。突然間一聲砲響，煙迷漢水，把薩氏所領的江元輪船，打成了好幾個窟窿，各艦隊相率驚駭，紛紛逃散，江元艦也狼狽遁去，北軍頓時失助，被民軍掩擊一陣，殺得七零八落，慌忙逃還。兩下裡勝負已分，民軍聲威大震。黃州府、沔陽州、宣陽府等處，乘機響應，遍豎白旗。到了八月三十日，湖南也獨立了，清巡撫餘誠格遁去。九月三日，陝西又獨立了，清巡撫錢能訓，自刎不死，由民軍送他出境。越五日，山西又獨立了，清巡撫陸鍾琦，闔家殉難。嗣是江西獨立、雲南獨立、貴州獨立、民軍萬歲、民國萬歲的聲音，到處傳響，警報飛達清廷，與雪片相似，可憐這位攝政王載灃，急得沒法，只哭得似淚人兒一般。

　　內閣總理慶親王奕劻，內閣協理大臣徐世昌，本是要請老袁出山，至此越加決意，同在攝政王載灃前，力保老袁，乃再命袁世凱為欽差大臣，所有赴援的海陸各軍，並長江水師，統歸節制。又命馮國璋總統第一軍，段祺瑞總統第二軍，也歸袁世凱節制調遣。老袁接著詔命，仍電覆：「足疾難痊，兼且咳嗽，請別簡賢能，當此重任」等語。將軍欲以巧勝人，盤馬彎弓故不發。那時清廷上下，越加惶急，亟由老慶同徐世昌，寫了誠誠懇懇的專函，命專員阮忠樞，齎至信陽，交與蔭昌，令他親至袁第，當面敦促。蔭昌自然照辦，即日馳往項城，與老袁晤談，繳出京信，由老袁展閱。老袁瞧畢，微微一笑道：「急時抱佛腳，恐也來不及了。」蔭昌又提出公誼私情，勸勉一番，於是老袁才慨然應允，指日起程。蔭昌欣然告別，返到信陽州，即電達清廷。略曰：「袁世凱已允督師，亂不足平，唯京師兵備空虛，自願回京排程，藉備非常」等語。清

廷即日頒旨，令俟袁世凱至軍，即回京供職。這道命令下來，蔭昌快活非常，樂得卸去重擔，觀望數日，便好脫罪。偏是前敵的清軍，聞袁公已經奉命，親來督師，沒一個不踴躍起來，大家磨拳擦掌道：「袁宮保來了，我輩須先戰一場，占些威風，休使袁公笑罵呢。」先聲奪人。原來光緒季年，袁世凱曾任直隸總督，練兵六鎮，布滿京畿，如段祺瑞、馮國璋等，統是袁公麾下的將弁，素蒙知遇，感切肌膚，將弁如此，兵士可知。後來馮、段之推奉袁氏即寓於此。馮、段兩人，當下商議，決定馮為前茅，段為後勁，與民軍決一勝負。馮國璋即率第一軍南下，橫厲無前，突入灄口，民軍連忙攔截，彼此接仗，各拚個你死我活，兩不相下。嗣經薩鎮冰復率兵艦，駛近戰線，架起巨砲，迭擊民軍，民軍傷斃無數，不得已倒退下來。馮軍遂乘勝追殺，得步進步，直入漢口華界，大肆焚掠，好幾十里的市場，都變做瓦礫灰塵。這時候的馮軍，非常高興，搶的搶，擄的擄，見有姿色的婦女，便摟抱而去，任情淫樂。咎歸於主，馮河間不得辭過。正在橫行無忌，忽接到袁欽差的軍令，禁止他非法胡行，馮軍方才收隊，靜待袁公到來。不到一日，袁欽差的行牌已到，當由馮國璋帶著軍隊，齊到車站恭迎。不一時，專車已到，放汽停輪，國璋搶先趨謁，但見翎頂輝煌的袁大臣，剛立起身來，準備下車，翎頂輝煌四字，寓有微意。見了國璋，笑容可掬，國璋行過軍禮，即引他步下車臺，兩旁軍隊，已排列得非常整肅，統用軍禮表敬。袁欽差徐步出站，即有綠呢大轎備著，俟他坐入，由軍士簇擁而去。小子有詩詠袁欽差道：

奉命南來抵漢津，豐姿猶是宰官身。

試看翎頂遵清制，閫外爭稱袁大臣。

欲知袁欽差入營後事，且看下回說明。

前半回為全書楔子，已是借他人酒杯，澆自己塊壘，滿腹牢騷，都從筆底寫出，令人開卷一讀，無限唏噓。入後敘述細事，便請出袁項城來作為主腦，蓋創始革命者為孫、黎，而助成革命者為袁項城，項城之與民國，實具有絕大關係，自民國紀元，以迄五年，無在非袁項城一人作用，即無非袁項城一人歷史，故著書人於革命情事，已詳見《清史演義》者，多半從略，獨於袁氏不肯放過。無袁氏，則民國或未必成立，無袁氏，則民國成立後，或不致擾攘至今，成也蕭何，敗也蕭何，吾當以此言轉贈袁公。書中述及袁氏，稱號不一，若抑若揚，若嘲若諷，蓋已情見乎詞，非雜出不倫，茫無定據也。

第二回
黎都督覆函拒使　吳軍統被刺喪元

　　卻說袁欽差世凱，既到漢口，當然有行轅設著，暫可安駐；入行轅後，不暇休息，即命馮國璋引導，周視各營，偶見受傷兵士，統用好語撫慰，兵士感激得很，甚至泣下。及袁欽差返寓行轅，各國駐漢領事，陸續拜會，談及漢口焚掠情形，語多譏刺。袁欽差點首會意，待送客出營，便召國璋入轅，與他密語道：「此次武漢舉事，並不是尋常土匪，又不是什麼造反，我聞他軍律嚴明，名目正大，端的是不可小覷。眼光頗大。前日蔭大臣受命南下，路過彰德，曾到我家探問，我已料此番風潮，愈鬧愈大，不出一月，即當影響全國，所以與蔭談及，臨敵須要仔細，千萬勿可浪戰。今果不出所料，那省獨立，這省也獨立，警報到耳，已有數起。似你帶兵到此，奪還漢口，想必殺掠過甚，以致各國領事，也有不平的議論，可見今日行軍，是要格外謹慎哩。」國璋聞言，不由的臉色一紅，半晌才答道：「革命風潮，鬧得甚緊，漢口的百姓，也歡迎革命，不服我軍，若非大加懲創，顯見我軍沒用，恐越發鬧得高興了。」袁欽差拈鬚微笑道：「殺死幾個小百姓，似乎是沒甚要緊，不過現在時勢，非洪、楊時可比，滿人糊塗得很，危亡在即，可不必替他出力，結怨人民，且恐貽累外交，變生意外。據我的意見，不如暫行停戰，與他議和，若他肯就我範圍，何妨得休便休，過了一年是一年，且到將來，再作計較。」前數語是項城本心，後數語乃暫時敷衍。國璋道：「宮保所囑，很是佩服，但我軍未經大捷，他亦未必許和呢。」馮婦尚思

搏虎。袁欽差嘆道：「我本回籍養痾，無心再出，偏老慶老徐等，硬來迫我，沒奈何應命出山。蔭午樓脫卸肩仔，好翩然回京了。午樓即蔭昌別字，卸事回京，由此帶過。我卻來當此重任，看來此事頗大費周折哩。」正說著，外面又遞入廷寄，內稱：「慶親王奕劻等，請準辭職，著照所請。慶親王奕劻，開去內閣總理大臣，大學士那桐、徐世昌，開去協理大臣。袁世凱著授為內閣總理大臣。該大臣現已前赴湖北督師，著將應辦各事，略為布置，即行來京組織內閣。」等語。袁欽差瞧畢，遞示國璋道：「沒事的時候，親貴擅權，把別人不放在眼裡，目下時勢日迫，卻把千斤萬兩的擔子，一層一層的，壓到我們身上，難道他們應該安樂，我等應該吃苦麼？」怨形於辭。言畢，咨嗟不已。國璋也長嘆了好幾聲，心也動了。嗣見老袁無言，方才別去。

　　袁欽差躊躇一會，方命隨員具折，奏辭內閣總理；並請開國會，改憲法，下詔罪己，開放黨禁等情。拜疏後，復聞上海獨立，江蘇獨立，浙江獨立，又是三省獨立。不禁眉頭一皺，計上心來，當下令隨員劉承恩，致書鄂軍都督黎元洪，籌商和議。承恩與元洪同鄉，當即繕寫書信，著人送去。待了兩日，並無覆音；又續寄一函，仍不見答。清廷已下罪己詔，命實行立憲，寬赦黨人，並擬定憲法信條十九則，宣誓太廟，頒告天下；且促袁世凱入京組閣，毋再固辭，所有湖廣總督一缺，另任魏光燾。魏未到任以前，著王士珍署理。袁欽差得旨，擬即北上，啟行至信陽州，再命劉承恩寄書黎督，繕稿已竣，又由自己特別裁酌，刪改數行。其書云：

　　疊寄兩函，未邀示覆，不識可達典籤否？頃奉項城宮保諭開：刻下朝廷有旨，一下罪己之詔，二實行立憲，三赦開黨禁，四皇族不聞國政等因，似此則國政尚有可挽回振興之期也。遵即轉達臺端，務宜設法和

平了結，早息一日兵爭，地方百姓，早安靜一日。否則勢必兵連禍結，不但荼毒生靈，糜費鉅款，迨至日久息事，則我國已成不可收拾之國矣。況興兵者漢人，受踐躪者亦漢人，反正均我漢人吃苦也。弟早見政治日非，遂有終老林下之想，今因項城出山，以勸撫為然，政府亦有悔心之意，即此情理，亦未嘗非閣下暨諸英雄，能出此種善導之功也。依弟愚見，不如趁此機會，暫且和平了結，且看政府行為如何？可則竭力整頓，否則再行設策以謀之，未為不可。果以弟見為是，或另有要求之處，弟即行轉達項城宮保，再上達辦理。至諸公皆大才槃槃，不獨不咎既往，尚可定必重用，相助辦理朝政也。且項城之為人誠信，閣下亦必素所深知，此次更不致失信於諸公也。此三語想由項城自己添入。並聞朝廷有旨，諒日內即行送到麾下，弟有關桑梓，又素承不棄，用敢不揣冒昧，進言請教，務乞示覆，諸希愛照！

此書去後，仍然不得複音，接連是廣西獨立，安徽獨立，廣東獨立，福建獨立，風聲鶴唳，草木皆兵，自武昌革命以來，先後不過三十日，中國版圖二十二省，已被民軍佔去大半。當時為清盡命的大員，除山西巡撫陸鍾琦外，見前回。只有江西巡撫馮汝騤，閩浙總督松壽，餘外封疆大吏，不是預先逃匿，就是被民軍拘住，不忍加戮，縱他出走。還有江蘇巡撫程德全，廣西巡撫沈秉堃，安徽巡撫朱家寶等，居然附和民軍，拋去巡撫印信，竟做民軍都督；甚至慶親王的親家孫寶琦，本任山東巡撫，也為軍民所迫，懸起獨立旗來，東三省總督趙爾巽，籍隸漢軍，竟為國民保全會長，成了獨立的變相；直隸灤州軍統張紹曾，又荷戈西向，威逼清廷速改政體；新授山西巡撫吳祿貞，且擁兵石家莊，隱隱有攫取北京的異圖。真是四面楚歌。那時身入漩渦的袁欽差，恰也著急起來，再令劉承恩為代表委員，副以蔡廷幹，同往武昌，與黎都督面議和約，自己決擬入都，整裝以待。過了兩日，方見劉、蔡二人，狼狽回來；急忙問及和議，二人相繼搖首，並呈上覆函，由袁披閱。其詞云：

慰帥執事：袁字慰庭，故稱慰帥。邇者蔡、劉兩君來，備述德意，具見執事俯念漢族同胞，不忍自相殘害，令我欽佩。荷開示四條，果能如約照辦，則是滿清幸福。特漢族之受專制，已二百六十餘年，自戊戌政變以還，曰改革專制，曰豫備立憲，曰縮短國會期限，何一非國民之鐵血威逼出來？徐錫麟也，安慶兵變也，孚琦炸彈也，廣州督署被轟也，滿清之膽，早經破裂。以上所敘各事，俱見《清史演義》。然逐次之偽諭，純係牢籠漢人之詐術，並無改革政體之決心。故內而各部長官，外而各省督撫，滿漢比較，滿人之掌握政權者幾何人？兵權財權，為立國之命脈，非毫無智識之奴才，即乳臭未乾之親貴；四萬萬漢人之財產生命，皆將斷送於少數滿賊之手，是而可忍，孰不可忍？即如執事，豈非我漢族中之最有聲望、最有能力之人乎？一削兵權於北洋，再奪政柄於樞府，若非稍有忌憚漢族之心，己酉革職之後，險有性命之慮。他人或有不知，執事豈竟忘之？何曾忘記。自鄂軍倡義，四方響應，舉朝震恐，無法支持，始出其咸同故技，以漢人殺漢人之政策，執事果為此而出，可謂忍矣。嗣又奉讀條件，諄諄以立憲為言，時至二十世紀，無論君主國、民主國、君民共主國，莫不有憲法，特其性質稍有差異，然均謂之立憲。將來各省派員會議，視其程度如何，當採何種政體，其結果自不外立憲二字。特揆諸輿論，滿清恐難參與其間耳。即論清政府疊次上諭所云，試問鄂軍起義之力，為彰德高臥之力乎？鄂軍倘允休兵，滿廷反汗，執事究有何力以為後盾？今鄂軍起義只匝月，而響應宣告獨立者，已十餘省，滬上歸併之兵輪及魚雷艇，共有八艘，其所以光復之速而廣者，實非人力之所能為也。我軍進攻，竊料滿清實無抵抗之能力，其稍能抵拒者，唯有執事，然則執事一身，係漢族及中國之存亡，不綦重哉！設執事真能知有漢族，真能繫念漢人，則何不趁此機會，攬握兵權，反手王齊，匪異人任。即不然，亦當起中州健兒，直搗幽燕。渠何嘗不作此想，特不欲顯行耳。苟執事真熱心滿清功名也，亦當日夜禱祝我軍速指黃河以北，則我軍聲勢日大一日，執事爵位日高一日，倘鄂軍

屈服於滿清，恐不數日間，飛鳥盡，良弓藏，狡兔死，走狗烹矣。早已見到，不煩指教。執事犯功高震主之嫌，雖再伏隱彰德而不可得也。隆裕有生一日，戊戌之事，一日不能忘也，執事之於滿清，其感情之為如何？執事當自知之，不必局外人為之代謀。同志人等，皆能自樹漢族勛業，不願再受滿族羈絆，亦勿勞錦注。頃由某處得無線電，知北京正危，有愛新氏去國逃走之說，果如是，則法人資格喪失，雖欲贈友邦而無其權矣，執事又何疑焉？竊為執事計，聞清廷有召還之說，分二策以研究之：一清廷之召執事回京也，恐係疑執事心懷不臣，藉此以釋兵權，則宜援「將在外君命有所不受」之例以拒之；二清廷果危急而召執事也，庚子之役，各國聯軍入京，召合肥入定大局，合肥留滬不前，沈幾觀變，前事可師。所惜者，合肥奴性太深，僅得以文忠結局，了此一生歷史，李氏子豈能終無餘憾乎？元洪一介武夫，罔識大義，唯此心除保民外，無第二思想，況執事歷世太深，觀望過甚，不能自決，須知當仁不讓，見義勇為，無待游移。《孟子》云：「雖有智慧，不如乘勢，雖有鎡基，不如待時。」全國同胞，仰望執事者久矣，請勿再以假面具示人，有失本來面目，則元洪等所忠告於執事者也。餘詳蔡、劉二君口述，書不盡言，唯希垂鑑！

　　袁欽差閱畢，毫不動色，唯點了好幾回頭，知己相逢，應該心照。嗣見劉、蔡二人尚站立在側，便與語道：「他不肯講和，也就罷了，我便要啟程赴京，你兩人收拾行李，一同北上，可好麼？」二人正在聽命，忽由隨役遞呈名刺，報稱第一軍統領段祺瑞求見，袁欽差即命傳入。彼此相見，行過了禮，祺瑞先開口道：「聞宮保已擬北上，祺瑞特來恭送，並乞指教。」袁欽差道：「革命風潮，鬧得這麼樣大，看來是不易收拾。中外人心，又傾向革命，馮軍一入漢口，稍行殺掠，各領事已有煩言，你想現在的事情，還好任情辦去麼？」祺瑞道：「京中資政院，已奏請懲辦前敵將帥，聞已交宮保查辦，不知宮保究如何作復？」袁欽差微哂道：

第二回　黎都督覆函拒使　吳軍統被刺喪元

「一班老朽，曉得什麼軍情，華甫也太屬辣手，我已向他交代過了。」馮國璋字華甫。老袁袒護袁國璋，已見言外。祺瑞道：「可笑這吳祿貞，是革命黨中健將，朝廷不知為何令撫山西，他帶了山西革命軍，還到石家莊，把京中輸運的軍火子彈，多半截留，反說是仰體朝廷德意，消弭戰禍，保全和平，並請誅縱兵燒殺的將帥，以謝天下，這真是出人意料的事情。現聞已在途被刺，連首級都無從著落呢。」吳祿貞被刺事，亦從老段口中帶出。袁欽差不待說畢，便道：「這等人物，少一個，好一個，橫直是亂世魔星，不足評論。」祺瑞聽他言中有意，便不再說下去。袁氏何意？看官試猜。但聽袁欽差又與語道：「芝泉，祺瑞字。你是我的故交，我此次被逼出山，又要赴京，你須要助我一臂哩。」祺瑞拱手道：「敢不唯命是聽。」種種後文，均伏於此語中。袁欽差道：「如此最好，我已要起程了。」當下與祺瑞攜手出轅，上輿告別。祺瑞仍在後送行，一直到了車站，俟袁欽差舍輿登車，一去一留，方才分手。

　　看官聽著！小子前著《清史演義》，於吳祿貞事未曾詳敘，此書既從段祺瑞口中敘出，應該將吳事表明，補我從前缺略，且與袁項城亦隱有關係，更不能不特別從詳。本書於各省革命，俱從略筆，獨詳吳事者以此。吳祿貞，字綬卿，湖北雲夢縣人，曾在湖北武備學堂肄業，由官費派學東洋。庚子拳亂，革命黨人唐才常，發難漢口，祿貞方在日本學習士官，潛身歸來，據住大通，為唐聲援。唐敗被殺，祿貞仍遁入日本，後投效東三省，大著才名，得操兵柄。尋為延吉廳邊務大臣，與日本辦理間島交涉，精幹明敏，日人不能逞，以功洊升副都統，未幾任第六鎮統制。他本蓄志革命，欲藉著兵力，乘機舉事，會鄂軍起義，遂自請率軍赴敵。清廷頗懷疑忌，令隨蔭昌南下，許蔭昌便宜行事，如果察有異圖，立殺無赦。祿貞以蔭昌偕行，料知所願難遂，乃託疾不往，嗣因灤

州軍威逼立憲，有旨令祿貞往撫，祿貞到了灤州，卻在軍前演說，大致謂：「革命利益，滿、漢均霑。」說得漢人非常贊成，就是軍伍中有幾個滿人，也不覺被他感化，當下集眾定議，入駐豐臺，擬逼清帝遜位。不意清廷已有所聞，調集京奉路線列車，留京待命，一面令祿貞移剿山西。祿貞因計不得行，乃率部眾赴石家莊，自己輕車簡從，徑入山西省城，與山西民軍會商，擬糾合燕晉諸軍，協圖北京，且擷取清軍南下的輜重，做為自己的軍需。匆匆返石家莊，偕詹隨員在車中擬稿，只說是山西就撫，電達清廷。甫到車站，突有兵士上車，向祿貞屈膝道賀。祿貞見兵士肩章，書第十二協字樣，坦然不疑；正欲啟問，那兵士從靴內拔出匕首，向前直刺。祿貞忙離座格拒，詹又大呼乞救，不防兵士愈來愈眾，各持槍攢擊祿貞，祿貞雖然驍勇，究竟敵不住多人；況且槍彈無情，撲通撲通的數聲，已將一位革命的英雄，送入鬼門關去，頭顱都不知下落。詹隨員逃避不及，也吃了好幾個衛生丸，與吳統制同登冥籙。生死相隨，可謂至友。看官！這第十二協軍隊，究係何人統轄？原來就是吳祿貞部下的軍隊，協統叫做周符麟，與祿貞含有宿嫌，祿貞本奏請黜周，公牘上陳，偏遭部駁，周仍虛與委蛇，至是竟遣旗兵刺死祿貞。或謂：「由清軍咨使良弼，遺週二萬金，令他把祿貞刺死，免滋後患。」或謂：「為袁欽差所忌，恐他先入京師，獨操勝算，轉令自己反落人後，無從做一番事業，所以密嗾周符麟，除去一個好敵手。」後人編著《民國春秋》，嘗於辛亥年九月十六日，大書特書道：「袁世凱使人暗殺吳祿貞於石家莊。」《民國春秋》曾載入《大同報》。小子也不暇深考。但有一詩弔吳軍統云：

拚將鐵血造中原，勇士何妨竟喪元？
但若暴徒非虜使，石家莊上太含冤。

吳軍統已死，袁欽差即啟程北上，京內的王公大臣，都額手稱慶，差不多似救命王到來。欲知後事，試看下回。

　　馮、段二人，是項城心腹，故本書開始，即將二人特別提出。微馮、段，項城固無自逞志也。若與黎都督議和，項城不過暫時敷衍，並非當時要著，但黎督覆書，實已如見項城肺腑，推項城之意，亦必謂黃陂實獲我心，特未嘗明言耳。劉書毫無精采，不過與黎書互有關係，故特附錄，明眼人自能知之。至吳祿貞之被刺，是否由項城主使，至今尚無實證，唯《大同報》所載之《民國春秋》，已歸咎袁氏，想彼或有所見，並非曲意深文。吳謀若行，則北京早下，清帝亦早遜位，何待項城上臺，今日之民國，或較為振刷，亦未可知，是著書人之特載吳祿貞，固具有微意，不第補前著《清史演義》之闕已也。

第三回
奉密令馮國璋逞威　舉總統孫中山就職

卻說京內官民，聞袁欽差到京，歡躍得什麼相似，多半到車站歡迎。袁欽差徐步下車，乘輿入正陽門，當由老慶老徐等，極誠迎接，寒暄數語，即借至攝政王私邸，攝政王載灃，也只好蠲除宿嫌，殷勤款待。請他來實行革命，安得不格外殷勤？老袁確是深沉，並沒有什麼怨色，但只一味謙遜，說了許多才薄難勝等語。語帶雙敲。急得攝政王冷汗直流，幾欲跪將下去，求他出力。老慶老徐等，又從旁慫恿，袁乃直任不辭，即日進謁隆裕後，也奉了誠誠懇懇的面諭，託他幹旋。袁始就內閣總理的職任，動手組織內閣，選用梁敦彥、趙秉鈞、嚴修、唐景崇、王士珍、薩鎮冰、沈家本、張謇、唐紹怡、達壽等，分任閣員，並簡放各省宣慰使，揀出幾個老成重望，要他充選。看官！你想當四面楚歌的時代，哪個肯來冒險衝鋒，擔此重任？除在京幾個人員無法推諉外，簡直是有官無人。而且海軍艦隊，及長江水師，又陸續歸附民軍，聽他呼叫，那時大河南北，只有直隸、河南兩省，還算是沒有變動。大江南北，四川又繼起獨立，完全為民軍所有。只南京總督張人駿，將軍鐵良，提督張勳，尚服從清命，孤守危城。江蘇都督程德全，浙江都督湯壽潛，又組織聯軍，進攻南京。上海都督陳其美，且號召兵民，一面援應江、浙聯軍，一面組合男女軍事團，倡義援鄂。枕戈待旦，健男兒有志復仇，市鞍從軍，弱女子亦思偕作。彼談兵，此馳檄，一片譁噪聲，遙達北京，已嚇得滿奴倒躲，虜氣不揚。語有分寸，閱者自知。袁

總理迭接警耗，前稱袁欽差，此稱袁總理，雖是就官言官，寓意卻也不淺。默想民軍方面，囂張得很，若非稍加懲創，民軍目中，還瞧得起我麼？我要大大的做番事業，必須北制滿人，南制民軍，雙方歸我掌握，才能任我所為。隱揣老袁心理，確中肯綮。計畫既定，便與老慶商議，令他索取內帑，把慈禧太后遺下的私積，向隆裕後逼出，隆裕後無法可施，落了無數淚珠兒，方將內帑交給出來，袁總理立飭幹員，運銀至鄂，獎勵馮國璋軍，並函飭國璋力攻漢陽。國璋得了袁總理命令，勝過皇帝詔旨，遂慷慨誓師，用全力去爭漢陽。漢陽民軍總司令黃興，係湖南長沙縣人，向來主張革命，屢僕屢起，百折不撓。黎都督元洪，與他素未識面，及武漢鏖兵，他遂往見黎督，慨願前驅，赴漢殺虜。是夕，即渡江抵漢陽，漢陽民軍，與清軍酣戰，已有多日，免不得臨陣傷亡，隊伍缺額，就令新募兵充數。新兵未受軍事教育，初次交鋒，毫無經驗，一味亂擊，幸清軍統馮國璋，守著老袁訓誡，未敢妄動，所以相持不決。至袁令一下，他即率軍猛進，圍攻龜山。民軍總司令黃興，督師抵敵，連戰兩晝夜，未分勝負。不意馮軍改裝夜渡，潛逾漢江，用著機關大砲，突攻漢陽城外民軍。民軍猝不及防，紛紛倒退。黃興聞漢陽緊急，慌忙回援，見漢陽城外的要害，已被清軍占住，料知漢陽難守，竟一溜煙的逃入武昌。下一逃字，罪有攸歸。龜山所有砲隊，失去了總司令，未免腳忙手亂，一時措手不迭，便被馮軍奪去。漢陽城內，隨即潰散，眼見得城池失守，又歸殘清。等到武昌發兵往援，已是不及，黎都督不免懊悔，但事已如此，無可奈何，只得收集漢陽潰軍，加派武昌生力軍，沿江分駐，固守武昌。黃興見了黎督，痛哭移時，擬隻身東行，借兵援鄂，黎督也隨口照允，聽他自去。黃興實非將才。

　　這時候的馮國璋，已告捷清廷，清廷封國璋二等男，國璋頗也欣

慰，便擬乘勝再下武昌，博得一個封侯拜相的機會。當下派重兵據住龜山，架起機關大砲，轟擊武昌。武昌與漢陽，只隔一江，砲力亦彈射得著，幸虧武昌兵民，日夕嚴防，就是有流彈拋入，尚不過稍受損傷，無關緊要；沿江上下七十餘里，又統有民軍守著，老馮不能飛渡。只漢陽難民，渡江南奔，船至中流，往往被砲彈擊沉，可憐這窮苦百姓，斷股絕臂，飄蕩江流；還有一班婦女兒童，披髮溺水，宛轉呼號，無從乞救，一個一個的沉落波心，葬入魚鱉腹中。馬二先生，何其忍心。各國駐漢領事，見了這般慘狀，也代為不平，遂推英領事出為介紹，勸令雙方停戰。自殘同類，轉令外人出為緩頰，煞是可嘆。國璋哪肯罷休，只說須請命清廷，方可定奪，一面仍飭兵開砲，蓬蓬勃勃的，放了三日三夜，還想發兵渡江，偏偏接到袁總理命令，囑他停戰，馮國璋一團高興，不知不覺的，銷磨了四五分，乃照會英領事，開列停戰條件，尚稱：「民軍為匪黨。」並有「匪黨須退出武昌城十五裡，及匪黨軍艦的砲門，須一概卸下，交與介紹人英領事收存」等語。英領事轉達黎督，黎督復交各省代表會公決。

　　原來獨立各省，已各舉代表，齊集湖北，擬組織臨時政府，以便對內對外，本意是擇地武昌，因武昌方在被兵，不得安居，暫借漢口租界順昌洋行，為各省代表會會所。各省代表，見了馮國璋停戰條款，統是憤懣交加，不願答覆。嗣恐英領事面子過不下去，乃想出一個用矛制盾的法兒，寫了幾條，作為複詞。內開虜軍須退出漢口十五裡以外，及虜軍所據的火車，應由介紹人英領事簽字封閉。極好的滑稽答覆。這種絕對不合的條款，怎能磋磨就緒？唯老馮也不好再戰，暫行停砲勿攻，待有後命，再定計議。樂得逍遙。忽接到江南急電，江督張人駿將軍鐵良提督張勳等，統棄城出走，南京被民軍占去。接連又奉袁總理電命，停

戰十五日。於是按兵不動，彼此夾江自守，暫息烽煙。

　　小子且將南京戰事，續敘下去。江督張人駿，本也是個模稜人物，只因鐵良是滿人，始終輔清，張勳雖是漢族，卻因受清厚恩，不敢背德，定欲保全江寧，對敵民軍，所以各省紛紛獨立，唯南京服從清室，毫無變志。江南第九鎮統制徐紹楨，時已反抗清廷，任為寧軍總司令，發兵攻擊南京，初戰不利，退回鎮江，旋經浙軍司令朱瑞，蘇軍司令劉之潔，鎮軍司令林述慶，滬軍司令洪承點，濟軍司令黎天才，齊集鎮江，與寧軍一同出發，再搗南京，張勳卻也能耐，帶著十八營防軍，與聯軍交戰數次，互有殺傷。嗣因聯軍分頭進攻，一個效忠清室的張大帥，顧東失西，好似一個磨盤心，終日在南京城下，指麾往來，鬧得人困馬乏，急忙電達袁總理，請他速發援兵。誰知這袁總理並無複音，再四呼籲，終不見報。袁總理已叫你拱讓，你何苦硬要支持？未幾，濟軍占領烏龍山、幕府山，浙軍亦占領馬群孝陵衛一帶，又未幾，浙軍復進奪紫金山，會同鎮軍滬軍，攻克天保城。張勳屢戰不利，反喪了統領王有宏，沒奈何退入朝陽門，專令城內獅子山守兵，開砲擊射聯軍。哪知獅子山上的兵士，已有變志，所發諸砲，都是向空亂擊，毫無效力，城外最要緊的雨花臺，又被蘇軍奪去。張勳力竭計窮，先囑愛妾小毛子，收拾細軟，由部眾擁護出城，自己亦率了殘兵二千人，與張人駿、鐵良等開了漢西門，乘夜走脫，聯軍遂擁入南京城，歡呼不已。南京踞長江下游，倚山瀕水，向稱為龍盤虎踞的雄都，民軍席捲長江，必須攻克南京，才得作為根本重地。適值漢陽為清軍所得，兩方面勝負相同，各得對等資格，那時和議問題，方好就此著手了。實皆不能出老袁意中。

　　袁總理世凱，與清攝政王載灃，面和心不和，便乘此下手，欲逼載灃退歸藩邸，但形式上不便強逼，只把重大的問題，推到載灃身上去，

自己不肯作主。載灃實擔架不起，情願辭職歸藩。慶親王奕劻，雖已罷去總理，遇著緊要會議，總要召他與聞，他便在隆裕後面前，力保袁總理能當重任，休令他人掣肘。隆裕後究是女流，到了沒奈何時候，明知袁總理未必可靠，也只好求他設法，索性退去攝政王，把清廷一切全權，託付袁總理。全權付與，還有什麼清室江山。袁總理遂命尚書唐紹怡，做了議和代表，且與唐密商了一夜，方令啟程南下。一夜密商，包括後來無數情事。各省代表會，聞北代表南來，公推伍廷芳為民軍代表，酌定上海地點，與北代表會議。兩下裡只約停戰，未及言和。那革命黨大首領孫文，已從海外回國，來任臨時總統，開創一個中華民國出來。筆大如椽。

　　孫文字逸仙，號中山，廣東香山縣人，少時入教會學堂讀書，吸受歐化，目擊清政日非，遂倡言革命；嗣復往來東西洋，結合中國遊學生，組織同盟會，一心與滿清為難，好幾次運動革命，統歸失敗。俱見《清史演義》。至是民軍起義，把中國二十二省的輿圖，得了三分之二，不禁宿願俱慰，奮袂回國。看官試想！中國革命，全是他一人發起的效力，此番功成回來，寧有不受人歡迎麼？

　　先是黃興到滬，擬召江、浙軍援鄂，會因鄂軍與清軍議和，彼此停戰，乃將援鄂事暫行擱起。至南京已下，各省代表，均自漢口移至南京，道出滬上，擬選舉正副元帥，為他日正副總統根本。當下開會公舉，黃興得票最多，當選為大元帥，黎元洪得票，居次多數，當選為副元帥。哪知江、浙聯軍，嘖有煩言，多半謂漢陽敗將，怎能當大元帥的職任？況黎都督是革命功首，反令他屈居副座，如何服人？遂紛紛電達滬瀆，不認黃興為大元帥。此即為軍人干涉立法權之始。但各代表推選不慎，也是難免指摘。各省代表，束手無策，只好再行酌議，擬將黎、

黃兩人，易一位置。黃興聞聯軍不服，即日離滬，只致書各省代表，力辭大元帥當選，並推舉黎元洪為大元帥。各代表得了此書，樂得順風使帆，以大元帥屬黎，副元帥屬黃，唯會議時有一轉文，黎大元帥暫駐武昌，可由副元帥代行大元帥職權，組織臨時政府。公決後，即由各代表派遣專足，歡迎副元帥移節江寧，一面與行政機關接洽，在江寧預設元帥府，專待黃副元帥到來。不意黃副元帥竟爾固辭，至再三敦促，仍然未至。有幾個革命黨人，與黃興素來莫逆，竟跑入代表會所，狂呼亂叫，拍案痛罵，略稱：「舉定的正副元帥，如何易置？顯是看輕我會中好友，你等名為代表，試為設身處地，一位大元帥，驟然降職，尚有面目來寧，組織臨時政府麼？」此是政黨紛爭之始，愈見選舉不慎之弊。說得各代表俯首無言，待他舌乾口渴，方設詞勸慰，將他請出。黨人恨恨而去。

各代表忍氣吞聲，面面相覷，忽聞孫中山航海到來，已抵吳淞口，虧得他來解圍。大眾方轉憂為喜，即開了一個歡迎會，去迓中山──中山於十一月初六日到滬；遂把大元帥副元帥的問題，擱過一邊，一心一意的，推舉孫中山為臨時大總統。初十日開會投票，每省代表，一票為限。奉天代表吳景濂，直隸代表谷鍾秀、張銘勳，河南代表李 ，山東代表謝鴻燾，山西代表景耀月、李素、劉懋賞，陝西代表張蔚森、馬步雲，江蘇代表袁希洛、陳陶怡，安徽代表許冠堯、王竹懷、趙斌，江西代表林子超、趙士壯、王有蘭、俞應麓、湯漪，浙江代表湯爾和、黃群、陳時夏、陳毅、屈映光，福建代表潘祖彝，廣東代表王寵惠、鄧憲甫，廣西代表馬君武、章勤士，湖南代表譚人鳳、鄒代藩、廖名搢，湖北代表馬伯援、王正廷、楊時傑、胡瑛、居正，四川代表蕭湘、周代本，雲南代表呂志伊、張一鵬、段宇清，聯翩到會，依法投票。全是表

面文章。開箱檢視，總數只有十七票，倒有十六票中，端端正正的，寫著孫文二字，大眾歡呼中華共和萬歲三聲，自是中華民國臨時總統，產生大陸，成為開闢以來第一次創局。大書特書。孫文辭無可辭，勉允就職，當準於辛亥年十一月十三日，即陽曆新正月一日，為臨時總統蒞任，中華民國紀元的吉期。先是鄂軍起義，用黃帝紀元，因黃帝為漢族遠祖，興漢排滿，不得不溯源黃帝，所以檄文起首，稱為黃帝紀元四千六百零九年；至造成民國，擬聯合漢、滿、蒙、回、藏五族，成一大中華，不應再存種族的形跡，乃改用民國紀元。且因世界各國，多用陽曆，也只好隨眾變通，藉便交際；可巧總統選出，又適當陽曆殘年，為此種種理由，才有此特別更改。話休煩敘。並非煩文，實為通俗教育起見。

且說中華民國元年元月元日，當選臨時大總統孫文，由滬上乘著專車，赴寧受職，火車上面，遍懸五色旗，隨風送迎。這五色旗寓著五族共和的意義，係江、浙聯軍光復南京後，由都督程德全，及湖南志士宋教仁等，創造出來，後來遂定為國徽。武昌起義，用鐵血旗，即十八星旗。滇、黔、粵、桂獨立，襲用同盟會之青天白日旗。各省獨立，統用白旗。故本書特揭五色旗之緣起。是日午前，車抵南京，政學軍商各界，統到車站歡迎，駐寧各國領事，亦到來迎接。各砲臺，各軍艦，各鳴砲二十一門，表示歡忱。孫文下車，便改乘馬車至臨時總統府，即日行就職禮。各省代表暨海陸軍代表齊集，軍樂聲與歡呼聲、舞蹈聲，和成一片。待眾聲少止，乃由孫文宣讀誓詞，詞曰：

傾覆滿洲專制政府，鞏固中華民國，圖謀民生幸福。此國民之公意，文實遵之，以忠於國。至專制政府既倒，國內無變亂，民國卓立於世界，為列邦公認，文當解臨時大總統之職，謹以此誓於國民。數語已載《清史演義》，因所關重大，用特復錄。

各省代表，因他宣誓已終，遂捧授大總統印信，由孫文接受加儀，那時寧軍總司令徐紹楨，又由各代表公推，令進箋頌，乃琳琳瑯琅的宣讀起來。正是：

元首退居公僕列，國民進作主角。

欲知所讀何詞，且至下回續敘。

本回所敘各事，多載入《清史演義》，而此複複述者，以事關重大，《清史演義》中不可無是文，《民國演義》中，尤不可無是文也。妙在事實從同，運筆不同，兩兩對勘，不嫌重複，反增趣味，且有彼詳此略、彼略此詳諸異點，置諸《清史演義》宜如彼，置諸《民國演義》宜如此，此妙手之所以不涉拘墟也，閱者鑑之，應不河漢餘言。

第四回
復民權南京開幕　抗和議北伐興師

卻說寧軍司令徐紹楨，因臨時大總統孫文就職，遂由各省代表委託，轉達民意，朗讀頌詞道：

維漢曾孫失政，東胡內侵，淫虐猾夏，帝制自為者垂三百年，我皇漢慈孫，呻吟深熱，慕法蘭西、美利堅人平等之制，用是群視眾策，仰視俯畫，思所以傾覆虐政，恢復人權，乃斷頭搥胸，群起號召，流血建義，續法、美人共和之戰史。今三分天下，克復有二，用是建立民國，期成政府，揀選民主，推置總統。僉意能尊重共和，宣達民意，唯公賢；廓清專制，罩衛自由，唯公賢；光復禹域，克定河朔，舉漢、滿、蒙、回、藏群倫，共覆於平等之政，亦唯公賢。用是投匭度情，徵壓紐之信，眾意所屬，群謀僉同。既協眾符，歡欣擁戴。要知我國民久困鈐制，疾首蹙頞，望民主若歲，今當公軒車蒞任，蒼白扶杖，子女加額，焚香擁彗，感激涕零者何也？忭舞自由，敦重民權也，用是不吝付四百兆國民之太阿，寄二億裡山河之大命，國民之委託於公者，亦已重哉。繼自今唯公翼翼，毋違憲法，毋拂輿意，毋任威福，毋崇專斷，毋暱非德，毋任非才，凡我共和國民，有不矢忠矢信，至誠愛戴，軒轅、金天，列祖列宗，七十二代之君，實聞斯言。代表等受國民委託之重，敢不盡意，謹致大總統璽綬，俾公發號施令，崇為符信，欽念哉！

讀畢，由孫大總統答詞，略謂：「當竭盡心力，勉副國民公意。」各代表及海陸軍代表，又歡呼中華民國萬歲，中華民國共和萬歲，中華民國四萬萬同胞萬歲。兩階軍樂，又鞳鞳的奏了一回，然後大眾鞠躬告

別。過了三天，再選舉副總統，黎都督元洪當選；復著手組織內閣，暫仿美國成制，不設總理，先集各代表議定法度，分作九部，每部設總長一人，次長一人，由孫總統提出望重名高的人物，請代表團投票取決，得多數同意，乃經總統委任。此次是中華民國第一次組織內閣，當任黃興為陸軍總長，蔣作賓為次長，黃鍾瑛為海軍總長，湯薌銘為次長，伍廷芳為司法總長，呂志伊為次長，陳錦濤為財政總長，王鴻猷為次長，王寵惠為外交總長，魏宸組為次長，程德全為內務總長，居正為次長，蔡元培為教育總長，景耀月為次長，張謇為實業總長，馬和為次長，湯壽潛為交通總長，于右任為次長。政府的行政機關，已經組成，乃由各代表組織參議院，每省中選出三人，公議法律，作為中華民國的立法機關。政法兩項，並行不悖，先擇民國最要緊的條件，提出施行。第一件是外交，由臨時大總統咨照各國，凡革命以前，清政府所欠外債，歸民國承認償還，從前中外約款，仍然履行，各國僑民，一體保護，信教悉許自由，外人得此照會，卻也悅服。第二件是內治，下剪辮令，改拜跪禮，所有從前大人老爺的稱呼，以及山、陝教坊樂籍，與浙紹惰民丐籍及浙、閩棚民，廣東蜑戶等，一體革除，實行共和制度，撤銷階級。至若刑法一端，雖已設司法部，一時未及編制，且因軍務未竣，暫行軍律，由陸軍總長頒布臨時軍律十二條，凡任意擄掠、強姦婦女、焚殺平民，及未奉長官命令，擅封民房財產、硬奪良民財物等五條，最為大罪，犯即槍斃。勒索強買，與私鬥傷人，這二條論情抵罪。還有五條，是私入良民家宅、行竊賭博、縱酒行凶，及各種滋擾情形，均酌量罰辦。此外一切政策，由各部總長頒布意見，逐漸進行。唯教育一項，至應改良，所有大小所堂，改名學校，各種教科書，飭各書局及各校教員，酌量編輯，小學校中準男女同學，期合共和宗旨。其餘各節，亦略有變通，小子也不及細述了。此係民國創造的政治，不能不揭要敘明。

唯是滿清政府，尚兀立北京，直隸、河南，未曾獨立；山東舊撫孫寶琦，忽附和民軍，忽服從清室，彷彿有兩張面孔，兩副心腸；還有遼東三省，也是首鼠兩端；西域的新疆省，及內外蒙古、青海、西藏三部，路途遙遠，聲息未通；就是一早光復的山、陝兩省也被清軍襲擊，屢電達南京政府，火速乞援。臨時大總統孫文，及九部閣員，不得不亟籌統一的辦法。

　　時清議和代表唐紹怡，與民軍代表伍廷芳，已會議了好幾次，伍代表先提出和議大綱，約有四條：一是廢除滿清政府；二是建立共和政府；三是優給清帝歲俸；四是滿人除在新政府效力外，凡年老窮苦的人，均優給贍養。這數條說將出來，與唐代表意不相合。唐代表受著清廷命令，南下議和，就是有志共和，一時也不便推倒滿清，遂與伍代表辯駁數次，仍主張君主立憲。伍代表當然不允，嗣經彼此磋磨，定了一個通融的法兒，擬立時召集國會，將君主民主問題，付諸公決，當由雙方簽字。再議國會辦法，及開會地點，伍主上海，唐主北京；伍主每省選派代表三人，唐初意未協，旋亦照允，唯地點尚未議定，電達袁總理定奪。袁總理覆電，不特反對上海開會，並云：「各省代表，只有三人，不足取信大眾。唐使不候電商，徑行允協，未免越權，本總理礙難承認」云云。無非為一己計。看官試想！唐使南來，明明是袁總理的全權代表，當兩代表相見時，已經換驗文憑，確有全權字樣。乃因這國會人數，由唐簽定，竟遭袁總理駁斥，還有什麼全權可言？唐代表即日辭職，由袁總理致電伍廷芳，直接議和。正在辯論的時候，忽聞南京已組織新政府，選孫文為臨時大總統，黎元洪為臨時副總統，不由的驚動了老袁，正副總統，都被他人取去，安得不驚。立即電達南方，詰問伍代表。略云：

國體問題，由國會解決，現正商議正當辦法，自應以全國人民公決之政體為斷。乃聞南京忽已組織新政府，並孫文受任總統之日，宣示驅逐滿清政府，是顯與前議國會解決問題相背，特詰問此次選舉總統，是何用意？設國會議決為君主立憲，該政府暨總統，是否立即取消？務希電覆！

伍代表接到此電，亦擬就復稿，拍致袁總理道：

現在民軍，光復十七省，不能無統一之機關，在國民會議未議決以前，民國組織臨時政府，選舉臨時大總統，此是民國內部組織之事，為政治上之通例。若以此相詰，請還問清政府，國民會議未決以前，何以不即行消滅，何以尚派委大小官員？又前與唐使訂定，謂國民會議，取決多數，議決之後，兩方均須依從。來電所詰問者，請還以相詰，設國會議決為共和立憲，清帝是否立即退位？亦希答覆為盼！

袁總理瞧這電文，免不得氣憤起來，當下四處拍電，飭新授山西巡撫張錫鑾，速帶三鎮全軍，往攻娘子關，進窺太原；故陝督升允，由甘肅募軍，由平涼窺陝西乾州；再調河南清軍，西薄陝西潼關；皖北清藩倪嗣沖，進駐潁亳；南京敗逃的提督張勳，由徐州招集散軍，攻入宿州，隨處牽制民軍，大有以力服人的威勢。暗中卻仍令唐紹怡，寓居滬上，作局外的調停，仍與伍代表密商，不使南北決裂。一面硬逼，一面軟做，老袁確有手段。南京政府，頗有些為難起來，各省代表團，恐臨時政府為和議所誤，行文嚴詰，日促進兵。山西都督閻錫山，又飛書求救，接連是娘子關失守，太原失守，數次警電，絡繹傳來。陝西潼關民軍，始挫終勝，雖幸得擊退清軍，究竟還是危險，也屢電告急，皖、徐一帶，又有不安的消息，於是南京政府，揭示進兵的方法，派鄂、湘民軍，為第一軍，向京漢鐵路前進；寧、皖民軍為第二軍，向河南前進，與第一軍約會開封、鄭州間；淮陽民軍為第三軍，煙臺民軍為第四軍，

向山東前進,約會濟南;秦皇島合關外各民軍為第五軍,山、陝民軍為第六軍,向北京前進,若第一二三四軍,進行順手,即與第五六軍會合,共搗虜廷。再由臨時大總統孫文,檄告北方將士,其文云:

  民國光復,十有七省,義旗雖舉,政體未立,凡對內對外諸問題,舉非有統一之機關,無以達革新之目的,此臨時政府,所以不得不亟為組織者也。文以薄德,謬承公選,效忠服務,義不容辭,用是不揣綿薄,暫就臨時之任,藉維秩序而圖進行,一俟國民會議舉行之後,政體解決,大局略定,敬當遜位,以待賢明。區區此心,天日共鑑。凡我同胞,備聞此言。唯是和平雖有可望,戰局尚未終結,凡我籍隸北軍諸同胞,同是漢族,同為軍人,舉足輕重,動關大局,竊以為有不可不注意者數事,敢就鄙意,為我諸同胞正告之:此次戰事遷延,亦既數月,塗炭之慘,延互各地,以滿人竊位之私心,開漢族仇殺之慘禍,操戈同室,貽笑外人,我諸同胞不可不注意者此其一;古語云:「民之所欲,天必從之」,是知民心之所趨即國體之所由定也,今禹域三分光復逾二,雖有孫、吳之智,賁、育之勇,亦詎能為滿廷挽既倒之狂瀾乎?我諸同胞不可不注意者此其二;民國新成,時方多事,執干戈以衛社稷,正有志者建功樹業之時,我同胞如不明燭幾先,即時反正,他日者,大功既定,效用無門,豈不可惜?我諸同胞不可不注意者此其三。要之義師之起,應天順人,掃專制之餘威,登國民於衽席,此功此責,乃文與諸同胞共之者也。如其洞觀大勢,消釋嫌疑,同舉義旗,言歸於好,行見南北無衝突之憂,國民蒙共和之福;國基一定,選賢任能,一秉至公,南北軍人,同為民國干城,決無歧視。我諸同胞當審斯義,早定方針,無再觀望,以貽後日之悔,敢布腹心,唯圖利之!

  為這一篇宣告書,北方將士,亦蠢蠢欲動,南方各省都督,更躍躍欲戰,軍書旁午,戰電紛馳,北伐北伐的聲音,喧騰大陸,且把袁世凱罵得一文不值,不是說他滿奴,就是罵他漢賊;肄業學校的學生,也情

願拋書輟學，倡合一個北伐團；醉心文明的女子，又情願浣粉洗脂，組成一黨北伐隊；還有學生衛兵，女子精武軍，及男女赤十字會，名目繁多，數不勝數。就是梨園名角，楚館歌娼，也想卸下這優孟衣冠，跳脫那平康賤里，投入什麼北伐團、北伐隊，去當一會北伐英雄、北伐英雌。端的是乘盾為榮，執桴而起，班超投筆，大丈夫安用毛錐？木蘭從徵，新國民休輕巾幗。彷彿一個大舞臺。似乎直搗黃龍，指顧間事。各國僑商，見時勢危迫，恐礙商務，大眾聯名發電，直致清廷，要求他早改國體，安定大局。偏清親貴載濤、載洵、載澤、溥偉、善耆，與良弼、鐵良等，結成一個宗社黨，極端反對民軍，一意主戰，且有寧贈友邦，不給漢人的呆話。宗社黨自此出現。當下開了幾次會議，把變更國體的問題，誓不願行，任他如何請求，如何決裂，只有背城借一，與國存亡。恐怕是大言不怍。良弼尤為激烈，力請隆裕太后，易和為戰，並斥袁總理負國不忠，立應罷斥。隆裕後躊躇未決，袁總理已得著消息，即奏請辭職退居。復旨尚未下來，甘肅、新疆，已遞到警報，甘肅總督長庚，新疆將軍志銳，均被革命軍殺死，接連是蒙古活佛、西藏喇嘛，也宣布獨立，把清廷簡放的駐守大臣，一律驅逐出境。看官！你想隆裕太后，生平雖幾經患難，要沒有這般危急，當此一夕數驚，哪得不令她嚇煞？左思右想，無可奈何，只好去請老慶商量。老慶心目中，只有一個袁世凱，仍是堅持原議，並把曾國藩封侯故事，引述一番。世凱是姓袁，並不姓曾。隆裕後以滿清宗室，總要算老慶閱歷最深，比不得一班粗莽少年，空說大話，毫無實用。少年原不足恃，老朽亦屬無用。當下令老慶往留老袁，且封袁一等候爵。袁總理不願就封，並整頓行裝，似乎要歸去的模樣，急得老慶苦口挽留，才得他勉強應允，唯侯爵決不肯受。想做總統，想做皇帝，豈侯爵所能羈留？俟老慶別後，沉吟了好半晌，乃自擬密電，飛寄唐紹怡，唐接電後，往謁伍代表，談及老袁密電

中事。伍代表復轉電孫總統，孫總統微微一笑，遂命祕書擬好電文，即致袁總理道：

北京袁總理鑑：文前日抵滬，諸同志屬組臨時政府，文義不容辭，只得暫時擔任。公方以旋乾轉坤自任，即知億兆屬望，唯目前地位，尚不能不引嫌自避，故文暫時承乏，而虛位以待之心，終可大白於將來。望早定大計，以慰四萬萬人之渴望。

原來袁總理的密電中，是要孫中山讓位與他，他才肯贊成共和，推翻清室，做一出民國開幕的新戲。孫中山顧全大局，竟坦白無私，甘心讓位。於是這位袁總理，遂放膽做去，演出許多把戲來。曾記得古詩一首，很好移贈老袁，詩句便是：

周公恐懼流言日，王莽謙恭下士時。
若是當年身便死，一生真偽有誰知？

畢竟袁總理如何處置，且待下回表明。

南北議和，而孫中山航海來華，即組織臨時政府，似乎行之太急，然非有此倉猝之組織，則選議員、開國會，待諸何時？延長一日，則中國即不安一日，且若國會果成，南北必大肆運動，不免有道旁築室之嫌，此組織南京政府，不可謂非南方黨人之捷足也。唐代表議和被斥，即行辭職，看似袁、唐暗中衝突，實仍一致進行。袁總理心中，本挾一唯我獨尊之見，意欲借共和捷徑，為皇帝之過渡，既避篡逆之惡名，復得中外之美譽，種種作用，無非期達目的，唐代表輩，實為所利用耳。北伐一段，寫得如火如荼，初不值老袁一哂。孫中山之甘心讓位，亦知南北之未必相敵，經著書人一一敘來，不但事實了然，即如各人心理，亦躍然紙上。

第四回　復民權南京開幕　抗和議北伐興師

第五回
彭家珍狙擊宗社黨　段祺瑞倡率請願團

卻說臨時大總統孫文，致電袁世凱，有虛位以待等語。袁總理才放下了心，只表面上不便遽認，當復致一電道：

孫逸仙君鑑：電悉。君主共和問題，現方付國民公決，無從預揣。臨時政府之說，未敢預聞。謬承獎誘，愧不克當。唯希諒鑑為幸！

這電文到了南京，孫總統又有覆電云：

電悉。文不忍南北戰爭，生靈塗炭，故於議和之舉，並不反對。雖君主民主，不待再計，而君之苦心，自有人諒之。倘由君之力，不勞戰爭，達國民之志願，保民族之調和，清室亦得安樂，一舉數善，推功讓能，自有公論。文承各省推舉，誓詞俱在，區區此心，天日鑑之。若以文為誘致之意，則誤會矣。

袁總理既得此電，料知孫文決意讓位，並非虛言，遂至慶親王私邸，密商多時。略謂：「全國大勢，傾向共和，民軍勢力，日甚一日，又值孫文來滬，挈帶巨資，並偕同西洋水陸兵官數十員，聲勢越盛。現在南京政府，已經組織完備，連外人統已贊成。多半是烏有情事，老袁豈真相信？無非是恫嚇老慶。試思戰禍再延，度支如何？軍械如何？統是沒有把握。前數日議借外款，外人又無一答應，倘或兵臨城下，君位貴族，也怕不能保全，徒鬧得落花流水，不可收拾。若果到了這個地步，上如何對皇太后？下如何對國民？這正是沒法可施哩。」老慶聞到此言，也是皺眉搓手，毫無主意；隨後又問到救命的方法。袁總理即提出「優待

皇室」四字，謂：「皇太后果俯順輿情，許改國體，那革命軍也有天良，豈竟不知感激？就是百世以後，也說皇太后皇上為國為民，不私天下。似王爺等贊成讓德，當亦傳頌古今，還希王爺明鑑，特達官廷。」前恫嚇，後趨承，老慶輩安得不入彀中？老慶躊躇一會，方道：「事已至此，也沒有別的法子，且待我去奏聞太后，再行定奪。」袁總理乃告別出邸。

　　過了一日，即由隆裕太后宣召袁總理入朝。袁總理奉命即往，謁見太后，仍把變更國體的好處，說了一番，太后淚落不止。袁總理帶嚇帶勸，絮奏了好多時，最後聞得太后嗚咽道：「我母子二人，懸諸卿手，卿須好好辦理，總教我母子得全，皇族無恙，我也不能顧及列祖列宗了。」悽慘語，不忍卒讀。袁總理乃退了出來，時已晌午，乘輿出東華門，衛隊前擁後護，警備甚嚴；兩旁站著兵警，持槍鵠立，一些兒不敢出聲。至行到丁字街地方，忽從路旁茶樓上面，拋下一物，約離袁總理乘車數尺，一聲爆響，火星直迸，晦氣了一個衛隊長，一個巡警，兩匹坐馬，轟斃地上。還有兵士十二人，行路三人，也觸著煙焰，幾乎死去。無妄之災。袁總理的馬車，幸尚不損分毫，他坐在馬車上面，雖亦覺得驚駭，面目上卻很鎮靜，只喝令快拿匪徒。衛隊不敢少慢，即似狼似虎的，跑入茶樓，當場拿住三人，移交軍警衙門，即日審訊，一叫楊禹昌，一叫張先培，一叫黃之萌，直供是拋擲炸彈，要擊死袁總理。待問他何人主使，他卻不發一語，隨即正法了案。閱者細思此三人，果屬何黨？或謂由宗社黨主使，或謂由革命黨主使。迄今尚屬存疑。

　　袁總理始終不撓，遂擬定優待皇室等條件，一份內呈，一份外達。隆裕太后再開皇族會議，老慶等已無異辭。獨良弼憤憤不從，定要主戰。那時袁總理得了此信，頗費躊躇，暗忖了半天，不由的自慰道：「如此如此，管教他死心塌地。」遂暗暗的設法布置，內外兼施。過了數天，

忽由民政大臣趙秉鈞，趨入通報道：「軍咨使良弼，已被人擊傷了。」袁總理道：「已死麼？」開口即問他死否，其情可見。秉鈞道：「現尚未死，聞已轟去一足，料也性命難保了。」袁總理又道：「敢是革命黨所為麼？」秉鈞道：「大約總是他們黨人。」袁又問曾否捉住？秉鈞又道：「良弼未死，拋擲炸彈的人，卻已死了。」袁總理嘆道：「暗殺黨煞是厲害，但良弼頑固異常，若非被人擊死，事體也終辦不了。」言下明明有喜慰意。秉鈞道：「此人一死，國體好共和了。」袁總理又道：「你道中國的國體，究竟是專制的好，共和的好？」秉鈞道：「中國人民，只配專制，但目下情勢，不得不改從共和，若仍用專制政體，必須仍然君主。清帝退位，何人承接？就是有承接的人也離不了莽、操的名目。依愚見想來，只好順水推舟，到後再說。」袁總理不禁點首，又與秉鈞略談數語，彼此握手告別。趙秉鈞係袁氏心腹，故特從此處插入。

　　看官！你道這清宗室良弼，究係為何人所擊？相傳是民黨彭家珍。家珍四川人，曾在本省武備學堂畢業，轉學東洋，歸充四川、雲南、奉天各省軍官，久已有志革命，至武昌起義，他復奔走南北，鼓吹軍士。既而潛入京師，賃居內城，購藥自製炸彈，為暗殺計。適良弼統領禁衛軍，銳意主戰，乃決計往擊良弼。自寫絕命書一函，留存案上，然後改服新軍標統衣飾，徐步出門，遙看天色將晚，徑往投金臺旅館，佯稱自奉天進京，有要公進內城，命速代僱馬車，赴良弼家，投刺求見。閽人見名刺上面，寫著「崇恭」兩字，旁註「奉天標統」四字，當將名刺收下，只複稱：「大人方入宮議事，俟明晨來見便了。」家珍道：「我有要事，不能少待，奈何？」一面說著，一面見閽人不去理保，復躍上馬車，至東華門外靜待。約過半小時，見良弼乘車出來，兩旁護著衛隊，無從下手，乃讓良弼車先行，自驅車緊隨後面，直至良弼門首，見弼已下車，

慌忙躍下，取出「崇恭」名片搶步求見。良弼詫異道：「什麼要公，黃夜到此？明日敘談罷。」說時遲，那時快，良弼正要進門，猛聽得一聲怪響，不禁卻顧，可巧彈落腳旁，把左足轟得烏焦巴弓，呼痛未終，已是暈倒。只有這些本領，何苦硬要主戰。衛士方擬搶護，又是豁喇一聲，這彈被石反激，轉向後炸，火光亂迸，轟倒衛士數名，連家珍也不及逃避，霎時殞命。良弼得救始醒，奈足上流血不止，急延西醫施救，用刀斷足，血益狂湧，翌日亦死。死後無嗣，唯遺女子三人。且家乏遺貲，蕭條得很。度支部雖奉旨優恤，賻金尚未頒發，清帝即已退位，案成懸宕，良女未得分文，後由故太守廉泉夫人吳芝瑛，為良女慰勉請恤。呈詞中哀楚異常，才博得數金贍養。良弼雖反抗共和，然究是清室忠臣，且廉潔可敬，故特筆表明。這且擱下不提。

　　且說良弼被炸，滿廷親貴，聞風膽落，躲的躲，逃的逃，多半走離北京，至天津、青島、大連灣，託庇外人租界，苟延生命；所有家資，統保存外國銀行，經有心人確實調查，總數得四千萬左右。不肯餉軍，專務私蓄，彷彿明亡時形狀。大家逍遙海上，單剩了一個隆裕太后，及七歲的小皇帝，居住深宮，危急萬狀。小皇帝終日嬉戲，尚沒有什麼憂愁。獨隆裕後日夕焦煩，再召皇族會議，竟不見有人到來。接連又來了一道催命符，由內閣呈入，慌忙一瞧，但見紙上寫著：

　　內閣軍咨陸軍並各王大臣鈞鑑：為痛陳利害，懇請立定共和政體，以鞏皇位而奠大局，謹請代奏事。竊維停戰以來，議和兩月，傳聞宮廷俯鑑輿情，已定議立改共和政體，其皇室尊榮及滿、蒙、回、藏生計許可權各條件，曰大清皇帝永傳不廢；曰優定大清皇帝歲俸，不得少於四百萬兩；曰籌定八旗生計，蠲除滿、蒙、回、藏一切限制；曰滿、蒙、回、藏，與漢人一律平等；曰王公世爵，概仍其舊；曰保護一切私

產,民軍代表伍廷芳承認,列於正式公文,交萬國平和會立案云云。電馳報紙,海宇聞風,率土臣民,罔不額手稱慶,以為事機至順,皇位從此永保,結果之良,軼越古今,真國家無疆之休也。想望懿旨,不遑朝夜,乃聞為輔國公載澤,恭親王溥偉等,一二親貴所尼,事遂中沮,政體仍待國會公決,祺瑞自應力修戰備,靜候新政之成。唯念事變以來,累次懿旨,莫不軫念民依,唯國利民福是求,唯塗炭生靈是懼;既頒十九信條,誓之太廟,又允召集國會,政體付之公決;又見民為國本,宮廷洞鑑,具徵民視民聽之所在,決不難降心相從。茲既一再停戰,民軍仍堅持不下,恐決難待國會之集,姑無論牽延數月,有兵潰民亂、盜賊蜂起之憂,寰宇糜爛,必無完土。瓜分慘禍,迫在目前。即此停戰兩月間,民軍籌餉增兵,布滿各境,我軍皆無後援,力太單弱,加以兼顧數路,勢益孤危。彼則到處勾結土匪,勒捐助餉,四出煽擾,散布誘惑。且於山東之煙臺,安徽之潁、壽境界,江北之徐州以南,河南之光山、商城、固始,湖北之宜城、襄、樊、棗陽等處,均已分兵前逼。而我皆困守一隅,寸籌莫展,彼進一步,則我之東皖、豫即不自保。雖祺瑞等公貞自勵,死生敢保無他,而餉源告罄,兵氣動搖,大勢所趨,將心不固,一旦決裂,何所恃以為戰?深恐喪師之後,宗社隨傾,當時皇室尊榮,宗藩生計,必均難求滿志。即擬南北分立,勉強支持,而以人心論,則西北騷動,形既內潰;以地理論,則江海盡失,勢成坐亡。祺瑞等治軍無狀,一死何惜,特捐軀自效,徒殉愚忠,而君國永淪,追悔何及?甚非所以報知遇之恩也。況召集國會之後,所公決者尚不知為何項政體?而默察人心趨向,恐仍不免出於共和之一途,當時萬難反汗,是徒以數月水火之患,貽害民生,何如預行裁定,示天下以至公?使食毛踐土之倫,歌舞聖明,零涕感激,咸謂唐虞至治,今古同揆,不亦偉哉!祺瑞受國厚恩,何敢不以大局為念?故敢比較利害,冒死陳言,懇請渙汗大號,明降諭旨,宣示中外,立定共和政體,以現在內閣及國務大臣等,暫時代表政府,擔任條約國債及交涉未完各事項,再行召集國

會，組織共和政府，俾中外人民，咸與維新，以期妥奠群生，速復地方秩序，然後振刷民氣，力圖自強，中國前途，實維幸甚，不勝激切待命之至，謹請代奏！

　　隆裕太后一氣覽畢，已不知落了多少珠淚，及看到後面署名，第一個便是第一軍總統官段祺瑞，隨後依次署列，乃是尚書銜古北口提督毅軍總統姜桂題，護理兩江提督張勳，察哈爾都統陸軍統制官何宗蓮，副都統段芝貴，河南布政使幫辦軍務倪嗣沖，陸軍統制王占元、曹錕、陳光遠、吳鼎元、李純、潘矩楹、孟恩遠，河北鎮總兵馬金敘，南陽鎮總兵謝寶勝，第二軍總參議官靳雲鵬、吳光新、曾毓雋、陶雲鶴，總參謀官徐樹錚，砲臺協領官蔣廷梓，陸軍統領官朱泮藻、王金鏡、鮑貴卿、盧永祥、陳文運、李厚基、何豐林、張樹元、馬繼增、周符麟、蕭廣傳、聶汝清、張錫元，營務處張士鈺、袁乃寬，巡防統領王汝賢、洪自成、高文貴、劉金標、趙倜、仇俊愷、周德啟、劉洪順、柴得貴，陸軍統帶官施從濱、蕭安國一古腦兒有四五十人。到了結末幾個姓名，已被淚珠兒浸透，連筆跡都模糊起來。隆裕後約略看畢，便把這來折擲在案上，竟返入寢宮，痛聲大哭。一班宮娥侍女，都為慘然。又經窗外的朔風，獵獵狂號，差不多為清室將亡，呈一慘狀。帝王末路，歷代皆然，如清室之亡，尚是一個好局面。自是隆裕太后憂鬱成疾，食不甘，寢不安，鎮日裡以淚洗面，把改革國體問題，無心提起。一夕，正假寐幾上，忽由太保世續，踉蹌趨入，報稱：「太后，不好了，段祺瑞等要進京來了。」隆裕太后不覺驚醒，忙問道：「段祺瑞麼？他來京何事？」世續道：「他有一本奏摺，請太后明鑑。」隆裕後未曾瞧著，眼眶中已含了多少淚兒，及瞧完來奏，險些兒暈厥過去。看官！你道他是什麼奏辭？待小子錄述出來，奏云：

共和國體，原以致君於堯、舜，拯民於水火，乃因二三王公，迭次阻撓，以至恩旨不頒，萬民受困。現在全域性危迫，四面楚歌，潁州則淪陷於革軍，徐州則小勝而大敗，革艦由奉天中立地登岸，日人則許之，登州、黃縣獨立之影響，蔓延於全魯，而且京、津兩地，暗殺之黨林立，稍疏防範，禍變即生。是陷九廟兩宮於危險之地，此皆二三王公之咎也。三年以來，皇族之敗壞大局，罪難發數，事至今日，乃並皇太后皇上欲求一安富尊榮之典，四萬萬人欲求一生活之路，而不見允，祖宗有知，能不恫乎？蓋國體一日不決，則百姓之困兵燹凍餓，死於非命者，日何啻數萬。瑞等不忍宇內有此敗類也，豈敢坐視乘輿之危而不救乎？謹率全軍將士入京，與王公痛陳利害，祖宗神明，實式憑之。揮淚登車，昧死上達。請代奏！

最後署名，除段祺瑞外，無非是王占元、何豐林、李純、王金鏡、鮑貴卿、李厚基、馬繼增、周符麟等一班人物，隆裕後也不及細閱，只覺身子寒戰起來，昏昏沉沉，過了半晌，方對世續道：「這，怎麼好？怎麼好？」世續支吾道：「國勢如此，人心如此，看來非改革政體，不能解決了。」隆裕後道：「古語說得好，『養兵千日，用兵一時。』不料中國家費了若干金銀，養了這班虎狼似的人物，偏來反噬，你想可痛不可痛呢？」並非將士之過，隆裕後也未免誣人。世續道：「太后須保重玉體，勿過傷心！」隆裕後流淚道：「我悔不隨先帝早死，免遭這般慘局。」說至此，又把銀牙一咬，便道：「罷，罷！你去宣召袁世凱進來。」世續奉命去訖，約半日，即見心廣體胖的袁總理，隨世續入宮。心廣體胖四字，形容得妙。這一來有分教：

一代皇圖成過去，萬年創局見今朝。

欲知袁總理入宮後事，且看下回再表。

統觀本回各情事，無一非袁世凱所為，袁世凱之被炸，當時群料為

良弼所使，吾謂實袁氏自使之耳。良弼之被炸，則謂由民黨彭家珍，吾謂亦袁氏實使之。不然，何以袁氏遇炸而不死，良弼一炸而即死乎？或謂楊禹昌、黃之萌、張先培三人被逮以後，並未供言袁氏指使，豈死在目前，尚無實供求生之理？不知此正見袁氏之手段。袁氏後日，殺人多矣，即受袁氏之指使，而被人殺者亦多矣。問誰曾實供袁氏乎？聞袁氏平生舉動，得達目的，不靳金錢，然則買人生命，以金為鵠，貪夫殉財，何所憚而不為也？若段祺瑞之領銜請願，不待究詰，已共知為受命老袁，書中內外兼施四字，已將全情表明，寡言勝於多言，益令人玩味無窮云。

第六回
許優待全院集議　允退位民國造成

卻說清太保世續，召袁總理世凱入宮，當由隆裕後問及優待條件，曾否寄往南方？袁總理答云：「未曾。」明明是欺弄孤兒寡婦，安有外人盡知，尚說未曾寄往耶？隆裕後悽然道：「這個局面，看來是難免了，煩你寄去交議罷。」袁總理道：「事關重大，且再商諸近支王公，再行定奪。」何必做作。隆裕後道：「近支王公，多半遠颺，還有什麼可議？」說罷，掩面悲啼，袁總理也顧不得什麼，竟大踏步出宮，電致南方伍代表去了。已達目的，樂得趾高氣揚。

是時南京各省代表團，已依臨時政府組織大綱，召集參議員，於民國元年正月廿八日開參議院正式成立大會。開會前一日，適有數大問題發生，足為中華民國前途之障力。先是各省代表集會漢口，已有未曾獨立的省分，如直隸、奉天等代表，有無表決權，應付討論。卒因群議紛紜，倉卒不及表決，所以組織臨時政府，選舉正副總統，無論該省是否獨立，既稱代表，皆得投票，初無歧視，及參議院將要開會，議員中有提出原議，略言：「直隸、奉天等議員，不得有表決權。」直隸議員谷鍾秀，奉天議員吳景濂等，抗論不服，相繼辭職，旋經各省議員調停，方彼此一律，許可權從同。南北議和，已將就緒，不日即可統一，還要彼此齟齬，自生惡感，真正令人不解。次日開會，各省議員，聯襼偕來，雖未滿額，已過半數，臨時大總統孫文，亦曾蒞會，國旗招颭，軍樂悠揚，大眾歡欣鼓舞，儼然有一種共和的氣象。嗣是逐日會議，倏逾

兼旬，忽聞新政府未經院議，擅將漢冶萍煤礦公司，抵質借款，全院議員大譁，嚴辭責問。原來臨時政府成立，命將各省賦稅暫行豁免，一些兒沒有進款，那出款卻格外浩繁。陸軍財政兩部，擬發軍需八厘公債票，經參議院通過施行，未見成效。嗣商諸大公司內管理人，暫借國民名義，將私產抵押外國款項，轉貸政府，於是蘇路公司，及招商局，先後抵質，為短期借款的抵押品。參議院也無異議，唯新政府尚嫌未足，復將漢冶萍煤礦公司，抵借日本款五百萬圓，這漢冶萍公司的資本，是清郵傳部大臣盛宣懷，要占大半，盛氏以鐵路國有政策，激起民變，致興革命軍，詳見《清史演義》。清廷已將他罷職，民軍又擬將他資產籍沒，急得老盛沒法，竟去投效日本，願與日人合辦，想仗這日本商標，保護私產，復討好臨時政府，願將該公司抵款五百萬圓，救濟新政府的眉急。陸軍總長黃興，以軍餉急需，不暇交參議院公決，只與臨時大總統孫文商妥，徑由大總統及陸軍總長祕密簽字，連財政總長陳錦濤，也未得與聞。此舉未免違法。後被參議院察悉，立刻咨照政府，詰他：「抵押借債，何故不付參議院議決，擅自簽字」等語。政府答稱：「由私人押借，與國家無涉。且款項亦未繳齊。」潦潦草草的說了數語，參議院議員，競責政府遁辭，愈覺不平，再請政府切實答覆。政府復答稱：「漢冶萍公司，係由私人資格，與日本商訂合辦，尚未透過股東會，先由該公司借日款五百萬圓，轉借與臨時政府，請求批准。現只交到二百萬圓，本總統正恐外人合股，不無流弊，正擬取消這事，所以未經交議」等因。湖北參議員劉成禺、張伯烈、時功玖等，攘臂起訴，極言政府擅斷擅行，憤極辭職，立回湖北原籍，運動本省臨時省議會，另行組織臨時國會，與南京臨時參議院抗衡。臨時參議院成立，未及一月，即成決裂，此即中華民國不祥之兆。政府乃將漢冶萍公司罷押。臨時參議院亦駁斥湖北省議會，為法外舉動，當然無效。特舉此數事，見得中國共和

之難成。正在喧鬧的時候，伍代表已交到優待清室等件，立待議妥，大眾乃將餘事擱起，專心致志的公議要項。但見第一行寫著道：

（甲）關於大清皇帝優禮之條件。

大眾瞧這十餘字，各譁聲道：「清帝退位，清室已亡，還有什麼大不大。說得有理。就是優禮的禮字，亦屬不合。」一議員道：「竟改作『清帝退位後優待之條件』便好了。」又有一議員道：「退字不如遜字，俾他留點面目，何如？」當下大眾贊成，遂由主稿員另紙寫出，係（甲）關於清帝遜位後優待之條件，寫畢，再將原稿看了下去，係是：

第一款，大清皇帝尊號，相承不替，國民對於大清皇帝，各致其尊崇之敬禮，與各國君主相等。

大眾複道：「不妥不妥。清帝已經退位，我輩國民，還要去尊崇他做什麼？」乃經大眾悉心參酌，改為：「清帝遜位之後，尊號仍存不廢，以待外國君主之禮相待。」再看第二款云：

第二款，大清皇帝歲用，每歲至少不了短於四百萬兩，永不得減額。如有特別大典，經費由民國擔任。

大眾磋議，改四百萬兩為四百萬元，特別大典二語刪去，乃復由主稿員寫下道：「清帝遜位之後，每歲用四百萬元，由中華民國給付。」再看第三款列著：

第三款，大內宮殿或頤和園，由大清皇帝隨意居住，宮內侍衛護軍官兵，照常留用。

大眾又道：「清帝既已退位，大內宮殿，不應久居。」一議員應聲道：「何不叫他還居頤和園？」旁又有一議員道：「頤和園規模弘敞，殿閣巍峨，令他居住，還是便宜了他。」連頤和園都不肯與居，清室末路，也屬

可憐。大眾道：「既議優待，就留些餘地便是。」乃改為：「清寬遜位之後，暫居宮禁，日後移居頤和園，侍衛照常留用。」至第四款是：

第四款，宗廟陵寢，永遠奉祀，由民國妥慎保護，負其責任，並設守衛官兵，如遇大清皇帝恭謁陵寢，沿途所需費用，由民國擔任。

大眾道：「清帝謁陵的費用，如何要民國擔任？倘他借謁陵為名，日日嬉遊，我民國當得起這許多供奉嗎？此款前半截尚可通融，下三語儘可刪卻。」乃改定：「清室遜位後，其宗廟陵寢，由民國妥慎保護。」復看第五款云：

第五款，德宗崇陵未完工程，如制敬謹妥修，其奉安典禮，仍如舊制，所有經費，均由民國擔任。

這一款卻沒人反對，只酌改數字，作為：「清德宗崇陵未完工程，如制妥修。其奉安典禮，仍如舊制，所有實用經費，均由中華民國支出。」至第六款云：

第六款，宮內所用各項執事人員，均由大清皇帝留用。

大眾道：「清宮舊用閹人，我民國尊重民權，當然不準有這腐豎，須要載明方好。」即改為：「宮內所用各項執事人員，得照常留用，唯以後不得再招閹人。」再看下去：

第七款，凡屬大清皇帝原有之私產，特別保護。

此款也沒甚異議，不過竄易字句，變為：「清帝遜位之後，其原有私產，由中華民國特別保護。」及看到第八款，沒有一人贊成，議決作廢。看官！你道原稿第八款，是寫著什麼？乃是：

第八款，大清皇帝有大典禮，國民得以稱慶。

依情理上論來，清帝已經退位，中國人民，不服清帝管轄，所有清室典禮，與國民何涉？應該將此款刪去。到了第九款，大眾又抗論起來，但見原稿上寫著：

第九款，禁衛軍名額俸餉，仍如其舊。

原來禁衛軍是保護清宮，因有此制。清帝退位後，須移居頤和園，禁衛軍理應裁去。但從前這班軍人，靠著軍餉過活，此時遽議裁汰，恐他遊騎無歸，轉成寇盜。當經各議員裁酌，改為：「原有之禁衛軍，歸中華民國陸軍部編制，其額數俸餉，仍如其舊。」統計甲種九款，改為八款，下文是：

（乙）關於皇族待遇之條件。

第一款，王公世爵，概仍其舊，並得傳襲。其襲封時，仍用大清皇帝冊寶，凡大清皇帝贈封爵位，亦用大清皇帝冊寶。

大眾議決，皇族的皇字，改作「清」字。條文中只用首二語，以下盡行刪去。第二款云：

第二款，皇族對於國家之公權，與國民同等。

這條經大眾增改，定為：「清皇族對於中華民國國家之公權及其私權，與國民同等。」再看下文第三四款。

第三款，皇族私產，一體保護。

第四款，皇族免兵役之義務。

這兩條不加刪改，唯於皇族上各加一「清」字。統計乙種共四款，下文為丙種條件，共計七款，原文云：

（丙）關於滿、蒙、回、藏各族待遇之條件。

（一）與漢人平等；（二）保護其原有之私產；（三）王公世襲，概存其舊；（四）王公中有生計過艱者，應設法撥給官產，作為世業，以資補助；（五）先籌八旗生計，於未籌定之前，八旗官兵俸餉，仍舊支放；（六）從前營業居住等限制，一律蠲除，各州縣聽其自由入籍；（七）滿、蒙、回、藏原有之宗教，聽其信仰自由。

七款均不必更改，但就第四款中刪一「應」字，第五款中，改「官兵」為「官弁」。條件已終，全體議決，再由主稿員依次謄正。唯末文尚有結尾數語，又由各議員修正通過，原文為：「以上條件，列於正式公文，照會各國，或電達駐荷華使，知會海牙萬國平和會存案。」改正為：「以上條件，除丙款各條另行宣布外，餘均列於正式公文，由中華民國政府，照會各國駐北京公使。」全文俱已繕清，即咨照臨時政府，轉交伍代表電達北京。袁總理瞧閱一週，便呈入隆裕太后。隆裕後又召見各近支王公及各國務大臣，諮詢優待條件事宜。應召的人，很是寥寥，唯醇王載灃等到來。會議多時，或謂：「皇室經費，必須四百萬兩，分文不能短少。」這是奪利。或謂：「皇帝尊號相承不替數字，定須增入。」這是爭名。或謂：「各種條件，統應增損。」惱動了隆裕太后，不覺唏噓道：「大事已去，只爭了一些小節，亦屬無益。咳！我列祖列宗創造經營，得了中國一統江山，煞是艱苦，不意傳到我輩子孫，無材無力，輕輕的讓與別人，教我如何對得住先人呢？」說畢，哽咽不已，載灃等亦愧悔交集，各帶慘容。始終以一哭了之。隆裕後又道：「慶親王到哪裡去了？為何此時尚不見來？」正憶念間，忽見老慶傴僂趨入，臉上尚帶煙容。想是大吸阿芙蓉膏，因此來遲。當由隆裕後與他商議，老慶細閱優待條件，亦沒甚異議，不過於相承不替一語，亦主張加入。隆裕後乃轉囑袁總理，令他致電南京政府，爭此四字。怎奈南方回電，堅不承認。袁總

理入宮面復，請太后自行定奪。隆裕後道：「為這四字，決裂和議，倘或宗廟震驚，生靈塗炭，不更令我增罪嗎？依他便了。」這卻是仁人之言。袁總理道：「且再與近支王公熟商。」隆裕後不待說畢，便道：「他們多半不在京師，就是留著，也是不中用的人物，你不妨作主辦理，日後必無異言。」袁總理唯唯退出，即欲擬旨，只因遜位的「遜」字，有礙清帝體面，且會議時候，皇族中亦有異論，乃酌改一「辭」字，與南方電議允洽，敦請老袁出山，總算爭得此一字。便草定懿旨三道，呈入宮中，請隆裕太后及宣統帝蓋用御寶。宣統帝不識不知，當然由太后作主，含淚鈐印，統共蓋訖，就於清宣統三年十二月二十五日，即中華民國元年二月十二日，頒布天下。諭云：

朕欽奉隆裕太后懿旨，前因民軍起事，各省響應，九夏沸騰，生靈塗炭，特命袁世凱遣員，與民軍代表，討論大局，議開國會，公決政體。兩月以來，尚無確當辦法。南北暌隔，彼此相持，商輟於途，士露於野，徒以國體一日不決，故民生一日不安。今全國人民心理，多傾向共和，南中各省，既倡議於前，北方各將，亦主張於後，人心所向，天命可知，予亦何忍以一姓之尊榮，拂兆民之好惡，是用外觀大勢，內審輿情，特率皇帝將統治權歸諸全國，定為共和立憲國體，近慰海內厭亂望治之心，遠協古聖天下為公之義。袁世凱前經資政院選舉，為總理大臣，當茲新舊代謝之際，宜有南北統一之方，即由袁世凱組織臨時政府，與民軍協商統一辦法，總期人民安堵，海內安，仍合漢、滿、蒙、回、藏五族完全領土，為一大中華民國，予與皇帝得以退處寬閒，優遊歲月，長受國民之優禮，親見郅治之告成，豈不懿歟？欽此！

還有兩道諭旨，一道是頒布優待條件，一道是飭文武官吏，各循職守，毋生異論。是日北京遍懸五色旗，民國南北統一，二百六十八年的清室，已成過去的歷史。臨時大總統孫文，復提出最後的協議五條，交伍代表轉達北京，條款列著：

（一）清帝退位，由袁同時咨照駐京各國公使，請轉知民國政府，現在清帝已經退位，或轉飭旅滬領事轉達亦可。

（二）同時袁須宣布政見，絕對贊同共和主義。

（三）文接到外交團或領事團通知清帝布告後，即行辭職。

（四）由參議院舉袁為臨時總統。

（五）袁被舉為臨時總統後，誓守參議院所定之憲法，乃能授受事權。

伍代表即日發電，由袁世凱接著，已是滿意，自然沒有意外的爭執了。小子有詩詠道：

帝運告終清祚覆，中華一統共和成。

如何尚逐中原鹿，攫得全權始撤兵？

欲知老袁答覆的電文，且從下回接閱。

此回為化板為活文字，優待清室等條件，已見《清史演義》，而此書亦萬不能不錄。經作者一番熔化，覺得各條文字，煞費磋磨；且於清室提出原稿，亦曾載及，愈見當時改正，不可謂非參議員之功。至敘及臨時政府，與參議院之關係，是為南京組織政府三月內之舉動，亦可留作一段話柄，固非漫無抉擇，隨筆鋪敘已也。後文述及隆裕後蓋印，以及孫總統提出協議，無非為老袁屬筆，總結一詩，具見大意。皮裡陽秋，可於此書證之。

第七回
請瓜代再開選舉會　迓專使特闢正陽門

卻說清內閣總理袁世凱，已奉隆裕太后懿旨，令他組織臨時政府。上加清內閣總理五字，義微而顯。後由南京臨時總統孫文，交伍代表電達老袁，老袁心滿意足，即日覆電云：

南京孫大總統黎副總統各部總長參議院同鑑：共和為最良國體，世界所公認，今由帝政一躍而躋及之，實諸公累年之心血，亦民國無窮之幸福。大清皇帝既明詔辭位，業經世凱署名，則宣布之日，為帝政之終局，即民國之始基，從此努力進行，務令達到圓滿地位，永不使君主政體，再行於中國。大眾聽著。現在統一組織，至重且繁，世凱極願南行，暢聆大教，共謀進行之法。只因北方秩序，不易維持，軍旅如林，須加部署，而東北人心，未盡一致，稍有動搖，牽涉全國。諸君皆洞鑑時局，必能諒此苦衷。至共和建設重要問題，諸君研究有素，成竹在胸，應如何協商統一組織之法，尚希迅速見教！

臨時總統孫文，既接此電，當向參議院提出辭職書，其文云：中華民國臨時大總統孫咨：前後和議情形，前已咨交貴院在案，昨日伍代表得北京電云云，又接北京電云云。兩電見前，均從略。本總統以為中國民之志，在建設共和，傾覆專制，義師大起，全國景從。清帝鑒於大勢，知保全君位，必然無效，遂有退位之議。今既宣布退位，贊成共和，承認中華民國，從此帝制永不留存於中國之內，民國目的，亦已達到。當締造民國之始，本總統被選為公僕，宣布誓書，以傾覆專制鞏固民國圖謀幸福為任。誓至專制政府既倒，國內無變亂，國民卓立於世

界，為列邦公認，本總統即行辭職。現在清帝退位，專制已除，南北一心，更無變亂，民國為各國承認，且夕可期。本總統當踐誓言，辭職引退，為此咨告貴院，應代表國民之公意，速舉賢能，來南京接事，以便解職。附辦法條件如下。

臨時政府地點，設於南京，為各省代表所議定，不能更改。辭職後，俟參議院舉定新總統，親到南京受任之時，大總統及國務各員，乃行解職。臨時政府約法，為參議院所制定，新總統必須遵守頒布之一切法律章程。此咨。

又有薦賢自代咨文，詞云：

今日本總統提出辭表，要求改選賢能。選舉之事，原國民公權，本總統原無容喙之地。唯前使伍代表電北京，有約以清帝實行退位，袁世凱君宣布政見，贊成共和，即當提議推讓。想貴院亦表同情。此次清帝遜位，南北統一，袁君之力實多，其發表政見，更為絕對贊同共和。舉為總統，必能盡忠民國。且袁君富於經驗，民國統一，賴有建設之才。故敢以私見貢薦於貴院，請為民國前途熟計，無失當選之人，大局幸甚！此咨。

這兩篇咨文，到了參議院，各議員一律可決，定於二月十五日，開臨時大總統選舉會。屆期這一日，孫總統率各部總長，及各將校，共謁孝陵。孝陵即明太祖墓，在南京朝陽門外，當鍾山南麓，由孫總統主祭，宣告漢族光復，民國統一。司祝官讀罷祭文，兩旁奏起軍樂。悠揚中節，迢遞傳聲，軍士數萬，無不騰歡，各國領事，攜手臨觀，亦嘖嘖稱賞。祭禮已畢，再返臨時總統府，行慶賀南北統一共和成立禮，先由軍士開砲，鳴了一十七響，乃由孫大總統就位，依次奏樂唱歌，各部總次長，隨班就列，向孫總統鞠躬表敬，孫總統亦答禮如儀，隨即向大眾演說道：「清帝退位，南北統一，這皆由無數志士，無數義師，用無數熱

腸鐵血，掉換出來。但北京一方面，全賴袁公慰庭，慘澹經營，方得成功，是袁公實我民國至友，民國成立以後，不應將他忘懷。今日參議院選舉總統，若果袁公當選，想必能鞏固民國。況前日得他覆電，曾有永不使君主政體再現中國之語，他是當代英雄，日後宜不食言。不要相信他，恐怕有些靠不住。唯臨時政府地點，仍須設立南京。南京是民國開基，長此建都，好作永久紀念，不似北京地方，受歷代君主的壓力，害得毫無生氣，此後革故鼎新，當有一番佳境。我雖解任，總是國民一份子，仍願竭盡綿薄，為新政府效力，耿耿此心，還祈公鑑！」演說畢，但聽得一片拍掌聲，震動耳鼓。復奏軍樂數通，益覺洋洋渢渢，響徹雲霄。禮成，全體三呼民國萬歲，方才散去。

　　下午參議院開會，選舉總統，共得十七省議員，各投一票，計十七票，投票結果，統是「袁世凱」三字，全場一致，當選袁世凱為民國第二任臨時大總統，隨即電達北京，請袁來寧就職。孫總統亦以個人名義，電達北京，略謂：「臨時政府，已報告參議院，提出辭職書，並推薦袁為總統，唯袁公必須先至共和政府任職，不能由清帝委任組織。若慮北方騷擾，無人維持現狀，儘可先舉人材，電告臨時政府，即當使為鎮撫北方的委員」云云。看官！你想老袁的勢力，全在北方，若要他南來就職，明明是剪他羽翼，他本機變如神，豈肯孤身南下，來做臨時政府的傀儡麼？語語見血。當下來一覆電，由孫總統譯閱云：

　　清帝辭位，自應速謀統一，以定危局，此時間不容髮，實為唯一要圖，民國存亡，胥賴於是。頃接孫大總統電開提出辭表，推薦鄙人，屬速來寧，並舉人電知臨時政府，畀以鎮安北方全權各等因。世凱德薄能鮮，何敢肩此重任？太屬客氣。南行之願，前電業已宣告，然暫時羈絆在此，實為北方危機隱伏，全國半數之生命財產，萬難恝置，並非因清帝委任也。孫大總統來電所論共和政府，不能由清帝委任組織，極為正

當，現在北方各省軍隊，暨全蒙代表，皆以函電推舉為臨時大總統，清帝委任一層，無足再論。此語隱隱自命。然總未遽組織者，特慮南北意見，因此而生，統一愈難，實非國家之福。若專為個人責任計，舍北而南，則實有無窮窒礙。北方軍民意見，尚多紛歧，隱患實繁。皇族受外人愚弄，根株潛長，北京外交團，向以凱離此為慮，屢經言及。又舉外人，抵抗南京。奉、江兩省，時有動搖，外蒙各盟，迭來警告，內訌外患，遞引互牽。若因凱一去，變端立見，殊非愛國救世之素志。若舉人自代，實無措置各方面合宜之人。明明謂捨我其誰。然長此不能統一，外人無可承認，險象環集，大局益危，反覆思維，與其孫大總統辭職，不如世凱退居。蓋就民設之政府，民舉之總統，而謀統一，其事較便。今日之計，唯有南京政府，將北方各省及各軍隊妥籌接收以後，世凱立即退歸田裡，為共和之國民。當未接收以前，仍當竭智盡能，以維秩序。總之共和既定之後，當以愛國為前提，決不欲以大總統問題，釀成南北分歧之局，致資漁人分裂之禍，恐怕言不顧行，奈何。已請唐君紹儀，代達此意，赴寧協商。紹儀即紹怡。前避宣統帝溥儀名，因改儀為怡，此次清帝退位，仍復原名。特以區區之懷，電達聰聽，唯亮察之為幸！

　　孫總統接電後，再赴參議院核定可否，全院委員長李肇甫，及直隸議員谷鍾秀等，以「臨時政府地點，不如改設北京，意謂臨時政府，為全國視聽所關，必須所在地勢，可以統馭全國，方能使全國完固，且足維繫四萬萬人心，我民國五大民族，從此聯合，作為一個大中華民國。前由各省代表，指定臨時政府地點，設在南京，係因當時大江以北，尚屬清軍範圍，不能不將就辦理；目今情異勢殊，自應相時制宜，移都北方為要。」言亦有理。有幾個議員與他反對，仍然主張南京，當用投票表決法，解此問題。投票後，主張北京的有二十票，主張南京的只有八票，乃從多數取決，復咨孫總統。無如孫總統的意見，總以南京為是，

援臨時政府組織條例,再交參議院複議。原來臨時政府大綱中,曾有臨時大總統,對於參議院議決事件,如未以為然,得於具報後十日內,宣告理由,交會複議。組織臨時政府大綱,前因暫行制,故特從略,此次為交議事件,因特別提出。參議院接收後,再開會議,除李肇甫、谷鍾秀數人外,忽自翻前議,贊成南京,不贊成北京,彼此爭論起來,很是激烈。旋經中立黨調和兩造,再行投票解決,結果是七票主張北京,十九票主張南京,似此重大問題,只隔一宿,偏已換了花樣,朝三暮四,令人莫測。中國人心之不可恃,一至於此。孫總統既接到複議決文,自然再電北京,請袁世凱即日南來,並言當特派專使,北上歡迎。袁乃覆電云:

　　昨電計達。嗣奉尊電,慚悚萬狀。現在國體初定,隱患方多,凡在國民,均應共效綿薄。唯揣才力,實難勝此重大之責任。茲乃辱荷參議院正式選舉,竊思公以偉略創始於前,而凱乃以輇材承乏於後,實深愧汗。凱之私願,始終以國利民福為歸,當茲危急存亡之際,國民既以公義相責難,凱敢不勉盡公僕義務?唯前陳為難各節,均係實在情形,素承厚愛,謹披瀝詳陳,務希涵亮!

　　俟專使到京,再行函商一切。專使何人?並何日啟程?乞先電示為盼。肅復。

　　又致參議院電文云:

　　昨因孫大總統電知辭職,同時推薦世凱,當經覆電力辭,並切盼貴院另舉賢能,又將北方危險情形,暨南去為難各節,詳細電達,想蒙鑑及。茲奉惠電,惶悚萬分,現大局初定,頭緒紛繁,如凱衰庸,豈能肩此巨任?

乃承貴院全體一致，正式選舉，凱之私願，始終以國利民福為歸。當此危急存亡之際，國民既以公義相責難，凱何敢以一己之意見，辜全國之厚期？唯為難各節，均係實在情形，知諸公推誠相與，不敢不披瀝詳陳，務希涵亮！統候南京專使到京，商議辦法，再行電聞。略去電而詳覆電，為下文伏筆。

當袁世凱電辭總統，又電受總統的時候，臨時副總統黎元洪，也有辭職電文，拍致南京參議院。二月二十日，參議院又開臨時副總統選舉會，投票公決，仍舉黎當選，全院一致。黎以大眾決議，不便力辭，也即承認。袁、黎心術之分，可見一斑。於是南京臨時政府，遂派遣教育總長蔡元培為專使，副以汪兆銘、宋教仁等。適唐紹儀來寧，知已無可協商，亦願同專使北行。啟程時，先電告北京，遙與接洽。自二月二十一日，使節出發，至二十七日，到了北京。但見正陽門外，已高搭綵棚，用了經冬不凋的翠柏，扎出兩個斗方的大字，做為匾額。這兩大字不必細猜，一眼望去，便見左首是「歡」字，右首是「迎」字。歡迎兩字旁，豎著兩面大旗，分著紅黃藍白黑五色，隱寓五族共和的意思。綵棚前面，左右站著軍隊，立槍致敬，又有老袁特派的專員，出城迎迓，城門大啟，軍樂齊喧，一面鳴砲十餘下，作歡迎南使的先聲。極力摹寫，都為下文作勢。蔡專使帶同汪、宋各員，與唐紹儀下輿徑入，即由迎賓使向他行禮。兩下裡免冠鞠躬，至相偕入城，早有賓館預備，也鋪排得精潔雅緻，幾淨窗明，館中物件，色色俱備，伺役亦個個周到。外面更環衛禁軍，特別保護。蔡專使等既入客館，與迎賓使坐談數語，迎賓使交代清楚，當即告別，唐紹儀也自去覆命了。

是晚即由京中人士，多來謁候。寒暄已過，便說及老袁南下的利害，一方面為迎袁而來，所說大略，無非是南方人民，渴望袁公，袁能

早一日南下，即早一日慰望等語。一方面是有所承受，特來探試，統說北京人心，定要袁公留住，組織臨時政府，若袁公一去，北方無所依託，未免生變。且元、明、清三朝，均以北京為國都，一朝遷移，無論事實上多感不便，就是遼東三省，與內外蒙古，亦未便駕馭，鞭長莫及，在在可憂，理應思患預防，變通辦理為是。雙方俱藉口人心，其實人民全不與聞，統是孫、袁兩人意見。彼此談了一會，未得解決，不覺夜色已闌，主賓俱有倦容，當即告別。蔡專使均入室安寢。翌晨起床，大家振刷精神，要去見那當選的袁大總統了。正是：

專使徒憑三寸舌，乃公寧易一生心。

畢竟袁世凱允否南行，且至下回再表。

孫中山遵誓辭職，不貪權利之心，可以概見，而必請老袁南下，來寧就職者，其意非他，蓋恐袁之挾勢自尊，始雖承認共和，日後未免變計耳。然袁豈甘為人下者？下喬入谷，愚者亦知其非，況機變如老袁者乎？蔡專使等之北上，已墮入老袁計中，老袁陽表歡迎，陰懷譎計，觀其迭發數電，固已情見乎詞，而南方諸人，始終未悟，尚欲迎之南來，吾料老袁此時，方為竊笑不置也。袁氏固一世之雄哉！

第七回　請瓜代再開選舉會　迓專使特闢正陽門

第八回
變生不測蔡使遭驚　喜如所期袁公就任

　　卻說蔡專使元培，與汪兆銘、宋教仁二人，偕謁袁世凱，名刺一入，老袁當即迎見。雙方行過了禮，分賓主坐定，略略敘談。當由蔡專使起立，交過孫中山書函，及參議院公文，袁世凱亦起身接受，彼此還座。經老袁披閱畢，便皺著眉頭道：「我日思南來，與諸君共謀統一，怎奈北方局面，未曾安靜，還須設法維持，方可脫身。但我年將六十，自問才力，不足當總統的重任，但求共和成立，做一個太平百姓，為願已足，不識南中諸君，何故選及老朽？並何故定催南下？難道莽莽中原，竟無一人似世凱麼？」聽他口氣，已是目無餘子。蔡專使道：「先生老成重望，海內久仰，此次當選，正為民國前途慶賀得人，何必過謙？唯江南軍民，極思一睹顏色，快聆高談，若非先生南下，恐南方人士，還疑先生別存意見，反多煩言呢。」老袁又道：「北方要我留著，南方又要我前去，苦我沒有分身法兒，可以彼此兼顧。但若論及國都問題，愚見恰主張北方哩。」這是老袁的定盤星。

　　宋教仁年少氣盛，竟有些忍耐不住，便朗聲語袁道：「袁老先生的主張，愚意卻以為未可。此次民軍起義，自武昌起手，至南京告成，南京已設臨時政府，及參議院，因孫總統辭職，特舉老先生繼任，先生受國民重託，理當以民意為依歸，何必戀戀這北京呢？」老袁掀髯微哂道：「南京僅據偏隅，從前六朝及南宋，偏安江左，卒不能統馭中原，何若北京為歷代都會，元、明、清三朝，均以此為根據地，今乃捨此適彼，安

土重遷，不特北人未服，就是外國各使館，也未必肯就徙哩。」宋教仁道：「天下事不能執一而論。明太祖建都金陵，不嘗統一北方麼？如慮及外人爭執，我國並非被保護國，主權應操諸我手，我欲南遷，他也不能拒我。況自庚子拳亂，東交民巷，已成外使的勢力圈，儲械積粟，駐兵設防，北京稍有變動，他已足制我死命。我若與他交涉，他是執住原約，斷然不能變更。目今民國新造，正好藉此南遷，擺脫羈絆，即如為先生計，亦非南遷不可，若是仍都北京，幾似受清帝的委任，他日民國史上，且疑先生為劉裕、蕭道成流亞，諒先生亦不值受此汙名呢。」語亦厲害。老袁聽到此言，頗有些憤悶的樣子，正擬與他答辯，忽見外面有人進來，笑對宋教仁道：「漁父君！你又來發生議論了。」教仁急視之，乃是唐紹儀，也起答道：「少川先生，不聞孔子當日，在宗廟朝廷，便便言麼？此處雖非宗廟朝廷，然事關重大，怎得無言？」原來宋教仁號漁父，唐紹儀號少川，所以問答間稱號不稱名。蔡專使等均起立相迎。紹儀讓座畢，便語道：「國都問題，他日何妨召集國會，公同表決。今日公等到此，無非是邀請袁公，南下一行，何必多費唇舌？袁公亦須念他遠來，誠意相迓，若可撥冗啟程，免得辜負盛意。」倒是一個魯仲連。袁世凱乃起座道：「少川責我甚當，我應敬謝諸公，並謝孫總統及參議員推舉的隆情，既承大義相勉，敢不竭盡心力，為國圖利，為民造福，略俟三五天，如果北方沉靜，謹當南行便了。」說畢，即令設席接風，盛筵相待，推蔡專使為首座，汪、宋等依次坐下，唐紹儀做了主中賓，世凱自坐主席，自不消說。席間所談，多係南北過去的事情，轉瞬間已是日昃，彼此統含三分酒意，當即散席，訂了後會，仍由老袁飭吏送蔡專使等返至客館。

汪兆銘語蔡專使道：「鶴卿先生，你看老袁的意思，究竟如何？」蔡字鶴卿，號孑民，為人忠厚和平，徐徐的答道：「這也未可逆料。」宋教

仁道：「精衛君！你看老袁的行動，便知他是一步十計，今日如此，明日便未必如此了。」見識甚明，故為老袁所忌。蔡專使道：「他用詐，我用誠，他或負我，我不負他，便算於心無愧了。」純是忠厚人口吻。宋教仁複道：「精衛君！蔡先生的道德，確是無愧，但老袁狡獪得狠，恐此番跋涉，未免徒勞呢。」汪兆銘亦一笑而罷。兆銘別號精衛，故宋呼汪為精衛君。各人別字，陸續點明，又是另一樣文法。等到夜膳以後，閒談片刻，各自安睡。正在黑甜鄉中，尋那共和好夢，忽外面人聲馬嘶，震響不已，接連又有槍聲彈聲，屋瓦爆裂聲，牆壁坍塌聲，頓時將蔡專使等驚醒，慌忙披衣起床，開窗一看，但見火光熊熊，連室內一切什物，統已照得透亮。正在驚詫的時候，突聞嘩啦啦的一響，一粒流彈，飛入窗中，把室內腰壁擊成一洞，那彈子復從洞中鑽出，穿入對面的圍牆，丟擲外面去了。蔡專使不禁著急道：「好厲害的彈子，幸虧我等未被擊著，否則要洞胸絕命了。」汪兆銘道：「敢是兵變嗎？」宋教仁道：「這是老袁的手段。」一針見血。正說著，但聽外面有人呼喝道：「這裡是南使所在，兄弟們不要囉唆。」又聽得眾聲雜沓道：「什麼南使不南使！越是南使，我等越要擊他。」一寬一緊，寫得逼肖。又有人問著道：「為什麼呢？」眾聲齊應道：「袁大人要南去了。北京裡面，橫直是沒人主持，我等樂得鬧一場罷。」蔡專使捏了一把冷汗，便道：「外面的人聲，竟要跟我等作對，我等難道白白的送了性命嗎？」宋教仁道：「我等只有數人，無拳無勇，倘他們搗將進來，如何對待？不如就此逃生罷。」言未已，大門外已接連聲響，門上已鑿破幾個窟窿，蔡、汪、宋三使，顧命要緊，忙將要緊的物件，取入懷中，一起兒從後逃避，幸後面有一短牆，擬令役夫取過桌椅，以便接腳，誰知叫了數聲，沒有一個人影兒。分明是內外勾通。可巧牆角旁有破條凳兩張，即由汪、宋兩人，攜在手中，向壁直搗，京內的牆壁，多是泥土疊成，本來是沒甚堅固，更且汪、宋等逃命

心急，用著全力去搗這牆，自然應手而碎，復迭搗數下，泥土紛紛下墜成了一個大竇，三人急不暇擇，從竇中魚貫而出，外面正是一條逼狹的胡衕，還靜悄悄的沒人阻住。分明是畀他去路，否則還有何幸。

蔡專使道：「僥倖僥倖！但我等避到哪裡去？」宋教仁道：「此地近著老袁寓宅，我等不如徑往他處，他就使有心侮我，總不能抹臉對人。」汪兆銘道：「是極！」當下轉彎落角，專從僻處靜走。汪、蔡二人，本是熟路，一口氣趕到袁第，幸喜沒人盤詰，只老袁寓居的門外，已有無數兵士站著，見他三人到來，幾欲舉槍相對。宋教仁忙道：「我是南來的專使，快快報知袁公。」一面說著，一面向蔡專使索取名刺，蔡專使道：「阿喲！我的名片包兒，不知曾否帶著？」急急向袋中摸取，竟沒有名片，急得蔡專使徬徨失措，後來摸到袋角，還有幾張舊存的名片，亟取出交付道：「就是這名片，攜去罷。」當由兵士轉交閽人，待了半晌，方見閽人出來，說了一個「請」字。三人才放下了心，聯步而入，但見階上已有人相迎，從燈光下望將過去，不是別人，正是候補總統袁世凱。三人搶步上階，老袁亦走近數步，開口道：「諸公受驚了。」他卻是步武安詳呢。宋教仁即接口道：「外面鬧得不成樣子，究係匪徒，抑係亂軍？」老袁忙道：「我正著人調查呢。諸公快請進廳室，天氣尚冷得緊哩。」蔡專使等方行入客廳，老袁亦隨了進來。客廳裡面，正有役夫熾炭煨爐，見有客到來，便入側室取茗進獻。老袁送茗畢，從容坐下道：「不料今夜間有這變亂，累得諸公受驚，很是抱歉。」宋教仁先答道：又是他先開口。「北方將士，所賴唯公，為什麼有此奇變呢？」老袁正要回答，廳外來了一人，報稱：「東安門外，及前門外一帶，譁擾不堪，到處縱火，尚未曾罷手呢。」老袁道：「究竟是土匪，還是亂兵？為什麼沒人彈壓？」來人道：「彈壓的官員，並非沒有，怎奈起事的便是軍士，附和的乃是土匪，兵匪夾雜，一時無可措手了。」老袁道：「這班混帳的東西，清帝退位，

還有我在，難道好無法無天麼？」宋教仁又插嘴道：「袁老先生，你為何不令人彈壓呢？」老袁答道：「我已派人彈壓去了，唯我正就寢，倉卒聞警，調派已遲，所以一時辦不了呢。」蔡專使方語道：「京都重地，乃有此變，如何了得，我看火光燭天，槍聲遍地，今夜的百姓，不知受了多少災難，先生應急切救平，方為百姓造福。」始終是忠厚之談。老袁頓足道：「正為此事，頗費躊躇。」言未已，又有人入報導：「禁兵聞大人南下，以致激變，竟欲甘心南使⋯⋯」說至「使」字，被老袁呵叱道：「休得亂報！」來人道：「亂兵統這般說。」老袁又道：「為什麼縱火殃民？」來人又道：「兵士變起，匪徒自然乘隙了。」老袁遂向蔡專使道：「我兄弟未曾南下，他們已瞎鬧起來，若我已動身，不知要鬧到什麼了結。我曾料到此著，所以孫總統一再敦促，我不得不審慎辦理。昨日宋先生說我戀戀北京，我有什麼舍不掉，定要居住這京城哩？」言畢，哈哈大笑。計劃已成，安得不笑。宋教仁面帶慍色，又想發言，由蔡專使以目示意，令他止住。老袁似已覺著，便道：「我與諸公長談，幾忘時計，現在夜色已深，恐諸公未免腹飢，不如卜飲數杯，聊且充腹。」說至此，便向門外，呼了一聲「來」字，即有差役入內伺候。老袁道：「廚下有酒餚，快去拿來！」差役唯唯而退。不一時，就將酒餚搬入，由老袁招呼蔡專使等入座飲酒。蔡專使等腹中已如轆轤，不及推辭，隨便飲了數杯，偶聽雞聲報曉，已覺得天色將明。外面有人入報：「亂兵已散，大勢平靜了。」老袁道：「知道了，」顯是皇帝口吻。差役又入呈細點，由賓主隨意取食，自不消說。老袁又請蔡專使等，入室休息，蔡專使也即應允，由差役匯入客寢去了。

次日辰牌，蔡專使等起床，盥洗已畢，用過早點，即見老袁踉蹌趨入，遞交蔡專使一紙，便道：「蔡先生請看。天津、保定也有兵變的消息，這真是可慮呢。」蔡專使接過一瞧乃是已經譯出的電報，大致與袁

語相似，不由的皺動兩眉。老袁又道：「這處兵變，尚未了清，昨夜商民被劫，差不多有幾千人家，今天津、保定，又有這般警變，教我如何動身呢？」蔡專使沉吟半晌道：「且再計議。」老袁隨即退出。自是蔡專使等，便留住袁宅，一連兩日，並未會見老袁，只由老袁著人遞入警信，一是日本擬派兵入京，保衛公使，一是各國公使館，也有增兵音信。蔡專使未免愁煩，便與汪、宋二人商議道：「北京如此多事，也不便強袁離京。」宋教仁道：「這都是他的妙計。」蔡專使道：「無論他曾否用計，據現在情勢上看來，總只好令他上臺，他定要在北京建設政府，我也不能不遷就的，果能中國統一，還有何求？」和平處事，是蔡使本旨。汪兆銘道：「鶴卿先生的高見，也很不錯呢。」是夕，老袁也來熟商，無非是南下為難的意旨，且言「保定、天津的變亂比北京還要厲害，現已派官往理，文牘往來，朝夕不輟，因此無暇敘談，統祈諸公原諒，且代達南方為幸」。蔡專使已不欲辯駁，便即照允，竟擬就電稿，發往南京，略敘北京經過情形，並言：「為今日計，應速建統一政府，餘儘可遷就，以定大局」云云。已墮老袁計中，然亦無可奈何。孫中山接到此電，先與各部長商議，有的說是袁不能來，不如請黎副總統來寧，代行宣誓禮；有的說是南京政府，或移設武昌，武昌據全國中樞，袁可來即來，否則由黎就近代誓。兩議交參議院議決，各議員一律反對，直至三月六日，始由參議員議決辦法六條，由南京臨時政府，轉達北方，條件列下：

（一）參議院電知袁大總統，允其在北京就職。（二）袁大總統接電後，即電參議院宣誓。（三）參議院接到宣誓之電後，即覆電認為受職，並通告全國。（四）袁大總統受職後，即將擬派國務總理及國務員姓名，電知參議院，求其同意。（五）國務總理及各國務員任定後，即在南京接收臨時政府交代事宜。（六）孫大總統於交代之日，始行解職。

六條款項，電發到京，老袁瞧了第一條，已是心滿意足，餘五條迎刃而解，沒一項不承諾了。三月初十日，老袁遂遵照參議院議決辦法，歡歡喜喜的在北京就臨時大總統職。是日，在京舊官僚，都蹌蹌濟濟，排班謁賀。蔡專使及汪、宋二員，也不得不隨班就列。鳴砲奏樂，眾口歡呼，無容瑣述。

禮成後，由老袁宣誓道：

民國建設造端，百凡待治，世凱深願竭其能力，發揚共和之精神，滌蕩專制之瑕穢，謹守憲法，依國民之願望，達國家於安全鞏固之域，俾五大民族同臻樂利。凡此志願，率履勿渝。俟召集國會，選定第一期大總統，世凱即行辭職，謹掬誠悃，誓告同胞！

宣誓已終，又將誓詞電達參議院，參議院援照故例，免不得遙致頌詞，並寓箴規的意思。小子有詩詠道：

幾經瘏口又嘵音，屬望深時再進箴。
可惜肥人言慣食，盟言未必果盟心。

畢竟參議院如何致詞，且從下回續敘。

北京兵變，延及天津、保定，分明是老袁指使，彼無詞拒絕南使，只得陰嗾兵變，以便藉口。不然，何以南使甫至，兵變即起，不先不後，有此險象乎？迨觀於帝制發生，國民數斥袁罪，謂老袁用楊度計，煽動兵變，焚劫三日，益信指使之說之不誣也。本回演述兵變，及袁、蔡等問答辭，雖未必語語是真，而描摹逼肖，深得各人口吻，殆猶蘇長公所謂想當然耳。至袁計得行，南京臨時政府及參議院議員，不能不盡如袁旨，老袁固躊躇滿志矣。然一經後人揭出，如見肺肝，後之視袁者，亦何樂為此伎倆乎？

第八回　變生不測蔡使遭驚　喜如所期袁公就任

第九回
袁總統宣布約法　唐首輔組織閣員

卻說南京參議院，既得袁世凱電誓，遂公認他為大總統，又循例致詞道：

共和肇端，群治待理，仰公才望，畀以太阿。篳路藍縷，孫公既開其先；發揚光大，我公宜善其後。四百兆同胞公意之所託，二億裡山河大命之所寄，苟有隕越，淪胥隨之。況軍興以來，四民輟業，滿目瘡痍，六師暴露，九府匱竭，轉危為安，勞公敷施。本院代表國民，尤不得不拳拳敦勉者，《臨時約法》七章五十六條，倫比憲法，其守之維謹！勿逆輿情，勿鄰專斷，勿狎非德，勿登非才。凡我共和國五大民族，有不至誠愛戴，皇天后土，實式憑之。謹致大總統璽綬。俾公令出唯行，崇為符信，欽念哉！

先是各省代表會，組織臨時政府，曾議組織法大綱，共四章二十一條，此次軍事告竣，應酌量修改，較前詳備。向來中國史上，並沒有民主政體，可以仿行，一旦創造起來，毫無依據，只好查照外洋的共和國，做了藍本，參互考訂。目下外國共和，要演算法、美兩國，制度最良。法國的法制，內閣分設各部，推老成碩望的人物，做內閣總理，負全國行政上的責任，總統是沒有大責任的，政法家稱他為內閣制。美國的法制，內閣也由各部組成，只是沒有總理，要總統自擔行政上的責任，政法家稱他為總統制。為一般國民輸進普通法律知識。南京臨時政府組織大綱，是採用美國制度，因為鄂軍起義，各省聯繫，與美利堅

十三州聯合抗英，是差不多的形勢，所以南京臨時政府，不設內閣總理，專歸總統擔負責任。到了南北統一，須建為單純的國家，美制殊不相合，乃改採法國的內閣制度，一來好集權中央，二來好翼贊元首，實欲箝制老袁，所以利用法制。大家視為良法，所以前次電約六款，已有擬派國務總理的條件。連前回條件中文亦補釋明白，義不滲漏。且因袁總統就職在即，各議員協力修改，斟酌了二三十日，經兩三次屬草，方將全案修成，共得七章五十六條，函達老袁，老袁並無異言，此時只好承認。即於就職第二日，宣布出來。全文如下：

〔中華民國臨時約法〕

〔第一章 總綱〕

第一條，中華民國，由中華人民組織之。第二條，中華民國之主權，屬於國民全體。第三條，中華民國領土，為二十二行省、內外蒙古、西藏、青海。第四條，中華民國，以參議院、臨時大總統、國務員、法院行使其統治權。

〔第二章 人民〕

第五條，中華民國人民，一律平等，無種族階級宗教之區別。第六條，人民得享有下列各項之自由權：（一）人民之身體，非依法律，不得逮捕拘禁，審問處罰；（二）人民之家宅，非依法律，不得侵入或搜尋；（三）人民有保有財產及營業之自由；（四）人民有言論著作刊行，及集會結社之自由；（五）人民有書信祕密之自由；（六）人民有居住遷徙之自由；（七）人民有信教之自由；第七條，人民有請願於議會之權。第八條，人民有陳訴於行政官署之權；第九條，人民有訴訟於法院，受其審判之權；第十條，人民對於官吏違法損害權利之行為，有陳訴於平政院之權；第十一條，人民有應任官考試之權；第十二條，人民有選舉及被選舉之權。

第十三條，人民依法律有納稅之義務；第十四條，人民依法律有服兵之義務；第十五條，本章所載人民之權利，有認為增進公益，維持治安，或非常緊急必要時，得依法律限制之。

〔第三章 參議院〕

　　第十六條，中華民國之立法權以參議院行之。第十七條，參議院以第十八條所定各地方選派之參議員組織之。第十八條，參議員，每行省、內蒙古、外蒙古、西藏各選派五人，青海選派一人，其選派方法由各地方自定之。參議院會議時每參議員有一表決權。第十九條，參議院之職權如下：(一)議決一切法律案；(二)議決臨時政府之預算決算；(三)議決全國之稅法幣制及度量衡之準則；(四)議決公債之募集及國庫有負擔之契約；(五)承諾第三十四條、三十五條、四十條事件；(六)答覆臨時政府諮詢事件；(七)受理人民之請願；(八)得以關於法律及其他事件之意見建議於政府；(九)得提出質問書於國務員並要求其出席答覆；(十)得咨請臨時政府查辦官吏納賄違法事件；(十一)參議院對於臨時大總統，認為有謀叛行為時，得以總員五分之四以上之出席，出席員四分三以上之可決彈劾之；(十二)參議院對於國務員認為失職或違法時，得以總員四分三以上之出席，出席員三分二以上之可決彈劾之。第二十條，參議院得自行集會開會閉會。第二十一條，參議院之會議，須公開之，但有國務員之要求，或出席參議院過半數之可決者，得祕密之。第二十二條，參議院議決事件，咨由臨時大總統公布施行。第二十三條，臨時大總統對於參議院議決事件，如否認時，得於咨達後十日內宣告理由，咨院複議。但參議院對於複議事件，如有到會參議員三分之二以上，仍執前議時，仍照第二十二條辦理。

　　第二十四條，參議院議長，由參議員用記名投票法互選之，以得票滿投票總數之半者為當選，第二十五條，參議院參議員，於院內之言論及表決，對於院外，不負責任。第二十六條，參議院參議員，除現行犯

及關於內亂外患之犯罪外，會期中非得本院許可，不得逮捕。第二十七條，參議院法，由參議院自定之。第二十八條，參議院以國會成立之日解散，其職權由國會行之。

〔第四章 臨時大總統副總統〕

第二十九條，臨時大總統副總統，由參議院選舉之，以總員四分之三以上出席；得票滿投票總數三分之二以上者，為當選。第三十條，臨時大總統，代表臨時政府，總攬政務，公布法律。第三十一條，臨時大總統，為執行法律，或基於法律之委任，得釋出命令，並得使釋出之。第三十二條，臨時大總統，統率全國陸海軍隊。

第三十三條，臨時大總統，得制定官制官規，但須提交參議院議決。第三十四條，臨時大總統，任命文武職員，但任命國務員及外交大使公使，須得參議院之同意。第三十五條，臨時大總統，經參議院之同意，得宣戰媾和，及締結條約。第三十六條，臨時大總統，得依法律宣告戒嚴。第三十七條，臨時大總統，代表全國，接受外國之大使公使。第三十八條，臨時大總統，得提出法律案於參議院。第三十九條，臨時大總統，得頒給勳章，並其他榮典。第四十條，臨時大總統，得宣告大赦特赦，減刑復權，但大赦須經參議院之同意。第四十一條，臨時大總統，受參議院彈劾後，由最高法院全院審判官互選九人，組織特別法庭審判之。第四十二條，臨時副總統，於臨時大總統因故去職，或不能視事時，得代行其職權。

〔第五章 國務員〕

第四十三條，國務總理及各部總長，均稱為國務員。第四十四條，國務員輔佐臨時大總統，負其責任。第四十五條，國務員於臨時大總統提出法律案，公布法律，及釋出命令時，須副署之。第四十六條，國務員及其委員，得於參議院出席及發言。第四十七條，國務員受參議院彈劾後，臨時大總統應免其職，但得交參議院複議一次。

〔第六章 法院〕

　　第四十八條，法院以臨時大總統及司法總長分別任命之法官組織之。法院之編制，及法官之資格，以法律定之。

　　第四十九條，法院依法律審判民事訴訟及刑事訴訟，但關於行政訴訟，及其他特別訴訟，別以法律定之。第五十條，法院之審判，須公開之。但有認為妨害安寧秩序者，得祕密之。第五十一條，法官獨立審判，不受上級官廳之干涉。第五十二條，法官在任中不得減俸或轉職，非依法律受刑罰宣告，或應免職之懲戒處分，不得解職。懲戒條規，以法律定之。

〔第七章 附則〕

　　第五十三條，本約法施行後，限十個月內，由臨時大總統召集國會。其國會之組織及選舉法，由參議院定之。第五十四條，中華民國之憲法，由國會制定，憲法未施行以前，本約法之效力，與憲法等。第五十五條，本約法由參議院參議員三分之二以上，或臨時大總統之提議，經參議員五分四以上之出席，出席員四分之三之可決，得增修之。第五十六條，本約法自公布之日施行。

　　約法頒布，臨時政府組織大綱，當然廢止。袁總統遂依約法第四十三條，任命國務總理，組織新內閣。當下留意選擇，擬將國務總理一職，任用唐紹儀，可見唐是老袁心腹。唯臨時約法第三十四條，總統任命國務員，須得參議院同意，袁總統不便違法，遂電致參議院議決。參議員聞任唐紹儀，多半贊成，當即通過，電覆袁總統。袁即任唐為國務總理。唐亦直任不辭，當奉袁總統命令，由北京至南京，組織國務院。唐忽提出修改官制，擬易九部為十二部，除外交、內務、財政、陸軍、海軍、司法、教育七部，仍然照舊外，獨分實業為三部，一是工業，一是商業，一是農林，交通卻分作兩部，一是交通，一是郵電。郵

電即交通之二大部分，如何分析。兩部分做五部，本來是沒甚理由，不過南北統一，兩方統有要人，各思壟斷部職，仍然不脫升官發財的思想，如何改良政體？唐紹儀身為總理，不能單顧一方，反弄得左右為難。他於沒法中想了一法，便擬添置幾個部缺，位置南北人員。況提出官制，必須經過參議院議決，倘或議員反對，當然不能成立，自己亦可援為口實，免多怨望，這也是唐總理取巧的方法。開手便想取巧，如何辦得美善。果然參議院不能通過，只准分實業為兩部，一部是工商，一部是農林，郵電仍併入交通部，不必分離。自是九部改作十部，三月二十九日，唐紹儀蒞參議院，宣布政見，並提出各部總長名單，請求同意。各議員取單公閱，但見上面開著：

　　外交總長陸徵祥

　　內務總長趙秉鈞

　　財政總長熊希齡

　　陸軍總長段祺瑞

　　海軍總長劉冠雄

　　司法總長王寵惠

　　教育總長蔡元培

　　農林總長宋教仁

　　工商總長陳其美

　　交通總長梁如浩

　　這十部總長名單內，只有蔡長教育與前相同，王寵惠尚是舊閣人物，唯改外交為司法，其餘一律易人。段祺瑞、劉冠雄、趙秉鈞，純是袁系人物，當然是老袁授意。陸徵祥素無黨派，熊希齡屬新組的統一

黨，詳見下文。宋教仁、陳其美兩人與蔡、王向係同志，均入同盟會。唐紹儀本屬舊官僚派，因思想頗趨文明，前次南下講和，與同盟會中人，頗相融洽，至組織內閣時期，又新加入同盟會，時人遂稱他為同盟會內閣。重要位置，俱屬袁系，稱為同盟會內閣，實不副名。嗣經參議院投票表決，只有梁如浩未得同意，餘均多數贊同。

唐遂退出參議院，即日馳電北達。次日，即由袁總統正式任命。各部俱已得人，交通總長一缺，尚屬虛位，暫命唐總理兼署。唐內閣算完全成立了。那時第一次臨時總統孫文，應該踐約辭職，便於四月初一日，親至參議院，行解職禮，自然又有一番宣言。小子有詩讚孫中山云：

功成身退不貪榮，讓位非徒踐夙盟。

細數年來諸鉅子，如公才算是真誠。

欲知孫中山如何宣言，容俟下回續錄。

《臨時約法》，為中華民國憲法之嚆矢，其間雖經袁氏廢棄，然帝制墮，袁氏斃，而約法復活。是民國之尚得保存，全賴約法之力，故本書不能不備錄全文，所以存國典也。唐紹儀奉袁氏命，組織新內閣，觀其提出閣員名單，如內務，如陸海軍，實握全國樞紐，而皆為袁氏心腹，教育司法農林工商四部，為袁氏所輕視，則屬諸同盟會中。是唐氏固受袁指使，明明一袁系人物，謂為袁系內閣也可，謂為同盟會內閣，固不可也。老袁一登臺，便已隱植勢力，唐氏反為其鷹犬，我為唐氏計，殊不值得云。

第九回　袁總統宣布約法　唐首輔組織閣員

第十回
踐夙約一方解職　　借外債四國違言

　　卻說孫中山在南京，聞袁氏受職，唐閣組成，遂蒞參議院辭職；又把生平積愊，及所有政見，宣布出來，作為臨別贈言的表意。各議員分列座席，屏息斂容，各聆緒論，並令書記員出席登入，隨聽隨抄，將白話譯作文言道：

　　本大總統於中華民國正月一日，來南京受職，今日為四月一日，至貴院宣布解職，為期適三個月。此三月中，均為中華民國草創之時代。當中華民國成立以前，純然為革命時代，中國何為發起革命？實以聯合四萬萬人，推倒惡劣政府為宗旨。自革命初起，南北界限，尚未化除，不得已而有用兵之事。三月以來，南北統一，戰事告終，造成完全無缺之中華民國，此皆全國國民，及全國軍人之力所致。在本總統受職之初，不料有如此之好結果，亦不料以極短之時期，能建立如此之大業。本總統於一個月前，已提出辭職書於貴院，當時因統一政府未成，故雖已辭職，仍執行總統事務。今國務總理唐紹儀，組織內閣已成立，本總統自當解職，今日特蒞貴院宣布。但趁此時間，本總統尚有數語，以陳述於貴院之前。中華民國成立之後，凡為中華民國國民，均有國民之天職。何謂天職？

　　即促進世界的和平是也。此促進世界的和平，即為中華民國前途之目的。依此目的而行，即可以鞏固中華民國之基礎，蓋中國人民，居世界人民四分之一，中國人民，若能為長足之進步，則多數共躋於文明，

第十回　踐夙約一方解職　借外債四國違言

自不難結世界和平之局。況中國人種，以好和平著聞於世，於數千年前，已知和平為世界之真理。中華民國有此民習，登世界舞臺之上，與各國交際，促進和平，即是中華民國國民之天職。本總統與全國國民，同此心理，務將人民之智識習俗，及一切事業，切實進行，力謀善果。本總統解職之後，即為中華民國之一國民，政府不過一極小之機關，其力量不過國民極小之一部分，大部分之力量，仍全在吾國民，本總統今日解職，並非功成身退，實欲以中華民國國民之地位，與四萬萬國民，協力造成中華民國之鞏固基礎，以冀世界之和平。望貴院與將來政府，勉勵人民，同盡天職。從今而後，使中華民國，得為文明之進步，使世界舞臺，得享和平之幸福，固不第一人之宏願已也。

詞畢，大眾相率拍手，毋容絮述。孫中山遂繳出臨時大總統印，交還參議院，參議院議長林森，副議長王正廷，即令全院委員長李肇甫，接受大總統印信，一面由林議長做了全院代表，答覆孫中山，大約亦有數百言，小子又錄出如下：

中華建國四千餘年，專制虐焰，熾於秦政，歷朝接踵，燎原之勢，極及末流，百度隳壞。雖擁有二億里大陸，率有四百兆眾庶，外患乘之，殆如摧枯拉朽，而不絕如縷者，僅氣息之奄奄。中山先生，發宏願救國，首建共和之纛，奔走呼號於專制淫威之下，瀕於殆者屢矣，而毅然不稍輟，二十年如一日。武漢起義，未一月而響應者，三分天下有其二，固亡清無道所致，抑亦先生宣導鼓吹之力實多也。當時民國尚未統一，國人急謀建設臨時政府於南京，適先生歸國，遂由各省代表，公舉為臨時大總統。受職才四十日，即以和平措置，使清帝退位，統一底定，迄未忍生靈塗炭，遽訴之於兵戎。雖柄國不滿百日，而吾五大民族所受賜者，已靡有涯涘；固不獨成功不居，其高尚純潔之風，為斯世矜式已也。今當先生解臨時大總統職任之日，本院代表全國，有不能已於

言者。民國之成立也，先生實撫育之；民國之發揚光大也，尤賴先生牖啟而振迅之。苟有利於民國者，無間在朝在野，其責任一也。

盧斯福解職總統後，周遊演述，未嘗一日不拳拳於阿美利加合眾國，願先生為盧斯福，國人馨香祝之矣。

孫中山歡謝議員，鞠躬告退。各議員再表決臨時政府地點，準將南京臨時政府，移往北京，南京仍為普通都會。

由袁總統任命前陸軍總長黃興，為南京留守，控制南方軍隊，一面召唐紹儀回京。唐以交通一席，不便兼理，復提出施肇基總長交通，交參議院議決，得多數同意，乃電請袁總統任命。十部總長已完全無缺，唐總理遂邀同王寵惠等，啟程北行。唯陳其美曾為滬軍都督，自請後行，聞他醉心楊梅，所以長願南居。唐不能相強，即日北去。參議院各議員，亦於四月二十九日，聯翩赴都。副總統黎元洪，亦請解大元帥職，另由袁總統改任，屬領參謀總長事。所有前清總督巡撫各名目，一律改為都督。內而政府，外而各省，總算粗粗就緒。

唯蒙、藏兩部一時尚不暇辦理，但由袁總統派員齎書，勸令取消獨立，擁護中央。是時英、俄兩國，方眈眈逐逐，謀取蒙、藏為囊中物。活佛喇嘛毫無見識，一任外人播弄，徒憑袁總統一紙空文，豈即肯拱手聽命，就此安靜麼？都為後文埋線。袁總統也明知無益，不得已敷衍表面，暗中卻用著全力，注意內部的運用。第一著是裁兵，第二著是借債，這兩策又是連帶的關係。看官試想，各省的革命軍，東也招募，西也招集，差不多有數十百萬，此時中央政府，完全成立，南北已和平了事，還要這冗兵何用？況袁總統心中，日日防著南軍，早一日裁去，便早一日安枕。裁兵原是要策，但老袁是從片面著想，仍未免借公濟私。但是著手裁兵，先需銀錢要緊，南京臨時政府，已單靠借債度日，蘇路

借款，招商局借款，漢冶萍公司借款，共得五六百萬，到手輒盡；又發軍需八厘公債票一萬萬元，陸續湊集，還嫌不敷。唐紹儀南下組閣，南京政府已承認撤銷，唯所有一切欠款，須歸北京政府負擔，南京要二三百萬，上海要五十萬，還有武昌一方面，也要一百五十萬，都向唐總理支取，說是歷欠軍餉，萬難遷延。唐總理即致電北京，嗣得老袁覆電，並不多言，只令他便宜行事。無非要他借外債。急時抱佛腳，不得不向外國銀行，低頭乞貸，於是四國銀行團，遂仗著多財善賈的勢力，來作出借鉅款的主角。什麼叫做四國銀行團呢？原來清宣統二年，清政府欲改良幣制，及振興東三省實業，擬借外款一千萬鎊。英國滙豐銀行，法蘭西銀行，德華銀行，美國資本團，合資應募，彼此訂約，稱為四國銀行團。嗣經日、俄兩國出頭抗議，交涉尚未辦妥，武昌又陡起革命軍，四國銀行，中途縮手，只交過墊款四十萬鎊，餘外停付。至民國統一，袁世凱出任臨時總統，他本是借債能手，料知上臺辦事，非錢不行，正欲向銀行團商借。巧值四國公使，應銀行團請求，函致老袁，願輸資中國，藉助建設，唯要求借款優先權。老袁自然樂從，覆函慨許，且乞先墊款四十萬鎊，以應急需，過後另議。銀行團即如數交來，會唐紹儀以南方要求，無術應付，也只好電商四國銀行團，再乞墊款，數約一千五百萬兩，南方需求總數，不過五六百萬兩，乃乞借須加二倍，可見民國偉人，多是亂借亂用。

　　銀行團卻也樂允，唯所開條件，既要擔保，又要監督，還要將如何用法，一一錄示。唐紹儀以條件太苛，不便遷就，遂另向華比銀行，商借墊款一百萬鎊。比利時本是西洋小國，商民亦沒甚權力，不過豔羨借款的利息，有意投資，遂向俄國銀行，及未曾列入團體的英法銀行，互相牽合，出認借款，議定七九折付，利息五厘，以京張鐵路餘利，作為

抵押。唐紹儀接收此款，遂付南京用費二百三十萬兩，武昌一百五十萬兩，上海五十萬兩，其餘統攜至北京。不消幾日，就用得滑塌精光，又要去仰求外人了。如此過去，何以為國。

哪知四國公使，已來了一個照會，略言：「唐總理擅借比款，與前時袁總統覆函，許給借款優先權，顯然違背，即希明白答覆」等語。袁總統心中一想，這是外人理長，自己理短，說不出什麼理由，只得用了一個救急的法兒，獨求美公使緩頰，並代向英、德、法三國調停。美公使還算有情，邀了唐總理，同去拜會三國公使。唐總理此時，也顧不得面子，平心息氣的，向各使道歉，且婉言相告道：「此次借用比款，實因南方急需，不得不然。若貴國銀行團等，果肯借我巨資，移償比款，比約當可取消。唯當時未及關照，似屬冒昧，還求貴公使原諒。」英、德、法三使，還睜著碧眼，豎著黃鬚，有意與唐為難，美公使忙嘰哩咕嚕的說了數語，大約是替唐洗刷，各使才有霽容，唯提出要求三事：一是另訂日期，向四國銀行團道歉；二是財政預算案，須送各國備閱；三是不得另向別國，祕密借款。唐總理一一承認，各公使最後要求，是退還比款，取消比約二語，也由唐總理允諾，才算雙方解決，盡歡而散。

袁總統兀坐府中，正待唐總理返報，可巧唐總理回來，述及各使會議情形，袁總統道：「還好還好，但欲取消比約，卻也有些為難哩。」唐總理道：「一個比國銀行，想總不及四大銀行的聲勢，我總教退還借款，原約當可取消。」袁總統點頭道：「勞你去辦就是了。」唐總理退出，即電致華比銀行，欲取消借款原約。比國商民，哪裡肯半途而廢？自然反唇相譏。唐總理出爾反爾，安得不免人譏罵？唐氏無可奈何，只得仍託美公使居間，代為和解，美使與英、德、法三國，本是一鼻孔出氣，不過性情和平，較肯轉圜。並非格外和平，實是外交家手段。他既

受唐氏屬託，遂與英、法兩使商議，浼他阻止與比聯合的銀行，絕他來源，一面與比使談判，逼他停止華比銀行的借款。比公使人微言輕，自知螳臂當車，倔強無益，樂得買動美使歡心，轉囑比商取消借約。比商雖不甘心，怎奈合股的英法銀行，已經退出，上頭又受公使壓力，不得已自允取消，但索還墊款一百萬鎊。唐總理乃與銀行團接續會議，請他就六星期內，先貸給三千五百萬兩，以後每月付一千萬兩，自民國元年六月起，至十月止，共需七千五百萬兩，俟大借款成立，盡許扣還。不意銀行團狡猾得很，答稱前時需款，只一千五百萬兩，此番忽要加添數倍，究屬何用？遂各舉代表出來，竟至唐總理府中，與唐面談。唐總理當即接見，各代表開口啟問，便是借款的用途。唐總理不暇思索，信口答道：「無非為遣散軍隊，發給恩餉哩。」各代表又問及實需幾何？唐復答道：「非三千萬兩不可。」各代表又問道：「為何要這麼樣多？」唐總理道：「軍隊林立，需款浩繁，若要一一裁併，三千萬尚是少數，倘或隨時酌裁，照目前所需，得了三五百萬，也可將就敷衍哩。」這數語是隨便應酬的口吻，偏各銀團代表，疑他忽增忽減，多寡懸殊，中國之受侮外人，往往為口頭禪所誤。不禁笑問道：「總理前日曾借過比款一百萬鎊，向何處用去？」唐將付給南京、上海、漢口等款額一一說明，並言除南方支付外，盡由北京用去。各代表又道：「貴國用款，這般冒濫，敝銀行團雖有多款，亦不便草率輕借，須知有借期，必有還期，貴國難道可有借無還嗎？」應該責問。唐總理被他一詰，幾乎說不出話來。德華銀行代表，即起身離座道：「用款如此模糊，若非另商辦法，如何借得？」唐總理也即起立道：「辦法如何？還請明示。」德代表冷笑道：「欲要借款，必須由敝國監督用途，無論是否裁兵，不由我國監督，總歸沒效。」唐總理遲疑半晌道：「這卻恐不便呢。」各代表都起身道：「貴總理既云不便，敝銀行團亦並非定要出借。」一著凶一著，一步緊一步。言畢，悻

悻欲行，唐總理複道：「且再容磋商便了。」各代表一面退出，一面說著道：「此後借款事項，也不必與我等商量，請徑向敝國公使，妥議便了。」數語說完，已至門外，各有意無意的鞠了一躬，揚長竟去。借人款項，如此費力，何不自行撙節？唐總理非常失望，只好轉達袁總統，袁總統默默籌劃，又想了一計出來。看官道是何計？他想四國銀行團，既這般厲害，我何不轉向別國銀行暫去乞貸呢？此老專用此法。計劃已定，便暗著人四處運動，日本正金銀行、俄國道勝銀行，居然仗義責言，出來辯難。他說：「四國銀行團，既承政府許可，願出借款，幫助中國，亦應遷就一點，為何率爾破裂？此舉太不近人情了。」這語一倡，英、美兩公使不免恐慌。暗想日、俄兩國從中作梗，定是不懷好意，倘他承認借款，被占先著，又要費無數唇舌。只此借款一項，外人已各自屬目，況比借款事，較為重大呢。當下照會臨時政府，願再出調停，袁總統也覺快意，只自己不便出面，仍委唐總理協議。唐總理懲前毖後，實不欲再當此任，只是需款甚急，又不好不硬著頭皮，出去商辦，正在徬徨的時候，湊巧有一替身到來，便乘此卸了肩仔，把一個奇難的題目，交給了他，由他施行。繫何人？繫何人？正是：

會議不堪重倒臉，當衝幸有後來人。

欲知來者為誰，且至下回說明。

孫中山遵約辭職，不可謂非信義士，與老袁之處心積慮，全然不同，是固革命史中之翹楚也。或謂中山為遊說家，非政治家，自問才力不逮老袁，因此讓位，是說亦未必盡然。顧即如其言以論中山，中山亦可謂自知甚明，能度德，能量力，不肯喪萬姓之生命，爭一己之權位，亦一仁且智也。吾重其仁，吾尤愛其智。以千頭萬緒紊如亂絲之中國，欲廓清而平定之，談何容易？況財政奇窘，已達極點，各省方自顧不

遑，中央則全無收入，即此一端，已是窮於應付，試觀袁、唐兩人之借債，多少困難，外國銀行團之要挾，又多少嚴苛，袁又自稱快意，在局外人目之，實乏趣味，甫經上臺，全國債務，已集一身，與其為避債之周赧，何若為辟穀之張良，故人謂中山之智，不若老袁，吾謂袁實愚者也，而中山真智士矣。

第十一回
商墊款熊秉三受謗　　拒副署唐少川失蹤

　　卻說國務總理唐紹儀，正因借款交涉，受了銀行團代表的悶氣，心中非常懊惱，湊巧來了一個閣員，看官道是何人？便是新任財政總長熊希齡。希齡字秉三，湖南鳳凰廳人，素有才名，時人呼為熊鳳凰，此時來京任職，當由唐總理與他敘談，把借款的事件，委他辦理。熊亦明知是個難題，但既做了財政總長，應該辦理這種事情，諉無可諉，當即允諾。唐總理遂函告銀行團，略說：「借款辦法，應歸財政總長一手經理。」銀行團複詞照允，於是與熊總長開始談判。熊總長頗有口才，憑著這三寸不爛的慧舌，說明將來財政計劃，及大宗用途與償還方法，統是娓娓動人。

　　銀行團代表，允先付墊款若干，再議大借款問題，唯遣散軍隊時，仍須選派外國軍官，公同監督。說來說去，仍是咬定監督二字，外人之不肯少讓，可見一斑。經熊總長再三辯論，再四磋商，方議定中外兩造，各派核計員，每次開支，須由財政部先備清單，送交核計員查核，核計員查對無誤，雙方簽押，始得向銀行開支。唯銀行團只允先付三百萬兩，分作南北暫時墊款，支放軍餉，但亦須由洋關稅司，間接監視，以昭信實。至大借款問題，須俟倫敦會議後解決，看官！你想這三百萬兩小借款，既須由核計員查對，又須由稅務司監視，核計員與稅務司，統是洋人廁入，顯見得洋人有權，中國無權。臨時政府，兩手空空，也顧不得什麼利害，只好飲鴆止渴，聊救目前。借債者其聽之！當下由熊

總長至參議院，與各議員開談話會，講論此事。議員聚訟紛紜，未曾表決。熊總長返至內閣，即受總統總理密囑，與銀行團草定墊款合約共七章，嗣為參議院聞知，即提出質問。唐總理與熊總長，不得不據情答覆。略云：

墊款為借款之一部分，撥付墊款三百萬，又為墊款中之一部分，既非正式借款，即不應有此條件。無如該團以撥付墊款，既已逼迫，倫敦會議，又未解決，深恐我得款後，或有翻悔，故於我急於撥款之際，要求載入七條於信函之後，當因南北籌餉，勢等燃眉，本總理總長迫於時勢，不得不循照舊例，兩方先用信函簽字撥款，所撥之三百萬兩，不過墊款之一部分，為暫時之騰挪，且信函草章，並無鎊價折扣利息抵押之規定，不能即謂為合約，故於簽字以前，未及提出交議，還希原諒！此復。

參議員接此覆文，仍有違言，大致以此項條件，雖係草章，就是將來商訂正式合約的根據，若非預先研究，終成後患；乃復提出請願書，要求總統提出草合約，正式交議。袁總統允准，遂將草合約齎交參議院，咨請議決。議員會議三日，各懷黨見，沒甚結果。唐總理熊總長再出席宣言，略謂：「墊款條件，參議院未曾通過，倫敦會議，亦無回信，雖尚有磋商的機會，唯外人能否讓步，實無把握。貴院能先對大綱，表示同意，再行指出應改條文，本總理等必當盡力磋商，務期有濟。」各議員一律拍掌，表示贊成。

於是公同討論，絮議了好多時，方由議長宣布意見，謂：「墊款一節，既屬目前要需，不能不表示同意。但所開草合約七條，如所訂核計員查對，及稅務司監視，有損國權，應由政府與銀行團，再行磋商，挽回一分是一分，不必拘定某條某句，使政府有伸縮餘地，當不致萬分為難了。」唐、熊兩人，巴不得參議院中，有此一語，遂將彼此為國的套

語，敷衍數句，即行去訖。

　　過了數天，由江南一方面，來了兩角文書，一角是達總統府，一角是交參議院，內稱：「墊款章程，不但監督財政，直是監督軍隊，萬不可行，應即責令熊總長取消草約，一面發行不兌換券，權救眉急，並實行國民捐，組織國民銀行，作為後盾」等語。書末署名，乃是南京留守黃興。接連是江西、四川等省，均通電反對。袁總統置諸度外，參議院也作旁觀，只有這位熊鳳凰，剛剛湊著這個時候，不是被人咒罵，就是惹人譏評。做財政總長的趣味，應該嘗些。他憤無可洩，也擬了一個電稿，拍致各省道：

　　希齡受職，正值借款談判激烈，外人要求請派外國武官監督撤兵，會同華官點名發餉，並於財政部內選派核算員，監督財政，改良收支，兩次爭論，幾致決裂，經屢次駁議，武官一節，乃作罷論，然支發款項，各銀行尚須信證，議由中政府委派稅司經理。至核算員，則議於部外設一經理墊款核算處，財政部與該團各派一人，並宣告只能及於墊款所指之用途，至十月墊款支盡後，即將核算處裁撤，此等勉強辦法，實出於萬不得已，今雖撥款三百萬兩，稍救燃眉，然所約七款大綱，並非正式合約，公等如能於數月內設法籌足，或以省款接濟，或以國民捐擔任，以為後盾，使每月七百萬之軍餉，有恃無恐，即可將銀行團墊款借款，一概謝絕，是正希齡之所日夕期之也。希即答覆！

　　各省長官，接到熊總長這般電詰，都變做反舌無聲，就是大名鼎鼎的黃留守，也變不出這麼多銀子，前時所擬方法，統能說不能行，要他從實際上做來，簡直是毫無效果，因此也無可答覆，同做了仗馬寒蟬。近時人物，大都如此，所以無一足恃。熊總長覆上書辭職，經袁總統竭力慰留，始不果行。再與銀行團磋議，商請取消核計員，及稅司監視權，銀行團代表，以墊款期限，只有數月，且俟倫敦會議後，如何解

決，再行酌改云云。看官聽著！這倫敦會議的緣起，係是四國銀行團，借英京倫敦為會議場，研究中國大借款辦法，及日、俄加入問題，小子於前回中，曾說日俄銀行，出來調解，他的本旨，並非是惠愛中國，但因地球上面，第一等強國，要算英、法、俄、美、日、德六大邦，英、法、美、德既集銀行團，日、俄不應落後，所以與四國團交涉，也要一併加入。強中更有強中手。四國團不便力阻，只得函問中政府，願否日、俄加入。中政府有何能力，敢阻日、俄，況是請他來的幫手，當然是答一「可」字。哪知俄人別有用意，以為此項借款，不能在蒙古、滿洲使用，自己方可加入。明明視滿、蒙為外府。日本亦欲除開滿洲，與俄人異意同詞。各存私意。四國團當然不允，且聲言：「此次借款，發行公債，應由本國銀行承當，英為滙豐銀行，法為匯理銀行，德為德華銀行，美為花旗銀行，此外的四國銀行，及四國以外的銀行，均不得干預。」這項提議，與日、俄大有妨礙，日、俄雖加入銀行團，發行債票，仍須借重四國指定的銀行，與未加入何異，因此拒絕不允，會議幾要決裂了。法國代表，從中調停，要想做和事佬，慫慂五國銀行團代表，由倫敦移至巴黎，巴黎為法國京都，當由法代表主席。法代表亦自張勢力。磋商月餘，俄國公債票得在俄比銀行發行，日本公債票得在日法銀行發行。至日、俄提出的滿、蒙問題，雖未公認，卻另有一種條件訂就，係是六國銀行團中，有一國提出異議，即可止款不借，此條明明為日、俄留一餘地，若對於中國，須受六銀行監督，須用鹽稅抵押。

彼此議定，正要照會中國，適中政府致書銀行團，再請墊款三百萬兩，否則勢不及待，另籌他款，幸勿見怪。銀行團見此公文，大家疑為強硬，恐有他國運動，即忙覆書承認，即日支給。也受了中國的賺，但得握債權，總占便宜。中政府復得墊款。及捱過了好幾天，六國銀行

團，遂相約至外交部，與外交總長陸徵祥晤談，報告銀行團成立。越日，又與陸、熊兩總長開議借款情形。陸總長已探悉巴黎會議，所定條件，厲害得很，遂與熊總長密商，只願小借款，不願大借款，熊總長很是贊成，當下見了銀行團代表，便慨然道：「承貴銀行團厚意，願借鉅款，助我建設，但敝國政府，因債款已多，不敢再借巨項，但願仿照現在墊款辦法，每月墊付六百萬兩，自六月起，至十月止，仍照前約辦理便了。」看官！你想六國銀行團，為了中國大借款，費盡唇舌，無數週折，才得議妥，誰料中國竟這般拒絕，反白費了兩月心思，這班碧眼虯髯的大人物，哪肯從此罷休，便齊聲答道：「貴政府既不願再借鉅款，索性連墊款也不必了。索性連六百萬墊款，也還了我罷。」陸、熊兩總長也自以為妙計，那外人的手段，卻來得更辣。陸總長忙答辯道：「並非敝國定不願借，但貴銀行團所定條件，敝國的人民，決不承認，國民不承認，我輩也無可如何，只好請求墊款，另作計劃罷了。」銀行團代表，見語不投機，各負氣而去。陸、熊兩總長以交涉無效，擬與唐總理商議一切。唐總理已因病請假，好幾日未得會敘，兩人遂各乘馬車，徑至唐總理寓所。名刺方入，那閽人竟出來擋駕，且道：「總理往天津養病去了。」去得突兀。兩人不禁詫異，便問道：「何日動身，為何並不見公文？」閽人只答稱去了兩日，餘事一概未知，兩人方怏怏回來。

　　看官！你道這唐總理如何赴津，當時京中人士，統說是總理失蹤，究竟他是因病赴津呢？還是另有他事？小子得諸傳聞，唐總理的病，乃是心病，並不是什麼寒熱，什麼虛癆。原來唐總理的本旨，以中國既行內閣制，所有國家重政，應歸國務員擔負責任，因此遇著大事，必邀同國務員議定，稱為國務會議。偏偏各部總長意見不同，從唐總理就職後，開了好幾次國務會議，內務總長趙秉鈞，未見到會，就是陸海軍總

長，雖然列席，也與唐總理未合，只有教育總長蔡元培、司法總長王寵惠、農林總長宋教仁，與唐總理俱列同盟會，意氣還算相投。又有工商次長王正廷，因陳其美未肯到京，署理總長，也與唐不相反對。交通總長施肇基，與唐有姻戚關係，自然是水乳交融。此外如外交總長陸徵祥，是一個超然派，無論如何，總是中立。財政總長熊希齡是別一黨派，異視同盟會，為了借款問題，亦嘗與唐總理齟齬，恐非全為黨見。唐總理已是不安，而且總統府中的祕書員、顧問員，每有議論，經總統承認後，又必須由總理承認，方得施行，否則無效，那時這班祕書老爺、顧問先生，都說總統無用，全然是唐總理的傀儡。看官！試想這野心勃勃的袁項城，豈肯長此忍耐，受制於人？況前此總理一職，有意屬唐，無非因唐為老友，足資臂助，乃既為總理，偏以背道分馳，與自己不相聯屬，遂疑他為傾心革黨，陰懷猜忌。其實唐本袁系，不過為責任內閣起見，未肯阿諛從事，有時與老袁敘談，輒抗爭座上，不為少屈。老袁左右，每見唐至，往往私相告語道：「今日唐總理，又來欺侮我總統麼？」後來斷送老袁的生命，也是若輩釀成。

　　一夕，唐謁老袁，兩下裡爭論起來，老袁不覺勃然道：「我已老了，少川，你來做總統，可好麼？」唐本粵人，字少川，老袁以小字呼唐，雖係老友習慣，然此時已皆以總統總理相呼，驟呼唐字，明明是滿腹怒意，藉此少洩，語意尤不堪入耳，氣得唐總理瞠目結舌，踉蹌趨出，乘車回寓。冤冤相湊，距總統府約數百步，忽遇衛隊數十人，擁護一高車駟馬的大員，吆喝而來。唐車趨避稍遲，那衛隊已怒目揚威，舉槍大呼道：「快走！快走！不要惱了老子。」

　　唐不待說畢，忙呼車伕讓避。至大員已過，便問車伕道：「他是何人？」車伕道：「他是大總統的拱衛軍總司令段大人。」唐總理笑道：「是

段芝貴麼？我還道是前清的攝政王。」牢騷之至。既而回至寓中，不由的自嘆道：「一個軍司令，有這麼威風，我等身為文吏，尚想與統率海陸軍的大總統，計較長短，正是不知分量了。我明日即行辭職，還是歸老田間罷。」樂得見幾。繼又暗忖道：「我友王芝祥，將要到京，來做直隸都督，他一到任，我的心事已了，便決計走罷。」

原來北通州人王芝祥，曾為廣西藩司，廣西獨立，芝祥為桂軍總司令，率兵北伐。及到南京，南北已經統一，唐紹儀南下組閣，舊友重逢，歡然道故，自不消說。直隸代表谷鍾秀等，時在南京，願舉芝祥為本省都督，浼唐入白袁總統。唐返京，即與老袁談及，袁已面許，乃電促芝祥入京。唐總理正待他到來，所以有此轉念。過了數日，芝祥已在江南，遣還桂軍，入京候命。唐總理與王見面，自然入詢老袁，請即任王督直，發表命令。哪知袁總統遞示電文，乃是直隸五路軍界，反對王芝祥，不令督直。又是老袁作怪。唐總理微哂道：「總統意下如何？」袁總統皺眉道：「軍界反對，如何是好；我擬另行委任便了。」唐總理道：「軍人干涉政治，非民國幸福。」老袁默然不答。唐總理立即辭出，到了次日，即由總統府發出委任狀，要唐總理副署蓋印。唐總理取過一瞧，繫命王芝祥仍返南京，遣散各路軍隊，不由的憤憤道：「老袁欺人太甚，既召他進京，又令他南返，不但失信芝祥，並且失信直人，這等亂命，我尚可副署麼？」言已，即將委任狀卻還，不肯副署。嗣聞老袁竟直交王芝祥，芝祥即往示唐總理。唐總理益憤懣道：「君主立憲國，所發命令，尚須內閣副署，中國號稱共和，仍可由總統自主麼？我既不配副署，我在此做什麼？」芝祥去後，即匆匆收拾行囊，待至黎明，竟出乘京津火車，徑赴津門去了。小子有詩詠唐總理道：

　　辭官容易做官難，失職何如謝職安。

第十一回　商墊款熊秉三受謗　拒副署唐少川失蹤

雙足脫開名利鎖，津門且任我盤桓。

唐總理赴津後，如何結果，且看下回說明。

本回敘述墊款，為下文善後大借款張本。外款非不可借，但今日借債，明日借債，徒為一班武夫所壟斷，滿貯囊橐，逍遙自在，鐵血之光，化作金錢之氣，徒令全國人民，迭增擔負。讀史至此，轉嘆革命偉人，日言造福，不意其造禍至於如此也。袁總統心目中，且以依賴外債為得計，意謂外債一成，眾難悉解，受謗者他人，而受益者一己，方將盡以英鎊、美元、馬克、佛郎為資料，買收武夫歡心，擁護個人權力，亦知上下爭利，不奪不饜乎？唐總理就職，未及百日，即與老袁未協，飄然徑去，唐猶可為自好士，然一番奔走，徒為袁總統作一傀儡，唐其未免自悔歟？

第十二回
組政黨笑評新總理　嗾軍人脅迫眾議員

　　卻說唐紹儀既赴天津，方具呈辭職，呈文中亦不說什麼，但說：「因感風寒，牽動舊疾，所以赴津調治，請即開職另任」云云。袁總統當發電慰留，並給假休養，暫命外交總長陸徵祥代任總理，一面遣祕書長梁士詒，赴津勸駕。

　　唐決意辭職，再具呈文，託梁帶回。袁已與唐有嫌，還願他做什麼總理，不過表面上似難決絕，因做了一番挽留的虛文，敷衍門面。唐已窺袁肺腑，怎肯再來任事？老袁以為情義兼盡，由他自去，隨即批准呈文，改任總理。

　　相傳唐駐津門數月，乘舟南歸，途中遇刺客黃禎祥，為唐察破，幸得免刺。唐問係何人所使？禎祥爽然道：「我與君並無夙仇，今日奉極峰命，來此行刺，但看君來去坦白，我亦不忍下手，否則已早行事，恐君亦未能免禍呢。」此人尚有天良。唐乃答道：「你既存心良善，我也不必深究，只煩你寄語極峰，休要行此鬼蜮伎倆。他欲殺人，人亦將殺他，冤冤相報，莫謂天道無知呢。」老袁果聞言改過，當不至有後日事。禎祥唯唯自去，唐始安然南下，語且休表。

　　且說國務總理一職，因唐已辭去，當然需人接任，袁總統屬意陸徵祥，仍援《臨時約法》第三十四條，提出參議院，求議員同意。陸字子欣，江蘇上海人，曾為廣方言館畢業生，嗣奉調出洋，才氣飆發，為歷任公使所倚重，不數年洊升參贊，繼充荷蘭公使，又繼任海牙平和會

專使。至民國第一次組閣，因他是外交熟手，遂召他回國，令為外交總長。陸性和平，且無一定的黨派，因此老袁欲令他繼任。這時候的參議院中，議長林森回籍，副議長王正廷，署理工商次長，兩人統已出院，乃改舉奉天吳景濂為議長，湖北湯化龍為副議長，議員約數十人，卻分作好幾黨。據政治家研究，以為外洋立憲國，沒一國不有政黨，沒一國不有數政黨，因為國家的政要，容易為一偏所誤，所以政治家各張一幟，號召徒黨，研究時政，彼有一是非，此亦有一是非，從兩方面剖辯起來，顯出一個真正的是非，方可切實履行，故外人有愈競愈進的恆言。從前滿清預備立憲，中國人已模仿外洋，集會結社，成一政黨的雛形，什麼憲友會，什麼憲政實進會，已是風行一時。到了民國初造，最彰明較著的黨員，就是革命黨，革命黨的起手，便是同盟會。同盟會中的重要人物，第一個是孫文，稱作總理，第二個是黃興，稱作協理，其次即為宋教仁、汪兆銘等，統是會中的幹事員。自革命告成，會中人變為政黨，宣布黨綱，共有九條：（一）是完成行政統一，促進地方自治；（二）是實行種族同化；（三）是採用國家社會政策；（四）是普及義務教育；（五）是主張男女平權；（六）是勵行徵兵制度；（七）是整理財政，釐定稅則；（八）是力謀國際平等；（九）是注重移民開墾事業。依這九大黨綱看來，儼然有促進大同的氣象。

其後有浙人章炳麟、蘇人張謇發起的統一黨，還有憲友會化身的國民協進會，以及湖北人主動的民社，共計三部分，或是前清的碩學通儒，或是前清的舊官故吏，起初是各行各志，後來併合為共和黨，也有一種黨義，略分三則：（一）是保持全國統一，取國家主義；（二）是以國家權力，扶持國民進步；（三）是應世界大勢，以平和實利立國。這三條黨義，隱隱與同盟會反對，時人稱同盟會為民權主義，共和黨為國權主

義。未幾，又有統一共和黨出現，即由滇人蔡鍔、直人王芝祥等組織而成，他有十餘條黨綱：（一）是畫定行政區域，實謀中央統一；（二）是釐定稅則，務期負擔公平；（三）是注重民生，採用社會政策；（四）是發達國民經濟，採用保護貿易政策；（五）是畫一幣制，採用金本位制；（六）是整頓金融機關，採用國家銀行制度；（七）是振興交通，速設鐵道幹線；（八）是實行軍國民教育，促進專門學術；（九）是振刷海陸軍備，採用徵兵制度；（十）是保護海外移民，勵行實邊開墾；（十一）是普及文化，融合國內民族；（十二）是注重外交，保持國家對等權利。統觀這十二條黨綱，是國權與民權俱重，介在同盟會共和黨的中間，彷彿是折衷主義，但總與兩黨若合若離。

參議院中的議員，就是由這三黨中，選舉出來。當時參議院內，除西藏議員尚未選派外，共一百二十一席，同盟會共和黨，各得四十餘席，統一共和黨，也得三四十人。一百二十一席中，分了三個黨派，若四萬萬人，不知要多少黨派。此次由袁總統提出陸總理，同盟會中極端反對，自在意中，唯共和黨人，已受袁總統籠絡，願表同意，且代為運動，把統一共和黨員，也聯為一致，因此全院投票，只同盟會議員否決，餘皆投同意票。陸總理得多數贊成，當即通過。隔了一宿，即有大總統命令發出，特任陸徵祥為國務總理。唐內閣變為陸內閣，所有從前的國務員，因與唐氏有連帶關係，提出辭職。交通總長施肇基，第一個上辭職書，是唐氏戚屬的關係。袁總統立即批准，教育總長蔡元培、司法總長王寵惠、農林總長宋教仁、未到任的工商總長陳其美，及署長王正廷，依次辭職。是唐氏同黨的關係。袁總統概不慰留，一律準請，財政總長熊希齡，見閣員多半辭去，也不好戀棧，照例遞呈辭職，偏亦邀老袁批准，只得卸職退閒。熊雖與唐氏絕無關係，但亦非袁系人物，故

準他辭職。獨內務及陸海軍三部總長，依然就任，寂無變動。個中情由，不言而喻。

　　袁總統乃另索夾袋中人物，提交參議院議決，財政總長，擬任周自齊；司法總長，擬任章宗祥；教育總長，擬任孫毓筠；農林總長，擬任王人文；工商總長，擬任沈秉坤；交通總長，擬任胡維德，先將名單發交陸總理，令至參議院宣布，徵求同意。陸總理不置可否，唯命是從，唐組織閣員，半由唐氏自己主張，至陸氏組閣，已全屬老袁授意。當即乘了馬車，至參議院。全院議員，共表歡迎，總道他是歷任外交，必多經驗，且才名卓越，應有特別政見，因此大家起敬。待陸登演說壇時，拍手聲與爆竹相似，劈劈拍拍的有好幾千聲，到了聲浪漸息，大家都凝神注意，側著耳朵兒，恭聆偉論。形容盡致。哪知陸總理是善英語，不擅長國語，數典忘祖，中國的西學家，每蹈此弊。開口時已支支格格，說不出什麼話兒，至表述閣員的時候，他卻發出大聲道：「有了國務總理，斷不可無國務員，若國務員沒有才望，單靠著一個總理，是斷斷不能成事的。鄙人忝任總理，自愧無才，全仗國務員選得能幹，方可共同辦事，不致溺職，現已擬有數人，望諸君秉公解決。譬如人家做生日，也須先開選單，揀擇可口的菜蔬，況是重大的國務員呢。」說至此，全院並沒有拍掌聲，只聽有人嬉笑道：「總理迭使外洋，慣吃西餐，自然留意選單，我等都從鄉里中來，連魚翅海參，都是未曾嘗過，曉得什麼大菜。」這邊的笑語未絕，那邊的笑語又起，復說道：「想是總理的生辰，就在這數日內，我等卻要登堂祝壽，叨光一餐。想總理府中的選單，總是預先揀擇，格外精美哩。」挖苦太甚。陸總理並非痴聾，聽到這等譏評，不覺面紅耳赤，暗想：「外人何等厲害，卻沒有這般嘲笑，今到此地，偏受他們奚落，這真是出人意外呢。」事非經過不知難。當下

無意演說，竟自下臺，勉強把名單取出，交給議長，自己垂頭喪氣，踱出院門，乘輿竟去。總算跳出是非門。各議員由他自行，並沒有一人歡送，反大家指手劃腳，說短論長，統說：「民國初立，草昧經營，全靠有才幹的總理，才能興利除弊，今來了這等人物，要做總理，此外還有何望？」同盟會員，格外憤激，便道：「我等原是不贊成的，不知同院諸君，何多投同意票，莫非已受他買囑麼？」共和黨及統一共和黨，聽了買囑二字，自然禁受不起，便與同盟會員爭鬧起來，霎時間全院鼎沸，幾成一個械鬥場。好一班大議員。議長吳景濂，見秩序已亂，慌忙出來禁止，並搖鈴散會，大眾方一閧而散。

次日，復開會表決國務員，仍用投票的老法兒，取決可否。及開篋審視，純是不同意票。同盟會員又出席道：「今日同院諸君，完全投不同意票，顯見得人心未泯，公論難逃。但總理已經任命，就是易人提出，恐仍是這等腐敗人物，果欲改弦易轍，必須釜底抽薪，劾去老陸方好哩。」

大眾頗也贊成，遂提出彈劾總理案，公擬一篇咨文，送入總統府，老袁置諸高閣，陸徵祥過意不去，呈請辭職。老袁不許，只另擬了幾個人物，再交參議院議決，財政總長，改擬周學熙；司法總長，改擬許世英；教育總長，改擬范源濂；農林總長，改擬陳振先；工商總長，改擬蔣作賓；交通總長，改擬朱啟鈐；因恐參議院仍未通過，先遣人諷示議員。果然各議員不肯贊同，仍然拒絕，老袁智慮深沉，並沒有一點倉皇，暗地裡卻布置妥當。不到一日，軍警兩界，遍布傳單，大約說是：「內閣中斷，急切需人，參議院有意為難，反令我輩鐵血鑄成的民國，害得沒政府一般，若長此阻礙政治，我等只有武力對待的一法。」這數語一經傳布，都城裡面，又恐似前次的變亂，嚇得心膽俱裂。就是參議院

中，也遞入好幾張傳單，竟要請一百多個議員，統吃衛生丸。這議員是血肉身軀，哪一個不怕彈丸？鎮日裡縮做一團，杜著門，裹著足，連都市上也不敢出頭。只有這些肝膽，何如不做議員。

老袁暗暗歡慰，一面辦好十多桌盛席，邀參議員入府宴會。始用硬力，繼用軟工，真好手段。各議員不好堅拒，又不敢徑去。大眾密議多時，方公決了一個「謝」字。袁總統料他膽怯，遂遣祕書長梁士詒往邀，各議員見梁到來，才敢應允。出院時由梁前導，大家魚貫後隨，一同到總統府。此時的梁財神，好似護法韋馱。袁總統也出來周旋，殷勤款待，到了就席的時候，卻令梁祕書長等相陪，自己踱了進去。酒過數巡，由梁祕書長略略敘談，表明總統微意，各議員哪敢再拒？自然唯唯連聲，到了酒酣席散，又見袁總統出談，說了幾句費心的套話，各議員很是謙恭，並表明謝忱，乃一齊告別。徒令老袁暗笑。越宿，復投票表決閣員，除蔣作賓一人外，得多數同意。嗣又由總統府提出劉揆一，充任工商總長，又經參議院通過，遂俱正式任命，陸內閣乃完全成立了。唯陸徵祥以日前被嘲，未免慚忿，因託病請假，自入醫院，不理政務。自此國家重事，均由總統府取決，從前的國務會議，竟移至總統府去了。總統權力，日以加長。同盟會員，為軍人所逼，不得已通過總理及閣員，但心中總是不服，未免發生政論，謂軍警不應干預政治，且遍咨各省都督，浼他進陳利弊。袁總統乃頒發通令二道，一是勸誡政黨，一是諭禁軍警，本旨在注重前令。由小子次第錄出。其勸誡政黨云：

民國肇造，政黨勃興，中國民政治之思想發達，已有明徵，較諸從前帝政時代，人民不知參政權之寶貴者，何止一日千里。環球各國，皆恃政黨，與政府相須為用，但黨派雖多，莫不以愛國為前提，而非參以各人之意見。中國政黨，方在萌芽，其發起之領袖，亦皆一時人傑，抱

高尚之理想，本無絲毫利己之心，政見容有參差，心地皆類純潔。唯徒黨既盛，統系或歧，兩黨相持，言論不無激烈，深恐遞流所及，因個人之利害，忘國事之艱難。方今民國初興，尚未鞏固，倘有動搖，則國之不存，黨將焉附？無論何種政黨，均宜蠲除成見，專趨於國利民福之一途。若乃懷挾陰私，激成意氣，習非勝是，飛短流長，蔑法令若弁髦，以國家為孤注，將使滅亡之禍，於共和時代而發生。揆諸經營締造之初心，其將何以自解？興言及此，憂從中來。凡我國民，務念鬩牆禦侮之忠言，懍同室操戈之大戒，折衷真理，互相提攜，忍此小嫌，同扶大局，本大總統有厚望焉！此令。

又諭禁軍警云：

軍人不準干預政治，迭經下令禁止在案，凡我軍人，自應確遵明令，以肅軍律。聞近日軍界警界，仍有干涉政治之行為，殊屬非是。須知軍人為國干城，整軍經武，目不暇給，豈可曠棄天職，越俎代庖，若挾持武力，率意徑行，萬一激成風潮，國家前途，曷勝危險？至警界職在維持治安，尤不應隨聲附和，致釀釁端。除令陸軍內務兩部傳諭禁止外，特再申告誡，其各守法奉公，以完我軍警高尚之人格！此令。

看官閱此兩令，當時總以為言言金玉，字字珠璣，哪知袁總統的本意，卻自有一番作用，小子也到民國五年，才知老袁命令，隱寓輕重呢。正是：

掩耳盜鈴成慣技，盲人瞎馬陷深池。

袁總統已脅服議員，又有一番手段，遣散各方軍隊，鞏固中央政權，欲知詳情，再閱下回。

政黨二字，利害參半，若為智識單簡，血氣未定之人物，一經結黨，必予智自雄，利未獲而害先見。故政黨之名，行於文化優美之國，

或可收競爭競進之效，否則難矣。中國人民，罕受教育，道德學問，多半短淺。致以政黨之名，反為梟雄所利用，其反對者適受其侮弄而已。若夫內閣改組，易唐為陸，尚為老袁之過渡人物，袁之進步在此，政黨之退步亦在此，逐回細閱，耐人尋味不少云。

第十三回
統中華釐訂法規　徵西藏欣聞捷報

　　卻說民國初造的時候，獨立各省，軍隊林立，一省的都督，差不多有三五人，江南越加紛擾。蘇州都督程德全，是官僚革命，總算從前清蛻化而來；還有上海都督陳其美，鎮江都督林述慶，清江都督蔣雁行，揚州都督徐寶山，統是獨張一幟，好似多頭政治一般。至南北統一，南京臨時政府，已移往北京，南方的軍隊，應歸裁併。袁總統即命前陸軍總長黃興，留守南京，辦理撤兵事宜；且派遣王芝祥，助黃為理。於是各鎮都督，次第撤銷，黃留守也辦理就緒，當即電請銷職。袁總統卻復令緩撤，並派陸軍次長蔣作賓馳往商辦。先遣王芝祥，繼遣蔣作賓，純是老袁的做作。嗣因黃去志甚堅，再電解職，乃派江蘇都督程德全，到寧接收；並令黃留守計日來京，商議政要；且因孫中山遊歷各省，到處演說，鼓吹民生主義，也未免有些尷尬，遂亦致電相邀，令他入都備詢。一面正式任命各省都督，茲將民國元年七月以後的都督姓名，列表如左：

　　直隸都督馮國璋

　　奉天都督趙爾巽

　　吉林都督陳昭常

　　江蘇都督程德全

　　江西都督李烈鈞

福建都督孫道仁

湖南都督譚延闓

河南都督張鎮芳

陝西都督張鳳翽

新疆都督楊增新

廣東都督胡漢民

雲南都督蔡鍔

黑龍江都督宋小濂

安徽都督柏文蔚

浙江都督朱瑞

湖北都督黎元洪兼領

山東都督周自齊

山西都督閻錫山

甘肅都督趙唯熙署

四川都督尹昌衡

廣西都督陸榮廷

貴州都督唐繼堯署

這二十二省的都督，有易任的，有仍舊的，有幾個是革命前的老官僚，有幾個是革命後的新統領，這也不必細表。

袁總統又規定任官等級，援例公布，凡最高職員，如國務總理，暨各部總長，及各省都督等，均稱特任。特任以下，分作九等，一二等為簡任官，三四五等為薦任官，六七八九等為委任官。又制定勛章等級，

大勳章為總統佩帶，上刻日月星辰山龍華蟲宗彝藻火粉米黼黻十二章，其下亦分作九等，均刻嘉禾，第以綬色為別。陸海軍勳章，獨用白鷹文虎兩種，亦分作九等，視綬色為等差。勳章以外，又有勳位，大勳位為首，依次至勳五位為止。餘如國務院官制，及各部官制，一一酌定，次第頒行。所有國徽，除以五色旗為國旗外，海軍仍用青天白日旗，陸軍曾用十八星旗，至此加列一星，變作十九星旗，商旗適用國旗，就是五色旗。所有禮節，男子禮為脫帽鞠躬，大禮三鞠躬，常禮一鞠躬，尋常相見，只用脫帽禮。女子禮大致相同，唯不脫帽，專行鞠躬禮。另訂衣冠儀式，繪圖曉示，唯軍人警察，另有特別禮儀，不在此限。陸軍官制分三等九級，上等稱將官，中等稱校官，初等稱尉官，各分上中少三級，軍士分上士中士下士，兵卒分上等兵一等兵二等兵，軍隊編制，每步兵十四人為一棚，三棚為一排，三排為一連，四連為一營，三營為一團，二團為一旅，二旅為一師，把前清鎮協標隊的名目，一律改稱。師即鎮，旅即協，團即標，營即隊。海軍官制，略有同異，如軍醫軍需造械造艦等官，有總監主監上監中監少監等名目，與陸軍不同。編制法以艦為別，亦與陸軍異制。他如學校系統，分作四級，首大學，次中學，又次為高等小學，最下為小學。後改稱國民學校。小學校四年畢業，高等小學校，三年畢業，中學校四年畢業，大學本科，三年或四年畢業，預科三年。旁係為師範學校，及實業學校，專門學校，大致為四年或三年畢業。至若法院規則，分作四級三審，大理院為法院最高機關，下為高等審判廳、地方審判廳、初級審判廳，是為四級，由初級審判廳起訴，不服判決，得控訴地方廳，地方廳的判決，再或不服，得上告高等廳；高等廳判決，已成定案，不得再訴大理院。唯自地方廳起訴，不服判決，得經高等廳至大理院，是為三審。所應由初等廳起訴，或由地方廳起訴，法律上另有規定，不暇絮述。但訴訟條規，有刑事民事二種，

刑事條件，是被告應該懲罰，不得不求國家懲罰，所以亦稱為公訴。民事條件，是被告未必犯罪，但侵害個人利益，請求司法官代判賠償，所以又稱為私訴。刑法分主刑及從刑，主刑分五等，死刑最重，次為無期徒刑，又次為有期徒刑，又次為拘役為罰金。從刑分二等，（一）是褫奪公權，（二）是沒收。這種制度，統是行政上司法上的關係，一般人民，應該曉得大略，小子不能不粗舉大綱。是謂通俗教育。

還有立法機關，是共和國中最要的根本，從前由代表會組織參議院，是創始的暫行規模，此時國家統一，應由參議院改為國會，且《臨時約法》中第五十三條，曾有限十個月內，召集國會的明文，袁總統不能違約，參議院也不能緩議，因此逐日開會，議決國會組織法及參議院眾議院議員選舉法。國會組織法共二十二條，大要用兩院制，便是參議院及眾議院。參議院議員，由各省省議會選出，每省十名。蒙古選舉會，得選出二十七名，西藏選舉會，得選出十名，青海選出三名，中央學會，也得選出八名，華僑得選出六名，共二百九十四人。眾議院議員，由各地人民選舉，每人口滿八十萬，得選一議員，人口多寡不一，議員也多寡不等，擬定直隸省四十六名，奉天省十六名，吉林省十名，黑龍江省十名，江蘇省四十名，安徽省二十九名，江西省三十五名，浙江省三十八名，福建省二十四名，湖北省二十六名，湖南省二十七名，山東省三十三名，河南省三十二名，山西省二十四名，陝西省二十一名，甘肅省十四名，新疆省十名，四川省三十五名，廣東省三十名，廣西省十九名，雲南省二十二名，貴州省十三名，蒙古二十七名，西藏十名，青海三名，共五百九十五人。參議員任期六年，每二年改選三分之一，眾議員任斯三年。兩院議員的職權，（一）是建議，（二）是質問，（三）是查辦官吏納賄違法的請求，（四）是政府諮詢的答覆，（五）是人民

請願的受理，（六）是議員逮捕的許可，（七）是院內法規的制定。至若預算決算，及議定憲法，概由兩院合辦。兩院議員，須各有過半數出席，方得開議，議案須得過半數同意，方得決定，可否同數，由議長取決。每歲會期，計四個月，若大事不及裁決，得以展期，這是國會組織法的大略。

　　唯兩院議員的選舉，統用單記名投票法，從多數取決。參議員由省議會選舉會選出，毋庸細表，眾議員由人民公選，分選舉及被選舉兩種資格，選舉人專屬民國國籍的男子，年滿二十一歲以上，備有四項資格的一項，才有選舉權。看官道是哪四項資格呢？（一）是年納直接稅二元以上；（二）是值五百元以上的不動產；蒙、藏、青海得以動產計算；（三）是在小學校以上畢業；（四）是與小學校以上畢業的資格。被選舉人亦屬民國國籍的男子，唯年齡須滿二十五歲以上。蒙、藏、青海更須通曉漢語。若適罹刑法褫奪公權，及宣告破產，並有精神病，吸鴉片煙，與不識文字，均不得有選舉權及被選舉權。現在陸海軍充役的軍人，與在徵調期間的續備軍人，現任行政司法及巡警，或僧道及其他宗教師，均停止選舉權及被選舉權。蒙、藏、青海唯軍人停止選舉權及被選舉權，餘項不用此例。小學校教員，各學校肄業生，停止被選舉權。辦理選舉人員，於選舉區內，亦停止被選舉權。又分初選複選兩項手續，初選以縣為選舉區，當選人名額，定為議員名額的五十倍，複選合若干初選區為選舉區，即以初選的當選人為選舉人，被選人卻不以初選當選人為限。每屆選舉，無論初選複選，各設監督員。初選監督以各該區的行政長官充任，複選監督以全省的行政長官充任。蒙、藏、青海，只一次選舉，不分初選複選。這是兩院議員選舉法的大略。還有省議會議員選舉法，大致與眾議院議員選舉法略同。

第十三回　統中華鬯訂法規　徵西藏欣聞捷報

　　各項選舉法，經參議員議決，咨送袁總統，袁總統當即公布，且由內務部規定選舉區，一一頒示，正在籌備進行，非常忙碌的時候，忽由四川都督尹昌衡，連電報稱西藏亂耗，影響全域性，自請督師西征。袁總統準如所請，命他出征西藏，所有川督印信，暫交胡景伊護理。尹督遂率二千五百人，向西出發，浩蕩前進。想步年羹堯後塵。先是清光緒末年，西藏教主達賴喇嘛，曾入京觀見，受封為西天大善自在佛，並加誠順贊化名號。會值光緒帝與慈禧太后，先後逝世，達賴諷經超薦，效勞了好幾日。兩宮安葬，達賴回藏，為俄人所誘，有意生亂，清廷將他削去封號，用兵攆逐，並命駐藏大臣，另立達賴喇嘛。這事尚未就緒，中國已起革命軍。退位的達賴，手下有一參謀，係俄國人，素得達賴信任，前曾為達賴所遣，往俄京聖彼得堡，傳遞密約事件，此次聞內地各省，大半獨立，遂極力為達賴謀覆西藏。達賴乃回入藏境，逐去清廷簡放的官吏，也居然獨立起來，且欲盡殺駐藏的漢人。虧得陸軍統領鍾穎，率兵至拉薩，竭力保護，鎮壓藏番，達賴始不敢妄動。川督尹昌衡，從權委任，令鍾穎為西藏行政使。後來華兵與藏人，屢生衝突，英兵以保護僑商為名，進兵藏邊，尹督遂電告北京，請任鍾穎為辦事長官，俾專責成。袁總統即如言任命。但藏番總歧視華人，隨你鍾長官威權並用，始終不肯就範。華兵在拉薩開會，登場演說，不知如何得罪了藏人，竟致兩造決裂，激動兵戈。藏人各處響應，把華兵困住拉薩，一面分道揚鑣，西侵後藏，東寇裡塘。後藏的江亞，竟被陷沒。裡塘在打箭爐西，雖為駐藏大臣往來驛道，奈與四川省會，相距遙遠，守兵寥寥無幾，猝遇藏人到來，慌忙斂兵固守，飛書乞援，誰知遠水難救近火，鎮日裡待援未至，只好棄了裡塘，奔還內地。藏人既將裡塘佔去，復乘勢欲奪巴塘，川邊大震。尹都督乃自請出師，奉命允准，並加授鎮撫使。

尹遂率軍西征，途次接巴塘捷報，心下稍慰。又行了兩三日，克復裡塘的喜信，也由探馬報到。原來邊軍統領顧占文，因裡塘失守，加意防備，四處派遣心腹，暗探藏人消息。到了七月初旬，探得藏人出攻巴塘，分兩路進兵，一隊從大路攻擊，揚旗吶喊，堂堂皇皇，一隊從小路潛行，越山過嶺，似偷雞吊狗一般。藏人頗也知兵。那時顧統領察破詭謀，當即將計就計，陽遣兵截住大路，自己卻帶著精銳，至小路旁看定要隘，分兵四伏。藏人那裡防著，只從崇山峻嶺中，繞越而來。大眾爭先恐後，毫無紀律，那邊有幾十人，這邊也有幾十人，但憑著兩隻腳，隨路亂走，將到大朔山側，天色將晚，遙望前面，只有參天的古木，遍地的蔓草，隱隱銜著一個夕陽，掩映滿山秋色。烘染語亦不可少。此時也無暇流覽，但蓄著一股銳氣，急行上前，暗想越過了山，便是巴塘，好在沿途平穩，並沒有華兵攔阻，此去出其不意，攻其無備，眼見得巴塘要隘，唾手得來。正在趾高氣揚的時候，猛聽得一聲號砲，震得山谷俱鳴，木葉亂下，大眾齊聲叫道：「不好了！不好了！」言未畢，已見華兵四處殺來，槍聲劈拍不絕，無從躲避。大眾顧命要緊，覓路四竄。巴塘也不要了。不意竄到東邊，竟遇著一陣槍彈，暈倒了好多人，折回西邊，又碰著一隊華兵，惡狠狠的過來，好像餓鷹逐雞，猛虎噬羊，稍稍失手，便被他打倒地上，生擒活縛的拖了過去。有幾個仗著蠻力，拚命突圍，總算死了一半，逃了一半。顧統領乘勝追趕，順著路竟到裡塘，裡塘已虛若無人，當由顧軍踹入，立將裡塘收復。正擬出擊大路上的藏兵，可巧藏人已聞小路敗報，跟蹌逃遁。顧統領麾軍殺出，嚇得藏人沒路亂跑，大路上的官軍，又同時趕到，一場合剿，殺死藏人數百名，只有命不該絕的藏人，才得逃脫。顧統領即遣人告捷，當由尹都督接著，非常欣慰，遂至打箭爐駐節。打箭爐係四川西徼，為川藏往來孔道，清季已改為康定府治，藩漢雜居，相安成俗。尹都督就此駐紮，免不得遊

覽風景，極目遐天；偶然見了許多蠻女，醜的醜，妍的妍，兩兩相較，有幾個姿色秀媚的蠻姝，越覺得天然豐韻，面不粉而白，口不脂而紅，眉不黛而翠，更有一種苗條態度，楚楚可人，或在藤峽棘穴旁，招集三數姊妹花，著吉莫小韈，低唱蠻歌，高揚巾帕，飄飄乎若神仙中人。看官！你想這豪宕不羈的尹都督，哪能不牽入情絲，觸生美感，當下搜採數姝，令充下陳，幾乎把這蠱叢路，變做了鶯棲林。樂不思蜀。小子有詩詠道：

犵花草也風流，別有柔情足解憂。

自古英雄多好色，小蠻尚在且勾留。

藏事未了，鄂中又出有異國。待小子下回續敘。

民國初年，為釐定法規時代，公布各法，自有專書，非本書所應殫述。但本書亦寓通俗教育，所有普通各法規，為一般人民所應略曉者，固不得不粗舉一斑，揭而出之，俾閱者得助見聞，正灌輸知識之嚆矢也。國會組織法，及各議員選舉法，不略蒙藏，政府固為統一藩部起見，而著書人即隨筆敘下，寫入藏事，此又為文字中綰合之法。尹都督自請徵藏，儼然有終軍請纓氣象，而一逢蠻女，即取充下陳，雖情場花月，無玷英雄，而於軍紀上不無妨害，寓譏於褒，作者其固有隱旨乎！

第十四回
張振武赴京伏法　黎宋卿通電辨誣

　　卻說各省的軍隊，自經袁總統通電裁併，給餉遣散，往往遊騎無歸，所在謀變。有幾處尚未裁遣，即已祕密開會，再圖革命，如南京駐紮的贛軍，蘇州的先鋒三營，灤州的淮軍馬隊，山條省城的防兵，奉天大北關外的舊混成協第三標，安徽北門外的先鋒隊第一營，蕪湖屯駐的盧軍，滁州第一團七八兩連兵士，陸續譁變，幸經各處長官，立時剿撫，均歸平定。

　　唯湖北為革命軍發起地，餘風未泯，喜動惡靜，不但亂兵生事，甚至司令軍官等，亦屢思自逞，嘗謀獨立。兵猶火也，不戢自焚，古人之所以三致意者在此。襄陽府司令張國荃，不服省垣編制，擅殺調查專員周警亞，擁兵為亂，經黎都督元洪派兵兜剿，國荃方自知不敵，竄向鄖陽，沿途劫掠，蹂躪了好幾處；復由官兵追剿，方才散逸。既而軍官祝制六、江光國、滕亞綱等人又煽惑軍界，託詞改革政治，謀推翻軍政民政二府，破壞各司，幸被黎都督察覺，即調集近衛軍及警察分頭緝捕，將祝、江、滕三人拿獲，並搜出檄文布告、文書名冊、徽章令旗、傳單願書等項，證據昭然，三犯無可抵賴，遂申行軍律，一概槍斃。越日，覆在漢口法租界搜獲亂黨多名，黎都督不欲深究，唯出示剴切勸告，並將搜出名冊，立即銷毀，免得株連。未幾，又報省城兵變，第一鎮二協三標軍士，因劉協統勒令退伍，遂致大譁，統至軍械房搶奪子彈，且擊斃軍官二名。楚望臺軍械所守兵，亦聞聲響應，持械出所，攔守通湘、

起義二城門。黎都督聞警，亟飭各軍飛往彈壓，把亂兵盡行圍住，一面派唐、黃兩參謀，偕同黎統制，步入圍中，剴切勸導，囑將首犯指出，餘均免罪，並允將劉協統撤換。亂兵方唯唯應命，當場指出首犯陳兆鰲，由黎統制飭兵縛住，訊實正法。

　　黎都督經此數變，自然格外小心，日夕偵察，旋聞軍務司副司長張振武，及將校團團長方維，潛蓄異志，煽亂各軍，前次祝制六、滕亞綱的變亂，亦由張、方二人主動，遂不動聲色，宣召二人入署，囑他調查邊務。二人當面不好違慢，只得唯命是從。黎都督送客出廳即密電到京，拍致袁總統。袁總統亦即覆電，任張振武為蒙古調查員，張、方是心腹至交，當密商了兩三次，初意欲逗留鄂中，嗣因黎都督再三促行，雖明知他是調虎離山的計策，也一時不敢發難，便向督署辭行。不怕他不入死路。黎都督當命方維隨往，適合張振武本意，遂邀同方維啟程北上。

　　嗣復潛自回鄂，更邀將校十三人，一同到京，仍與方維聚會，就京城前門外西河沿旅館寓宿。甫隔一宵，方維等在寓安居，張振武卻入城遊覽。不意時方晌午，突有軍警百餘人，闖入旅館，徑至方維寓室，關門竟入，方維驚問何事？一語未終，已是鐵鏈上頭，將他鎖住。將校等各思抗拒，當由來兵與語道：「君等無罪，罪止張、方。但奉命邀君同往，一經質證，保可無事，若君等定要反抗，莫怪槍彈無情。」語至此，各拔出手槍，向將校對著，作欲擊狀。將校等莫不畏死，忙說是情願同行。方維還要喧嚷，軍警等毫不理睬，但將他牽入內城，拘禁軍政總執法處。其餘將校分別解交外城軍政執法兩局。張振武尚在未知，正思回寓午餐，徐步從前門出來，剛剛望著城闉，不圖兜頭來了軍官，猝然問道：「你是張振武麼？」振武方應聲稱「是。」那軍官已將他扭住，更有兵

弁過來，把他兩手反縛，他連聲詰問情由，軍官答稱：「奉令前來，拿你到總執法處，你到後自有分曉。」振武無法可施，只好由他牽往。及至軍政總執法處，見方維也被拘禁，越覺驚慌，正思詳問顛末，那執法官已傳令上堂。振武且走且呼，口中連稱冤枉，但見執法官高坐堂上，拍案喝道：「休要瞎鬧！你自己犯法，尚稱冤枉麼？」振武道：「我等所犯何罪？」執法官道：「有黎都督電文到來，我讀與你聽，你且仔細聽著！」黎電從此處敘出，前文妙有含蓄。語畢，即朗讀黎電道：

張振武以小學教員，贊成革命，起義以後，充當軍務司副司長，雖為有功，乃怙權結黨，桀驁自恣，赴滬購槍，吞蝕鉅款。當武昌二次蠢動之時，人心惶惶，振武暗中煽惑將校團，乘機思逞，幸該團員深明大義，不為所惑。元洪念其前勞，屢與優容，終不悛改，因勸以調查邊務，規劃遠謨，於是大總統有蒙古調查員之命。振武抵京後，復要求發鉅款設專局，一言未遂潛行返鄂。觀此數語，見得京、鄂兩處已密布偵探，將張、方二人行蹤，探得明明白白，張、方自己尚如睡在夢中。本書前文亦未盡說明，至此方才揭出。飛揚跋扈，可見一斑。近更蠱惑軍士，勾結土匪，破壞共和，倡謀不軌，狼子野心，愈接愈厲，假政黨之名義，以遂其影射之謀，借報館之揄揚，以掩其凶頑之跡，排解之使，困於道途，防禦之士，疲於晝夜。風聲鶴唳，一夕數驚。賴將士忠誠，偵探敏捷，機關悉破，泯禍無形，吾鄂人民，胥拜天使，然餘孽雖殲，元憨未殄，當國害未定之秋，固不堪種瓜再摘；以梟獍習成之性，又豈能遷地為良？元洪愛既不能，忍又不可，回腹蕩氣，仁智俱窮，伏乞將張振武立予正法，其隨行方維，係屬同惡相濟，並乞一律處決，以昭炯戒。此外隨行諸人，有勇知方，素為元洪所深信，如願歸籍者，請就近酌給川資，俾歸鄉里，用示勸善罰惡之意。唯振武雖伏國典，前功固不可沒，所部概屬無辜，元洪當經紀其喪，撫卹其家，安置其徒眾，決不敢株累一人。皇天后土，實聞此言。元洪藐然一身，託於諸將士之手，

闒茸屍位，撫馭無才，致令起義健兒，夷為罪首，言之報顏，思之雪涕，獨行踽踽，此恨綿綿。更乞予以處分，以謝張振武九泉之靈，尤為感禱。臨穎悲痛，不盡欲言。

讀畢，又宣布袁大總統命令，略云：

查張振武既經立功於前，自應始終策勵，以成全人。乃披閱黎副總統電陳各節，竟渝初心，反對建設，破壞共和，以及方維同惡相濟。本總統一再思維，誠如副總統所謂愛既不能，忍又不可，若事姑容，何以慰烈士之英魂？不得已即著步軍統領軍政執法處總長，遵照辦理。此令。

命令宣畢，嚇得張、方兩人，面如土色，沒奈何哀求道：「這是黎副總統冤誣我的，還求總長呈明總統，乞賜矜全。」執法官微笑道：「令出如山，還有什麼挽回，想你兩人總有異謀，所以黎副總統，電請大總統正法的。」言罷，即將兩人捯出，同時槍斃。尚有將校十三人，一律釋出，給發川資，仍令回鄂。十三人得了性命，即日離京南下，自不消說。唯張、方係革命黨人，黨員聞他正法，不免兔死狐悲，遂相率譁譟，聲言：「張振武功大罪輕，就使逆謀昭著，亦當就地處決，何必誘他入京，立置死地，這明是內外暗合，有意苛求。」當時有殺非其道，殺非其時，殺非其地，共計三大詰難，電達全國。黎副總統幾成怨府，也令祕書員撰成通電數篇，陸續釋出。最後這一篇，洋洋灑灑，約有千餘言，小子不忍割愛，錄述如下。其文云：

連日函電紛馳，詰難群起，前電倉猝，尚未詳盡。報告政府書，復未齎到，誠恐遠道不察，真像愈湮，敢重述梗概，為諸公告。張振武初充軍務司副長。漢陽失敗，託詞購槍，留函徑去。當命參議丁復生，追至上海，配定式樣，只限購銀二十萬兩，乃擅撥買銅元銀四十萬，僅購

廢槍四千枝，子彈四百萬，機關槍三十六枝，子彈二百萬，槍械腐窳，機件殘缺，有物可查，設有戰事，貽害何堪設想？且除買械二十六萬餘外，另濫用浮報三十二萬，無帳二萬，尚借譚君人鳳五萬，陳督復來電索款，均係不明用途，有帳可稽，罪一；南北統一，戰事告終，振武由滬返鄂，私立將校團，遣方維往各營勾串，募集六百餘人，每名二十元，鄂軍屢次改編，該團始終不受編制，兵站總監兵六大隊，已預備退伍，伊復私收為護衛隊，擁兵自衛，罪二；二月二十七日，串謀煽亂，軍務部全行推倒，伊復獨任方維，要挾留任，復謀殺新舉正長曾廣大，經元洪訪查得實，始將三司長悉改顧問，罪三；冒充軍統，晝夜橫行，護衛隊常在百人以外，沿途放槍，居民惶恐。每至都督府，槍皆實彈。罪四；護衛隊屢遣解散，抗不遵命，復擅搶兵站槍枝糧餉，藐無法紀，罪五；強調鐵路立中小火輪，勾串軍隊，晝夜來往，罪六；暗煽義勇團長梅占鰲，增加營數，誘命石龍巖往聯領事團，許事成任為外交司長，該員等不為所動，謀遂無成，罪七；革命後廣納良女為姬妾，內嬖如夫人者，將及十人，葉某及魯某，皆女學生，復夥串某報鼓吹，顛倒黑白，破壞共和，罪八；民國公校開校，當眾演說，革命非數次不成，流血非萬萬人不止，搖動國本，駭人聽聞，罪九；親率佩槍軍隊，逼迫教育司，勒索學款，挾之以兵，罪十；令逆黨方維，勾串已革管帶李忠義，及軍界祝制六、滕亞綱、姜國光、謝玉山、劉起沛、朱振鵬、江有貴、黃耀生，暨漢口土匪頭目王金標，分設機關，密謀起事，並另舉標統八人，伊為原動，大眾皆知，雖名冊已焚，祝、滕正法，劉、朱尚寄監可質，罪十一；機關破露，移恨孫武，復密遣四十人，分途暗殺，罪十二；前次所購機關槍彈，除湖北實收外，近證之藍都督報告，接濟之帳，尚匿交機關槍多枝，子彈三萬粒，私藏利械，圖謀不軌，罪十三；此次電促赴京，實望革心向善，乃疊據偵探報告，伊以委命未下，復圖歸鄂，密遣黨羽，預歸布置，複查悉函阻將校團，不得退伍，武漢一隅，關係全域性，三摘已稀，豈堪四摘！罪十四；此外索款鉅萬，密濟

第十四回　張振武赴京伏法　黎宋卿通電辨誣

黨援，朘削公家，擾亂秩序，種種不法，不勝列舉。元洪薦充大總統高等軍事顧問，並有蒙古調查員之命，無非追錄前功，冀挽將來，猶復要索鉅款，議設專局，又在上海私文屯墾事務所，月索千餘圓，凡此諸端，或檔案具在，或實地可查，揭其本末罪狀，實屬無可寬容。諸公老成謀國，保衛治安，素為元洪所欽佩，倘使元洪留此大憝，貽害地方，致翻全域性，諸公縱不見責，如蒼生何？

顧或有謂殺非其地，殺非其時，殺非其道者，責以法理，夫復何辭？然此中委曲，尚有萬不獲已之衷，為諸公未悉者。武昌當革命之餘，丁裁兵之會，地勢衝繁，軍心浮動，振武暗握重兵，潛伏租界，一經逮捕，立召干戈，既禍生靈，更釀交涉，操切僨事，誰屍其咎？況北京為民國首都，萬流仰鏡，初非鄰省，更異敵邦，明正典刑，昭示天下，揆諸名義，似尚無妨，此不獲已者一；振武席軍務長之餘焰，憑將校團之淫威，取精用宏，根深柢固，投鼠忌器，人莫敢攖，捲土重來，擁兵如故，狼子野心，更無紀極，前此以往，殺既不敢，後此以往，殺更不能，千里毫釐，稍縱即逝，先此不謀，噬臍何及？況謀叛民國之犯，果有確據，隨時皆可掩捕，此不獲已者二；振武分遣黨羽，密布機關，奸謀敗露，應命赴京，更懷疑懼，居則佩刀盈室，出則荷槍載途，京鄂之使，不絕於道，心機叵測，消息靈通，一電遙飛，全國窺變，聯電請求，舉兵要挾，雖有國典，亦無所施，況振武現參軍政，遙領兵權，繩以軍法，洵為允當，且北京軍事裁判，尚未完全，南中軍法會議，已非一次，詢謀僉同，始敢出此，此不獲已者三。

元洪數月以來，躊躇再四，愛功憂亂，五內交縈，迴腸九轉，憂心百結，寧我負振武，無振武負湖北，寧取負振武罪，無取負天下罪，刲臂療身，決踵衛命，冒刑除患，實所甘心。夫漢高、明太，皆以自圖帝業，屠戮功臣，越踐、吳差，皆以誤信讒言，戕害善類，藏弓烹狗，有識同悲。至若懷光就戮，史不論其寡恩，君集被擒，書不原其戰績，矧

共和之國，同屬編氓，但當為民國固金甌，不當為個人保鐵券。元洪念彼前勞，未忍悉行誅罰，安此反側，復未稍事牽連，遂致日前兩電，詞多含蓄，跡似虛諉，又何怪諸公義憤之填胸，而責言之交耳也？伏思元洪素乏豐功，忝竊高位，愛民心切，馭將才疏，武漢蠢動，全楚騷然，商民流離，市廛雕敝，損失財產，幾逾鉅萬，養癰成患，責在藐躬，亡羊補牢，泣將何及？洪罪一也；洪與振武，相從患難，共守孤城，推食解衣，情同骨肉，乃恩深法弛，背道寒盟，瘡口罔聞，剖心難諒，首義之士，忍為罪魁，同室彎弓，幾釀巨禍。洪實涼德，於武何尤？追念前功，能無隕涕，洪罪二也；國基初定，法權未張，凡屬國民，應同維護，乃險象環生，禍機迫切，因養指失肩之懼，為枉尋直尺之謀，安一方黎庶之心，解天下動庸之體，反經行政，貽人口實，洪罪三也。有此三罪，十死難辭，縱諸公揆諸事實，鑑此苦衷，曲事優容，不加譴責，猶當踢天蹐地，愧悔難容；況區區此心，不為諸公所諒乎？溯自起義以來，戎馬倉皇，軍書旁午，忘餐廢寢，忽忽半年，南北爭議，親歷危機，蒙藏凶頑，頻驚靈耗；重以驕兵四起，伏莽潛滋，內謹防閒，外圖排解；戒嚴之令，至再至三，朽索奔駒，幸逾絕險。積勞成疾，咯血盈升，俯仰世間，了無生趣。秋荼尚甘，凍雀猶樂，顧瞻前路，如蹈深淵，自時厥後，定當退避賢路，佇待嚴譴，倘有矜其微勞，保此遲暮，窮山絕海，尚可棲遲，漢水不波，方城如故，雖死之日，猶生之年。世有鬼神，或容依庇，百世之下，庶知此心。至張振武罪名雖得，勞勩未彰，除優加撫卹，贍其母使終年，養其子使成立外，特派專員，迎柩歸籍，乞飭沿途善為照料，俟靈柩到鄂，元洪當躬自奠祭，開會哀悼，以慰幽魂。並擬將該員事略，薈叢成書，請大總統宣示天下，俾曉然於功罪之不掩，賞罰之有公，斗室之內，稍免疚心。泉臺之下，或當瞑目。臨風悲結，不暇擇言，瞻望公門，尚垂明教！

　　這電發出，張振武罪狀確鑿，就是他的同黨，也不能替他強辯，漸漸的群喙屏息了。小子有詩嘆道：

第十四回　張振武赴京伏法　黎宋卿通電辨誣

有功宜賞罪宜誅，不殺奸人曷伏辜？

試看鄂中傳電後，臚陳劣跡豈全誣？

謠言既靖，京鄂無驚，前總統孫中山，由滬赴京，又有一番熱鬧的情形，且至下回再敘。

張振武首犯也，方維從犯也，張、方二人之被殺，後人多歸獄袁、黎，亦以袁為主動，黎為被動。然觀黎督通電，則張振武之劣跡昭彰，固有應殺之罪。方維雖附和黨同，宜從末減，然除惡未盡，適為後患，殺之亦是也。他人徒阿徇所好，必以袁好殺，黎濫殺，目為尋仇誣隙，顧何以黎電傳布，歷述振武十四罪狀，而他人不能為之一一辯駁乎？周公殺管、蔡，且無損元聖之名，於袁、黎乎何尤焉？故本回全錄黎電，以見張、方之當誅，不得以此強誣袁、黎，論人必公，吾於此書見之。

第十五回
孫黃並至協定政綱　陸趙遞更又易總理

　　卻說孫文卸職後，歷遊沿江各省，到處歡迎，頗也逍遙自在。嗣接袁總統電文，一再相招，詞意誠懇，乃乘車北上，甫到都門，但見車站兩旁，已是人山人海，擁擠不堪。幾乎把這孫中山嚇了一驚。嗣由各界代表，投刺表敬，方知數千人士，都為歡迎而來。他不及接談，只對了各界團體，左右鞠躬，便已表明謝忱。那袁總統早派委員，在車站伺候，既與孫文相見，即代達老袁誠意，並已備好馬車，請他上輿。孫文略略應酬，便登輿入城。城中亦預備客館，作為孫文行轅。孫文住了一宿，即往總統府拜會。袁總統當即出迎，攜手入廳。彼此敘談，各傾積愫。一個是邀遊海外的雄辯家，滿望袁項城就此傾誠，好共建共和政體，一個是牢籠海內的機謀家，也願孫中山為所利用，好共商專制行為，兩人意見，實是反對，所以終難融洽。因此竭力交歡，幾乎管、鮑同心，雷、陳相契，談論了好多時，孫文才起身告別。次日，袁總統親自回謁，也商議了兩三點鐘，方才回府。嗣是總統府中，屢請孫中山赴飲，觥籌交錯，主客盡歡，差不多是五日一大宴，三日一小宴的模樣。好一比擬，就老袁一方面，尤為切貼。席間所談，無非是將來的政策。
　　老袁欲任孫為高等顧問官，孫文慨然道：「公係中國的政治家，一切設施，比文等總要高出一籌，文亦不必參議。
　　但文卻有一私見，政治屬公，實業屬文，若使公任總統十年，得練兵百萬，文得經營鐵路，延長二十萬里，那時我中華民國，難道還富強

不成嗎？」孫中山亦未免自誇。袁總統掀髯微笑道：「君可謂善頌善禱。但練兵百萬，亦非容易，築造鐵路二十萬里，尤屬難事，試思練兵需餉，築路需款，現在財政問題，非常困難，專靠借債度日，似這般窮政府，窮百姓，哪裡能償你我的志願呢？」孫文亦饒酒意，便道：「天下事只怕無志，有了志向，總可逐漸辦去。我想天下世間，古今中外，都被那銀錢二字，困縛住了。但銀錢也不過一代價，飢不可食，寒不可衣，不知如何有此魔力？假使捨去銀錢，令全國統用鈔票，總教有了信用，鈔票就是銀錢，政府不至竭蹶，百姓不至困苦，外人亦無從難我，練兵兵集，築路路成，豈不是一大快事麼？」袁總統徐徐答道：「可是麼？」

　　孫文再欲有言，忽有人入報道：「前南京黃留守，自天津來電，今夕要抵都門了。」袁總統欣然道：「克強也來，可稱盛會了。」克強係黃興別號，與孫文是第一知交，孫文聞他將到，當然要去會他，便輟酒辭席，匆匆去訖。袁總統又另派專員，去迓黃興。至黃興到京，也與孫中山入都差不多的景象，且與孫同館寓居，更偕孫同謁老袁，老袁也一般優待，毋庸絮述。唯孫、黃性情頗不相同，孫是全然豪放，胸無城府，黃較沉毅，為袁總統所注目，初次招宴，袁即讚他幾經革命，百折不回，確是一位傑出的人物。袁之忌黃，亦本於此。黃興卻淡淡的答道：「推翻滿清，乃我輩應盡的天職，何足言功？唯此後民國，須要秉公建設方好哩。」袁又問他所定的宗旨，黃興又答道：「中國既稱為民主立憲國，應該速定憲法，同心遵守，興只知服從法律，若係法律外的行為，興的行止，唯有取決民意罷了。」後來老袁欲帝，屢稱民意，恐尚是受教克強。老袁默然不答。黃興窺破老袁意旨，也不便再說下去。

　　到了席散回寓，便與孫文密議道：「我看項城為人，始終難恃，日後恐多變動，如欲預為防範，總須厚植我黨勢力，作為抵制。自唐內閣倒

後，政府中已沒有我黨人員，所恃參議院中，還有一小半會中人，現聞與統一共和黨，雙方聯繫，得占多數，我意擬改稱國民黨，與袁政府相持。袁政府若不違法，不必說了，倘或不然，參議院中得以質問，得以彈劾，他亦恐無可奈何了。」黃興卻亦善防，哪知老袁更比他厲害。孫文絕對贊成。當由黃興邀集參議員，除共和黨外，統與他暗暗接洽。於是同盟會議員，及統一共和黨議員，兩相合併，共改名國民黨。一面且到處號召，無論在朝在野，多半邀他入黨。

袁總統正懷猜忌，極思把功名富貴籠絡孫、黃兩人，先時已授黃興為陸軍上將，與黎元洪、段祺瑞兩人，同日任命，且因孫文有志築路，更與商議一妥當辦法，孫意在建設大公司，借外債六十萬萬，分四十年清還。袁總統面上很是贊成，居然下令，特授孫文籌劃全國鐵路全權，一切借款招股事宜，盡聽首先酌奪，然後交議院議決、政府批准等情。嗣復與孫、黃屢次籌商，協定內政大綱八條，並電詢黎副總統，得了贊同的複詞，乃由總統府祕書廳通電宣布。其文云：

民國統一，寒暑一更，庶政進行，每多濡緩，欲為根本之解決，必先有確定之方針。本大總統勞心焦思，幾廢寢食，久欲聯合各政黨魁傑，捐除人我之見，商榷救濟之方。適孫中山、黃克強兩先生先後蒞京，過從歡洽，從容討論，殆無虛日，因協定內政大綱；質諸國院諸公，亦僉然無間。乃以電詢武昌黎副總統，徵其同意，旋得覆電，深表贊成。其大綱八條如下：

（一）立國取統一制度。（二）主持是非善惡之真公道，以正民俗。（三）暫時收束武備，先儲備海陸軍人才。（四）開放門戶，輸入外資，興辦鐵路礦山，建置鋼鐵工廠，以厚民生。（五）提倡資助國民實業，先著手於農林工商。（六）軍事外交財政司法交通，皆取中央集權主義；其餘斟酌各省情形，兼采地方分權主義。（七）迅速整理財政。（八）竭力調

第十五回　孫黃並至協定政綱　陸趙遞更又易總理

和黨見，維持秩序，為承認之根本。此八條者，作為共和、國民兩黨首領與總攬政務之大總統之協定政策可也。各國元首，與各政黨首領，互相提攜，商定政見，本有先例。

從此進行標準，如車有轍，如舟有舵，無旁撓，無專科，以阻趨於國利民福之一途，中華民國，庶有豸乎！

此令。

政綱既布，孫文以國是已定，即欲離京，便向袁總統辭行，啟程南下。獨黃興尚有一大要事，不能脫身，因復勾留都門，稽延了好幾日。看官！道是何事？原來陸總理徵祥，屢次請假，不願到任，袁總統以總理一職，關係重大，未便長此虛懸，遂與黃興談及，擬任沈秉坤為國務總理，否則或用趙秉鈞。注意在趙。沈曾為國民黨參議，黃興因他同志，頗示贊成。旋與各黨員商議，各黨員言：「沈初入黨，感情未深，且係過渡內閣，總理雖是換過，閣員仍是照舊，若為政黨內閣起見，須要全數改易，方可達到目的，若只得一孤立無助的總理，濟什麼事？」黃興聽到這番言語，很覺有理，遂擱過沈秉坤，提及趙秉鈞。趙是個極機警的朋友，當唐紹儀組閣時，他一面巴結袁總統，一面復討好唐總理，竟投入同盟會中，做一會員。有此機變，所出後成宋案。黃興明知他是個騎牆人物，但頗想因這騎牆二字，令他兩面調停，免生衝突，所以也有意扛他上臺。

中了人家的詭計。各黨員恰表贊同，乃公同議決，由黃興轉告老袁，袁得此消息，暗暗心喜，遂將趙秉鈞的大名，開列單中，齎交參議院，表決國務總理的位置。院中議員，國民黨已占了大半，還有一小半共和黨，就使反對趙秉鈞，也何苦投不同意票，硬做對頭，因此投票結果，統是同意二字，只有兩票不同意。這兩票可謂獨立。總理決議覆咨

袁總統，袁總統即正式任命，所有閣員，毫不變動。唯外交總長，初擬陸總理自兼，至此陸已解職，另選一個梁如浩，也得由參議院通過，令他任職。

黃興乘勢遍說各國務員，邀入國民黨。司法總長許世英，農林總長陳振先，工商總長劉揆一，交通總長朱啟鈐，均填寫入國民黨願書。教育總長范源濂，本隸共和黨，至是聞黃興言，左右為難，乃脫離共和黨籍，宣告不黨主義。財政總長周學熙，亦贊成國民黨黨綱，唯一時未寫願書。黃興又進告袁總統，勸他做國民黨領袖。看官！你想這老袁心中，本與國民黨有隙，令他入黨，分明是一樁難事，但又不好當面決絕，左思右想，得了一個法兒，先遣顧問官楊度入黨，陰覘虛實。

那楊度別號晳子，籍隸湖南，是個有名的智多星。他在前清時代，戊戌變法，常隨了康有為、梁啟超等，日談新政，康、梁失敗，亡命外洋，他也逃了出去，與康、梁等聚作一堆，開會結社，鼓吹保皇。到了辛亥革命，乘機回國，得人介紹，充總統府的顧問。特別表明，為後文籌安會張本。他仗著一張利口，半寸機心，在總統府中廝混半年，大受老袁賞識。就是從前蔡使到京，猝遭兵變，也是楊晳子暗中主謀，省得老袁為難。此番又受了老袁密囑，令入國民黨，他比老袁還要聰明，先與國民黨中人，往來交際，討論黨綱。國民黨員，抱定一個政黨內閣主義，楊度矍然道：「諸君的黨綱，鄙人也是佩服，但必謂各國務員，必須同黨，鄙意殊可不必。試想一國之間，政客甚多，有了甲黨，必有乙黨，或且有丙黨丁黨，獨中央政府，只一內閣，如必任用同黨人物，必難久長。用了甲黨，乙黨反對，用了乙黨，甲黨反對，還有丙黨丁黨，也是不服。膠膠擾擾，爭訟不休。政策無從進行，機關必然遲滯，實是有弊少利，還須改變方針為是。」國民黨員，不以為然。楊度又道：「諸

君倘可通融，鄙人很願入黨，若必固執成見，鄙人也不便加入呢。」國民黨員不為所動，竟以「任從尊便」四字相答。楊度乃返報袁總統，袁總統道：「且罷，他有他的黨見，我有我的法門，你也不必去入他黨了。」用軟不如用硬。黃興聞老袁不肯入黨，卻也沒法，只在各種會所，連日演說，提倡民智。袁總統嘗密遣心腹，偽作來賓，入旁聽席，凡黃興所說各詞，統被鉛筆記錄，呈報老袁。老袁是陽託共和，陰圖專制，見了各種報告，很覺得不耐煩，嗣後見了黃興，晤談間略加譏刺。就是趙內閣及各國務員，形式上雖同入國民黨，心目中恰只知袁總統，總統叫他怎麼行，便怎麼行，總統叫他不得行，就不得行，所以總統府中的國務會議，全然是有名無實。後來各部復派遣參事司長等，入值國務院，組織一委員會。凡國務院所有事務，都先下委員會議，於是國務總理及國務員，上承總統指揮，下受委員成議，鎮日間無所事事，反像似贅瘤一般。想是樂得快活。

時人謂政黨內閣，不過爾爾。黃興也自悔一場忙碌，毫無實效，空費了一兩月精神，遂向各機關告辭，出都南下。及抵滬，滬上各同志聯袂相迎，問及都中情形，興慨然道：「老袁陰險狠鷙，他日必叛民國，萬不料十多年來，我同胞志士，拋擲無數頭顱，無數頸血，只換了一個假共和，恐怕中華民國從此多事，再經兩三次革命，還不得了呢。」黃克強生平行事，未必全愜輿情，但逆料老袁，確有特識。各同志有相信的，有不甚相信的，黃興也不暇多談，即返長沙縣省親。湘中人士，擬將長沙小南門，改名黃興門。黃興笑道：「此番革命，事起鄂中，黎黃坡係是首功，何故鄂中公民，未聞易漢陽門為元洪門呢？」辯駁甚當，且足解頤。湘人無詞可答。不料過了兩日，黃興門三字，居然出現，興越嘆為多事。會值國慶日屆，袁總統援議院議決案，舉行典禮，頒令酬勳。

孫文得授大勳位，黃興得授勳一位，嗣覆命興督辦全國礦務，興又私語同志道：「他又來籠絡我呢。」正是：

雄主有心施駕馭，逸材未肯就牢籠。

黃興事且慢表，下回敘國慶典禮，乃是民國週年第一次盛事，請看官再閱後文。

孫、黃入京，為袁總統延攬黨魁之策，袁意在籠絡孫、黃，孫、黃若入彀中，餘黨自隨風而靡，可以任所欲為，不知孫、黃亦欲利用老袁，互相聯繫，實互相猜疑。子輿氏有言：「至誠而不動者，未之有也，不誠而能動者，亦未之有也。」袁與孫、黃，彼此皆以私意交歡，未嘗推誠相待，安能雙方感動乎？黃克強推任趙內閣，尤墮老袁計中，趙之入國民黨，實為偵探黨見而來，各國務員亦如之，黃乃欲其離袁就我，誤矣。總之朝野同心，國必治，朝野離心，國必亂，閱此回可恍然於民國治亂之徵矣。

第十五回　孫黃並至協定政綱　陸趙遞更又易總理

第十六回
祝國慶全體臚歡　竊帝號外蒙抗命

　　卻說武昌起義的時期，為陰曆辛亥年八月十九日，就是陽曆十月十日，民國既改用陽曆，應以十月十日為紀念日。袁總統當將是案諮詢參議院，經各議員議決，以陽曆十月十日，為國慶日。南京政府成立，係陽曆正月一日，北京宣布共和，係陽曆二月十二日，兩日為紀念日，均舉行慶典。每歲屆國慶日，即雙十節。應舉行各事如下：

　　(一)放假休息。

　　(二)懸旗結綵。

　　(三)大閱。

　　(四)追祭。

　　(五)賞功。

　　(六)停刑。

　　(七)恤貧。

　　(八)宴會。

　　民國元年十月十日，國慶期屆，即舉行慶祝禮，是日改大清門為中華門，門外高搭綵樓一座，內懸清隆裕太后退位詔旨，趙總理秉鈞派內外兩廳丞，作為代表，行中華門開幕禮。各署各團體代表，均到場慶祝，興高采烈，旗鼓揚休。一面在祈年殿建設祭壇，追祭革命諸先烈，由趙總理代表總統，臨壇主祭。祭儀概照新制，祭文仍仿古體，其文云：

第十六回　祝國慶全體臚歡　竊帝號外蒙抗命

維民國元年十月十日，臨時大總統袁世凱，謹遣代表趙秉鈞，具犧牲酒醴，致祭於革命諸先烈曰：「荊高之歿，我武不揚，沉沉千載，大陸無光。時會既開，國風不變，帝制告終，民豪聿見，神臯萬里，禹跡所區，誰無血氣，忍此濡需？矯首仰天，龍飛海嘯，雷震電激，日月清照。蹉跎不遂，委骨荒垗，壯心未已，毅魄長留，嗟我新民，毋忘前烈！煜煜國徽，自由之血。革故既終，鼎新伊始，靈爽既昭，勗哉君子！尚饗。」

祭畢退班，再由袁大總統，親行閱兵禮。兵隊共到一萬二千名，拱衛軍六千，禁衛軍三千，遊緝隊一千，補充隊一千，就總統府門外設臺。袁總統戎服佩刀，登臺兀立，所有陸軍總長以下，統在臺下站定。各軍士由東轅進，從西轅出，行列井井，毫不凌亂。歷一時許，各隊俱已過去，袁總統方才下臺，入府休息。各員均退至國務院，國務院中設茶話會，就廳前搭一綵棚，飾以松柏，下列幾案數十，點心齊備。參議院議員、各行政機關上級官吏、各省代表、中外新聞記者及京城著名紳董等，均就席與會。就是各國公使及外賓，亦乘興參觀。還有內蒙古活佛章嘉，及甘珠爾瓦兩呼圖克圖，呼四克圖為大喇嘛名號，亦作胡克圖，蒙、藏、青海皆有之。時適來京謁見總統，因亦得列入會中。可巧天朗氣清，日高秋爽，賓僚聯翩戾止，端的是國門集祜，全體臚歡。既而日光晌午，客興猶濃，院中備有午席，便請大眾同餐，飲的是旨酒，吃的是佳餚，雖稱是尋常筵席，計算代價，差不多要費千金。裡面雖是奇窮，外面總要闊綽。午後席散，賓僚陸續回去，那軍警兩界，卻來繼續宴會，宵夜又有數十席，統吃得醉飽歡呼，無情不愜。

前門外的琉璃廠工藝局一帶地方，獨闢一個共和紀念會場，乃是革命黨人發起，會場左右門及正門，均扎松花牌樓，場內亦有綵棚數處，內設陳列館、運動場、演劇場等。陳列館內的物品，係革命時的圖印旗

幟，衣服關防檔案，及諸烈士生前死後的照相。運動場內，施演競走諸技。

演劇場內，所演皆革命新劇。場中並設祭壇，供祀諸先烈牌位。最精雅的，是用五彩紮成，疊起一座黃鶴樓，高接雲表，蔚為大觀。無非皮相。除初十日正式會外，復繼續開會兩日。十一日章嘉活佛到會，令隨從喇嘛諷經，追薦先烈。夜間有會員組織提燈會，備辦各種花燈，募集青年童子，提燈出遊，前導軍樂，後護馬隊。先至中華門行鞠躬禮，嗣由大街直赴天壇，適四川公會，亦製成方式白燈，上書川省諸先烈姓名，同時並至。雙方至天壇會齊，大放煙火。霎時間煙焰沖霄，就火光裡面，現出各種革命戰劇，彷彿槍林彈雨，依稀楚界漢河。大眾見所未見，詫為奇逢，無論男女老幼，一時麋集，幾乎滿城不夜，舉國若狂，小子也說不勝說。

唯袁總統以民國創造，煞費經營，除追祭先烈外，所有留在的偉人，理應旌賞，特授前總統孫文，副總統黎元洪大勳位，唐紹儀、伍廷芳、黃興、程德全、段祺瑞、馮國璋，均勳一位，孫武勳二位，給國務總理一等嘉禾章，各部總長二等嘉禾章。外如各省都督民政長及民國有功人士，都酌給勛章，或陸軍銜秩有差。只聞賞功，未聞恤貧，總是百姓吃虧。且以武昌為起義地，特派代表朱慶瀾，先日赴鄂，致祭先烈。參議院代表湯化龍，與朱同行。

既到武昌，巧值各省都督，也有代表派來，就前清萬壽宮，改設會場，踵事增華，不亞首都。但見場中陳設，光怪陸離，綵樓廣築，四圍組不老之松，鉅額高懸，數字織長青之柏，還有五色電燈，五彩花朵，掩映增光，排疊成錦，中供諸烈士牌位，由各代表排班致祭。黎副總統，早派代表蔡濟民，主持一切，祭禮告備，先後宣讀祭辭，全場行三

第十六回　祝國慶全體臚歡　竊帝號外蒙抗命

鞠躬禮。至奏過軍樂，才行散班，統赴宴會場就宴。

還有一種特別的紀念，係是從前受傷的軍士，尚在病院養痾，至是令各穿軍服，佩掛黃綾，標明姓氏，及某戰受傷，傷在某處等字樣，舁以彩扎椅轎，導以軍樂，遊行全城，俾士民參觀，感念不忘。黎副總統，又有一篇演說辭，浼蔡濟民在場宣讀，大致是：「共和未奠，責在後死。」說得非常痛切，小子因紙短言長，不遑殫述，看官如欲覽全文，請向黎副總統文牘中，隨時披閱，好在坊間都有專書出售，不煩小子費手了。可略即略，免惹人厭。

武昌以外，要算上海，此外各省，亦無不同時慶祝，隨處懸著五色旗，各地掛著五綵燈，都道是五族一家，普天同慶。極盛難繼，為之奈何？哪知西藏的獨立，並未取消，外蒙古的獨立，非但不肯取消，且居然在庫倫地方，設立政府，推哲布尊丹巴為帝，改元共戴，立起一個蒙古帝國來。蒙古立國，成吉思汗有靈，恰也心慰，可惜國不成國，幾同瞎鬧。這哲布尊丹巴，係是何人？就是外蒙教主，居住庫倫，向來揚名中外的活佛。活佛本沒有什麼梟雄，而且雙目失明，差不多是個無知動物，不是活佛，直是死佛。唯他的妻室扣肯兒，具有三分姿色，心中又是多生一竅，格外比蒙人聰明。就中有個親王杭達多爾濟，素出入活佛帳中，與佛妻扣肯兒，很是莫逆。大約是結歡喜緣。扣肯兒閧動活佛，把政權委任杭達，杭達得了重權，遂主張聯繫俄人，反抗中國。俄政府正窺伺蒙古，得了這個消息，格外心歡，當將國中土產，遺贈活佛及杭達，連扣肯兒處，也特地進送一份。活佛等自然愜意，便遣杭達至俄京，道達謝忱。俄政府又甚表歡迎，至杭達返至庫倫，巧值武漢革命，當即慫恿活佛，宣布獨立，並逐去清辦事大臣三多。辛亥年十一月十日，活佛哲布尊丹巴，在庫倫舉行正式即位禮，自稱皇帝，建元共戴，

比袁皇帝著了先鞭。也仿襲前清官制,分設各都,並置內閣總理。總理一缺,本擬任杭達親王,因杭達通曉外事,改任外部,別用松彥可汗為總理。松彥可汗本名海珊,係東蒙喀爾沁旗人,曾犯案奔俄,熟習俄語,嗣至庫倫,為杭達所引用,又令陶什陶總統軍事。陶什陶係東三省著名鬍匪,東省懸賞緝捕,他遁入俄境,輾轉至庫倫,杭達聞他善戰,因薦握軍權。此外還有圖什公、崔大喇嘛、達賴貝子、那木薩賴公等,分掌部務。統是一班好腳色。並聘俄員里斯克拂為軍事顧問官,尋復延俄人馬司哥頓為財政顧問官,一切措置,唯俄是從。一面派人遊說各旗,勸令附和外蒙,喀爾喀四部,本歸活佛管轄,當然服從。唯內蒙、東蒙、西蒙諸王公,與中國感情較密,尚未肯盡附外蒙。

　　杭達親王,聞中國革命,將還罷手。南北有議和消息,恐和議成後,必加詰責,不如預先布置,結俄為援,當下呈明活佛,自充正使,另派奚林丹定親王為副,帶了貢獻物品,起程赴俄。俄政府聞他到來,格外厚待,特派外部人員薩沙諾夫,殷情招接,並導他謁見俄皇。俄皇下座慰勞,握手言歡。好買賣來了!杭達即敬獻金佛一尊,名馬十頭,作為贄儀。蒙古地圖,何不盡行獻出?俄皇收受後,再命外交大臣,陪他筵宴。席間談及外蒙獨立情形,當由杭達當面請求,一是要俄國接濟軍械,二是要俄國借給款項。薩沙諾夫一一承認,且願為代致中國,通告北京政府,提出蒙古獨立,不準中國干涉。杭達喜歡的了不得,恨不得在薩沙諾夫前拜跪下去,磕著幾個響頭,還是向扣肯兒前磕頭,卻贈你特別禁臠。若對俄外部磕頭,簡直是要你的命。於是謝了又謝。薩沙諾夫果有信實,一俟杭達等離俄,即電致駐華俄使,轉達北京政府,提出三大要求,列款如下:

　　(一)中國許蒙古完全行政主權。(二)蒙古地方,中國不得駐兵設官

及開墾。(三)撫慰此次服兵之華人。

這時候的中華民國，方在草創，南北尚未統一，自然無暇答覆。至袁世凱就任總統，杭達已回庫倫，當由蒙古國內閣大臣名義，電達北京，布告正式獨立，並賀袁總統就任。袁總統得電後，兩復活佛，勸令取消。活佛也兩復發總統，一說是業經自主，如何取消？二說是請商諸鄰邦，杜絕異議。袁總統以鄰邦二字，分明是指俄羅斯，擬俟內事粗定，再與俄人協商。哪知活佛一方面，竟煽動西蒙各旗，攻占科爾多，復嗾使東蒙各旗，攻占呼倫城，且勾通科爾沁右翼前旗札薩克郡王烏泰，稱兵內犯，侵擾洮南府。

袁總統乃飛飭東三省各都督，派兵出剿。一場鏖戰，始將烏泰逐竄索倫山，隨即下令革去烏泰世爵，另任鎮國公銜鵬束克，署理札薩克。

唯對於內外蒙古，仍用羈縻手段。國慶期內，內蒙活佛章嘉，與甘珠爾瓦呼圖克圖，翊贊共和，入京覲見；袁總統特別優待，即加封章嘉徽號，用「宏濟光明」四字，且準他沿用前輩所得黃輪九龍座褥，並賞穿帶膝貂褂，特給銀一萬圓。甘珠爾瓦呼圖克圖，也得邀封「圓通善慧」名號，賞穿帶膝貂褂，賞銀與章嘉活佛同例。內蒙各旗，總算被袁總統籠絡住了。老袁無非此術。袁總統又令蒙藏事務局總裁貢桑諾爾布，致書內外蒙古，及前後西藏，勸他歸附民國，同造共和。前藏達賴喇嘛，恰也乖巧，暗思尹昌衡駐紮川邊，巴塘、裡塘等處得而復失，不如暫行答覆，陽奉陰違為是，當下覆函通款，聲言內附。當經袁總統還給封號，仍封為誠順贊化西天大善自在佛。接連是東蒙古十旗王公，也函覆政府，願發起蒙旗會議，解釋共和真理，藉泯猜嫌。袁總統聞報，特派蒙古科爾沁親王，兼任參議員阿穆爾靈圭，及吉林都督陳昭常，東三省宣撫使張錫鑾，相偕赴會，會所在長春道署，各旗王公陸續到來，統共得

四十人。會議了三四天,當由政府三委員,提出意見如下:

（一）請各王公赴各本旗勸慰,力陳五族共和之利益。（二）請內外蒙務即取消獨立。（三）如能效忠民國,或從事宣慰,蒙古早日取消獨立者,由政府格外獎敘。（四）請各王公宣告民國對於蒙古固有權利,概不剝奪。（五）凡蒙古所借外債,均歸民國擔保歸還。

五條以外,還有議案十條,亦開列下方:（甲）蒙邊要隘地點,許政府派兵鎮駐。（乙）蒙王無論向何國借款,非經中央政府允准,不得實行。（丙）取消獨立後,請大總統頒發特別優待蒙人條件。（丁）蒙人不準私將產業抵押外人,以保領土。（戊）蒙人舉辦新政,準由政府許可。（己）創辦華蒙聯合會,以敦感情。（庚）組織蒙文報,以開民智。（辛）蒙人改用五色國旗,以符國體。（壬）蒙人應遵民國法律。（癸）蒙人練兵所需槍械,概由各省都督代購,不準私運。

各旗王公,均表同情。政府三委員,返報袁總統,滿望從此進行,得將蒙、藏兩大部收歸宇下,實踐五族一家的本旨。不意十一月九日,竟由駐京俄使,來了一個照會,說是正式通告。外交部接著,慌忙展閱,不瞧猶可,瞧著這照會中的全文,幾把那外交總長梁如浩,嚇得瞠目伸舌,險些兒成了痴呆病。小子有詩嘆道:

莫言世界盡強權,勝負只爭一著先。

試憶中西交涉事,昧機多半是遷延。

畢竟照會中有何緊要,且至下回交代。

民國第一屆國慶日,舉行祝典,號稱極盛,自是而後,逐年減色,至民國四年雙十節,袁氏欲行帝制,竟停止慶祝宴會。外人謂吾中國人,只有五分鐘熱誠。即以逐年之國慶日觀之,已可覘華人程度。彼美

第十六回　祝國慶全體臚歡　竊帝號外蒙抗命

利堅之七月四日，法蘭西之七月十四日，全國慶祝，迄今猶昔，何吾國人之有初鮮終，一至於此乎？若夫蒙、藏兩區為英、俄二國所播弄，向背靡常，反覆不一，而袁氏且只事羈縻，仍襲用前清遷延政策。迨至一紙飛來，全國驚詫，始悔前此因循之失計，不亦晚乎？特揭之以儆將來。

第十七回
示協約驚走梁如浩　議外交忙煞陸子欣

卻說駐京俄使，致照會與外交部，看官！道是何等公文？乃是數條俄蒙協約。其文云：

前因蒙人全體宣告，決意欲保存其國於歷史上原有之治體，故華官華軍，被迫退出蒙古境外，哲布尊丹巴被推為蒙古人之君主。前此之中蒙關係，於是斷絕。現在懷念以上所述之事，並念俄、蒙人民，歷年彼此和好之睦誼，且鑒於正確指定俄、蒙通商之必要，茲由全權俄使廓索維慈，與各全權蒙使，訂定下開各款：

（一）俄政府願幫助蒙古，俾得保存其所設之自治制度，與主有蒙古人軍隊之權利，及不許華兵入其領土，華人殖居其地之權利。

（二）蒙古君主與蒙古政府，仍往日之舊願，於其主有之境內，準俄民與俄國商務，享附約內開之各種權利利益，又允此後他國人民之在蒙古者，如給以權利，不得多過俄民所享有者。

（三）倘蒙古政府，鑒於有與中國及其他別國，訂立條件之必要，此項新約，無論若何，不得侵犯本約及附約內開各款，非有俄政府之允許，亦不得修正之。

（四）本協約自畫押日起，發生效力。

據這四條約文，簡直是將蒙古地方，完全為俄人勢力圈，並與中華民國絕對脫離關係，還有附約十七條，更將蒙古種種利益，統為俄人所享有，小子本不願再錄，因關係國際上的大交涉，並以後迭經磋議，俄

人終未肯取消協約，以致外蒙問題，始終未有結果，這是我中華民國的國恥，不能不錄述全文。中國民聽者！附約云：

　　第一條，俄人在所有蒙古各地，得自由居住移動，並經理商務製作及其他各事項。且得與各個人各貨行及俄國、蒙古、中國暨其他各國之公私處所往來，協定辦理各事。第二條，俄人無論何時，將俄國、蒙古、中國暨其他各國出產製作各貨運出運入，免納出入口各稅，並自由貿易。無論何項稅課捐，概免交納。第三條，俄國銀行，得在蒙古開設分行，與各個人各處所各公司會社，辦理各種款目事項。第四條，俄人可用現錢買賣貨物，或互換貨物，並可商明賒欠。唯蒙古各王旗，及蒙古官幣，不能擔負私人借款。第五條，蒙古政府不得阻止蒙人、華人與俄人往來，約定辦理各種商業；並不得阻止其在俄人處服役。又蒙古域內，無論何種公私公司會社，或各處所，各個人，皆不得有商務製作專賣權。唯未定此約以前，已得蒙古政府許可，於定限未滿前，仍得保存其權利。第六條，俄人得在蒙古境內，約定期限，租買地段，建造商務製作局廠，或修築房屋鋪戶貨棧，並租用閒地開墾耕種，唯不得以之作謀利之舉。即買而轉賣，所謂投機事業者是。此種地段，必須按照蒙古現有規例，與蒙古政府妥商撥給。其教務牧場地段，不在此例。第七條，俄人得與蒙古政府協商，關於享用礦產森林漁業，及其他各事業。第八條，俄國政府，得與蒙古政府協商，向須設領事之處，派設領事。第九條，凡有俄國領事之處，及有關俄國商務之地，均可由俄國領事，與蒙古政府協商，設立貿易圈，以便俄人營業居住，且專歸領事管轄。無領事之處，歸俄國各商務公司會社之領袖管轄。

　　第十條，俄人得自行出款，於蒙古各地，及自蒙古各地至俄國邊各地，設立郵政，運送郵件貨物。此事與蒙古政府協商辦理，如須在各地設立郵站，以及別項需用房屋，均須遵照此約第六條定章辦理。第十一條，俄國駐蒙古各領事，如須轉遞公件，遣派信差，或別項公事需用時，可用蒙古臺站，唯一月所用馬匹，不過百隻，駱駝不過三十隻，可

勿給費。俄領事及他辦公員，亦可由蒙古臺站行走，償給費用。其辦理私事之俄人，亦得享此利益，唯應償費用，須與蒙古政府商定。第十二條，凡自蒙古域內，流至俄國境內各河，及此諸河所受之河流，均準俄人航行，與沿岸居民貿易。俄政府且幫助蒙古政府，整理各河航路，設定各項需用標識等事。蒙古政府，當遵照此約定章，於此河沿岸，撥給停船需用地段，以為建築碼頭貨棧，及預備柴木之用。第十三條，俄人於運送貨物，驅送牲隻，得由水陸各路行走，並可商允蒙古政府，由俄人自行出款，建築橋梁渡口，且準其向經過橋梁渡口之人，索取費用。第十四條，俄人牲隻，於行路時，得停息餵養，如停留多日，地方官並須於牲隻經過路程，及有關牲隻買賣地點，撥給足用地段，以作牧場。如用牧場過三月之久，即須償費。第十五條，俄國沿界居民，向在蒙古地方，割草漁獵，業經相沿成習。嗣後仍照舊辦理，不得稍有變更。第十六條，俄人與蒙人、華人往來，約定辦理之事可用口定，或立字據，其立約之人，應將契約送至地方官查驗，地方官見有窒礙，當從速通知俄領事，互商公判。總之關於不動產事件，務當成立約據，送往蒙古該管官吏，及俄國領事處，雖驗批准，始生效力。如遇有爭議，先由兩造推舉中人，和平解決，否則由會審委員會判決。會審委員會，分常設臨時兩項，常設會審委員會，於俄領事駐在地設定之，以領事或領事代表及外蒙古政府之代表，有相當階級者組織之。臨時會審委員會，於未設領事之處，酌量事件之緊要，始暫開之。以俄領事代表，及被告居留或所屬蒙旗之蒙古代表組織之。會審委員會可招致蒙人、華人、俄人為會審委員會之鑑定人。會審委員會之判決，如關於俄人者即由俄領事執行，其關於蒙人、華人者，由被告所屬或所居留之蒙王執行之。第十七條，本約自蓋印日起，即發生效力，約章用俄、蒙兩文作成二份，互行蓋印，在庫倫互行交換。

　　外交總長梁如浩，模模糊糊的看了一會，也無暇一一研究，只覺得滿紙俄人，不但中國不在話下，就是外蒙古人，也一些兒沒有主權，不

第十七回　示協約驚走梁如浩　議外交忙煞陸子欣

禁呆呆的發了一回怔。繼思如此大事,不先不後,偏在自己任內,鬧出了這等案件,教我如何辦理?當下搔頭挖耳的想了多時,竟轉憂為喜道;

「有了!有了!」外部人員,起初見他毫無主意,嗣聞得「有了!」兩字,想他總有一番大經濟、大政策,是以君子之腹,度小人心。只是不好動問,背地裡瞧他行動。他卻不慌不忙,取了俄使的通告,徑向總統府中去了。已經成見在胸,自可不必著忙。

過了兩天,都門裡面,並不見梁總長的蹤跡,旁人還猜他在總統府中,密商對俄方法,誰知他已託病出都,竟另尋一安樂窩,閉戶自居。那總統府中,只有一紙辭職書,說是:「偶抱採薪,不能任事,請改命妥員繼任」等語。虧他想了此計。袁總統付諸一笑,遂另簡相當人物,百忙中覓不出人才,唯前任國務總理陸徵祥,是個外交熟手,還好要他暫時當衝,因再令趙總理秉鈞,提交參議院表決。各議員聞俄、蒙交涉正在緊迫,也一時不便否認,況除陸徵祥外,並沒有專對能員,不得已表示同意。前此否認國務總理,今此承認外交總長,彼議員自問,恐亦當失笑也。於是陸徵祥復受任為外交總長辦理俄、蒙交涉。方擬好對俄照會,不承認俄蒙協約,遣人遞往俄國公使館,忽接到熱河都統昆源急電,開魯縣被蒙匪攻入,全城失守了。原來開魯縣在熱河北境,舊係內蒙古阿魯、科爾沁、東西札魯特三旗地,自清光緒季年,收入版圖,改為直隸屬縣,此次東札魯特協理官保扎布,受外蒙古煽惑,勾結東西札魯特、科爾沁各旗,攻占開魯,驅逐漢民,且縱兵焚殺,慘無人道。熱河都統昆源,飛電乞援,袁總統即派姜桂題率領毅軍十四營,馳往援剿,一面令外交總長陸徵祥,速與俄使交涉。看官!你想俄政府方慫恿外蒙,出兵內犯,怎肯出爾反爾,取消俄蒙協約,把外蒙送還中華呢?俗語所謂貓口裡挖鰍?他自與外蒙活佛訂約後,外蒙的軍隊,要依官教

練,外蒙的國交,要俄官主持,外蒙的土地,作為借款的抵押,外蒙礦產,歸俄公司開採,外蒙兵餉,歸俄銀行發放;還要設統監,逐華僑,割讓烏梁海一帶,種種要索,得步進步。哲布尊丹巴帝號自娛,毫無知識,所任用的杭達多爾濟,甘心賣國,把俄人要約各條,有允諾的,有不允諾的,始終是懇俄人援助,且派陶什陶簡率精銳,充作先驅,並擬定四路進兵,一路沿科布多阿爾泰山,直犯新疆,一路由東蒙廓爾羅斯,直犯吉、黑,一路向綏遠、歸化,直犯山西,一路向熱河直衝北京,四路中以吉黑熱河為主隊,蒙兵不足,借用俄兵。螳螂捕蟬,不知黃雀之乘其後。開魯失守,便是進兵熱河的嚆矢。袁總統既派毅軍北征,覆命參謀陸軍兩部籌畫防守事宜,並飭東三省邊防及西域邊防,與東蒙、西蒙、中蒙各處邊防,一律戒嚴。此時奉天都督趙爾巽,已辭職回京,想亦與梁如浩同意。

　　當命宣撫使張錫鑾續任,會同吉、黑兩督整備軍隊,俟春暖冰融,酌量進行。嗣因內蒙古烏蘭察布盟,偶有煩言,乃再由國務院申喻蒙旗道:

　　現在五族聯合組織新邦,務在體貼民情,敷宣德化,使我五族共享共和之福。前據綏遠城將軍張紹曾電呈烏蘭察布盟扎薩克等來文,以共和為擾害蒙古,拋棄佛教,破壞游牧,請民國內務部嗣後關於飭令遵行新政怪異各事件,暫行停止等語。查優待蒙回藏民族條件第七條,蒙、回、藏原有之宗教,聽其信仰,是宗教申明信仰,何有拋棄之事?

　　第二條保護原有私產,是產業申明保護,何有破壞游牧之事?又參議院議決公布待遇蒙古條例第一條,中央對於蒙古行政機關,不用殖民等字樣,第二條各蒙古王公原有之管轄治理權一律照舊,是皆重在維持蒙古原有權利,何有擾害之事!又原電該盟呈內指除藩屬名稱為混亂蒙人種族一節,查宣布共和,迭經申明聯合漢、滿、蒙、回、蒙五大族為

中華民國，名為蒙族何有誣為混亂？至不用理藩字樣者，所以進為平等，免致待遇偏畸，中央刻又復封達賴，振興黃教，各呼圖克圖來京及助順者均加進封號，優予禮費，蒙、回王公之贊同共和者亦並優進爵秩，民國優待蒙、回、藏各族，崇重宗教，實有確徵，無非欲跟我太平，安生樂業。唯該盟原呈，既多有誤會，自應趕為宣播，以釋群疑，即由國務院將優待蒙、回、藏各族條件，待遇蒙古條例，及復封達賴扎賚各呼圖克圖優進各王公爵秩等公布命令，譯成各體合璧文字，刊刻頒發各旗各城，榜示曉諭，俾眾周知。

　　歲月蹉跎，年關將屆，中央政府，為了俄蒙問題，尚忙碌不了，疊開總統府會議，國務院會議，自袁大總統以下，及所有國務員，談論了好幾天，籌畫不出什麼妙計。最苦惱的是外交總長陸子欣，他既要想出議案，復要對付外使，焦思竭慮，瘖口曉音。小子當日，曾聞陸總長提議方法，共分甲乙兩項如左：

　　（甲）對於俄蒙協約之交涉，共分四條：

　　（一）蒙古為中國領土，無與外國締結條約之權。

　　（二）庫倫為外蒙之一部分，不能代表全蒙。

　　（三）活佛專掌宗教，無與外人交涉之權。

　　（四）取消俄蒙協約，另訂中俄條約。

　　（乙）對於中俄交涉之提議，共分八條：

　　（一）蒙古之領土權，完全屬於中華民國。

　　（二）除前清時代已有之大員三人外，民國不再添派官吏。

　　（三）民國得屯兵若干，保護該處官吏。

　　（四）民國為保護僑居該處華人起見，得酌置警察隊於該處。

（五）將蒙古各官有之牧場，分贈蒙古王公，以示優待之意。

（六）各國人不得在蒙古駐屯各種團體，且不得移民。

（七）蒙古若未經民國許可，不得自由開墾開礦築路。

（八）蒙古與他國所訂協約，一概作為無效，此後蒙古若未得民國政府同意，所締之約，亦皆不能發生效力。

陸總長提議後，大眾相率贊成，正擬往會俄使，開始談判，不意駐京英使，復遞照會至外交部，催復日前要求條件。怪不得梁如浩逃走。正是：

朔漠方愁塵霧黯，歐風又卷海濤來。

畢竟英使照會，為著何事，待至下回表明。

本回詳錄俄蒙協約，為國際上交涉之要案，即為國恥中重大之問題。相傳俄、蒙交涉醞釀已久，民國元年九月間，中國政府中，已有主張提出抗議者，外交總長梁如浩，方才就任，託言事未確實，延不果行，迨協約發表，乃潛身出走，上書辭職，身任外交者果如是乎？既而俄、庫相聯發兵東犯，袁總統雖遣師防剿，而仍抱定一羈縻政策，名為慎重，實亦遷延。外交以兵力為後盾，徒恃一總長陸子欣，其果能折衝樽俎乎？民國初造，已洩沓如此，可為一嘆！

第十七回　示協約驚走梁如浩　議外交忙煞陸子欣

第十八回
憂中憂英使索覆文　病上病清後歸冥籙

　　卻說俄蒙交涉，尚無頭緒，英公使又來一照會，催索要求條件。看官不必細猜，便可知是西藏交涉了。先是英國駐京公使，曾奉到英政府訓令，向中政府提出抗議書，外交總長梁如浩，得過且過，並沒有放在心裡，因此未曾答覆。至此英使又來催逼，俄要規取蒙古，英自然覬覦西藏。乃由外交部檢出原書，內開五大條件云：

　　（一）中國不得干涉西藏之行政，並不得於西藏改設行省。

　　（二）中國政府，不得派無制限之兵隊，駐紮西藏各處。

　　（三）英國現已認定中國對於西藏有宗主權，應要求中國改訂新約。

　　（四）英政府前曾遵據條約，特設通訊機關，後經中國軍隊擅行截斷，以杜絕印藏之交通。

　　（五）如中國政府，不承認以上各條件，英國政府，亦絕不承認中華民國之新共和政府。

　　陸徵祥覽畢全文，暗想五條件中，只第三四條，尚可答辯，此外三條，關係甚是重大，雖比俄蒙協約，稍為簡單，但欲爭回西藏領土權，亦很費事。況中俄交涉，正當緊急，專顧一面，尚恐不及，偏又來了這道催命符，這正所謂禍不單至呢。當下皺著雙眉，躊躇了好一會，才到總統府中，呈明袁總統。袁總統方閱外電；面上恰含有三分喜容，一見陸徵祥入內，便起身邀坐，徵祥行禮畢，尚未開口，袁總統已笑語道：「日前科布多全境，已報克復，今又得熱河來電，開魯縣也克復了。」說

畢，即將電文遞示。陸徵祥接過一瞧，無非是各軍會攻，斃匪頗眾，餘匪敗走，復將開魯克復等情。隨筆帶過蒙事，是省文之法。因將電文復繳案上，隨答袁總統道：「東西蒙尚稱得手，外蒙或容易辦理，但英使又來要求藏事，為之奈何？」袁總統道：「日前有抗議書到來，我已與英使朱爾典說明，俟俄、蒙交涉就緒即當酌商，難道今又來催逼麼？」袁與英使朱爾典氏交好頗密，故藉口中敘出。陸徵祥聞言，便即取出照會，呈與袁總統詳閱。袁總統閱畢，便道：「他既如此催逼，我不能不答覆了。明日開國務會議，酌定複詞，可好麼？」徵祥唯唯而出。次日復至總統府，各國務員也陸續到來，會議半日，方裁決答覆各詞，大致如下：

（一）中國按照一千九百零六年之中英西藏條約，除中國外，其他國皆無干涉西藏內政之權，今謂中國無干涉西藏內政之權，理由甚無根據。至於改設行省一事，為民國必要之政務，各國既承認中華民國，即不能不承認中國改西藏為行省。況中國對於西藏，並無即時改設行省之意，此中頗有誤會。唯現在中國認定不許其他一切外國，干涉西藏之領土權及其內政。

（二）查中國並無派遣無制限軍隊駐紮西藏之事。唯按照一千九百零八年之通商條約，英國以市場之警察權及保護印、藏交通委任於中國，故中國於西藏緊要各處，當然派遣軍隊。

（三）中英關於西藏之交涉，已經兩次訂立條約，一切皆已規定明確，今日並無改訂新約之必要。

（四）中國政府從前並無有意斷阻英、藏交通之事，以後更當加意保護，斷不阻礙英、藏交通。

（五）承認中華民國是另一問題，不能與西藏問題，併為一談，深望英國先各國而承認中華民國。

覆書發出，交付英使館，英使朱爾典氏，當去呈報英政府，一時未有覆文。中國政府，樂得眼前清淨。嗣由川邊鎮撫使尹昌衡來電，報稱：川邊肅清。政府諸公，越覺心慰。袁總統也放下了心，好安穩過年了。怎奈蒙、藏兩區，風潮暗緊，哲布尊丹巴原頑抗如故，就是達賴喇嘛，已復原封，心下尚是未足，也想與庫倫活佛，同做皇帝。皇帝是人人要做，怪不得漢高有言，今而知皇帝之貴。外蒙得此消息，乘機遣使，到了西藏，先擬迎達賴至庫，共商獨立事情。達賴不肯應允，乃協議彼此聯繫，雙方稱帝。當訂定蒙藏協約九條，其文云：

（一）西藏國皇帝達賴喇嘛，承認蒙古構成獨立國，且將一千九百十一年十一月九日所宣言之黃教首領哲布尊丹巴喇嘛，認為蒙古國皇帝。

（二）蒙古皇帝哲布尊丹巴喇嘛，承認西藏構成獨立國，且承認達賴喇嘛為西藏國皇帝。

（三）蒙、藏兩國和衷共濟，互行諮詢，以講求黃教繁榮之方法。

（四）蒙、藏兩國將來若有內憂外患時，互相援助，永矢不渝。

（五）兩國政府，對於遊歷領土之公私人，互相設法保護。

（六）兩國政府，自由貿易產物及家畜，從新設立商業機關。

（七）所有商業上債權，以政府及商業機關所承認者，定為有效。若未經允許而爭訟者，兩國政府，決不考察。但締結本條約以前之買賣，暨因本條約第七條結果被損害者，按照政府所規定，可以要求代償。

（八）若將本條約再行修訂時，由兩國簡派代表，預先規定日期及地點，以便協商。

（九）本條約自簽約之日起，發生效力。

下文署明年月日，一是西藏子歲十二月四日，一是蒙古共戴二年十二月四日。原來西藏仍沿用陰曆，民國元年，歲次壬子，所以西藏稱

為子歲。外蒙古已建年號，所以直書共戴二年。外國新聞紙上，已是刊錄全文，明明白白，中國政府，尚謂未得確實報告，且過了新年，再作區處。於是全國輿論，多抱不平，有幾省激烈的將士，也欲投袂請纓，通電全國，主張武力解決；今日說要徵蒙，明日說要徵藏，甚至招兵募餉，枕戈待命，那袁總統卻從容鎮靜，不肯輕動；且令國務院電飭各省將吏，嚴戒躁率。又抬出總統名義，申令各都督，教他防範軍人，毋惑浮言。當時熱心邊事的人物，統說袁總統專務羈縻，太屬畏葸，其實老袁方面，也自有一種難處。自從六國銀行團，與熊總長等會議借款，始終無效，連每月墊款數百萬兩，也未肯照允，借款談判，竟至中止。應十一回。熊希齡旋即辭職，應十二回。袁總統雖已照准，乃命經理借款事宜，與繼任總長周學熙等，向六國團宣告別借，另外設法，暗託顧問洋員莫理遜，赴英運動，借到倫敦債款一千萬鎊，議定本年交三百萬鎊，明年交七百萬鎊。以鹽課作押，利息五厘，因此政府用款，才有來源，勉強度日。補出此條，才得歸束第十一回文字，否則民國下半年如何過日，連我也生疑問了。唯借款陸續到手，即陸續用去，一些兒沒有餘積，哪裡來的閒款，可撥付軍餉征剿蒙、藏？這是袁總統自知為難，也似啞子吃黃連，說不出的苦衷，看官也須原諒三分呢。

　　熊希齡既辦到借款，尚是留住都門，待至年暮，袁總統因熱河緊急，恐昆源無能，辦不下去，當將昆源召還，改任熊為熱河都統，熊即告辭去訖。轉瞬間已是民國二年，元旦這一日，係南京臨時政府成立的紀念日，各處機關，統行休假，除懸旗結綵外，卻也沒有什麼大典。南京成立政府，與北京卻是無涉。過了數日，唯將各海關監督，各省司長，及司法籌備處長，任用了許多人員。又改府州廳為縣，劃一各省行政官廳、警察官廳，以及文官任免法、文官考試法與懲戒甄別各法，並

外交官服制、陸海軍服制，蒙、回、藏王公爵章等件，公布了許多規則，小子也不勝記憶，但略述數項名目，算作隨錄，掛一漏萬，看官休笑。本書以演述大事為主，各種法規自有專書可稽，閱者應知分曉。唯山西觀察使張士秀及旅長李鳴鳳，盤踞河東，居然擁兵自衛，潛謀獨立，經都督閻錫山委任南桂馨為河東籌餉局長，並令解散該處軍隊，勸導張、李二人。張、李不肯從命，反將南桂馨拘住嚴行拷掠。閻督聞報，即電報中央，經袁總統派委第一旅長孔繁蔚前往接管軍隊。張、李復抗不承認，竟將孔旅長逐出。張士秀自為民政長，李鳴鳳自為都督，於年內宣言獨立。袁總統乃飭參謀、陸軍兩部派兵往剿，正月初旬，由陸軍部派駐保定第六旅長鮑貴卿，及駐潼關統領趙倜，各率所部軍前往河東。看官！試想這河東一隅能有多大憑藉？

　　張、李二人，能有多大本領？螳臂當車，自不量力。後來趙軍一到，張、李知不能抗，束手歸命，被趙統領拘禁起來押解進京，褫職治罪，便算了案。河東事關係稍大，所以隨事插入。就是蒙古問題，經陸總長提出議案，與俄使商榷一番，並無效果。不過雙方議定，各不進兵，再期磋商就範，免至決裂。

　　一天過一天，已到二月十二日了，這日為北京政府成立期，也曾由參議院議決，作為紀念日。應十六回。各衙署放假休息，自不消說，唯袁總統紀念舊勳，特授梁士詒、胡唯德、姜桂題、段芝貴等，均勳二位；譚學衡、熙彥、王占元、曹錕、陳光遠、李純、倪嗣沖等，均勳三位；吳景濂、湯化龍等，一第嘉禾章；那彥圖、張勳等，亦一等嘉禾章；楊度、阮忠樞、葉恭綽等，二等嘉禾章。無非因聲北統一，著有勳績，所以酌量酬庸。何不於元旦賞功，必待至二月十二日耶？

　　又越三日，係陰曆正月十日，為清隆裕太后萬壽節，袁總統特遣梁

第十八回　憂中憂英使索覆文　病上病清後歸冥錄

士詒為道賀專使，賚送藏佛一尊，及聯額數幅，並總統放大相片一座，相片上署「袁世凱敬贈」五字。這是何意？前用軍役導著，後由梁士詒乘著黃輿，昂然前進，直至乾清門前，方才下輿，徐步入內，至上書房。清總管內務府大臣世續，出來迎接，匯入乾清宮正門，殿宇依然，朝儀已改。梁財神至此，未知有今昔之感否？隆裕太后端坐殿上，兩旁雖有侍女護著，並清室近支王公，兩旁站立，怎奈望將過去，只覺得一片蕭颯氣象，更兼隆裕後形容憔悴，帶著好幾分病容，見了梁士詒，尤不禁觸目心傷，幾乎忍不住兩行珠淚。梁士詒卻從容不迫，行了三鞠躬禮，又呈遞國書，內稱：「大中華民國大總統，謹致書大清隆裕太后陛下，願太后萬壽無疆。」前見某報中，載著慈禧太后萬壽時，把無疆之疆字，訓作疆土之疆，不料至此，竟成實踐。隆裕太后答詞，由世續代誦，略稱：「萬壽慶辰，承大總統專使致賀，感謝實深」云云。

　　世續念一句，隆裕太后淚下一行，等到世續念畢，隆裕太后的面上，已不啻淚人兒一般。梁士詒亦看不過去，當即退出。嗣聞隆裕太后，瞧著袁世凱相片，益覺怨恨交集，慟哭了一晝夜。次日即臥床不起。原來隆裕太后，自詔令退位後，心中悒悒不歡，嘗謂：「孤兒寡婦，千古傷心，每睹宮宇荒涼，不知魂歸何所」等語。袁總統曾否聞知？以此積成肝鬱，嘗患嘔逆。至民國二年正月中，胸腹更隆然高起，日漸腫脹，經御醫佟質夫、張午樵二人診治，稍覺輕減。二月十五日御殿受賀，起初卻還有些興致，嗣見梁使到來，用著外國使臣覲見禮節，免不得悲從中來。且宗室王公大臣，多半避匿，不肯入賀，既無賞賜，又無優差，賀他做什麼？殿中不過寥寥數人。看官！你想人非木石，到這地步，能不格外傷心麼？古人說得好：「憂勞所以致疾」，況隆裕太后已有舊恙，自然愁上加愁，病中增病。或謂：「萬壽節內，天氣晴暖，宮中所用薰爐，熱氣太高，感受炭氣，因致病劇。」

其實隆裕後致死原因，並不是傷熱症，卻是袁總統送她歸陰的。直言不諱。

徐世昌尚為清室太保，因監督崇陵工程，崇陵即清德宗陵。

久在京外，此次聞故後病篤，乃入宮謁見，且力辭太保職務。隆裕後再三慰留，甚至哽咽不能成聲了。徐亦陪了三四點老淚，至退出後，即往謁袁總統，備陳清後病重形狀。袁總統再屬徐為代表，入宮慰問，隆裕後聞了袁總統三字，幾似勾命的無常，阿喲一聲，昏暈過去。好容易叫她醒來，尚是喘個不住。徐世昌瞧這情形反一時不能脫身，只好與世續、紹英提議隆裕後身後處置，一面叫入宣統帝，令他侍立床側。二月二十一日，隆裕後已是彌留，到了夜間，迴光返照，開眼瞧見宣統帝在側，不覺嗚咽道：「汝生帝王家，一事未喻，國已亡了，母又將死，汝尚茫然，奈何奈何？」說至此，喉間又哽咽起來，好一歇復發最後的淒聲道：「我與汝要永訣了。溝瀆道塗，聽你自為，我不能再顧你了。」言訖，已不能言。世續入省數次，但見隆裕後雙目直視，口中很想說話，偏被痰塞住喉中，只用手指著宣統帝，眼眶間尚含淚瑩瑩，霎時間陰風慘慄，燭焰昏沉，有清末代的隆裕太后，竟兩眼一翻，撒手歸天去了。陸續寫來，不忍卒讀。

小子有詩嘆隆裕太后道：

孤兒寡婦總心傷，到死猶留淚兩行，
讓國終存亡國恨，徒勞後史費評章。

清後已逝，一切喪葬事宜，待小子下回再表。

矇事方迫，藏事隨之，一波未平，一波又起，難以袁總統之雄鷙，陸總長之才辯，卒不能屈服英、俄，弱國無外交，良可痛慨。若隆裕太后之病逝，實為袁總統一人逼死。石勒謂大丈夫行事當磊磊落落，不宜

效曹孟德、司馬仲達,欺人孤兒寡婦,狐媚以取天下,袁總統其有愧斯言乎?總之對內勇,對外怯,為中國人之陋習。閱蒙、藏諸要約而不變色者,涼血動物是也。閱隆裕太后之病逝,而不傷心者,吾謂與涼血動物,相去亦無幾耳。

第十九回
競選舉黨人滋鬧　斥時政演說招尤

　　卻說清隆裕太后病逝，乾清宮內當然料理喪儀，大殮後停柩體元殿。清宮內瑾、瑜、珣、瑨四妃於前晚聞信，均欲進宮詢問，因神武門已閉，竟不得入。翌晨方得進宮，見故後遺骸已在體元殿停靈，並不哭泣，且指遺骸道：「你也有今日麼？」無非婦女心腸。言訖後，向世續等問話，多方詰責，百般挑剔。世續等莫名其妙，徒嗟嘆了好幾聲。還有一班小太監，乘著喪亂機會，紛紛搬運珍寶物件，連夜不絕。世續也彈壓不住，窮極計生，便聲言道：「袁總統已派段芝貴入宮，他係軍人，看你等這般紛擾，將要軍律從事呢。」宮監們聽到此語，方漸平靜，但檢點宮中失物，約已值價洋十萬元。世續一面治喪，一面請袁總統派員入宮，幫同料理。袁總統乃派蔭昌、段芝貴、孫寶琦、江朝宗、言敦源、榮勳等數人，前往幫辦，並命國務院發出通告二則，依次錄述如下：

　　據清室內務府總管報稱，二月二十二日丑時，隆裕皇太后仙馭升遐等語，當經派員查檢，醫官曹元森張仲元等所開脈方，俱稱虛陽上升，症勢叢雜，氣壅痰塞，至二十二日丑時，痰壅薨逝。敬維大清隆裕皇太后，外觀大勢，內審輿情，以大公無我之心，成亙古共和之局，方冀寬閒退處，優禮長膺，豈圖調攝無靈，宮車宴駕？此四語好似輓聯。追思至德，莫可名言。凡中國民，同深痛悼。除遵照優待條件，另行訂議禮節外，特此通告！

　　茲值大清隆裕皇太后之喪，遵照優待條件，以外國君主最優禮待

遇，議定各官署，一律下半旗二十七日，左腕圍黑紗。即民國制定喪禮。自二月二十二日始，至三月二十日止，以誌哀悼，特此通告！

此外派員致祭，復令各部院長官，亦親往祭奠，並開國務院特別會議，查照優待清室條例，所有崇陵未完工程，應如制妥修，需用經費，均由中華民國支出。隆裕後祔葬崇陵，更兼贊助共和，有功民國，一切喪葬禮節，務須從優，費用歸民國擔任。會議已定，提交參議院，當然通過。

自是清宣統帝歸瑾、瑜兩太妃撫育，後事如何，後文再行記錄，暫且慢表。隆裕後贊成共和，不忍以養人者害人，可算聰明婦女，故於病逝時，特別加詳。

且說國會組織法，及各議員選舉法，已公布多日，元年殘臘，袁總統釋出正式召集國會令，令曰：

正式國會召集之期，依照約法，以十個月為限。民國元年八月，業將國會組織法，暨參議院眾議院議員選舉各法，公布施行在案。民國正式國會，為共和建設所關，本大總統躬承中國民付託之重，迭經飭由國務總理內務總長督令籌備國會事務局，及各該參議院議員選舉監督，眾議院議員選舉總監督，選舉監督等，分別妥速籌備。並先後制定參議院眾議院各選舉日期令，俾各依限進行。自約法施行以來，現已十個月屆滿，據國務總理內務總長呈具籌備國會事務局呈稱：

「眾議院議員複選舉，除據報延期各省分外，餘均於民國二年一月十日遵令舉行，其參議院議員選舉，亦將次第遵令舉行」等語，本大總統深維我中華民國締造之艱難，夙夜兢兢，未敢以臨時期內，稍涉暇逸。茲幸國會議員已如法選出，亟應依照約法，下令召集。自民國二年一月十日正式開會召集令釋出之日起，限於民國二年三月以內，所有當選之參議院議員，及眾議院議員，均須一律齊集北京，俟兩院各到有總議員

過半數後，即行同時開會。至關於國會開會之籌備事項，應由國務總理內務總長督飭籌備國會事務局，速為籌備完全。共和政治之良否，政府固有完全之責任，而尤以正式國會為樞紐。一德一心，共圖盛業，斯則本大總統代表我漢、滿、蒙、回、藏五大民族，所馨香禱祝以求之者也。此令！

又令各省行政長官，定期召集省議會議員，其文云：

各省省議會議員選舉法，業經本大總統於民國元年九月公布施行，嗣複制定省議會議員第一屆選舉日期令，迭飭各該選舉總監督，依限辦理在案。現在各省省議會議員複選舉，除據報延期各省分外，餘均遵令舉行，自應飭由各省行政長官，分別召集，為此通令各該省行政長官，自令到之日起，即先行釋出省議會議員召集令，凡複選未經據報延期各省分，限於民國二年二月十日以前召集。其已經據報延期各省分，限於該省省議會議員複選舉行後，由該省行政長官，酌定日期召集，各該省議會議員，均一律依令齊集省城，俟該省議會到有總議員三分之二以上時，即行開會。開會之翌日，即先舉行參議員選舉，以重要政。此令！

這兩令公布後，各省辦理選舉事宜，有幾區已了手續，有幾區尚在未了，唯因黨派不同，競爭甚烈，或用強力脅迫，或用金錢買囑，或用情面懇託，選舉人受這三種運動，不管他是什麼黨派，只好依著投票，有時強力相等，金錢相等，情面相等，反使選舉人左右為難，往往因投了甲票，未投乙票，投了丙票，未投丁票，甲丙果然被選，乙丁竟致向隅，於是乙丁不肯罷休，當場譁擾，甚且強奪投票匭，或搗毀投票所，攪得他秩序紊亂，票紙散失，令他再行選舉，非運動到手，總不甘心。當議決選舉法時，亦曾料到此著，將選舉訴訟事件，及選舉犯罪條例，盡行規定，預為防範；偏中國是個章程國，形式上很覺嚴密，實際上絕少遵行，以致選舉風潮，屢見疊出。中國人之無公德心，於此可見。說

將起來，令人可嘆。

　　看官試想！選舉法為什麼設立？原是國成民主，應歸人民立法，但人民很多，不是個個能立法的，又不是個個好去立法的，由是令選舉代表，揀出幾個熟習政治、曉得利弊的人物，使他當選，作為全國或全省的立法員，凡是眾望所歸，定然有些才識，這是外洋立憲國的良法，偏被我中國仿行，第一屆選舉，便生出無數情弊。袁政府得此報告，因嚴命遵守法律，且令初複選監督，摘錄刑律第八章，關於妨害選舉之罪各條，揭示投票所，又就投票所周圍，臨時增派警兵，保持秩序，後來舉正式總統，便用軍警強迫，雖是老袁專制手段，也是各議員自己所致。各選舉區，才得稍稍平靜，只暗地裡仍然運動，各立黨幟，各爭黨權。

　　其時國民黨最占多數，次為共和黨，另外又有兩黨出現，一叫做民主黨，一叫做統一黨。俗語說得好：「寡不敵眾」，民主統一兩黨，最近組織，人數尚少，敵不過國民黨，就是共和黨人，也不及國民黨的多數，因此國會議員，至總選舉後，多半是國民黨當選。袁總統最忌國民黨，探得參眾兩院中，國民黨議員，占得十分的六七，逆料將來必受牽制，遂想出密謀，將國民黨中的翹楚，賞他一顆衛生丸，免得他來作怪，這真古人所謂釜底抽薪的計策。痛乎言之！

　　看官你道何事？待小子續敘出來。前任農林總長宋教仁，卸職後，為國民黨理事，主持黨務，他本是湖南桃源人，字遯初，亦作鈍初。別號桃源漁父。十二歲喪父，家甚貧窶，因有志向學，肄業武昌文普通學堂。在校時已蓄革命思想，聯結同志，嗣被校長察覺，把他斥退，他遂籌借銀錢，遊學東洋。適值孫文、黃興等組織同盟會，遂乘勢入為會員，襄辦民報，鼓吹革命。後與黃興等潛入中國，一再舉事，均遭失敗，乃定議在湖北發難，運動軍隊，計日大舉。武昌起義，實受革命黨

鼓吹，他便是黨中健將，奔走往來，不辭勞苦，卒告成功。至孫文回國，設立南京政府後，曾受任為法制院院長，凡臨時政府法令多是他一手編成。繼念南北未和，終難統一，乃偕蔡元培、汪兆銘等同赴北京，迎袁南下。會值京津兵變，袁不果行，仍就職北京。唐紹儀出組內閣，邀他為農林總長，經參議院通過，就職不過兩月，唐內閣猝倒，遂連帶辭職。他經此閱歷，已窺透老袁心腸，決意從政黨入手，四處聯繫，把共和統一黨員，引入同盟會中，攜手聯盟，同組為國民黨，當由黨員共舉為黨中理事。既而回籍省母，意欲退隱林泉，事親終老，偏偏黨員屢函敦勸，促他再往北京，維持黨務。他本是個年少英雄，含著一腔熱血，疊接同黨來函，又不禁意氣飆發，躍躍欲動；況自二次組閣，新人物多半退閒，滿清官僚，死灰復燃，袁總統的野心，已漸漸發現出來，所有政府中一切行動，統不能慰他心願。看官！你想這牢騷憂鬱的宋先生，尚肯忍與終古麼？略述宋漁父歷史，筆下亦隱含憤慨。正擬別母啟程，江南國民黨支部，因南方當選國會議員，將啟程北上，電請他到寧一行，籌商善後意見，他即匆匆摒擋行車，別了母妻，抽身而去。從此與家長訣。道出滬上，聞教育總長范源濂，辭職回杭，他欲探悉政府詳情，即由滬至杭，與范相晤，范約略與談，已不勝感憤。嗣范約與作十日遊，遂出錢塘門，涉西湖，登南高峰，東望海門，適見海潮洶湧，澎湃而來，即口占五絕二首道：

日出雪磴滑，山枯林葉空。徐尋屈曲徑，竟上最高峰。

村市沉雲底，江帆走樹中。海門潮正湧，我欲挽強弓。

此詩大有寓意。

遊杭數日，餘興未盡，催電交來，乃別范返滬，由滬至江寧。時民國二年三月九日，江南國民黨支部，開會歡迎。借浙江會館為會場，會

員共到三千餘人。都督程德全,到會為主席,程因口疾未癒,託人代為報告。略謂:「宋君從事革命,已有多年,所著事蹟,諒諸君應已洞鑑。此次宋君到此,本黨特開會歡迎,請宋君發表政見,與諸君共同研究」云云。報告已畢,即由宋登臺演說,大眾除拍掌歡迎外,統靜心聽著,並由記錄員一一筆述。宋所說的是俗語,記錄員所述的是文言,小子將文言照錄如下:

民國建設以來,已有二載,其進步與否,改良與否,以良心上判斷,必曰不然。當革命之時,我同盟諸同志,所竭盡心力,為國家破壞者,希望建設之改良也。今建設如是,其責不在政府而在國民。我同盟會所改組之國民黨,尤為抱極重之責任,斷無破壞之後,即放任而不過問之理。現在政府外交,果能如民意乎?果能較之前清有進步乎?吾欲為諸君決斷曰:

「不如民意之政府,退步之政府。」今次在浙江杭州,晤前教育總長范源濂君,范云:「矇事問題,尚未解決,政府每日會議,所有磋商矇事者云,與俄開議乎,與俄不開議乎二語。」夫俄蒙協約,萬無聽其遷延之理,尚何開議不開議之足云?由此可見,政府迄今並未嘗與俄開談判也。各報所載,皆粉飾語耳。如此政府,是善良乎?余斷言中華民國之基礎,極為搖動,皆現在之惡政府所造成者也。今試述矇事之歷史:當民國未統一時,革命搖亂,各國皆無舉動,蓋庚子前,各強皆主分割,庚子後,各強皆主保守,即門戶開放、機會均等、領土保全之主義。此外交方針,各強靡不一致,此證之英日同盟、日美公文、日俄、日清、英俄等協約,可明證也。故民國擾攘間,各強並無舉動,時吾在北京,見四國銀行團代表,伊等極願貸款與中國,且已墊款數百萬鎊,其條件亦極輕,不意後有北京兵變之事,四國團即取銷前約,要求另議。自後內閣常倒,兵變迭起,而外人遂生覬覦之心矣。去年俄人致公文於外交部,謂:「庫倫獨立,有害俄人生命財產,請與貴國協商庫事。」外交

部置之不答,而俄與庫自行交涉,遂成協約。至英之與西藏,亦發生干涉事件,現袁總統方以與英使朱爾典有私交,欲解決之,此萬無效也。蓋矇事為藏事之先決問題,矇事能決,則藏事將隨之能決。若當俄人致公文與外交部時,即與之磋商,必不致協約發現也。此後之外交,宜以機會均等為機梏,而加以誠意,庶可生好結果。內政方面,尤不堪問。前清之道府制,竟然發現;至財政問題,關於民國基礎,當歲原議一萬萬鎊,合六萬萬兩,以一萬萬兩,支持臨時政府,及善後諸費。餘五萬萬兩,充作改良幣制,清理交通,擴充中央銀行,處理鹽政,皆屬於生利之事業。及內閣兩次改組後,而忽變為二千五百萬鎊,主其議者,蓋純以為行政經費,其條件尤為酷虐。一鹽政當用外人管理,到期不還,鹽政即歸外人經管,如海關例,鹽債為唯一之擔保品,今欲訂為外人管理,則不能再作他次抵押,將來之借款,更陷困難。且用途盡為不生利之事業,幸而未成,萬一竟至成立,則國家之根本財政,全為所破壞矣。現正式國會將成立,所最紛爭之要點,為總統問題,憲法問題,地方問題。總統當為不負責任,由國務員負責,內閣制之精神,實為共和國之良好制也。國務員宜以完全政黨組織之。混合超然諸內閣之弊,既已發露,無庸贅述。唐內閣為混含內閣,陸內閣為超然內閣。憲法問題,當然屬於國會自訂,無庸紛擾。地方問題,則分其權之種類,而為中央地方之區別,如外交、軍政、司法、國家財政、國家產業及工程,自為中央集權,若教育、路政、衛生、地方之財政、工程產業等,自屬於地方分權,若警政等,自屬於國家委任地方之權。凡此大綱既定,地方問題,自迎刃而解。唯道府制,即觀察使等官制,實為最腐敗官制,萬不能聽其存在。現在國家全體及國民自身,皆有一牢不可破之政見,曰維持現狀,此語不通已極,譬如一病人已將危急,醫者不進以療病藥,而僅以停留現在病狀之藥,可謂醫生之責任已盡乎?且自維持現狀之說興,而前清之腐敗官制、荒謬人物,皆一一出現。故維持現狀,不啻停止血脈之謂,吾人宜力促改良進步,方為正當之政見也。

餘如各項實業交通農林諸政，不遑列舉，聊舉一愚之詞，貢諸同志。

總計演說時間，約二小時，每到言語精當處，拍手聲傳達戶外。及宋已下壇，又有會中人物，亦登壇演說數語，無非說是：「宋君政見，確切不移。」轉瞬日暮，當即散會。

駐寧數日，又復蒞滬，隨處演說，多半指斥時政，滔滔數萬言。致死之由。北京即有匿名書，駁他演說各詞。復有北京救國團出現，亦通電各省，斥他荒謬。統是袁政府主使。他又一一辯答，登報答覆。未幾來了袁總統急電，邀他即日赴京，商決要政。時人還道老袁省悟，將召宋入京，置諸首揆。就是他自己思想，亦以為此次北行，定要組成政黨內閣，不負初衷，乃擬定三月二十日，由滬上啟行，乘車北上。是時國會議員，次第赴京，滬寧車站中，已設有議員接待室。宋啟行時，適在晚間十時許，滬上各同志，相偕送行。就是前南京留守黃興，亦送至車站，先至議員接待室中，小憩片時。至十時四十分，火車已嗚嗚亂鳴，招客登車，宋出接待室，與黃興等並行至月臺，向車站出口處進行。甫至剪票處，猛聞豁拉一聲，骨溜溜的一粒彈子，從宋教仁背後飛來，不偏不倚，穿入胸中。正是：

詎意滬濱遭毒手，哪堪湘水賦招魂。

未知宋教仁性命如何，且至下回續敘。

鄉舉裡選，昉自古制，而後世不行，良由古時選舉，已多流弊，後人不得不量為變通，非好事蔑古也。至近十餘年間，因各國選舉法之盛行，遂欲則而效之，豈今人之道德，遠勝古昔耶？觀民國第一屆選舉，已是弊端百出，各黨中人，往往號召同志，競爭選舉，實則良莠不齊，多半口與心違。揣其願望，除三數志士外，無非欲擴張勢力、把持權利

而已。宋教仁為國民黨翹楚，觀其行跡，頗熱心政治，不同貪鄙者之所為。江寧演說，語多精到，然鋒芒太露，英氣未斂，言出而眾怨隨之，卒受刺於暴徒之手。讀是回，乃嘆先聖訥言之訓，其垂戒固深且遠也。

第十九回　競選舉黨人滋鬧　斥時政演說招尤

第二十回
宋教仁中彈捐軀　應桂馨洩謀拘案

　　卻說宋教仁由滬啟行，至滬寧鐵路車站，方擬登車，行到剪票處門口，忽背後來了一彈，穿入胸中，直達腰部。宋忍痛不住，即退靠鐵柵，淒聲語道：「我中槍了。」正說著，又聞槍聲兩響，有二粒彈子，左右拋擲，幸未傷人。站中行客，頓時大亂。黃興等也驚愕異常，慌忙扶住宋教仁，回出月臺，急呼車站中巡警，速拿凶手。哪知四面一望，並沒有一個巡士，句中有眼。但見外面有汽車一乘，也不及問明何人，立即扶宋上車，囑令車伕放足了汽，送至滬寧鐵路醫院。至站外的巡警到來，宋車已去，凶手早不知去向了。當時送行的人，多留住站中，還望約同巡士，緝獲凶手；一面電致各處機關，託即偵緝。只國民黨幹事于右任，送宋至醫院中。時將夜半，醫生均未在院，乃暫在別室少待，宋已面如白紙，用手撫著傷處，呻吟不已。於俯首視他傷痕，宋不欲令視，但推著於首，流淚與語道：「我痛極了，恐將不起，為人總有一死，死亦何惜，只有三事奉告：(一)是所有南北兩京及日本東京寄存的書籍，統捐入南京圖書館。(二)是我家本來寒苦，老母尚在，請克強與君，及諸故人替我照料。(三)是諸君仍當努力進行，幸勿以我遭不測，致生退縮，放棄國民的責任。我欲調和南北，費盡苦心，不意暴徒不諒，誤會我意，置我死地，我受痛苦，也是我自作自受呢。」直言遭難，古今同慨。于右任自然允諾，且勉強勸慰數語。未幾醫生到來，檢視傷處，不禁伸舌，原來宋身受傷，正在右腰骨稍偏處，與心臟相近。醫生謂傷勢

沉重，生死難卜，唯彈已入內，總須取出彈子，再行醫治。當經于右任承認，即由院中看護士，昇宋上樓，至第三層醫室，解開血衣，敷了藥水，用刀割開傷痕，好容易取出彈子，彈形尖小，似係新式手槍所用。宋呼痛不止，再由醫生注射止痛藥水，望他安睡。他仍宛轉呻吟，不能安枕，勉強捱到黎明，黃興等統至病室探問，宋教仁唏噓道：「我要死了。但我死後，諸公總要往前做去。」熱誠耿耿。黃興向他點頭，宋復令黃報告中央，略述己意。由黃代擬電文，語云：

　　北京袁大總統鑒：仁本夜乘滬寧車赴京，敬謁鈞座，十時四十五分，在車站突被奸人自背後施槍，彈由腰上部入腹下部，勢必至死。竊思仁自受教以來，即束身自愛，雖寡過之未獲，從未結怨於私人。清政不良，起任改革，亦重人道，守公理，不敢有一毫權利之見存。今國基未固，民福不增，遽爾撒手，死有餘恨。伏冀大總統開誠心，布公道，竭力保障民權，俾國家得確定不拔之憲法，則雖死之日，猶生之年，臨死哀言，尚祈鑒納！

　　稿已擬定，黃興即出病室，著人發電去了。嗣是滬上各同志，陸續至病院探望，宋皺眉與語道：「我不怕死，但苦痛哩。出生入死，我幾成為習慣，若醫生能止我痛苦，我就死罷。」各同志再三勸慰，宋復瞑目道：「罷了罷了，可惜凶手在逃，不曉得什麼人，與我挾著這等深仇？」是極痛語。各人聞言，統覺得酸楚不堪，遂與醫士熟商，請多延良醫，共同研究。於是用電話徧召，來了西醫三四人，相與考驗，共言腸已受傷，必須剖驗補修，或可望生。于右任乃語同人道：「宋君病已至此，與其不剖而死，徒增後悔，何如從醫剖治罷。」各人躊躇一番，多主開割，於是再昇宋至第二層割診室，集醫生五人，共施手術。醫生只許于右任一人臨視，先用迷藥撲面，繼乃用刀解剖，取出大腸，細視有血塊瘀積，當場洗去，再看腸上已有小穴，急忙用藥線縫補，安放原處，然

後將創口兜合，一律縫固，復將迷藥解去。宋徐徐醒來，仍是號痛，醫生屢用嗎啡針注射，冀令神經略靜，終歸乏效，且大小便流血不止，又經醫生檢視，查得內腎亦已受傷，防有他變；延至夜間，果然病勢加重，兩手熱度漸低，兩目輒向上視。黃興、于右任等均已到來，問宋痛楚，宋轉答言不痛，旋復語同人道：「我所欲言，已盡與於君說過，諸公可問明於君。」語至此，氣喘交作，幾不成聲。繼而兩手作合十形，似與同人作訣別狀；

忽又回抱胸際，似有說不盡的苦況。黃興用手撫摩，手足已冰，按脈亦已沉伏，問諸醫生，統云無救，唯顧宋面目，尚有依依不捨的狀態。極力描寫死狀。黃興乃附宋耳與語道：「遯初遯初，你放心去罷，後事總歸我等擔任。」宋乃長嘆一聲，氣絕而逝，年僅三十二歲。唯兩目尚直視未瞑，雙拳又緊握不開。

一班送死的友人，相向慟哭。前滬軍都督陳其美，亦在座送終，帶哭帶語道：「這事真不甘心，這事真不甘心！」

大家聞了此語，益覺悲從中來，泣不可抑。待至哭止，彼此坐待天明，共商殯殮事宜，且議定攝一遺影，留作紀念。

未幾雞聲報曉，晨光熹微，當即飭人至照相館，邀兩夥到來，由黃興提議先裸屍骸上身，露著傷痕，拍一照片。至穿衣後，再拍一照，方才大殮。此時黨員畢集，有男有女，還有幾個日本朋友，也同來送殮。衣衾棺槨，統用舊式。越日，自醫院移棺，往殯湖南會館。來賓及商團軍隊，共到醫院門首，擁擠異常。時至午後，靈柩發引，一切儀仗，無非是花亭花圈等類，卻也不必細述。唯送喪執紼，及護喪導靈，人數約至二三千名，素車白馬，同遵正規化之盟，湘水吳江，共灑靈均之淚。會值瀟瀟春雨，凜凜悲風，天亦同哀，人應齊哭，這也不在話下。

第二十回　宋教仁中彈捐軀　應桂馨洩謀拘案

唯自凶耗傳布，遠近各來函電，共達滬上國民黨交通部，大致在注意緝凶，兼及慰唁。袁總統亦疊發兩電，第一電文云：

上海宋鈍初先生鑒：閱路透電，驚聞執事為暴徒所傷，正深駭絕。頃接哿電，哿字是韻母，為簡文計，即以韻母某數，作日子算。方得其詳。民國建設，人才至難，執事學識冠時，為世推重，凡稍有知識者，無不加以愛護，豈意眾目昭彰之地，竟有凶人，敢行暗殺，人心險惡，法紀何存？唯祈天相吉人，調治平復，幸勿作衰敗之語，徒長悲觀。除電飭江蘇都督、民政長、上海交涉使、縣知事、滬寧鐵路總辦，重懸賞格，限期緝獲凶犯外，合先慰問。

越日致第二電，係由上海交涉使陳貽範，已電達宋耗，乃復致唁詞云：

宋君竟爾溘逝，曷勝浩嘆！目前緊要關鍵，唯有重懸賞格，迅緝真凶，徹底根究。宋君才識卓越，服務民國，功績尤多，知與不知，皆為悲痛。所有身後事宜，望即會同鍾文耀即滬寧鐵路總辦。妥為料理。其治喪費用，應即作正開銷，以彰崇報。連錄二電，亦具微意。

自是江蘇都督程德全，民政長應德閎，通電地方官一體協拿，限期緝獲。上海縣知事，及地方檢察廳，統懸賞緝捕。黃興、陳其美等，又函致公共租界總巡卜羅斯，英國人。託他密拿，如得破案，準給酬勞費一萬元。滬寧鐵路局亦出賞格五千元。滬上一班巡警，及所有中外包探，哪個不想發些小財？遂全體注意，晝夜偵緝。天下無難事，總教有心人，漸漸的探出蹤跡來了。先是宋教仁在病院時，滬寧鐵路醫院，忽得一奇怪郵信，自上海本部寄發，信外署名係鐵民自本支部發八字，信內純是譏嘲語。略云：

鈍初先生足下：鄙人自湘而漢而滬，一路歡送某君，赴黃泉國大統領任。昨夜正欲與某君晤別，贈以衛生丸數粒，以作紀念，不意誤贈與

君，實在對不起了。雖然，君從此亦得享千古之幸福了。因某君尚未赴新任，本會同人，昨夜曾以鉅金運動選舉，選舉結果，則君最占優勝，每票全額五千元，故同人等請君先行代理黃泉國大統領，俟某君到任後，自當推舉你任總理。肅此恭祝榮禧，並頌千古！救國協會代表鐵民啟。

　　看這函中文字，已見得此案凶犯，不止一人，且仍匿跡租界中。函內誤贈二字，實係亂人耳目。所云某君，亦並非有特別指定，意在恫嚇國民黨中要人，令勿再為政黨競爭。或謂國民黨首領就是孫、黃二人，是時孫文正往遊日本，只黃興留滬，函中所云某君，分明是暗指黃興，也未可知。此數語為補敘孫文行蹤，所以帶及。總之，此案為政治關係，無與私怨，當日的明眼人，已窺測得十分之五了。故作疑案。

　　二十三日晚間，上海租界中，正在熱鬧的時候，燈光熒熒，車聲轆轆，除行人旅客外，所有闊大少紅倌人等，正在此大出風頭，往來不絕，清和坊、迎春坊一帶尤覺得車馬盈途，眾聲聒耳。這一家是名娼接客，賣笑逞嬌，那一家是狎客登堂，騰歡喝采。還有幾家是貴人早降，綺席已開，不是猜拳喝酒，就是彈唱侑賓，管絃雜沓，履舄紛紜。

　　突來了紅頭巡捕數名，把迎春坊三四弄口，統行堵住。旋見總巡卜羅斯，與西探總目安姆斯脫郎，帶著巡士等步入弄中，到了李桂玉妓館門首，一齊站住。又有一個西裝人物，徑入妓館，朗聲呼問。當由龜奴接著，但聽得「夔丞兄」三字。龜奴道：「莫非來看應大老麼？」那人向他點頭，龜奴又道：「應老爺在樓上飲酒。」那人不待說畢，便大踏步上樓，連聲道：「應夔丞君！樓下有人，請你談話。」座上即有一人起立，年約四十餘歲，面帶酒容，隱含殺氣，便答言：「何人看我？」那人道：「請君下樓，自知分曉。」於是聯步下樓，甫至門首，即由卜總巡啟口道：「你是應夔丞麼？去！去！去！」旁邊走過巡士，即將應夔丞牽扯出來，一

第二十回　宋教仁中彈捐軀　應桂馨洩謀拘案

同至總巡房去了。這一段文字，寫得異樣精采。

這應夔丞究是何人？敘起履歷，卻也是上海灘上，大名鼎鼎的腳色。他名叫桂馨，卻有兩個頭銜，一是中華民國共進會會長，一是江蘇駐滬巡查長，家住新北門外文元坊，平素很是闊綽，至此何故被捕？原來就是宋案牽連的教唆犯。畫龍點睛。宋案未發生以前，曾有一專售古玩的販客，姓王名阿法，嘗在應宅交易，與應熟識有年。一日，復至應家，應取出照片一張，令他審視，王與照片中人，絕不相識，頓時莫名其妙。應復言：「欲辦此人，如能辦到，酬洋千元。」王阿法是一個捐客，並不是暗殺黨，哪裡能做這般事？當即將照片交還，唯心中頗豔羨千金，出至某客棧，巧遇一友人鄧某，談及應事。鄧係遼東馬賊出身，頗有膂力，初意頗願充此役，繼思無故殺人，徒自增罪，因力卻所請。兩下裡密語多時，偏被棧主張某所聞，張與國民黨員，素有幾個認識，遂一一報知。國民黨員，乃詰鄧及王，王無可隱諱，乃說明原委，且言自己復絕，並未與聞。當由國民黨員，囑他報明總巡，一俟破案，且有重賞。

這王阿法又起了發財的念頭，遂徑至卜總巡處報告。卜總巡即飭包探偵察，返報應在迎春坊三弄李桂玉家，挾妓飲酒。總巡乃親自出門，領著西探總目等，往迎春坊，果然手到擒來，毫不費力。應桂馨到了此時，任他如何倔強，只好隨同前往。到了捕房內，冷清清的坐了一夜。回憶燈紅酒綠時，狀味如何？

翌日天明，由卜總巡押著應桂馨，會同法捕房總巡，共至應家，門上懸著金漆招牌，鏤刻煌煌大字，便是江蘇巡查長公署，及共進會機關部字樣。巡查長三字，是人人能解，共進會名目，就是哥老會改設。哥老會係逋逃藪，中外聞名，應在會中做了會長，顯見得是個不安分的人

物。卜總巡到了門前，分派巡捕多人，先行把守，入室檢查，搜出公文信件甚多，一時不及細閱，統搬入篋內，由法總巡親手加封，移解捕房。一面查驗應宅住人，除該家眷屬外，恰有來客數名，有一個是身穿男裝的少婦，有一個是身著新衣，口操晉音的外鄉人，不倫不類，同在應家，未免形跡可疑，索性將所有男客，盡行帶至法捕房，所有女眷，無論主客，一概驅至樓上小房間中，軟禁起來，派安南巡捕看守。原來上海新北門外，係是法國租界，所有犯案等人，應歸法巡捕房理值，所以英總巡往搜應家，必須會同法總巡。英人所用的巡役，是印度國人，法人所用的巡役，是安南國人。解釋語亦不可少。至應宅男客，到捕房後，即派人至滬寧車站，覓得當時服役的西崽，據言：「曾見過凶手面目，約略可憶。」即邀他同入捕房，將所拘人犯，逐一細認，看至身著新服口操晉音的外鄉人，不禁驚喜交集，說出兩語道：「就是他！就是他！」嚇得那人面如土色，忙把頭低了下去。小子有詩嘆道：

昂藏七尺好身軀，胡竟甘心作暴徒？
到底殺人終有報，惡魔毒物總遭誅。

畢竟此人為誰，容至下回交代。

宋教仁為國民黨翹楚，學問品行，均卓絕一時，只以年少氣盛，好譏議人長短，遂深觸當道之忌，遽以一彈了之，吾為宋惜，吾尤為國民黨惜。曷為惜宋？以宋負如許之不羈才，乃不少晦其鋒芒，儲為國用，而竟遭奸人之暗殺也。曷為惜國民黨？以黨中驟失一柱石，而餘子之學識道德，無一足與宋比，卒自此失敗而不克再振也。若應夔丞者，一儇薄小人耳，為鬼為蜮，跐蹯猶恥之，彼與宋無睚眥之嫌，徒為使貪使詐者所利用，甘心戕宋，卒之陰狡之謀，漏洩於一販客之口，吾謂宋死於應，為不值，應敗於販夫，亦不值也。然於此見民國前途，殊乏寧日矣。

第二十回　宋教仁中彈捐軀　應桂馨洩謀拘案

第二十一回
訊凶犯直言對簿　延律師辯訟盈庭

　　卻說滬寧車站的西崽，審視捕房人犯，指出凶手面目。那人不禁大駭，把頭垂下，只口中還是抵賴，自言：「姓武名士英，籍隸山西，曾在雲南充當七十四標二營管帶。現因軍伍被裁，來滬一遊，因與應桂馨素來認識，特地探望，並沒有暗殺等情。」法總巡哪裡肯信，自然把他拘住。但武士英既是凶手，何故未曾逃匿，卻在應宅安居呢？說將起來，也是宋靈未泯，陰教他自投網中，一命來抵一命。可為殺人者鑑。

　　原來武士英為應所使，擊死宋教仁，仍然逃還應家。應桂馨非常讚賞，即於二十三日晚間，邀他至李桂玉家，暢飲花酒。此外還有座客數名，彼此各招名妓侍宴。有一李姓客人，招到妓女胡翡雲。胡妓甫到，才行坐定，即有中西探到來，將應桂馨拘去。座客聞到此信，統吃了一大驚；

　　內有武士英及胡翡雲，越加謊張。武士英是恐防破案，理應賊膽心虛，那胡翡雲是個妓女，難道也助應逞凶麼？小子聞得胡應交情，卻另有一番緣故。應素嗜鴉片，嘗至胡妓家吸食。他本是個闊綽朋友，纏頭費很不吝惜，胡妓得他好處，差不多有萬金左右，因此親密異常，彷彿是外家夫婦。此日胡妓應召，雖是李客所徵，也由應桂馨代為介紹。李客聞應被拘，遂語胡妓道：「應君被拘，不知何事？卿與他素有感情，請至西門一行，寄語伊家，可好麼？」李客不去，想亦防有禍來。胡妓自然照允。武士英亦插嘴道：「我與她同去罷。」自去尋死。於是一男一女，

第二十一回　訊凶犯直言對簿　延律師辯訟盈庭

　　起身告辭，即下樓出弄，坐了應桂馨原乘的馬車，由龜奴跨轅，一同到了應宅。方才叩門進去，那法租界中西探二十餘名，已由法總巡電話傳達，說是由英總巡轉委，令他們至應宅看管。他們乘著開門機會，一擁而入，竟將前後門把守，不准出入。

　　胡翡雲頭戴瓜皮帽兒，梳著油松大辮，身穿羔皮長袍，西緞馬褂，仿效男子裝束，前回所說的男裝女子，就是該妓。解明前回疑團。她與武士英同入應宅，報明桂馨被拘，應家女眷，還道是因她惹禍，且問明武士英，知她是平康里中人，越加不去睬她。她大是掃興，回出門房，欲呼龜奴同去，偏為西探所阻，不令出門，她只得兀坐門房，也是冷清清的一夜。總算是遙陪應桂馨。次日，英法兩總巡俱到，見門房內坐著少婦，不管她是客是主，竟驅她同上樓房，一室圈禁。

　　胡翡雲叫苦不迭，沒奈何捱刻算刻；就是飲食起居，也只與應宅媼婢，聚在一處。真叫做平地風波，無辜受苦哩。受了應桂馨許多金銀，也應該吃苦幾日。

　　又過了一天，法總巡帶了西探三名，華捕四名，並國民黨員一人，又到應宅搜查，抄得極要證物一件，看官道是何物？乃是五響手槍一柄，槍內尚存子彈二枚，未曾放出，拆驗槍彈，與宋教仁腰間挖出的彈子樣式相同，可見得宋案主凶，已經坐實，無從抵賴了。主凶還不是應桂馨，請看下文便知。是日下午，即由法國李副領事、聶讞員，與英租界會審員關炯之，及城內審判廳王慶愉，列坐會審。凶犯武士英上堂，起初不肯供認，嗣經問官婉言誘供，乃自言本姓本名，實叫做吳福銘，山西人氏，曾在貴州某學堂讀書，後投雲南軍伍，被裁來滬，偶至茶館飲茶，遇著一陳姓朋友，邀我入共進會。晚上，同陳友到六野旅館寓宿，陳言應會長欲辦一人。我問他有何仇隙？陳言：「這人是無政府黨，

我等將替四萬萬同胞除害，故欲除滅那廝，並非有什麼冤仇。」我尚遲疑不決。次日，至應宅會見應會長，由應面託，說能擊死該人，名利雙收，我才答應了去。到行刺這一日，陳邀我至三馬路半齋宵夜，彼此酒意醺醺，陳方告訴我道：「那人姓宋，今晚就要上火車，事不宜遲，去收拾他方好哩。」說畢，即潛給我五響手槍一柄。陳付了酒鈔，又另招兩人，同叫車子到火車站，買月臺票三張。一人不買票，令在外面看風。票才買好，宋已到來，姓陳的就指我說：「這就是宋某。」後來等宋從招待室出來，走至半途，我即開槍打了一下，往後就逃。至門口見有人至，恐被拘拿，又從朝天放了兩槍，飛奔出站，一溜風回到應家，進門後，陳已先至，尚對我說道：「如今好了，已替四萬萬同胞除害了。」應會長亦甚讚我能幹，且說：「將來必定設法，令我出洋遊學。」我當將手槍繳還陳友，所供是實。問官又道：「你行刺後，曾許有酬勞否？」武言：「沒有。」問官哼了一聲，武又道：「當時曾許我一千塊洋錢，但我只拿過三十元。」問官複道：「姓陳的哪裡去了？叫什麼名字？」武答道：「名字已失記了。他的下落，亦未曾知道。」問官命帶回捕房，俟後再訊。所獲嫌疑犯十六人，又一一研訊，內有十一人略有干連，未便輕縱，餘五人交保釋出，還有車伕三人，也無干開釋。

　　法總巡復帶同探捕等復搜應宅，抄出外國箱及中國箱各一隻，內均要件，亦飭帶回捕房。越宿，再行復訊。又問及陳姓名字，武士英記憶一番，方說出「玉生」兩字，餘供與昨日未符，但說：「與應桂馨僅見一面，刺宋一節，統是陳玉生教導，與應無涉等情。」這明是受應囑託。問官料他狡展，仍令還押。胡翡雲圈住應宅，足足三日三夜，虧得平時恩客，記念前情，替她向法捕房投保，才得釋放。翡雲到處哭訴，說是三日內損失不少，應大老曾許我同往北京，他做官，我做他家小，好安

第二十一回　訊凶犯直言對簿　延律師辯訟盈庭

穩過日，哪知出此巨案，我的命是真苦了。這且擱過不提。

且說應桂馨被押英捕房，當下卜總巡稟請英副領事，會同讞員聶榕卿，開特別公堂審問，且令王阿法與應對質，應一味狡賴。英副領事乃將應還押，俟傳齊見證，再行復訊。王阿法著交保候質。是時江蘇都督程德全，以案關重大，竟親行至滬，與黃興等商量辦法。孫文亦自日本聞警，航歸滬瀆，大家注意此案，各在黃公館中，日夕研究。陳其美亦曾到座，問程督道：「應桂馨自稱江蘇巡查長，曾否由貴督委任？」程德全道：「這是有的。」黃興插口道：「程都督何故委他？」程德全半晌道：「唉！這是內務部洪蔭芝，就是洪述祖所保薦的。」黃興點頭道：「洪述祖麼？他現為內務部祕書，與袁總統有瓜葛關係，洪為老袁第六姜之兄，故黃言如此，詳情悉見後文。我知道了。這案的主因，尚不止一應桂馨呢。」程德全道：「我當徹底清查，免使宋君含冤。」黃興道：「但望都督能如此秉公，休使元凶漏網，我當為宋漁父拜謝哩。」說著，即起向程督鞠躬。程督慌忙答禮，彼此復細談多時，決定由交涉使陳貽範函致各國總領事，及英法領事，略言：「此案發生地點，在滬寧火車站，地屬華界，所獲教唆犯及實行犯，均係華籍，應由華官提訊辦理，請指定日期，將所有人犯，及各項證據解交」等情。陳函交去，英領事也有意承認，唯因目前尚蒐集證據，羽黨尚未盡獲，且俟辦有眉目，轉送中國法庭辦理，當將此意答覆。

陳交涉使也無可如何，只好耐心等著。法領事以應居文元坊，屬法租界管轄，當提應至法廨會審。英領事不允，謂獲應地點，在英租界中，須歸英廨審訊，萬不得已，亦宜英法會同辦理。華人犯法，應歸華官辦理；且原告亦為華人，案情發生又係華地，而反令英法領事，互奪裁判權，令人感喟無窮。法領事乃允將凶犯武士英，轉解至公共租界會

審公堂，聽候對質。當由法捕房派西捕五人，押著武士英，共登汽車，送至公廨。

武身穿玄色花緞對襟馬褂，及灰色羊皮袍，頭戴狐皮小帽，由兩西探用左右手銬，攜下汽車，入廨登樓，靜候傳訊。武並無懼色，反自鳴得意道：「我生平未曾坐過汽車，此次為犯案，卻由會審公堂，特用汽車迎我，也可算得一樂了。」送你歸天，樂且無窮。那應桂馨愈覺從容，仗著外面的爪牙，設法運動，且延請著名律師，替他辯護。於是原告工部局代表，有律師名叫侃克，中政府代表，由程都督延聘到堂，亦有律師，名叫德雷斯，被告代表，且有律師三人，一名愛理司坦文，一名沃克，一名羅禮士。這許多律師，沒一個不是西洋人。臨審時，應武兩犯，雖曾到庭，問官卻不及訊問，先由兩造律師，互相辯駁，你一句，我一語，爭論多時，自午後開審，到了上燈，律師尚辯不清楚，還有什麼工夫問及應武兩犯，只好展期再訊。武仍還押法捕房，應亦還押英捕房。至第二次開審，宋教仁的胞叔宋宗潤，自湘到滬，為姪伸冤，也延了兩個律師，一名佑尼干，一名梅吉益，也統是西人，律師越請越多了。無非畀西人賺錢。

嗣是審訊一堂，辯詰一堂，原告只想趕緊，被告只想延宕，就是應武二犯，今朝這麼說，明朝那麼說，也沒有一定的口供，應且百計託人，往法捕房買囑武士英，叫他認定自己起意，斷不致死，並以某莊存銀，允作事後奉贈。

武遂翻去前供，只說殺宋教仁乃我一人主見，並沒有第二人，且與應並未相識，日前到了應家，亦只與陳姓會面。陳名易山，並非玉生。及問官取出被抄的手槍，令武認明，武亦答云：「不是，我的手槍，曾有七響，已拋棄在車站旁草場上面。」至問他何故殺宋？他又說：「宋自尊

第二十一回　訊凶犯直言對簿　延律師辯訟盈庭

自大，要想做國務總理，甚且想做總統，若不除他，定要二次革命，擾亂秩序，我為四萬萬同胞除害，所以把他擊死。他捨去一命，我也捨去一命，保全百姓，卻不少哩。」只此數語供詞，已見得是政府主使。問官見他如此狡辯，轉詰應桂馨。應是越加荒誕，將宋案關係，推得乾乾淨淨。那時未得實供，如何定案？程德全、孫文、黃興等，乃決擬蒐集書證，向法捕房中，索取應宅被搜檔案。法捕房尚未肯交出，忽國務院來一通電，內述應桂馨曾函告政府，說是近日發現一種印刷品，有監督議院政府，特立神聖裁判機關的宣告文，詞云：

　　嗚呼！今日民國，固已至危險存亡之秋，方若嬰孩，正當維護哺養，豈容更觸外邪？本機關為神聖不可侵犯之監督議院政府之特別法庭，凡不正當之議員政黨，必以四萬萬同胞公意，為求共和幸福，以光明公道之裁判，執行嚴厲正當之刑法，使我天賦之福權，奠定我莊嚴之民國。今查有宋教仁莠言亂政，圖竊權位，梁啟超利祿薰心，罔知廉恥，孫中山純盜虛聲，欺世誤國，袁世凱獨攬大權，有違約法，黎元洪群小用事，擅作威福，趙秉鈞不知政治，罔顧責任，黃克強大言惑世，屢誤大局；其餘汪榮寶、李烈鈞、李介人輩，均為民國神奸巨蠹。內則動搖國本，貽害同胞，外則激起外交，幾肇瓜分。若不加懲創，恐禍亂立至，茲特於三月二十日下午十時四十分，將宋教仁一名，按照特別法庭，於三月初九日，第一次公開審判，由陪審員蔣聖渡等九員，一致贊同，請求代理法官葉義衡君判決死刑。先生即時執行，所有罪狀，另行宣布，分登各報，以為同一之宋教仁儆，以上開列各人，但各自懺悔，化除私見，共謀國是而裕民生，則法庭必赦其既往，其各猛省凜遵！切切此諭。

　　這電文傳到滬上，杯影蛇弓，愈滋疑議。無非是亂人耳目。既而國民黨交通部，又接得匿名信件，約有數通，多半措詞荒謬，不值一笑。內有一函略通文墨，節錄如下：

敬告國民黨諸君子！自內閣一翻，爾黨形勢，亦甚支絀矣。詎圖不自銷匿，猶生覬覦，教仁櫹材，引類招朋，冀張其政黨內閣之說，吾甚惑焉。夫吾人所欲甘心於爾黨者，承宗指孫。與道周指黃。二人。一濂烏足？指宋。然非先誅濂，恐無以儆餘子，爰遣奇士試其鋒，設諸子悔禍有心，幡然改計，吾又何求？倘其堅抱政黨內閣之旨，謬倡平民政治之說，則炸彈手槍，行將遍及。水陸江海，坑爾多人，人縱不恤其私，猶不思既稱鉅子，當建偉業，苟留此身，終有樹立。管夷吾不羞小節，曷不師之？至侈言議員多出爾黨，南方不少民軍，試問軍警干涉之單朝傳，參議員夕皆反舌，漢陽師徒之鋒少挫，黃司令已遁春申。此四語全是老袁得意事，已不啻自供招狀。凡此穢跡，獨非爾黨往日之事乎？總之殷鑑未遙，前車宜鑑，此時苟避匿以讓賢，他日或循序而見舉。諸子方在青年，顧不必嘆河清也。吾人素樂金革，死且不厭，非欲效孔璋之檄，暴人罪狀，乃姑說生公之法，冀感頑石。久聞爾黨濟濟，當有達材，試念忠告，勿作金夫！

統觀全書，無非是設詞嚇迫的手段，蛛絲馬跡，隱隱可尋，大家揣測起來，已知戕宋一案，與袁政府大有關係。

並由法捕房傳出消息，所抄應宅檔案，內與洪述祖往來信札，恰是很多。又經程都督邀同應民政長，共至滬上調查，電報局中取應犯送達北京電稿，一一校譯，不但與洪述祖通同一氣，就是國務總理趙秉鈞，也與應時常通訊，電文多從密碼，且有含糊影響等詞。程應兩人，又會同地方檢察廳長陳英，仔細研求，展細尋譯，那密碼中的語意，已十得七八，乃電致內務部，請將洪述祖拘留，事關嫌疑，須押至備質等語。誰知洪述祖已聞風颺去，部復到滬，又由程督電呈袁總統，請他飭令嚴拿。袁總統也居然下令，略言：「內務部祕書洪述祖，攜帶女眷一人，乘津浦車至濟南，由濟南至浦口。此人面有紅斑黑鬚，務飭地方官一體嚴拿！」其實是一紙空文，徒掩耳目，那陰謀詭計的洪殺坯，早已跑到青

島，託庇德膠州總督宇下，安心享福去了。誰令颺去，隱情可知。

此外有自北京來滬的人物，什麼偵探長，什麼勤務督察長，統說是考查宋案而來，亦未嘗為宋盡力。恐是為應盡力。最注目的，是總統府祕書長梁士治，及工商總長劉揆一，匆匆南下，又匆匆北去。劉與孫黃見了一面，返至天津，稱疾辭職。或謂劉已洞悉宋案真相，不願在惡政府中，再行幹事，以此託故求歸。彼此聚訟，疑是疑非，且不必說。唯程應孫黃等人，屢與領事團交涉，要求交出凶犯及一切證據。北京的內務部司法部，也電飭陳交涉使，囑：「援洋涇浜租界許可權章程，凡中國內地發生事件，犯人或逃至租界，捕房應一體協緝，所獲人犯，仍由中國官廳理處等情。照此交涉，定可將此案交歸華官，依法辦理」云云。陳貽範接到此文，自然與英法領事，嚴重交涉。英法兩領事，卻也無從推諉，只好將全案人犯及證件，移解華官。當由上海檢察廳接收，把凶犯嚴密看管。才過數天，即由看守所長呈報，凶手武士英即吳福銘，竟在押所暴死了。正是：

為恐實供先滅口，只因貪利便亡身。

欲知武士英身死情形，待至下回分解。

武士英一傀儡耳，應桂馨亦一傀儡也，兩傀儡演劇滬濱，而主使者自有人在。武固愚矣，應焉得為智乎？不唯應武皆愚，即如洪述祖趙秉鈞輩，亦不得為智者。仁者不枉殺，智者不為人利用而枉殺人。何物梟雄，乃欲掩盡天下耳目，嗾獒噬人耶？應犯所陳神聖裁判機關宣告文，夾入袁黎諸人，顯是欺人之計。至若匿名揭帖之發現，借刺宋以儆孫黃，同是一手所出，故為此以使人疑，一經明眼人窺透，蓋已洞若觀火矣。故本回敘述，雖似五花八門，要無非一傀儡戲而已。傀儡傀儡，吾嫉之，吾且惜之！

第二十二回
案情畢現幾達千言　宿將暴亡又弱一個

　　卻說凶手武士英，自從西捕房移交後，未經華官審訊，遽爾身死，這是何故？相傳武士英羈押捕房，自服磷寸，即自來火柴頭。因致毒發身亡，當由程都督應民政長等，派遣西醫，會同檢察廳所派西醫，共計四人，剖驗屍身，確係服毒自盡。看官試想！這武士英是聽人主唆，妄想千金，豈肯自己尋死？這服毒的情弊，顯係受人欺騙，或遭人脅迫，不得已致死呢。但是他前押捕房，並未身死，一經移交，便遭毒手，可見中國監獄，不及西捕房的嚴密，徒令西人觀笑，這正是令人可嘆了。閒文少敘。

　　且說程德全、應德閎等，與檢察廳長陳英，連日檢查應犯檔案，除無關宋案外，一律檢出，公同蓋印，並拍成影片，當下電請政府，擬組織特別法庭，審訊案犯，當經司法部駁還。孫文、黃興等聞得此信，便請程應兩長官，將應犯函件中最關緊要，載入呈文，電陳政府。程應不能推辭，即一一列入，電達中央道：

　　前農林總長宋教仁被刺身故一案，經上海租界會審公堂，暨法租界會審公堂，分別預審暗殺明確，於本月十六十七兩日，先後將凶犯武士英即吳福銘，應桂馨即應夔丞，解交前來，又於十八日由公共租界會審公堂，呈送在應犯家內，由英法總巡等搜獲之凶器，五響手槍一枚，內有槍彈兩個，外槍彈殼兩個，密電本三本，封固函電證據兩包，皮箱一個，另由公共租界捕房總巡，當堂移交在應犯家內搜獲函電之證據五

第二十二回　案情畢現幾達千言　宿將暴亡又弱一個

包,並據上海地方檢察廳長陳英,將法捕房在應犯家內搜獲之函電證據一大木箱,手皮包一個,送交會檢。

當經分別接收,將凶犯嚴密看管後,又將前於三月二十九日,在電報滬局查閱洪應兩犯最近往來電底,調取校譯,連日由德全、德閎,會同地方檢察廳長陳英等,在駐滬交涉員署內,執行檢查手續。德全、德閎,均為地方長官,按照公堂法律,本有執行檢查事務之職權,加以三月二十二日,奉大總統令,自應將此案證據逐細檢查,以期窮究主名,務得確情,所有關係本案緊要各證據,公同蓋印,並拍印照燈,除將一切證據,妥慎保存外,茲特撮要報告。查應犯往來電報,多用應川兩密本。本年一月十四日,趙總理致應犯函:「密碼送請檢收,以後有電,直寄國務院可也」等語。

外附密碼一本,上注國務院,應密,民國二年一月十四日字樣。應犯於一月二十六日,寄趙總理,應密,徑電,有「國會盲爭,真像已得,洪回面詳」等語。二月一日,應犯寄趙總理,應密,東電,有「憲法起草,以文字鼓吹,主張兩綱,一除總理外,不投票,一解散國會。此外何海鳴、戴天仇等,已另籌對待」等語。

二月二日,應犯寄程濟世轉趙總理,應密,冬四電,有「孫、黃、黎、宋,運動極烈,民黨忽主宋任總理,已由日本購孫黃宋劣史,警廳供鈔,宋犯騙案,刑事提票,用照輯印十萬冊,擬從橫濱發行」等語。又查洪述祖來滬,有張紹曾介紹一函,洪應往來案件甚多,緊要各件撮如下:二月一日,洪述祖致應犯函,有「大題目總以做一篇激烈文章,乃有價值」等語。二月二日,洪致應犯函,有「緊要文章,已略露一句,說必有激烈舉動,弟須於題前徑密寄老趙,索一數目」等語。二月四日,洪致應犯函,有「冬電到趙處,即交兄手,面呈總統,閱後色頗

喜，說弟頗有本事，既有把握，即望進行等語，兄又略提款事，渠說將宋騙案及照出之提票式寄來，以為徵信。弟以後用川密與兄」等語。二月八日，洪致應犯函，有「宋輩有無覓處，中央對此，似頗注意」等語。（輩字又似案字。）二十一日，洪致應犯函，有「宋件到手，即來索款」等語。二月二十二日，洪致應犯函，有「來函已面呈總統總理閱過，以後勿通電國務院，因智趙字智庵。已將應密電本交來，恐程君不機密，純令歸兄一手經理。請款務要在物件到後，為數不可過三十萬」等語。應犯致洪述祖：「川密，蒸電有八厘公債，在上海指定銀行，交足六六二折，買三百五十萬，請轉呈，當日復」等語。三月十三日，應犯致洪函，有「民立報館名，係國民黨所設。記邇初在寧之說詞，讀之即知其近來之勢力及趨向所在矣。事關大計，欲為釜底抽薪法，若不去宋，非特生出無窮是非，恐大局必為擾亂」等語。

三月十三日，洪述祖致應犯：「川密，蒸電已交財政總長核辦，償止六厘，恐折扣大，通不過，毀宋酬勳位，相度機宜，妥籌辦理」等語。三月十四日，應犯致洪述祖：「應密，寒電有梁山匪魁，四處擾亂，危險實甚，已發緊急命令設法剿捕之，轉呈候示」等語。三月十七日，洪述祖致應犯：「應密，銑電有寒電到，債票特別準何日繳現領票，另電潤我若干，今日復」等語。三月十八日，又致應犯：川密，寒電應即照辦」等語。三月十九日，又致應犯電，有「事速照行」一語。三月二十日，半夜兩點鐘，即宋前總長被害之日，應犯致洪述祖：川密，號電有二十四分鐘所發急令，已達到，請先呈報」等語。三月二十一日，又致洪：川密，個電有號電諒悉，匪魁已滅，我軍無一傷亡，堪慰，望轉呈」等語。三月二十三日，洪述祖致應犯函，有「號個兩電均悉，不再另復，鄙人於四月七號到滬」等語。此函係快信，於應犯被捕後，始由郵局遞到。津

第二十二回　案情畢現幾達千言　宿將暴亡又弱一個

局曾電滬局退回,當時滬局已將此送交涉員署轉送到德全處。(各函洪稱應為弟,自稱兄。)又查應犯家內證據中,有趙總理致洪述祖數函,當係洪述祖將原函寄交應犯者,內趙總理致洪函,有「應君領紙,不甚接頭,仍請一手經理,與總統說定方行」等語。又查應自造監督議院政府神聖裁判機關簡明宣告文,謄寫本共四十二通,均候分寄各處報館,已貼郵票,尚未發表,即國務院宥日據以通電各省之件,其餘各件,容另文呈報,前奉電令,窮究主名,必須徹底訊究,以期水落石出,似此案情重大,自應先行撮要,據實電陳。除武士英一犯,業經在獄身故,由德全等派西醫會同檢察廳所派西醫四人剖驗,另行電陳,應桂馨一犯,迭經電請組織特別法庭,一俟奉準,即行開審外,餘電聞。

這電去後,袁總統並未覆電,連國務總理趙秉鈞,也不聞答辯一辭。總統總理,俱已高枕臥著,還要答覆什麼?於是上海審判廳開庭,傳訊應犯,應犯仍一味狡賴。是時兩造仍請律師,改延華人,原告律師金泯瀾,到庭要求,必須洪述祖、趙秉鈞兩人,來案對簿,方得水落石出,洞悉確情。乃由檢察廳特發傳票,令洪、趙兩人來滬質審。看官!你想洪述祖已安居青島,哪肯自來投網?至若堂堂總理趙秉鈞,更加不必說了。唯各處追悼宋教仁,如輓詞演說等類,多半指斥政府,就是滬上各報紙,也連日譏彈洪趙,並及袁總統。趙秉鈞自覺不安,呈請辭職,奉令慰留,宋案遂致懸宕,應犯仍羈獄中,唯所有株連的人物,訊係無辜,酌量取保開釋。

國民黨中,以老袁祖護洪趙,想從根本上解決,不單就宋案進行,正在大家籌議,忽北京又來一凶訃,前鎮軍統領加授陸軍上將銜林述慶,又暴卒於京都山本醫院中。

國民黨又弱一個。林述慶表字頌亭,福建人,曾在陸軍學堂畢業,

清季任南京三十六標第一營管帶，有志革命，入為同盟會會員。辛亥夏，調駐鎮江，武昌起義，上海光復，他亦率軍響應，為上海聲援，嗣被舉為鎮軍都督，創立軍政府，招集長江清艦隊十餘艘，助攻江寧，直撲天保城，猛攻七晝夜，身先士卒，親冒矢石，卒將巖城據住。至江寧城破，又首先入城，各軍共服他勇敢，推為南京都督，嚴飭軍紀，不準滋擾。既而總司令徐紹楨入城，即固辭督篆，讓位畀徐。自統軍出駐臨淮關，預備北伐，日夕綢繆。南京臨時政府，任他為總制北伐各軍。未幾南北統一，決意歸田，居閒數月，由袁總統策令，授陸軍中將，旋加上將銜，召他進京，充總統府高等軍事顧問。他已懷著功成身退的念頭，覆電告辭，嗣復得黎副總統來電，勸他北上，且說：「國家多難，瞑事日亟，壯年浩志，幸勿銷沉，請再為國立功，俟內外安，方可息肩」等語。數語也不啻催命符。這電一來，頓令血戰英雄，躍然復起；遂摒擋行李，登程北上。既見袁總統，談及蒙古問題，決意主戰。在老袁的意思，無非是籠絡人才，欲使天下英雄，盡入彀中，可以任所欲為，並不是決意徵蒙，特地起用，故將委他重權。所以前席陳詞，反多逆耳，表面上雖支吾過去，心理上卻妒忌起來。他見老袁不甚合意，遂辭出總統府，本思即日南旋，因念外蒙風雲，日迫一日，既已跋涉至京，應該做些事業，立些功名，當下奔走都門，號召同志，組織徵蒙團及軍事研究社，一面再上呈文，自請徵蒙，袁總統束諸高閣，並不批答。同志舉他為籌邊會副會長，他暫住數日，旋即去職，另與王芝祥、孫毓筠等，建設國事維持會，把一種憂國的思想，隨時流露，無論詩酒遊宴，及到會演說，統是慷慨激昂，饒有賈長沙、陳同甫的態度，又蹈宋漁父覆轍。怎奈袁總統是最忌名豪，遇著關心政治，痛論時弊的人物，第一著是設法籠絡，第二著是用計殲滅，宋教仁已催歸冥籙，還有宋教仁第二，哪裡肯聽他自由呢？

第二十二回　案情畢現幾達千言　宿將暴亡又弱一個

　　四月初八日，林允梁士詒邀請，赴將校俱樂部會宴；酒酣耳熱，暢談衷曲，免不得醉後忘情，論及時事。今夕止可談風月，誰教你論及時事？及至興盡歸來，便覺畏寒，次日加劇，即至山本醫院調治，將過一星期，忽滿身統起紅泡，泡破即流血不止，四肢都是奇痛，次日病勢尤篤，延請中外名醫，入院診視，大都束手無策。勉強捱延了一天，紅泡變成紫色，未幾又轉成黑色，小便溺血，霎時彌留。孫毓筠適在側探病，林握孫手，太息道：「國勢危險，一至於此，本想與諸公同心協力，保持國家，怎奈二豎為災，竟致不起。」言至此，不禁涕淚滿頤。孫尚再三勸慰，林又嗚咽道：「甫逾壯年，即要去世，我不過做了半個人，徒呼負負，君須為我遍告同志，努力支持為要。」孫又問及家事，他竟不能再言，奄然而逝。死後七竅流血，渾身皆黑，彷彿是中毒情形，享年亦只三十二歲。與宋漁父年齡適符，真是無獨有偶。當由國事維持會員，替他成殮，訃告全國。其文云：

　　北京國事維持會本部孫毓筠、王芝祥、楊曾蔚、溫壽泉，致黎副總統各都督並各師長旅長，各黨本部，國事維持會支部，及孫中山、黃克強兩先生各報館電。本會理事林君述慶，體質堅強，志願弘毅，比來盡瘁國事，未嘗告勞，忽於本月初十日，感患痘症，即入山本醫院診治，病勢險惡，藥石無靈，竟於十五夜子刻長逝。林君十年前，在江南軍界，提倡革命，備歷艱險，百折不撓；前年九月，在鎮江舉義，聯合各軍，光復金陵，厥功最偉。南北統一後，自請解職，高風亮節，海內同欽。乃天不佑善人，竟罹暴疾，齎志以終。

　　當此國基未固，人才消乏之秋，逝者如斯，將誰與支撐危局？泰山梁木，同人等悲不自勝，現定於二十六日，在湖廠會館開追悼大會，特通電告哀。凡我同志，諒無不失聲一慟，但林君身後蕭條，經毓筠等為

之料理成殮，靈柩暫厝城外廣慧寮中，如蒙賜賻，請寄東安門外本會本部事務代收，並以奉聞。

　　林去世後，時人多疑他中毒，特至山本醫院，訪問病狀。據醫生言：「林自十三日入院，十五夜逝世，病名叫做天然痘。」訪員又謂：「死後慘狀，究是何因？」醫言：「病菌有強弱，林君所染，係最強的病菌，衝裂血管，因致七竅流血，至若遍身皆黑，是染疫致死的常例，不足為奇。」訪員又道：「照此說來，林君的病症，果非中毒嗎？」醫生微笑道：「林死後，來院訪問，不止一人，統疑林是中毒。

　　林症甚凶，種種謠言，原是難免，唯確係痘症，並無他項可疑的事情。即如陸軍部方君，乃自美國歸來的中醫，多人診斷，統無異詞，是已無可疑餘地了。」小子以為死無對證，究竟中毒與否，也不敢妄斷。以不斷斷之。唯稽勳局長馮自由，呈請政府，說他「勳勞卓著，現在京病故，請即照本局規則，優給卹金年金，並請將事蹟宣付史館立傳」，總算邀老袁批准照行。小子有詩嘆道：

　　賞功罰惡本常經，誰料無辜受暗刑？
　　自古人生誰不死，狂遭毒手目難瞑。

　　宋林相繼逝世，京中正齊集議員，行國會開幕禮，一切詳情，容後再表。

　　據程督應民政長電文，是戕宋一案，實由政府造意，已無疑義。即是以推，是林之暴亡，不為無因。刺死一宋，又毒死一林，亦何其辣手耶？或謂漢高、明太，得國以後，皆屠戮功臣，欲為子孫除害，不得不爾。詎知此係專制時代之君主，容或有是慘劇，業已承認共和，國成民主，正當推誠布公，與天下以更新之機，何苦為此鬼蜮情形，草菅人命

乎？否則不願民主，竟作君主，長槍大戟與反對者相角逐，成即帝王，敗為寇賊，亦英雄豪傑之所為。且糜爛一時，治平百載，億兆人或當忍此巨痛，交換太平。寧必不可，而竟出此下策，以求逞於一朝，卒之亦同歸於盡，人謂其智，吾笑其愚！

第二十三回
開國會舉行盛典　違約法擅簽合約

　　卻說中華民國的國會，自元年冬季，由袁總統頒布正式召集令，至是國會議員，統已選出，會集京都，準於二年四月八日，行國會第一次開會禮。參議院本有房屋，仍在原所設立，眾議院乃是新築，規模頗覺宏敞，足容千人。

　　因此參議院議員，統至新築的眾議院中，靜待開會。當由籌備國會事務局員，先行報告國會成立，參議員報到，共一百七十七人，眾議員報到，共五百人，雖尚未達全數，已有大半到場，應如期行開會禮。當下高懸國旗，盛列軍樂，自國務總理以下，凡所有國務員，盡行涖會。還有政府特派員，亦來襄禮。各人統至國旗下面，向國徽行三鞠躬禮。當推議員中年齒最長的楊瓊，為臨時主席，宣讀開會詞。詞云：

　　維中華民國二年四月八日，為我正式國會第一次開院之辰。參議院眾議院各議員，集禮堂，舉盛典，謹為詞以致其忱曰：視聽自天，默定下民，億兆有與於天下，權與不自於今人。帝制久敝，拂於民意，付託之重，乃及多士。眾好眾惡，多士赴之；眾志眾口，多士表之。張弛斂縱，為天下控；緩急疾徐，為天下樞。

　　興歟廢歟，安歟危歟，禍福是共，功罪之屍，能無懼哉？嗚呼！多難興邦，惕厲蒙嘏，當茲締造，敢伸吾籲。願我一國，制其中權，願我五族，正其黨偏。大穰暘雨，農首稷先。士樂其業，賈安其廛，無政不舉，無隱不宣。章皇發越，吾言洋洋。迤聽遠慕，四鄰我臧。舊邦新命，悠久無疆。凡百君子，孰敢怠荒？

第二十三回　開國會舉行盛典　違約法擅簽合約

宣讀已竟，應由袁總統宣告頌詞，偏這一日，袁總統說有要務，無暇到會，只遣祕書長梁士詒，來作代表，齎致頌詞。第一屆國會開幕，老袁即告迴避，其厭棄國會之心，已屬瞭然。梁乃宣讀頌詞道：

中華民國二年四月八日，我中華民國第一次國會，正式成立，此實四千餘年歷史上莫大之光榮，四萬萬人億萬年之幸福。世凱亦國民一分子，當與諸君子同深慶幸，念我共和民國，由於四萬萬人民之心理所締造，正式國會，亦本於四萬萬人民心理所結合。則國家主權，當然歸之國民全體。但自民國成立，迄今一年，所謂國民直接委任之機關，事實上尚未完備。今日國會諸議員，係由國民直接選舉，即係國民直接委任，從此共和國之實體，藉以表現，統治權之運用，亦賴以圓滿進行。諸君子皆識時俊傑，必能各抒讜論，為國忠謀，從此中華民國之邦基，益加鞏固，五大族人民之幸福，日見增進。同心協力，以造成至強大之民國，使五色國旗，常照耀於神州大陸，是固世凱與諸君子所私心企禱者也。謹致頌曰：「中華民國萬歲！民國國會萬歲！」

頌詞讀畢，大禮告成，國務總理國務員，及政府特派員，統行辭去，各議員亦出了會場。依據《臨時約法》第二十八條，將前時參議院解散，因即至參議院中，行解散禮。是日美利加洲的巴西國，電達國務院，承認中華民國，都下人士，歡欣鼓舞，統說是：「民國創造，立法機關，至此成立，巴西承認民國，又適當國會成立的日期，為列強公認的先聲，真是內治外交，漸臻完善，我中華民國的聲威，將從此照耀神州，應了袁大總統的頌詞呢。」人心無不望治，獨有三數強而有力者，尚在思亂，真是沒法。兩院議員，興高采烈，統要選舉正副議長，作為全院的主席。無如議員共分四黨，一是國民黨，一是共和黨，一是民主黨，一是統一黨，各黨員都想爭長，哪一黨肯落人後？國民黨人數最多，幾有壓倒兩院的氣勢，餘三黨不肯降服，勢必與國民黨為仇。民主

黨為前清時代老人物，如各省咨議局及聯合會人員，統共湊集，多是有些閒望，含有民黨性質，與政府不相為謀。

統一黨是最近組織，就是袁政府手下健將，實不啻一政府黨。至若共和黨緣起，小子已於一三回中表過，他本抱定國權主義，與國民黨人，向居反對地位。第一九回中，已將數黨提明，唯各黨宗旨，未曾悉敘，故再行表出。三黨宗旨，雖是不同，但仇視國民黨的心理，卻是一致，因此互相聯結，漸漸的合併攏來，加以統一黨幫助政府，隱受袁氏密囑，吸合餘黨，張大勢力，得與國民黨相抗，甚且欲推倒國民黨。國民黨昂然自大，哪知暗地密謀？開會這一日，統一黨議員，尚不過二三十人，過了數天，議員陸續到來，補足全額，問將起來，多是統一黨人員，幾增至一百有餘。自是眾議院內，三黨合併，與國民黨聲勢相等。唯參議院中，還是國民黨員占著多數。為了兩院議長問題，運動至二十日，選舉至兩三次，方將議長選出。參議院的議長，是直隸人張繼，本屬國民黨，眾議院的議長，是湖北人湯化龍，本屬民主黨，國民黨一勝一敗。副議長一席，參議院中選定王正廷，眾議院中選定陳國祥，倒也不在話下。

唯兩院競選議長的時候，袁總統趁他無暇，竟做了一種專制的事件，未經交議，驟行簽字，於是兩院議員，發生異議，議員與政府反對，議員又與議員反對，膠膠擾擾，幾鬧得一塌糊塗。看官道是何事？原來就是銀行團的大借款。特別注重。承接一一回及一八回中文字。自倫敦借款貸入後，六國銀行團嘖有煩言，以鹽課已抵還前清庚子年賠款，不應再抵與倫敦新借款，嗣經外交部答覆，略言：「前清所抵賠款的鹽稅，當時每年所收，只一千二百萬兩，現已增至四千七百五十萬兩，是除一千二百萬兩外，羨餘甚多。前為舊額，今為新增，兩無妨礙。」

六國銀行團，乃再擬磋商，袁總統正苦無錢，巴不得借款到來，可濟眉急。運動正式總統，原是要緊。因囑財政總長周學熙，申議借款事宜，擬將原議六萬萬兩，減作二萬萬。銀行團復要求四事：（一）是從前墊款，暨現今大借款，應將中國全國鹽務抵押，聘用洋人管理，除還本付利外，倘有餘款，仍聽中國自由支用。（二）中政府應請借款銀團指定洋員，在財政商辦處，期限五年，凡關財務歲入等事，須備政府顧問。（三）中政府應自行聘用洋人，與財務商辦處代表洋人，於取銀票面簽字，隨時取用借款，並聘用稽核專門洋人若干，稽核借款帳目，分別公布中外，又借款興辦實業，應用銀團所認為適當專門洋人，監理事業。（四）銀行既代中國出售鉅款債票，若票賣完，中政府不得另借他款，以致市面牽動。這四條要請前來，周學熙因他條件過嚴，特開國務院會議，自擬借款大綱五條，提交參議院議決。大綱五條列下：

　　第一條　中國自行整頓鹽務，唯製造鹽廠及經收鹽稅之處，中國可酌量自聘洋人，幫同華人辦理。所收鹽稅，可交存於最妥實之銀行，以備抵還借款之本息。

　　第二條　借款用途，以經參議院議決之款目為準則，其表面之簽字，應由財政總長自委一中國人，與六國團代表一人，會同簽字。

　　第三條　稽核帳目之事，歸入中國審計院辦理。

　　中國對於借款一部分之用帳，可兼備華洋文冊據，華洋員同押。

　　第四條　中國以後興辦實業，如需借款，只可商聘洋技師，按照普通合約辦理。

　　第五條　此項借款債票，未售完之前，倘中國續借款項，如六國團條款與別家相同，可先盡六國團承辦。但在本合約以前所訂之借款合約條件，仍得繼續進行，不受本條件拘束。

參議院議員,看到這種條件,共說此是政府報告文,並非特別提案,有什麼緊要,定需會議?嗣因周總長一再催迫,乃將五條大綱,逐一研究。尚可照此進行,無大損害,遂一律認可了事。誰知已墮入計中。周學熙復與銀行團會議數次,始終無效。幸倫敦借款,逐月得數十萬鎊,還可勉強支持,所以挨延過去。哪知英使竟來一照會,聲言如民國元年終日,中國不將從前賠款借款,一概解清,決將作抵的厘稅厘金等,實行收沒。好借人債者其聽之!俄使亦主張同意,幸法使康悌,及日本銀行代表小田切轉圜,與中政府重開談判。當由英使代表銀行團,向趙總理周總長提出數條:(一)要委定辦理借款的專員;(二)要取消倫敦新借款的優先權。新借款條約中,載有中政府如需借款,本銀行團與別團所開之條件相同,應得有優先權。趙周兩人,轉報老袁,袁總統即委周為辦理借款專員,一面與倫敦新銀行團,取消優先權成約。倫敦新銀行團,怎肯應允,周卻想出妙法,要求倫敦新銀行團,於元年期內,再借一千萬鎊,還要將明年應付的七百萬鎊,並在年內撥付,才好償還一切欠款,無庸與六國商借。且債票宜速即銷完,免與他團借債有礙,否則請將明年二月應付的二百萬鎊,盡年內付訖,其餘五百萬作罷,打銷前約,並取銷優先權,由中國予以賠償。

　　看官!你想這種論調,明明是強人所難,倫敦新銀行團,一時交不出這麼鉅款,又經英政府與他反對,處處掣肘,只得承認後一層辦法。周總長乃與他磋商賠款的數目,無非畀他續給二百萬鎊中,多了一個折扣。總是中國吃虧。一面與六國銀行團,正式開議,自元年十一月二十七日起,至十二月下旬,大致就緒,借額本定二千萬鎊,因倫敦新借款中,減去五百萬鎊,須轉向六國銀行團添借,乃擬定為二千五百萬鎊,共計二十一款。最緊要的,是第二款第五款第六款第十四款第十七款五條。第二款是指定用途;第五款是宣告鹽務稽核處辦法;第六款是

鹽款未足以前，應加入他項，為暫時抵押品；第十四款是支款時，應照新定審計處規則辦理；第十七款是續借或另借的限制。此外都是普通條件，大約是利息折扣等類。當由國務總理趙秉鈞，運動參議院議員，商定祕密會議，借人款項，何須祕密。再令財政總長周學熙，到院報告，但將緊要條件交議，餘隻以普通二字含混過去，並無原文。議員已心心相印，還有什麼反對。唯第五款須用華洋稽核員，汪議員榮寶提議，謂：「本款可無刪改，最為上策，否則作為附件；萬一銀行團不肯照允，亦只可隨便將就罷了。至如普通條件，亦未嘗詳詰全文，但把無庸表決四字，作為全院通過的議案。」無論要件與非要件，總教隨便通過，民國何必需此參議員。

周總長即報告袁總統，老袁自然愜望，將要與銀行團訂約簽字。忽銀行團以歐洲金融，偶遭緊急，須要加添利息，原議五厘，現要再加半厘。袁總統以吃虧太甚，又暫從遷延；另咨各國公使，要求賠款欠款等，一概展期，約有三種辦法，或展期一年，或將積欠數目，作為短期公債，分五年清還，或俟大借款成立後，才行清償。照會交去，俄公使首先拒絕，簡直是無一承認。法使與俄使，本是一鼻孔出氣，當然不從。獨英使朱爾典氏，贊成末項，願歸入大借款下劃付，各公使俱挾私見，並非英使愛我，不然，何以前日要悉數歸還耶？並代為疏通俄法二使，決從此議。俄法二使已無違言，英使又函致中政府，先須聘定洋員，充任稽核，由六國公使通告六國團，然後借款合約，方可簽押。於是由周總長出面，聘定洋員三名，一係意人，一係德人，一係丹麥人。法使又出來作梗，謂：「義大利丹麥兩國，並未列入銀行團，在銀行團中洋員，只一德人，既已擬聘非銀行團的洋員，何為延及德人？若延及德人，何以不聘我法人？且未聘及英俄美日人？」中政府又是一個漏洞，多被法使指摘。這數語照會政府，政府又撞了一鼻子灰，只好另提出再借問

題，申告銀行團。嗣美公使復出來調停，謂：「中國只聘一人為會辦，由銀行團推舉，另用各國洋員為顧問，毋庸列入合約。既免紛競，又易辦到。」周總長很表贊成，奈五國公使不肯允諾，須各國各用一人，美使調停無效，竟電達本國，欲退出銀行團，美總統威爾遜氏，竟如美使意見，宣布遠近。略云：

美國資本團，曾應政府之請，加入中國借款，今復詢問本政府，如仍願該團加入，須明白申請，始允遵行。本政府以該借款條件，近於干涉中國行政之獨立，且其中之抵押品及辦法，陳廢苛重，若本政府從而慫恿，則負責無有已時，實有背吾美立國主義。本政府不願負此責任，決議不再提出申請，唯願以合於中國自由進化，不背吾美素行主義之方法，扶助中華民國，凡可以裨益寓華美民之法制，本政府當竭力贊助也。特此宣言！

自此書宣布後，五國銀行團，經一極大的打擊，共疑美國脫離團體，必為單獨行動起見，將來中國利益，恐被美國占盡，不由的驚上加驚，憂上加憂，甚至自相疑忌，竟欲解散。各公使顧全利益，亟命銀行團自相聯合，將承借股份，重行支配，且把要求條件，稍示讓步。袁政府待款甚殷，也顧不得什麼主權，除聘定德人為國債局員外，改聘英人為鹽務稽核員；並用法人俄人為審計顧問官。雙方會議，漸得允洽，利息仍照前五厘，債票價格，擬定百分之九十，由銀行團扣去六成，付與中國淨額，實得百分之八十四。利息在二分以上，較諸民間進出，還要加倍。期限定四十七年，還本由第十一年起，每年遞還總額，至第四十七年償清，合約上仍二十一款。條文瑣碎，不及細載。袁總統不再交議院議決，即令國務總理趙秉鈞，外交總長陸徵祥，財政總長周學熙，於四月二十四日，在草合約上簽字。越二日，在正合約上簽字，又因急急需用，不及待各國發售債票，先向銀行團商明，墊款二百萬鎊，

第二十三回　開國會舉行盛典　違約法擅簽合約

另訂墊款合約，利息七厘，即在大借款項下，儘先撥還。千波萬折的大借款，至此成立，共計二千五百萬鎊，約合華幣二萬五千萬圓。小子有詩嘆道：

不為埃及即波斯，監督重重後悔遲。

何故梟雄專借債？甘將國柄付人持。

借款已定，兩議院俱未接洽，忽由袁總統發一咨文，傳達議院，各議員共同瞧著，免不得驚詫起來。究竟咨文如何說法，且待下回表明。

國會初次成立，各議員即互生黨見，至如舉一議長，且需二三十日，倘政府中有重大議案，試問將議至何日，方可表決乎？議員如此傾軋，實為老袁所竊笑，而大借款即自此進行，未經議院表決，驟行簽字，袁已目無國會矣。然袁之玩弄議員，固不啻掌中小兒，而對諸外人，則亦未免為所玩弄。且以此款巨息重之款項，經千波萬折而成，乃由彼任意揮霍，毫不顧惜，一人之耗用無窮，四萬萬人之負擔亦無窮，言念及此，竊不禁痛恨交併矣。

第二十四回
爭借款挑是翻非　請改制弄巧成拙

卻說袁總統既得大借款，所有訂約簽字諸手續，已經告竣，乃咨參眾兩議院，請他備案，國會是議案處，如何變作備案處。其文云：

臨時大總統咨：本年四月二十六日，據國務總理趙秉鈞、外交總長陸徵祥、財政總長周學熙呈稱：竊維六國銀行團借款，先後磋商，已逾一年，上年九月間，曾經國務會議，擬定借款大綱，於十六十七兩日，赴參議院研究同意，以為進行標準，唇焦舌敝，往復磋磨。直至歲杪，合約條議，大致就緒，當於十二月二十七日，出席參議院，先將特別條件，逐條表決，復將普通條件，全體表決，經均通過，正擬定期簽字，該團忽以原議五厘利息，藉口巴爾幹戰事，歐洲市場，銀根奇緊，要求增加半厘，只得暫行停議。唯是賠洋各款，積欠累累，一再愆期，層次商展，追呼之迫，等於燃眉，百計籌維，無可應付。數月來他項借款，悉成畫餅，美國既已出團，而其餘五國，仍未變易方針，大局岌岌，朝不保夕，既無束手待斃之理，復鮮移緩就急之方。近接各省都督來電相迫，如江蘇程都督電，毋局於一時之譭譽，轉為萬世之罪人，安徽柏都督電，借款監督，欠款亦監督，毋寧忍痛須臾，尚可死中求活等語，尤為痛切。迫不得已，而賡續磋商，尚幸稍有進步，利息一節，該銀行團允仍照改為五厘，其他案件，亦悉如十二月二十七日通過參議院之原議。事機萬變，稍縱即逝，四月二十二日，奉大總統命令，五國銀行團借款合約，任命趙秉鈞、陸徵祥、周學熙，全權會同簽字，此令。等因，遵於二十四日，與該銀行團雙方簽訂草合約，復於二十六日，簽訂正合約，彼此分執存照，以免復生枝節。理合將華洋文合約各照備二

份,並附用途單二份,呈請大總統鑑核,俯賜咨交議院查照備案,以昭信守等情。查此項借款條件,業於上年十二月二十七日,由國務總理暨財政總長,赴前參議院出席報告,均經表決通過,並載明參議院議事錄內,自係當然有效,相應咨明貴院查明備案可也。

此咨。

兩院議員,看到這項咨文,都生驚異。參議院中是國民黨聲勢最盛,專防袁政府違法擅行,此次遇著此案,不待再議,即復咨政府,謂:「大借款合約,未經臨時參議院議決,違法簽字,當然無效。」眾議院於五月五日開會,質問政府,請他解釋理由。是時國務總理趙秉鈞,以宋案既犯嫌疑,大借款又同簽字,萬不能免國會的攻擊,即於五月一日,決然辭職,徑赴天津。袁總統也知他微意,給他假期,暫令段祺瑞代理。

段任陸軍總長,本與外交財政,不相干涉,至如簽字命令,更覺是沒有關係,不過已代任國務總理,無從趨避,只好出席答覆。眾議員當面責問,段言:「財政奇絀,無法可施,不得已變通辦理,還請諸君原諒!」各議員譁然道:「我等並非反對借款,實反對政府違法簽約,政府果可擅行,何需議院!何需我等!」原是無需你等。段亦不便強辯,只淡淡的答道:「論起交議的手續,原是未完,論起財政的情形,實是困極,鄙人於借款問題,前不與聞,諸君不要怪我;如可通融辦理,也是諸君的美意,餘無他說了。」還是忠厚人口吻。言畢自去。眾議員聚議紛紜,或說應退還咨文,或說應彈劾政府,有一小半是擁護政府,不發一言,當由議長湯化龍,提出承認不承認兩條,付各議員投票表決,結果是不承認票,有二百十九張,承認票只五十三張。想總是統一黨人所投。因即決議,不承認這大借款,擬將咨文退還。唯統一黨係政府私

人，暗替政府設法，與共和黨民主黨密商數次，勸他承認。兩黨尚覺為難，袁總統默揣人情，多半拜金主義，遂陰囑統一黨員，用了阿堵物，買通兩黨。果然錢可通靈，兩黨得了若干好處，遂箝住口舌，不生異議，且與統一黨合併為一，統名進步黨。想是富貴的進步，不是政治的進步。只國民黨議員，始終不受籠絡，再三爭執。進步黨由他喧譁，索性遊行都市，流連花酒，把國事撇諸腦後。得了賄賂，樂得使用。

國會中出席人數，屢不過半，只好關門回寓，好幾日停輟議事。國民黨忍無可忍，乃通電各省都督民政長，請他主持公論，勿承認政府借款。進步黨也電致各省，說是：「政府借款，萬不得已，議院中反抗政府，不過一部分私見，未足生效。」就是財政總長周學熙，又電告全國，宣告大借款理由，略言：「政府借款，實履行前參議院議決的案件，未嘗違背約法。」於是循環相攻，爭論不已。各省都督民政長，有袒護政府的，有詆斥政府的，唯浙江都督朱瑞，有一通電，頗中情理。小子浙人，尚記在腦中，請錄與看官一閱。電詞云：

竊維共和國家，主權在民，國會受人民之委託，為人民之代表，畀以立法之權，使其監督政府。其責至重，其位彌尊。吾國肇建以後，幾歷艱難，始克睹正式國會之成立，國內人民，罔不竭望。蓋以議院為一國大政所自出，凡政府之措施，必依院議為證據，兩院幸已告成，則凡關於國家存亡榮悴諸大問題，皆可由院一一解決，以副吾民之意。自開會以來，所議者為借款一事，軒然大波，迄今未已。夫借用外債，關係國家之財政，國民之負擔，其為重要，何俟申論？國會諸君，注意於茲，卓識可佩。唯是國基未固，時艱日亟，借款以外之重要事項，尚不一而足，有等於此者，且有遠甚於此者，例如選舉總統，制定憲法諸事，皆急待討論，未可擱延，今以借款一案，爭論不休，致使尺寸之時光，駸駸坐逝，揆諸時勢，似有未宜。且借款一事，據院內宣言，並不

反對，所研究者唯在此次政府之簽約，是否適法。夫欲知政府之簽約，是否適法，但須詳查前參議院之議事錄，並證諸前參議院當事之議員，自可立為解決，無待煩言。此數語亦袒護政府。乃各持所見，異說蜂起，甲派以之為違法，乙派則以之為適法，迷離惝怳，聞者驚疑。且丙黨議員通電，謂：「政府違法簽約，已經多數表決，勿予承認」，而丁黨議員來電，則謂：「不承認政府簽約之議，並未經多數通過，不能生效。」於是此方朝飛一電，謂彼黨故事推翻，而彼方復夕出一文，謂此黨橫加誣罪。一室自起干戈，同舍儼同敵國，非僅駭域中之觀聽，亦慮貽非笑於外人。以國會居民具爾瞻神聖莊嚴之地，而言詞之雜出如此，其何以慰人民屬望之殷耶？尤有不能已於言者，院內之事件，須於院內解決之，不特法理之當然，亦為各國之通例。若夫院內之事，而求解決於院外，瑞誠不敏，未之前聞。應該駁斥。今兩院議員諸君，以借款一事，紛紛電告各省都督民政長，意將訴諸公論，待決國人，在諸君各有苦衷，當為舉世所諒，第各都督民政長，或總師幹，或司民政，與國會權責各殊，不容幹越，雖敬愛議院諸君，而欲稍稍助力，法律具在，其道無由。竊以院內各黨，對於國家大事，允宜力持大體，取協商之主義，若唯絕對立於相反地位，則不能解決之事件，將繼此而日出不窮。

　　今日之事，特其嚆矢耳。夫院內之問題，而院內不能解決之，雖微兩院諸君之訴告，竊慮將有院外之勢力，起而解決之者。以院內之事，而以院外勢力解決之，法憲蕩然，國何以淑？循是以往，則國內之事，行見為國外勢力所主宰矣。誠然，誠然。神州倘遂淪胥，政黨於何托足？皮之不存，毛將安附？以我兩院諸君之英賢明達，愛國如身，詎忍出此乎？竊願兩院諸君，念人民付託之殷摯，民國締造之艱難，國會地位之尊崇，討議大事，悉以愛國為前提，手段力取平和，出言務求慎重，各捐客氣，開布公心。庶幾國本不搖，國命有託，內無鬩牆之舉，外免豆剖之憂，則我全國父老子弟，拜賜無既矣。瑞身膺疆寄，職有專司，對於國會事件，本應自安緘默，第既辱兩院諸君雅意相告，瑞賦性

戇直，情切危亡，用敢以國民資格，謹附友朋忠告之誼，略貢愚者一得之言。修詞不周，尚希亮察！

這道通電，雖是騎牆派的論調，但議案是立法根本，本與行政官無涉，如何要都督民政長，出去抗議，這正是多此一舉呢。各都督中，唯江西都督李烈鈞、安徽都督柏文蔚、廣東都督胡漢民，索隸國民黨籍，聞政府違法借款，極力指斥。為後文伏案。國民黨議員，仗著三督聲威，紛爭益盛，不但駁政府違法，並摘列合約內容嚴酷的條件，謂為亡國厲階，決不承認。無如政府既聯繫進步黨，與國民黨抗衡，眾議院連日閉會，反致另外議案，層疊稽壓。各省擁護政府的都督，又電告議院，斥他負職，國民黨自覺乏味，乃與進步黨協商，但教政府交議，表面上不侵害國會職權，實際上亦未始不可委曲求全，否則全院議員，俱蒙恥辱等語。進步黨員，獨謂借款簽字，已成事實，即使交議，亦是萬難變更，不如姑予承認，另行彈劾政府，方為正當，國民黨也無可奈何，只好模稜過去，承認了案。唯參議院強硬到底，終不肯承認借款，袁政府竟不去睬他，一味的獨行獨斷，隨時取到借款，即隨時支付出去，樂得眼前受用，不管日後為難。

當時有一個湖北商民，名叫裘平治，他於宋案及大借款期內，默窺袁總統行為，無非是帝王思想，若乘此拍馬吹牛，去上一道勸進表，得蒙老袁青眼，便是個定策功臣，從此做官，從此發財，管教一生吃著不盡。見地甚高，可惜還早一些。計劃已定，只苦自己未曾通文，所有呈文上的說法，如何下筆，想了一會，竟一語也寫不出，猛然想到有個知己朋友，是個冬烘先生，平日談論起來，嘗說要真命天子出現，方可太平，他既懷抱這種經濟，定能做這種絕好文字，當下就去拜訪，果然一說就成。那冬烘先生，頗知通變達權，卻把皇帝兩字，不肯直說，只把

第二十四回　爭借款挑是翻非　請改制弄巧成拙

暫改帝國立憲，緩圖共和政體兩語，裝在呈文上面，以下便說總統尊嚴，不若君主，長官命令，等於弁髦，本圖共和幸福，反不如亡國奴隸，曷若酌量改制等語。卻是一個老作手。最後署名，除裘平治外，又捏造幾個假名假姓，隨列後面。這便叫做民意。

裘得了呈文，忙跑至郵政局中，費了雙掛號的信資，寄達北京。自此日夕探望，眼巴巴的盼著好音，就是夜間做夢，儼然接到總統府徵車，來請他作顧問員。挖苦得妙。

一日早晨，尚在半榻間沉沉睡著，忽有一人叫著道：「裘君！裘先生！不好了，袁總統要來拿你了。」裘平治被他喚醒，才答道：「袁總統來請我麼？」還是未醒。那人道：「放屁！是要拿你，哪個來請你？」裘平治道：「我不犯什麼罪，如何要來拿我？敢是你聽錯不成？」那人道：「你有無呈文到京？」裘平治道：「有的。」那人便從袋中取出新聞紙，擲向床上道：「你瞧！」裘乃披衣起床，擦著兩眼，看那新聞紙，顛倒翻閱，一時尚尋不著，經來人檢出指示，乃隨瞧隨讀道：

共和為最良之政體，治平之極軌，中國共和學說，醞釀於數千年前，只以壓伏於專制之威，未能顯著。近數十年來，志士奔呼，灌輸全國，故義師一舉，遂收響應之功，洵為歷史上之光榮，環球所敬嘆。本大總統受國民付託之重，就職宣誓。深願竭其能力，發揚共和之精神，滌盪專制之瑕穢，永不使帝制再見於中國，皇天后土，實聞此言。彷彿是豬八戒罰咒。乃竟有湖北商民裘平治等，呈稱：「總統尊嚴，不若君主，長官命令，等於弁髦，國會成立在即，正式選舉，關係匪輕，萬一不慎，全國糜爛，共和幸福，不如亡國奴隸，曷若暫改帝國立憲，緩圖共和」等語。謬妄至此，閱之駭然。本大總統受任以來，自維德薄能鮮，夙夜兢兢，所以為國民策治安求幸福者，心餘力絀，深為愧疚。而

凡所設施，要以國家為前提，合共和之原則，當為全國人民所共信。不意化日光天之下，竟有此等鬼蜮行為，若非喪心病狂，意存嘗試，即是受人指令，志在煽惑。如務為寬大，置不深究，恐邪說流傳，混淆觀聽，極其流毒，足以破壞共和，謀叛民國，何以對起義之諸人，死事之先烈？何以告退位之清室，贊成之友邦？興言及此，憂憤填膺，所有裘呈內列名之裘平治等，著湖北民政長嚴行查拿，按律懲治，以為猖狂恣肆，幹冒不韙者戒。此令！

裘平治一氣讀下，多半是解非解，至讀到嚴行查拿一語，不由的心驚膽顫，連身子都戰慄起來，便道：「這，……怎麼好？怎麼好？」末數語也未及看完，便把新聞紙擲下，復臥倒床上，殺雞似的亂抖。誰叫你想做官發財？還是來人從旁勸道：「三十六著，走為上著，袁總統既要拿你，你不如急行走避，或到親友家躲匿數天，看本省民政長曾否嚴拿，再作計較。」裘平治聞言，才把來人仔細一望，乃是一個經商老友，才噓了一口氣道：「承兄指教，感念不淺，但外面的風聲，全仗你留意密報，我的家事，亦望老友照顧，後有出頭日子，當重重拜謝呢。」那人滿口應允，裘平治忙略略收拾，一溜煙的逃去了。後來湖北省中，飭縣查拿，亦無非虛循故事，到了裘家數次，覓不著裘平治；但費了幾回酒飯費，卻也罷了。這是善體上意。小子有詩嘆道：

一介商民敢上呈，妄圖富貴反遭驚。

從知禍福由人召，何苦營營逐利名。

裘平治終未緝獲，袁總統亦無後命，那參議院中，又提出一種彈劾案來。畢竟彈劾何人，容至下回分解。

違法簽約，司馬昭之心，路人皆知。為國會議員計，力爭無效，不如歸休，微特進步黨趨炎附熱，為識者所不齒，即如國民黨員，叫囂會

場，無人理睬，天下事可想而知，尚何必溷跡都門，甘作厭物耶？朱督一電，未必無私，而指摘議員，實有獨到處，特錄之以示後世，著書人之寓意深矣。裘平治請改政體，實存一希倖之心而來，經作者描摹盡致，幾將肺肝揭出，袁總統通令嚴拿，原不過欺人耳目，然裘商已幾被嚇死矣。是可為熱中者戒！

第二十五回
煙沈黑幕空具彈章　變起白狼構成巨禍

卻說河南地方，是袁總統的珂里，袁為項城縣人氏，項城縣隸河南省，從前鄂軍起義，各省響應，獨河南巡撫寶棻，是個滿洲人，始終效順清廷，不肯獨立，學界中有幾個志士，如張鍾瑞、王天傑、張照發、劉鳳樓、周維屏、張得成、馮廣才、徐洪祿、王盤銘等，極思運動軍警，光復中州。嗣被寶棻偵悉，密遣防營統領柴得貴，帶著營兵，把所有志士，一律拘獲，陸續槍斃。外縣雖幾次發難，亦遭失敗。唯嵩縣人王天縱，素性不羈，喜習拳棒，嘗遊日本橫濱，遇一女學生毛奎英，為湖南世家子，一見傾心，願附姻好，結婚後，攜歸碭山，共圖革命，敘及王天縱，不沒毛奎英，是寓男女平權之意。乃招集徒黨，日加訓練，每遇貪官汙吏，常乘他不備，斫去幾個好頭顱，裡人稱為俠士，清廷目為盜魁。宣統三年七月，曾有南北鎮會剿的命令，統領謝寶勝，親率大兵，與王天縱鏖戰數次，終不能越碭山一步。既而武昌事起，黎都督派人至碭山，約為聲援。豫省諸志士，又奔走號呼，舉他為大將軍，他即整旅出山，往洛陽出發。

沿途招降兵士數千人，聲勢大振。

嗣接陝西都督急電，以潼關失守，邀他往援，他又轉轡西上，奪還潼關，再回軍進河南界，拔閿鄉，下靈寶、陝州，直達澠池，適清軍雲集，眾寡懸殊，兩下裡血戰六晝夜，不分勝負。忽得南北議和消息，有志士劉粹軒、姬宗義、劉建中，及護兵徐興漢等，願冒險赴敵，勸導清

第二十五回　煙沈黑幕空具彈章　變起白狼構成巨禍

軍反正，誰知一去不還，徒成碧血。清軍復巧施詭計，竟臂纏白布，手執白旗，託詞投誠，馳入王軍營內，搗亂起來。王猝不及防，慌忙退兵，已被殺死二千多人，幾至一蹶不振。

幸退屯龍駒寨，重行招募，再圖規復，方誓眾東下，逾內鄉、鎮平各縣，得抵南陽，聞清帝退位確信，乃按兵不動。

尋因宛城一帶，兵匪麇集，隨處劫掠，復出為蕩平，暫駐宛城。未幾，袁總統已就職北京，飭各省裁汰軍隊，就是王天縱一軍，亦只准編巡防兩營，餘均遣散。王乃酌量裁遣，退宛駐浙。插此一段，實為王天縱著筆。

唯河南巡撫寶棻，不安於位，當然卸職歸田，繼任的便是都督張鎮芳。鎮芳是老袁中表親，向屬兄弟稱呼，袁既做了大總統，應該將河南都督一缺，留贈表弟兄，也是他不忘親舊的好意。語中有刺。怎奈張鎮芳倚勢作威，專務朘削，不恤民生，漸致盜賊蜂起，白日行劫，所有擄掠姦淫等情事，每月間不下數十起，報達省中。那老張全不過問，但在臥榻裡面，吞雲吐霧，按日裡與妻妾們練習那小洋槍，水洋砲的手段。也算是留心軍政。全省人民，怨聲載道，無從呼籲。長江水上警察第一廳廳長彭超衡，目睹時艱，心懷不忍，乃邀集軍警學各界，列名請願，臚陳張鎮芳六大罪案，請參議員提前彈劾。請願書云：

為請願事：河南都督張鎮芳到任經年，凡百廢弛，其種種劣跡，不勝列舉，特揭其最確鑿者六大罪狀，為貴院縷陳之：（一）摧殘輿論。河南處華夏之中心點，腹地深居，省稱光大，正賴輿論提倡，增進人民知識，而張鎮芳妄調軍隊，逮捕自由報主筆賈英夫，出版自由，言論自由，皆約法所保障，該督竟敢破壞約法，其罪一。（二）甘犯菸禁。洋菸流毒，同胞沉淪，民國成立，首懸厲禁，皖之焚土，湘之槍斃，鄂之遊街，普通人民，均受制裁，而鎮芳橫陳一榻，吞吐自如，不念英人要

挟，交涉棘手，倚仗威勢，醉傲煙霞，其罪二。（三）縱軍養匪。河南土匪蜂起，民不堪命，鎮芳手握重兵，不能剋期肅清，亦屬養匪殃民，況復縱撫標親軍在許、襄騷擾，巡防第一第八兩營，在汝、川、襄、葉等處，私賣軍火，與匪通氣，兵耶匪耶，同一病民，其罪三。（四）任用私人。李時燦侵蝕學款，反對共和，人咸目為大怪物，迭經各界攻擊，而鎮芳初任之為祕書，繼薦之長教育，恐學界有限脂膏，難填無窮欲壑；且反對共和之賊，廁身教育，不過教人為奴隸，為牛馬，仕林前途，無一線光明，其罪四。（五）蔑視法權。鎮芳有保護私宅衛隊百名，係伊甥帶領，倚乃舅威勢，因向項城縣知事關說私情，未準其請，膽敢帶領衛隊，搗毀官署，毆辱知事。夫知事一縣之如官，行政之代表，伊甥竟以野蠻對待，而鎮芳縱容不究，弁髦法令，其罪五。（六）草菅人命。袁寨砲隊曾拿獲行跡可疑之人七名，送項城縣訊問，供係謝保勝潰軍，並無他供。迨後病斃一名，逃脫二名。所有樊學才四名，仍然在押。朱春芳硬指為伊子朱樹藩槍斃案中要犯，串通議員夏五雲，賄賂張鎮芳，竟下訓令，飭項城知事，不問口供，槍斃樊學才四名，軍民冤之。夫專制時代無確實口供，尚不輕斬決，而鎮芳唯利是圖，竟以三字冤獄，枉斃人命，其罪六。綜以上六罪，皆代表等或出之目睹，或調查有據者也。素仰貴院代表全國，力主公論，不侵強權，是以代表羈住他鄉，不忍鄉里長此蹂躪，為三千萬人民呼籲請命，伏祈貴院提前彈劾，張賊早去一日，則人民早出水火一日，不勝迫切待命之至。須至請願者。

　　參議員覽到此書，未免動了公憤，河南議員孫鍾等，遂提出查辦案，當由大眾通過，尋查得六大罪案，鑿鑿有據，乃實行彈劾，咨交政府依罪處罰。看官！你想張都督是總統表親，無論如何彈劾，也未能動他分毫；又兼袁總統是痛恨議員，隨你如何說法，只有「置不答覆」四字，作為一定的祕訣。張鎮芳安然如故，河南的土匪，卻是日甚一日，愈加橫行。魯山、寶豐、郟縣間，統是盜賊巢穴，最著名的頭目，叫做

秦椒紅、宋老年、張繼賢、杜其賓，及張三紅、李鴻賓等，統是殺人不眨眼的魔王。就中有個白狼，也與各黨勾連，橫行中州。聞說白狼係寶豐縣人，本名閻齋，曾在吳祿貞部下，做過軍官。吳被刺死，心中很是不平，即日返里，號召黨羽，擬揭竿獨立。會因南北統一，所謀未遂，乃想學王天縱的行為，劫富濟貧，自張一幟。無如黨羽中良莠不齊，能有幾個天良未昧，就綠林行徑中，做點善事；況是嘯聚成群，既沒有什麼法律，又沒有什麼階級，不過形式上面，推白為魁，就使他存心公道，也未能一一羈勒，令就約束，所以東抄西掠，南隳北突，免不得相聚為非，成了一種流寇性質。可見大盜本心，並非欲蹂躪鄉間，其所由終受惡名者，實亦為黨羽所誤耳。於是白閻齋的威名，漸漸減色，大眾目為巨匪，號他白狼。大約說他與豺狼相似，不分善惡，任情亂噬罷了。

　　白狼有個好友，叫做季雨霖，曾為湖北第八師師長，前曾佐黎都督革命，得了功績，加授陸軍中將，賞給勳三位。

　　民國二年三月初旬，湖北軍界中，倡立改進團名目，分設機關，私舉文武各官，遍送傳單證據，希圖起事，推翻政府，嗣由偵探查悉，報知黎都督，由黎派隊嚴拿，先後破獲機關數處，拘住亂黨多名，當下審訊起來，據供是由季雨霖主謀。黎即飭令拘季，哪知季已聞風遠颺，急切無從緝獲，由黎電請袁總統，將季先行褫職，並奪去勳位，隨時偵緝，歸案訊辦。袁總統自然照准，季雨霖便做為逃犯了。當時改進團中，尚有熊炳坤、曾尚武、劉耀青、黃裔、呂丹書、許鏡明、黃俊等，皆在逃未獲，餘外一班無名小卒，統自鄂入汴，投入白狼麾下。

　　白狼黨羽愈多，氣焰越盛，所有秦椒紅、宋老年、李鴻賓等人，均與他往來通好，聯繫一氣。會聞舞陽王店地方，貨物山積，財產豐饒，

遂會集各部，統同進發。鎮勇只有百餘名，寡不敵眾，頓時潰散。各部匪遂大肆焚掠，全鎮為墟，復乘夜入象河關，進掠春水鎮。鎮中有一個大富戶姓王名滄海，積貲百餘萬，性極慳吝，平居於公益事，不肯割捨分文，但高築大廈，厚葺牆垣，自以為堅固無比，可無他慮。這叫做守財奴。貧民恨王刺骨，呼他為王不仁，秦宋諸盜，衝入鎮中，鎮民四散奔匿，各盜也不遑四掠，竟向王不仁家圍住。王宅闔門固守，卻也有些能耐，一時攻不進去。秦椒紅想了一策，暗向牆外埋好火藥，用線燃著，片刻間天崩地塌，瓦石紛飛，王氏家人，多被轟斃。群盜遂攻入內室，任情虜掠，猛見室中有閨女五人，縮做一團，殺雞似的亂抖。秦椒紅、李鴻賓等，哪裡肯放，親自過去，將五女拉扯出來，仔細端詳，個個是弱不勝嬌，柔若無力，不禁大聲笑道：「我們正少個壓寨夫人，這五女姿色可人，正是天生佳偶呢。」語未畢，但聽後面有人叫道：「動不得！動不得！」秦李二人急忙回顧，來者非誰，就是綠林好友白狼。秦椒紅便問道：「為什麼動不得？」白狼道：「他家雖是不良，閨女有何大罪？楚楚弱質，怎忍淫汙，不如另行處置罷。」強盜尚發善心。李鴻賓道：「白大哥太迂腐了。我等若見財不取，見色不納，何必做此買賣？既已做了此事，還要顧忌什麼？」說至此，便搶了一個最絕色的佳人，摟抱而去，這女子乃是滄海姪女，叫做九姑娘。秦椒紅也揀選一女，拖了就走，宋老年隨後趕至，大聲道：「留一個與我罷。」全是盜賊思想。白狼道：「你又來了，我輩初次起事，全靠著紀律精嚴，方可與官軍對壘，若見了婦女，便一味淫掠，我為頭目的，先自淫亂，哪裡能約束徒黨呢？」又易一說，想是因前說無效之故，但語皆近理，確不愧為盜魁。宋老年道：「據你說來，要我舍掉這美人兒麼？」白狼道：「我入室後，尋不著這王不仁，想是漏脫了去，我想將這數女擄去為質，要他出金取

贖，我得了贖金，或移購兵械，或輸作軍餉，豈不是有一樁大出息？將來擊退官軍，得一根據，要擄幾個美人兒，作為妾媵，也很容易呢。」無非擄人勒贖，較諸秦李二盜，相去亦屬無幾。宋老年徐徐點首道：「這也是一種妙策，我便聽你處置，將來得了贖金，須要均分呢。」白狼道：「這個自然，何待囑咐。」說畢，便令黨羽將三女牽出，自己押在後面，不準黨羽調戲，宋老年也隨了出來。那時秦李兩部，早已搶了個飽，出鎮去了。

白狼偕宋老年，遂向獨樹鎮進攻。途次適與秦李二盜相遇，乃復會合攏來，分占獨樹北面的小頂山及小關口，謀攻獨樹鎮。時南陽鎮守使馬繼增，聞王店春水鎮，相繼被掠，急忙率隊往援，已是不及，復擬進蹴群盜，適接第六師師長李純軍報，調赴信陽，乃將鎮守使印信，交與營務處田作霖，令他護理，自赴信陽去訖。田聞獨樹有警，星夜往援，分攻小頂山小關口，一陣猛擊，殺得群盜七零八落。白狼、李鴻賓先遁，宋老年隨奔，秦椒紅衵背跳罵，猛來了一粒彈子，不偏不倚，正中頭部，自知支持不住，急令部匪挾著王氏女，滾山北走。官軍奮勇力追，斃匪甚眾。秦椒紅雖得倖免，怎奈身已受傷，不堪再出，便改服農裝，潛返本籍養病。不意被鄉人所見，密報防營，當由防兵拿住送縣，立處死刑。難為了王氏女。獨白狼匿入母豬峽，與李鴻賓招集散匪，再圖出掠，且挈著王氏三女，勒贖巨金。王氏父女情深，既知消息，不得已出金取贖。悖入悖出，已見天道好還，且尚有一女一姪女，陷入盜中，不仁之報，何其酷耶？白狼既得厚資，復出峽東竄，擊破第三營營長蘇得勝，徑趨銅山溝。

團長張敬堯，奉李純命，往截白狼，不意為白狼所乘，打了一個大敗仗，失去野砲二尊，快槍百餘枝，餉銀六千圓，過山砲機關槍彈子，

半為狼有。於是狼勢大熾，左衝右突，幾不可當，附近一帶防軍，望風生懼，沒人敢與接仗，甚且與他勾通，轉好坐地分贓，只苦了數十百萬人民，流離顛沛，逃避一空。小子有詩嘆道：

茫茫大澤伏雀苻，萬姓何堪受毒痡。

誰總師幹駐河上，忍看一幅難民圖。

張督聞報，才擬調兵會剿，哪知東南一帶，又起兵戈，第六師反奉調南下。究竟防剿何處，待至下回再詳。

王天縱與白閬齋，兩兩相對。一則化盜為俠，一則化俠為盜，時機有先後，行動有得失，非盡關於心術也。即以心術論，王思革命，白亦思革命，同一革命健兒，而若則以俠著，若則以盜終，天下事固在人為，但亦視運會之為何如耳。雖有智慧，不如乘勢，誠哉是言也。唯都督張鎮芳，屍位汴梁，一任盜賊蜂起，不籌剿撫之方，軍警學各界，請願參議院，參議院提出彈劾案，而袁總統絕不之問，私而忘公，坐聽故鄉之糜爛，是張之咎已無可辭，袁之咎更無可諱矣。於白狼乎何尤？

第二十五回　煙沈黑幕空具彈章　變起白狼構成巨禍

第二十六回
暗殺黨駢誅湖北　討袁軍豎幟江西

卻說國會成立以後，就是大借款案、張鎮芳案接連發生，並不見政府有何答覆，少慰人意；他如戕宋一案，亦延宕過去，要犯趙秉鈞、洪述祖等，逍遙法外，都未曾到案聽審。京內外的國民黨，統是憤不可遏，躍躍欲動，恨不得將袁政府，即日推倒。奈袁政府堅固得很，任他如何作梗，全然不睬；並且隨地嚴防，密布羅網，專等國民黨投入，就好一鼓盡殲。為後文伏筆。相傳趙秉鈞為了宋案，到總統府中面辭總理，袁總統溫言勸慰道：「梁山渠魁，得君除去，實是第一件大功。還有天罡地煞等類，若必欲為宋報仇，管教他噍無遺種呢，你儘管安心辦事，怕他什麼？」處心積慮，成於殺也。趙秉鈞經此慰藉，也覺放下了心，但總未免有些抱歉，所以託病赴津。那國民黨不肯干休，明知由老袁暗地保護，格外與袁有隙，兩下裡仇恨愈深。忽京中來了女學生，竟向政府宣告，自言姓周名予儆，係受黃興指使，結連黨人，潛進京師，意欲施放炸彈，擊死政府諸公；轉念同族相殘，設計太毒，因此到京以後，特來自首；並報告運來炸彈地雷硫黃若干，現藏某處。政府聞報，立派軍警往查，果然搜出若干軍火，並獲亂黨數名，當命監禁待質；一面由北京地方檢察廳，轉飭滬上法官，傳黃興來京對質，命令非常嚴厲，一些兒不留餘地。這也是可疑案件，黃興欲擊斃當道，何故遣一女學生，令人不可思議。黃興自然不肯赴京。南方傳訊趙秉鈞，北方傳訊黃興，先後巧對，何事蹟相類若此。

第二十六回　暗殺黨駢誅湖北　討袁軍豎幟江西

　　既而上海製造局，發一警電，說道五月二十九日夜間，忽來匪徒百餘人，闖入局中，圖劫軍械，幸局中防備頗嚴，立召伕役，奮力抵敵，當場擊敗匪徒，擒住匪官一名，自供叫做徐企文。看官記著！這夜風雨晦冥，四無人跡，徐企文既欲掩他不備，搶劫軍火，也應多集數百名，為什麼寥寥百人，便想行險徼倖呢？想是熟讀《三國演義》，要想學東吳甘興霸百騎劫曹營故事。況且百餘個匪徒，盡行逃去，單有首領徐企文卻被擒住，這等沒用的人物，要想劫什麼製造局。燈蛾撲火，自取災殃，難道世上果有此愚人麼？離離奇奇，越發令人難測。政府聞這警耗，竟派遣北軍千名，乘輪來滬，並由海軍部特撥兵艦，裝載海軍衛隊多名，陸續到了滬濱，所有水陸人士，統是雄糾糾的身材，氣昂昂的面目，又有特簡的總執事官，係是袁總統得力幹員，曾授海軍中將，叫做鄭汝成。大名鼎鼎。下如陸軍團長臧致平，海軍第一營營長魏清和，第二營營長周孝騫，第三營營長高全忠等，均歸鄭中將節制，彷彿是大敵當前，即日就要開仗的情形。都是徐企文催逼出來。

　　過了數天，袁總統又下命令，著將江西都督李烈鈞，安徽都督柏文蔚，廣東都督胡漢民，一體免職，另任孫多森為安徽民政長，兼署都督事，陳炯明為廣東都督，江西與湖北毗連，令副總統黎元洪兼轄。這道命令，頒發出來，明明是宣示威靈，把國民黨內的三大員，一律摔去，省得他多來歪纏，屢致掣肘。應二四回。當時海內人士，已防他變，統說三督是國民黨健將，未必肯服從命令，甘心去位，倘或聯合一氣，反抗政府，豈不是一大變局？偏偏三督寂然不動，遵令解職，江西、安徽、廣東三省，平靜如常。

　　唯湖北境內，屢查出私藏軍械等件，並有討賊團、誅奸團、鐵血團、血光團等名籍，及票布旗幟，陸續搜出。起初獲住數犯，統是被誘

愚民，及小小頭目，後來始捕獲一大起，內有要犯數名，就是劉耀青、黃裔、曾尚武、呂丹書、許鏡明、黃俊等人，訊明後，盡行槍斃。未幾，在武昌城內，亦發現血光團機關，派兵往捕，該犯不肯束手，齊放手槍炸彈，黑煙滾滾，繞做一團，官兵猝不及防，卻被他擊死二人，傷了一人。嗣經士兵憤怒，一齊開槍抵敵，方殺入祕室，槍斃幾個黨犯，有五犯升屋欲逃，又由兵士窮追，打死一名，捉住三名。當下在室內搜出檔案關防，及所儲槍彈等類，共計四箱，一併押至督署，由黎親訊，立將犯人斬首。及檢閱箱內文據，多半與武漢國民黨交通部勾連，就是在京的眾議員劉英，及省議員趙鵬飛等，亦有文札往來，隱相聯繫。黎副總統，遂派兵監守國民黨兩交通部，凡遇出入人員，與往來信件，均須盤詰檢查，兩部辦事人，已逃去一空，幾乎門可羅雀了。

　　既而襄河一帶，如沙場、張家灣、潛江縣、天門縣、嶽口、仙桃鎮等處，次第生變，次第撲滅。某日，黎督署中，有一妙年女子，入門投刺，口稱報告機密。稽查人員，見她頭梳高髻，體著時裝，足跐革鞋，手攜皮夾，彷彿似女學生一般，因在戒嚴期內，格外注意，遂先行盤詰一番，由女子對答數語，免不得有支吾情形。稽查員暗地生疑，遂喚出府中僕婦，當場搜檢，那女子似覺失色，只因孤掌難鳴，不得不由他按搦。好一歇，已將渾身搜過；並無犯禁物件，唯兩股間尚未搜及，她卻緊緊拿住，豈保護禁臠耶？經稽查員囑告僕婦，摸索褲襠，偏有沉沉二物，藏著在內。女子越發慌張，僕婦越要檢驗，一番扭扯，忽從褲腳中漏出兩鐵丸，形狀橢圓，幸未破裂。看官不必細問，便可知是炸彈了。詭情已著，當然受捕，由軍法科訊鞫，那女子卻直供不諱，自稱：「姓蘇名舜華，年二十二，曾為暗殺鐵血團副頭目，此次來署，實欲擊殺老黎，既已被獲，由你處治，何必多問。」倒也爽快。當下押往法場，立

即處決，一道靈魂，歸天姥峰去了。

嗣又陸續獲到女犯兩名，一叫周文英，擬劫獄反牢，救出死黨，一叫陳舜英，為黨人鍾仲衡妻室，鍾被獲受誅，她擬為夫報仇，投入女子暗殺團，來刺黎督，事機不密，統被偵悉，眼見得俯首受縛，同死軍轅。實是不值。嗣復聞漢口租界，設有黨人機關，即由黎副總統再行遣兵往拿，一面照會各領事，協派西捕，共同查緝，當拘住甯調元、熊越山、曾毅、楊瑞鹿、成希禹、周覽等，囚禁德法各捕房，並搜出名冊布告等件，內列諸人，或是議員，或是軍警，就是從前逃犯季雨霖，亦一併在內，只「雨霖」二字，卻改作「良軒」，待由各犯供明，方才知曉。黎副總統乃電告政府，請下令通緝，歸案訊辦。曾記袁政府即日頒令道：

據兼領湖北江西都督黎元洪電陳亂黨擾鄂情形，並請通緝各要犯歸案訊辦等語。此次該亂黨由滬攜帶巨資，先後赴鄂，武漢等處，機關四布，勾煽軍隊，招集無賴，約期放火，劫獄攻城撲署，甚至時在漢陽下游一帶挖掘盤塘堤，淹灌黃、廣等七縣，不惜拚擲千百萬生命財產，以逞亂謀，雖使異種相殘，無此酷毒。

經該管都督派員，在漢口協同西捕，破獲機關，搜出帳簿名冊旗幟布告等件，並取具各犯供詞，證據確鑿，無可掩飾。查該叛黨屢在鄂省謀亂，無不先時偵獲，上次改進團之變，未戮一人，原冀其革面洗心，迷途思返，乃竟鬼蜮為謀，豺狼成性，以國家為孤注，以人命為犧牲，顛覆邦基，滅絕人道，實屬神人所共憤，國法所不容。本大總統忝受付託之重，不獲為生靈謀幸福，為寰宇策安全，竟使若輩不逞之徒，屢謀肇亂，致人民無安居之日，商廛無樂業之期，興念及此，深用引疚，萬一該亂黨乘隙思逞，戒備偶疏，小之遭茶毒之慘，大之釀分割之禍，將使莊嚴燦爛之民國，變為匪類充斥之亂邦，誰為致之？孰令聽之。本大總統及我文武同僚，將同為萬古罪人，此心其何以自白？夷考共和政

體，由多數國民代表，議定法律，由行政官吏依法執行，行不合法，國民代表，得而監督之，不患政治之不良。現國會既已成立，法律正待進行，或仍藉口於政治改良，不待國會議定，不由國會監督，簧鼓邪詞，背馳正軌，唯務擾亂大局，以遂其攘奪之謀，陽託改革之名，其實絕無愛國與政治思想。種種暴亂，無非破壞共和，凡民國之義，人人均為分子，即人人應愛國家，似此亂黨，實為全國人民公敵。默唸同舟覆溺之禍，緬維新邦締造之艱，若再曲予優容，姑息適以養奸，寬忍反以長亂，勢不至釀成無政府之慘劇不止。所有案內各犯，除甯調元、熊越山、曾毅、楊瑞鹿、成希禹、周覽，已在漢口租界德法各捕房拘留，另由外交部辦理外，其在逃之夏述堂、王之光、李良軒即李雨霖、鍾勛莊、溫楚珩、楊子邕即楊王鵬、趙鵬飛、彭養光、詹大悲、鄒永成、嶽泉源、張秉文、彭臨九、張南星、劉仲州等犯，著該都督民政長將軍都統護軍使，一體懸賞飭屬嚴拿，務獲解究，以彰國法而杜亂萌。此令！

　　此令一下，湖北各軍界，格外嚴防，按日裡探查祕密，晝夜不懈，黎副總統亦深居簡出，非遇知交到來，概不接見，府中又宿衛森嚴，暗殺黨無從施技。只民政長夏壽康，及軍法處長程漢卿兩署內，迭遇炸彈，幸未傷人。還有高等密探張耀青，為黨人所切齒，伺他出門，放一炸彈，幾成齏粉；又有密探周九璋，奉差赴京，家中母妻子女，都被殺死，只剩一妹逸出窗外，報告軍警，到家查捕，已無一人，但有屍骸數堆，流血盈地。自是防備愈密，查辦益嚴，所有討賊誅奸鐵血血光各團，無從托足，遂紛紛竄入江西。

　　江西都督一缺，自歸黎元洪兼任後，黎因不便離鄂，特薦歐陽武為護軍使，賀國昌護民政長，往駐江西。除照例辦事外，遇有要公，均電鄂商辦。嗣由黨人日集，謠言日多，江西省議會及總商會，恐變生不測，屢電到鄂，請黎蒞任。這時候的黎兼督，不能離武昌一步，哪裡好

允從所請，舍鄂就贛呢？會九江要塞司令陳廷訓，連電黎副總統，極言：「九江為長江要衝，匪黨往來如織，近聞挾持巨金，來此運動，刻期起事，懇就近速派軍隊，及兵輪到來，藉資鎮懾」等語。黎副總統，亟遣第六師師長李純，率師東下，一面密報中央，請再增兵江西，藉備不虞。袁總統即命李純為九江鎮守使，並陸續調遣北軍，分日南下。那知護軍使歐陽武，偏電達武昌，聲言：「贛地各處，一律安靖，何用重兵鎮懾？現在北軍，分據賽湖、青山、瓜子湖一帶，嚴密布置，斷絕交通，商民異常恐慌，請即日撤回防兵，且乞轉達中央，務期休兵息民」云云。黎得此電，不禁疑慮交併。這種把戲，一時卻看他不懂。只好覆慰歐陽，說明陳司令告急，因派李司令到潯，既據稱贛省無事，當調李回防，但船隻未到，軍隊未回以前，仍希轉飭潯軍，並地方商民，毋徒輕信謠言，致生誤會為要。這電文甫經發出，不意陳廷訓又來急電，說：「由湖口砲臺報告，前督李烈鈞帶同外人四名，於七月八日晚間，乘小輪到湖口，會同九十兩團，調去工程輜重兩營，勒令各臺交出，歸他占據，並用十營扼住湖口，分兵進逼金雞砲臺，且有德安混成旅旅長林虎等，亦向沙河鎮北進，聞為李烈鈞後援。事機萬急，火速添兵。」

看這數語，與歐陽武所報情形，迥然不同，弄得黎副座莫名其妙。又電詰歐陽武，等他覆電，竟有一兩日不來。獨鎮守使李純，卻有急電請示，據言：「李烈鈞已占住湖口砲臺，宣告獨立。前代理鎮守使俞毅及旅長方聲濤，團長周璧階等，俱潛往湖口，與李聯兵，駐紮德安的林虎，亦前應李眾，亂機已發，未敢驟退，請訓示遵行。」那時江西兼督黎副總統，已經瞧破情形，飛電令李純留駐九江，毋即回軍，覆電致政府，詳報護軍鎮守兩使情狀。政府即嚴詰歐陽武，歐陽武覆電到來，略言：「李烈鈞確到湖口，九十兩團，雖為所用，幸兩團以外，各處軍隊，未經全變。現已連日調集南昌，並開兩團往湖口，竭力支持，荷蒙知

遇，當誓死圖報」云云。政府復據情電鄂，黎兼督又是動疑，忽傳到討袁軍檄文，為首署名，就是總司令李烈鈞，接連列名的，乃是都督歐陽武，民政長賀國昌，兵站總監俞應鴻等，所說大旨，無非是痛罵老袁。黎亦瞧不勝瞧，但就緊要數語，仔細一閱，略云：

民國肇造以來，凡我國民，莫不欲達真正目的。袁世凱乘時竊柄，帝制自為；滅絕人道，而暗殺元勛，弁髦約法，而擅借鉅款。金錢有靈，即輿論公道可收買，祿位無限，任腹心爪牙之把持。近復盛暑興師，蹂躪贛省，以兵威劫天下，視吾民若寇仇，實屬有負國民之委託，我國民宜亟起自衛，與天下共擊之！

黎閱至此處，將來文擲置案上，暗暗嘆道：「老袁卻也專制，應該被他譏評，但他們恰也性急。前年革命，生民塗炭，南北統一，僅隔一年，今又構怨弄兵，無論袁政府根地牢固，一時推他不倒，就是推倒了他，未必後起有人，果能安定全國，徒令百姓遭殃，外人干涉。唉！這也是何苦生事呢！我只知保全秩序，不要捲入漩渦，省得自討苦吃罷。」好算明見。正籌念間，李烈鈞又有私函到來，接連是黃興、柏文蔚等，也有電文達鄂。黎俱置諸不理，未幾，得九江鎮守副使劉世鈞要電，請催李純速攻湖口，又未幾，得歐陽武通電，說：「由省議會公舉，權任都督，且指北軍為袁軍，說他無故到贛，三道進兵，具何陰謀？贛人憤激得很，武為維持大局計，不得不暫從所請」云云。又未幾，得李純急電，已與林虎軍開戰了。正是：

惟幕不堪長黑暗，蕭牆又復起干戈。

欲知李林兩軍勝負，容待下回表明。

是回為二次革命之發端，見得正副兩總統，內外通籌，聯為一體，專防國民黨起事。周予儆之自首，得票傳黃興到京，所以抗宋案也，徐

企文之攻製造局,得輸運陸海軍至滬,所以爭先著也。贛皖粵三都督,盡令免官,所以報爭款之怨,而弱黨人之勢也。一步緊一步,一著緊一著,此是袁總統無上兵略,而黎副總統即默承之,黨人不察,徒號召黨羽,散布鄂省,令幾個好男女頭顱,無端輕送。至圖鄂不成,轉而圖贛,曾亦聞李純已至,北軍南來,要險之區,俱已扼守,尚有何隙可乘耶?或謂三督在位,尚有兵權,何不乘免官令下之時,聯合反抗,宣告獨立,乃遲至卸職以後,再行發難,毋乃太愚。是不然。袁政府既能撤除三督,寧不能防備三督?三督正因老袁之注意,姑為此寂然不動,遵令解職,待事過境遷,乃躍然而起,掩其不備。彼以為老袁已弛戒心,而誰料老袁之防,轉因此而益切。十面埋伏,專待項王。袁之計何其巧乎?故予謂周予儆、徐企文輩,實皆受袁之指使,試悉心鉤考之,當知予言之非誣矣。

第二十七回
戰湖口李司令得勝　棄江寧程都督逃生

　　卻說旅長林虎，本與李烈鈞同黨，李至湖口，早已暗招林虎，令率軍前來援助。林即率眾北行，逾沙河鎮，直赴湖口，偏被九江鎮守使李純，派兵堵住。至此見李純一軍，實是要著。李烈鈞明知李純前來，是個勁敵，早運動歐陽武，迫他撤回。李純不肯回師，更兼北京政府，及武昌黎兼督，都飭他留駐防變，所以養兵蓄銳，專待林虎到來，與他角鬥。林虎既到湖口，怎肯罷休，便直逼李純軍營，開槍示威，李純手下的兵弁，已是持槍整彈，靜候廝殺，猛聞槍聲隆隆，即開營出擊。兩下交戰多時，不分勝負，各自收兵回營，相持不退。當由李純分電告警，越日，即電傳袁總統命令云：

　　前據兼領湖北江西都督事黎元洪，先後電稱：「據九江要塞司令陳廷訓電，因近日亂黨挾帶巨資，前來九江湖口，運動煽惑，約期舉事，懇請就近酌派軍隊，赴潯鎮懾，即經派兵前往；嗣據江西護軍使歐陽武電阻，已諭令前往軍隊預備撤回各營等語；茲又據黎兼督暨鎮守使李純，先後電陳，李烈鈞帶同外國人四名，於本月八號晚乘小輪到湖口，約會九十兩團團長。調去輜重工程兩營，勒令各臺交出，歸其占領，以各營扼扎湖口，遍布要隘，分兵進逼金雞砲臺。德安之混成旅，並向沙河鎮進駐。該鎮南之贛軍隊，突於十二日上午八點鐘開槍向我軍進攻，且以湖口地方，宣布獨立等情」，閱之殊深駭異。李烈鈞前在江西，擁兵跋扈，物議沸騰，各界紛紛籲訴，甚謂李烈鈞一日不去，贛民一日不安。本大總統酌予免官，調京任用，所以曲為保全者，不為不至。且為贛省計、深恐興師問罪，驚

擾良民，故中央寧受姑息之名，地方冀獲救安之慶。

不意逆謀叵測，復潛至湖口，占據砲臺，稱兵構亂，謂非背叛民國，破壞共和，何說之辭？可見陳廷訓電稱運動煽惑，約期舉事，言皆有據。似此不愛國家，不愛鄉土，不愛身家名譽，甘心畔逆，為虎作倀，不獨主持人道者所不忍言，實為五大民族所共棄。值此邊方多故，應付困難，雖全國協力同心，猶恐弗及，而乃幸災樂禍，傾覆國家，稍有天良，寧不痛憤？李烈鈞應即褫去陸軍中將並上將銜，著歐陽護軍使及李鎮守使設法拿辦，其脅從之徒，自願解散，概不深究，如或抗拒，則是有心從逆，定當痛予誅鋤。並著各省都督民政長，剴切曉諭軍民，共維秩序，嚴加防範。本大總統既負捍衛國民之職任，斷不容肇亂之輩，亡我神州。凡我軍民，同有拯溺救災之責，其敬聽之！此令。

李純閱罷，當將命令宣示軍士，軍士愈加憤激，即於是日夜間，磨拳擦掌，預備出戰。到了天曉，一聲令發，千軍齊出，好似排山倒海一般，迫入林虎軍前。林虎亦麾軍出迎，你槍我彈，**轟擊不休**，自朝至午，尚是死力相搏，兩邊共死亡多人，林軍傷斃尤眾。看看日將西昃，李軍槍聲益緊，林軍子彈垂盡，任你著名閩中的林虎，也不能赤手空拳，親當彈雨，只好下令退兵。這令一下，部眾慌忙回走，遂致秩序散亂，東奔西散，好似風捲殘雲，頃刻而盡。

李純督軍追了一程，方才回營，當即露布告捷，時袁總統已任段芝貴為第一軍軍長，整隊南下，來助李純，歸黎副總統節制，並命為宣撫使，與歐陽武等妥籌善後事宜。歐陽武已自做都督，豈老袁尚在未知？黎聞此令，當將歐陽武情狀，據實電達中央，袁總統又下通令道：

共和國民，以人民為主體，而人民代表，以國會為機關。政治不善，國會有監督之責，政府不良，國會有彈劾之例。大總統由國會選舉，與君主時代子孫帝王萬世之業，迥不相同。今國會早開，人民代

表，咸集都下，憲法未定，約法尚存，非經國會，無自發生監督之權，更無擅自立法之理，豈少數人所能自由起滅？亦豈能因少數人權利之爭，掩盡天下人民代表之耳目？此次派兵赴潯，迭經本大總統及副總統一再宣布，本末了然。何得信口雌黃，藉為煽亂營私之具？今閱歐陽武通電，竟指國軍為袁軍，全無國家觀念，純乎部落思想，又稱蹂躪淫戮，廬墓為墟等情，九江為中外雜居之地，萬目睽睽，視察之使，絡繹於途，何至無所聞見？陳廷訓之告急，黎兼督之派兵，各行其職，堂堂正正，何謂陰謀？孤軍救援，何謂三道進兵？

即歐陽武蒸日通電，亦云李烈鈞到湖口，武開兩團往攻等語，安有叛徒進踞要塞，而中央政府，該管都督，撤兵藉寇之理？豈陳廷訓、劉世均，近在九江之電不足憑，而獨以歐陽武遠在南昌之電為足信？豈贛省三千萬之財產，獨非中華民國之人民？李純所率之兩團，獨非江西兼督之防軍？歐陽武以護軍使不足，而自為都督，並稱經省會公舉，約法具在，無此明條；似此謬妄，欺三尺童子不足，而欲欺天下人民，誰其信之？

且與本大總統防亂安民之宗旨，與迭次之命令，全不相符。捏詞誣衊，稱兵犯順，視政府如仇敵，視國會若土苴，推翻共和，破壞民國，全國公敵，萬世罪人，獨我無辜之良民，則奔走流離，不知所屆，本大總統心實痛之。若非看到後來，則此等命令，真若語語愛民。本大總統年逾五十，衰病侵尋，以四百兆人民之付託，茹苦年餘，無非欲黎民子孫，免為牛馬奴隸。此種破壞舉動，本大總統在任一日，即當犧牲一切，救國救民，現在正式選舉，瞬將舉行，雖甚不肖，斷不至以兵力攘權利。總統已是囊中物，安得不爭？況艱辛困苦，尤無權利之可言。由總統過渡，即成皇帝，安得謂無權利？副總統兼圻重任，經本大總統委託討逆，責有攸歸，或乃視為鄂贛之爭，尤非事實。仍應責成該兼督速平內亂，拯民水火，各省都督等同心匡助，毋視中華民國為一人一家之事，毋視人民代表為可有可無之人。你不如此，誰敢如此？我五大族之

第二十七回　戰湖口李司令得勝　棄江寧程都督逃生

生靈，或不至斷送於亂徒之手。查歐陽武前日電文，詞意誠懇，與此電判若兩人，難保非僉壬挾持，假借民意，俟派員查明，再行核辦。此令！

令甲迭下，戰釁已開，林虎軍已經敗走，李烈鈞尚據湖口。段芝貴率兵南下，會同李純軍，一同進攻。黎副總統又撥楚豫、楚謙、楚同各兵艦，共赴九江，且委曹副官進解機關砲八尊，快槍五十支，子彈十萬粒，徑達軍前，接濟軍需。看官！你想湖口一區，並非天險，李烈鈞孤軍占據，隨在可危，怎禁得袁黎交好，用了全力搏獅的手段，與他對待呢。李烈鈞自取敗徵。黃興、柏文蔚、陳其美等，急欲援應李烈鈞，分頭起事，黃圖江寧，柏圖安徽，陳圖上海。為牽制袁軍計，當湖口交戰這一日，黃興已自上海到浦口，運動江寧第八師，闖入督署，脅迫程德全，即日獨立，手中各執後膛槍，矗立如林，聲勢洶洶，囂張的了不得。程德全未免心慌，但又無從趨避，只好按定心神，慢騰騰的走將出來問明何事。軍士舉了代表，抗言袁違約法，跡同叛國，應請都督急速討袁，驅除叛逆等語。程德全遲疑半晌，方道：「諸君意思，亦是可嘉，但也須計出萬全，方好起事，目下尚宜靜待哩。」言未已，驀見有一革命大偉人，踉蹌趨入，竟至程都督前，跪將下去，程都督猝不及防，還疑是一時看錯，仔細一瞧，確是不謬，當即折腰答禮。看官道來人為誰？就是前南京留守黃興。突如其來。兩人禮畢起來，方由程督問明來意。黃興一面答話，一面流淚，無非是決計討袁的事情。欲為偉人，必須具一副急淚。程督暗想，我今日遇著難題了，不允不能，欲允又不可，看來不如暫時讓他，待我避至滬上，再作區處。計畫已就，便對黃興道：「克強先生，有此大志，不愧英雄。但兄弟自慚老朽，眼前且有小恙，不能督師，這次起事，還是先生在此主持，我情願退位讓賢，赴滬養痾哩。」黃興聞了此言，恰也心喜，假意的謙遜一回，至程德全決意退

讓，便直任不辭。程遂返入內室，略略摒擋行李，帶了衛隊數名，眷屬數名，竟與黃興作別，飄然而去。跳出是非門，最算聰明。黃興便占據督署，總攬大權，除宣布獨立外，凡都督應行事件，均由黃一手辦理。陳其美、柏文蔚等，聞興已經得手，隨即獨立。陳在上海設立司令部，懸幟討袁，柏由上海至臨淮關，亦張起討袁旗來。又是兩路。又有長江巡閱使譚人鳳，及徐州第三師師長冷遹，均有獨立消息，警報與雪片相似，紛達北京。袁總統即任張勳為江北鎮守使，倪嗣沖為皖北鎮守使，並特派直隸都督馮國璋為第二軍軍長，兼江淮宣撫使，指日南行。又恐兩議院國民黨員，匯入黨人，擾及都門，因特召卸任總理趙秉鈞，命為北京警備地域司令官，陸建章為副，防護京師。前情後案，一筆勾銷，趙秉鈞又可出頭。適程德全到滬，電達京師，報稱江寧被逼情形。

袁總統即指令程德全道：

據國務院轉呈江蘇都督程德全十七日電稱：「十五日駐寧第八師等各軍官，要求宣布獨立，德全舊病劇發，刻難挨挂，本日來滬調治。」又應德閎電稱：「率同各師長移交都督府」等語。該都督有治軍守土之責，似此稱病棄職，何以對江蘇人民？姑念該都督從前保全地方，輿情尚多感戴，此次雖未力拒逆匪，而事起倉猝，與甘心附逆者，迥不相侔。應德閎因事先期在滬，情亦可原。該逆匪等破壞性成，人民切齒，現在江西、山東兩路攻剿，擒斬叛徒甚多，湖口指日蕩平。張勳前隊已抵徐州，著程德全、應德閎，即在就近地方，暫組軍政民政各機關行署；並著程德全督飭師長章駕時等，選擇得力軍警，嚴守要隘，迅圖恢復。一面分飭各屬軍警，暨商團民團，防範土匪，保護良民。該都督民政長職守攸關，務當維繫人心，毋負本大總統除暴安良之本旨。一俟大兵雲集，即當救民水火，統一國家。該都督民政長，尚有天良，其各體念時艱，勉期晚蓋！此令。

第二十七回　戰湖口李司令得勝　棄江寧程都督逃生

　　程應兩人，接到此令，就在上海租界中，暫設一個臨時機關，辦理事件。越宿即有江寧傳來急報，南京四路要塞總司令吳紹璘、講武堂副長蒲鑑、要塞掩護第二團教練官程鳳章等，統被黃興殺死。程應復聯銜電達，袁總統即命將黃興所受職位，一概褫去，連柏文蔚、陳其美二人，亦照例褫奪。並飭馮國璋、張勳兩軍，趕即赴剿，又有通令一道云：

　　前南京留守黃興，自辭卸漢粵川路督辦後，回滬就醫，本月十二日，忽赴南京第八師部，煽惑軍隊，迫脅江蘇都督程德全，同謀作亂。程德全離寧赴滬，黃興捏用江蘇都督名義，出示叛立，自稱討袁軍總司令，其與湖口李逆烈鈞電，有「江蘇宣布獨立，足為公處聲援」之語。又迭派叛軍攻擊韓莊防營，遣其死黨柏文蔚，盜兵臨淮，陳其美圖占上海，唆使吳淞叛兵，砲擊飛鷹兵艦，在寧戕殺要塞總司令吳紹璘，講武堂副長蒲鑑，要塞掩護團教練官程鳳章等多人，並在滬聲言外人干涉，亦所不恤，必欲破壞民國，糜爛生民而後快。逆跡昭著，豺虎之所不食，有昊之所不容。查黃興亡命鼓吹，本以改良政治為名，乃凶狡性成，竟於已經統一之國家，甘心分裂，自南京留守取消以後，屢遣叛徒，至武漢起事不成；又遣暗殺黨至京行刺被獲，侵蝕南京政府公款，以糾合暴徒，私匿公債票數百萬，派人運動各省軍隊，政府雖查獲證據，未經宣布，冀其良心未死，或有悔悟遷善之一日，乃政府徒蒙容忍之名，地方已遭蹂躪之禍，該黃興、陳其美、柏文蔚等，明目張膽，倒行逆施，各處商民，怨恨切骨，函電紛紛，要求討賊。比聞金陵城內，焚戮無辜，又霸占交通機關，敲詐商人財物，草菅人命。因一己之權利，毒無限之生靈，播徙流離，本大總統惻然心痛，凡我軍民怒目裂眥，著馮國璋、張勳迅行剿辦叛兵，一面懸賞緝拿逆首。其脅從之徒，有擒斬黃興以自贖者，亦予賞金。自拔來歸者，勿究前罪。本大總統但問順逆，不問黨類，布告遠邇，咸使聞知。

是時馮國璋、張勳等，奉令登程，先後南下。張勳越加奮勇，星夜向徐州出發，他因辛亥一役，被南軍驅出南京，時時懷恨，此次公報私仇，恨不得插翅南飛，把一座金陵城，立刻占住。一到韓莊，正與黃興派來的寧軍，當頭遇著，他即麾令全軍，一齊猛擊，寧軍也不肯退讓，槍砲互施。兩軍酣戰一晝夜，殺傷相當，惱動了張勳使，張勳已加勳位，故稱勳使。怒馬出陳，自攜新式快槍，連環齊放，麾下見主將當先，哪一個還敢落後？頓時衝動寧軍，奮殺過去。寧軍氣力漸疲，不防張軍如此咆哮，竟有些遮攔不住，漸漸的退倒下來。陣勢一動，旗靡轍亂，眼見得無法支持，紛紛敗走。張勳追至利國驛，忽接到郵信一函，展開一閱，內云：

張軍統鑑：江蘇、江西，相率獨立，皆由袁世凱自開釁端，過為已甚。三都督既已去職，南方又無事變，調兵南來，是何用意？俄助蒙古，南逼張家口，外患方亟，彼不加防，乃割讓土地與俄，而以重兵蹂躪腹地，喪亂國民，破壞共和，至於此極，誰復能堪？九江首抗袁軍，義憤可敬，一隅發難，全國同聲。公外察大勢，內顧宗邦，必將深寄同情，剋期起義。嗚呼！

世凱本清室權奸，異常險詐，每得權勢，即作奸慝。戊戌之變，尤為寒心。前歲光復之役，復愚弄舊朝，盜竊權位，繼以寡婦可欺，孤兒可侮，既假其名義以禦民軍，終乃取而代之。自入民國，世凱更無忌憚，陰謀滿腹，賊及太后之身；賄賂塞途，轉吝皇室之費。世凱不僅民國之大憝，且為清室之賊臣，無論何人，皆得申討。公久綰軍符，威重宇內，現冷軍已在徐州方面，堵住袁軍，公苟率一旅之眾，直搗濟南，則袁軍喪膽，大局隨定，國家再造，即由我公矣。更有陳者：

興此次興師，唯以倒袁為目的，民賊既去，即便歸田。

凡附袁者，悉不究問。軍國大事，均讓賢能。興為此語，天日鑑之，臨穎神馳，佇望明教。江蘇討袁總司令黃興叩。

張勳閱畢，把來書扯得粉碎，勃然道：「我前只知有清朝，今只知有袁總統，什麼黃興，敢來進言？混帳忘八！我老張豈為你誘惑麼？」確肖口吻。遂命兵士暫憩一宵，明日下令出戰。到了晚間，忽由偵卒走報，徐州第三師冷遹，來接應叛軍了。張勳道：「正好，正好，我正要去殺他，他卻自來尋死了。」小子有詩詠張勳道：

奉令南行仗節旄，乃公膽略本籠豪。

從前宿忿憑今洩，快我恩仇在此遭。

欲知此後交戰情形，且至下回續敘。

李烈鈞發難江西，已落人後，黃興、柏文蔚、陳其美等，更出後著，如弈棋然，彼已布局停當，而我方圖進攻，適為彼所控制耳。袁恐九江之亂，先遣李純以鎮之，防上海之變；更派鄭汝成以堵之，張勳扼江北，倪嗣沖守皖北，已足制黨人之死命；加以段芝貴、馮國璋之南下，為夾擊計，前可戰，後可守，區區內訌，何足懼耶？且所遣諸人，無一非心腹爪牙，而又挾共和之假招牌，保民之口頭禪，籠絡軍民，安有不為所欺者？彼李烈鈞、黃興、柏文蔚、陳其美等，威德未孚，布置未善，乃欲奮起討袁，為第二次之革命，適足以取敗耳。唯程德全之棄江寧，尚為袁所不料，袁於此亦少下一著，袁殆尚有悔心乎？

第二十八回
勸退位孫袁交惡　　告獨立皖粵聯鑣

卻說徐州第三師師長冷遹，聞寧軍敗退利國驛，忙調兵赴援，湊巧與張勳相遇。當下交戰一場，還沒有什麼損失，不意總兵田中玉，引濟南軍來助張勳，兩路夾攻，殺得冷軍左支右絀，只好棄甲曳兵，敗陣下去。張田合兵追趕，正值徐州運到兵車，在利國驛車站下車，來援冷遹，冷遹回兵復戰，又酣鬥多時，才將張、田兩軍擊退。張軍田軍，分營驛北，冷遹收駐驛南。次日張勳軍中，運到野砲四門，即由張勳下令，向冷軍注射，這砲力非常猛烈，撲通撲通的幾聲，已將冷營一方面，彈得七零八落，冷遹還想抵敵，偏值一彈飛來，不偏不倚，正中脅前，那時閃避不及，彈已穿入脅內，不由的大叫一聲，暈倒地上；經冷軍舁了就逃，立即四散。張勳見冷營已破，方令停砲，所有驛南一帶，已經成為焦土，連車站都被毀去。當由張軍乘勝直進，竟達徐州，徐城內外，已無敵蹤，一任老張占住。辮帥大出風頭。

這時候的九江口，北兵大集，宣撫使段芝貴，與李司令純會商，用四面合攻計策，包圍湖口，一面出示招撫，勸令叛軍歸誠，不念既往。李烈鈞孤軍駐著，幾似身入甕中，非常危險，好幾次出兵進擊，統被北軍殺敗，團長周璧階，見勢已危急，竟向北軍投誠，烈軍愈加惶迫，飛向各處乞援。寧滬一帶討袁軍，方公舉岑春煊為大元帥，欲借岑老三宿望，號召各省，從速響應，岑模稜兩可，起初欲由滬赴寧，嗣聞徐潯兩

處，均已失敗，也弄得進退兩難。多入漩渦。國民黨首領孫文，恐黨人一敗，無從托足，亦思借前此重名，慫恿各省獨立，當有通電拍發道：

　　北京參議院眾議院國務院各省都督民政長各軍師旅長鑒：江西事起，南京各處，以次響應，一致以討袁為標幟，非對於國家而脫離關係，亦非對於北方而睽異感情，僅欲袁氏一人，辭大總統之職，並不惜犧牲其生命以求達之。大勢至此，全國流血之禍，繫於袁氏之一身。聞袁決以兵力對待，是無論勝敗，而生民塗炭，必不可免，夫使袁氏而未違法，東南此舉，誰為左袒？今袁氏種種違法，天下所知，東南人民，迫不得已，以武力濟法律之窮，非唯其情可哀，其義亦至正。且即使袁氏於所謂違法，有以自解，亦決不至人民反對，遍六七省；人民心理之表見，既已如是，為公僕者，即使自問無愧，亦當謝職以平眾怒，微論共和政體，即君憲國之大臣，亦不得不以人民好惡為進退。有如去年日本桂太郎公爵，以國家柱石，軍人領袖，重出而組織內閣，只以民黨有所不滿，即悠然引去，以明心跡。大臣風度，固宜如是，何況於共和國之人民公僕，為人民荷戈以逐，而顧欲流天下之血，以保一己之位置武！使袁氏而果出此，非唯貽民國之禍，亦且騰各國之笑。回憶辛亥光復，清帝舉二百餘年之君位，為民國而犧牲，當時袁氏實主其謀，亦以顧念大局，不忍生靈久罹兵革，安有知為人謀而不知自謀者？更憶當時，文受十七省人民之付託，承乏臨時大總統，聞北軍於贊成共和之際，欲舉袁氏以謀自安，文即辭職，向參議院推薦袁氏，當時固有責文徇國民之意，而不顧十七省人民付託之重者。然文之用心，不欲於全國共和之時，尚有南北對峙之象，是以推讓袁氏，俾國民早得統一。由是以觀，袁不宜藉口於部下之擁戴，而拒東南人民之要求，可斷言矣。諸公維持民國，為人民所攸賴，當此存亡絕續之際，望以民命為重，以國危為急，同向袁氏勸以早日辭職，以息戰禍，使袁氏執拗不聽，必欲犧牲國家人民，以成一己之業，想諸公亦必不容此禍魁。文於此時，亦唯有從國民之後，義不返顧。臨電無任迫切之至！孫文叩。

又電致袁總統云：

北京袁大總統鑑：文於去年北上，與公握手言歡，聞公諄諄以國家與人民為念，以一日在職為苦。文謂國民屬望於公，不僅在臨時政府而已，十年以內，大總統非公莫屬，此言非第對公言之，且對國民言之。自是以來，雖激昂之士，於公時有責言，文之初衷，未嘗少易。何圖宋案發生，證據宣布，愕然出諸意外，不料公言與行違，至於如此。既憤且憫。而公更違法借款，以作戰費，無故調兵，以速戰禍，異己既去，兵釁仍挑，以致東南軍民，荷戈而起，眾口一詞，集於公之一身。意公此時，必以平亂為言，姑無論東南軍民，未叛國家，未擾秩序，不得云亂，即使云亂，而釀亂者誰？公於天下後世，亦無以自解。公之左右，陷公於不義，致有今日，此時必且勸公，乘此一逞樹威雪憤。此但自為計，固未為國民計，為公計也。清帝辭位，公舉其謀，清帝不忍人民之塗炭，公寧忍之？公果欲一戰成事，宜用於效忠清帝之時，不宜用於此時也。說者謂公雖欲引退，而部下牽掣，終不能決。然人各有所難，文當日辭職，推薦公於國民，固有人責言，謂文知徇北軍之意，而不知顧十七省人民之付託。

文於此時，迄不為動，人之進退，綽有餘裕，若謂為人牽掣，不能自由，苟非託辭，即為自表無能，公必不爾也。為公僕者，受國民反對，猶當引退，況於國民以死相拚？殺一不辜，以得天下，猶不可為，況流天下之血，以從一己之慾？公今日舍辭職外，決無他策。昔日為任天下之重而來，今日為息天下之禍而去，出處光明，於公何憾？公能行此，文必力勸東南軍民，易惡感為善意，不使公懷騎虎之慮。若公必欲殘民以逞，善言不入，文不忍東南人民久困兵革，必以前此反對君主專制之決心，反對公之一人，義無反顧，謹為最後之忠告，唯裁鑒之！孫文叩。

第二十八回　勸退位孫袁交惡　告獨立皖粵聯鑣

　　看官！試想這袁總統世凱，是想把中華民國，據為一人的私產，子孫萬代，世世傳將下去，豈肯中道退位，聽那孫文的言語。況且贛徐告捷，民黨失敗，正好乘此機會，將這等反對人物，一古腦兒驅殺出去，他好威福自專，造成一個大袁氏帝國，孫文、黃興等人無權無勢，硬想與他作對，轉弄成螳斧當車，不自量力，區區幾百個電文，濟什麼事？反足令老袁暗笑呢。果然電文一達，威令重來，撤銷孫文籌辦鐵路全權，此外不置一詞。好似不值答覆。還有蔡元培、汪兆銘、唐紹儀等，冒冒失失，也電請老袁退位，袁總統乃答辯數語，略言：「按照約法，及所宣誓言，須待正式總統選定，始能退位，不能照三數人私見，冒昧行事。」旋復下一通令，洋洋灑灑，約一二千言，小子因他言不由衷，不願詳錄。但記得文中要語，很有幾句好筆仗，大致謂：「受事之日，父老既以此完全統一國家，託諸藐躬，受代之時，藐躬當以此完全統一國家，還諸父老，是用雪涕誓師，哀矜執訊，豈用黷武？實以完責。一俟凶慝蕩平，國基奠定，行將自劾以謝天下」等語。大眾見此通令，總道他語語真誠，言言痛切。而且正式總統，未知誰人？民國初造，元氣未復，孫黃等無端發難，釀成南北戰爭，甘為戎首，真是何苦？所以一般人士都望這次亂事，迅速蕩平，各省都督，也多詈孫、黃為亂黨，李烈鈞、柏文蔚等為國賊，情願荷戈前驅，為袁效力，比那辛亥革命，直不啻天淵遠隔呢。大家都睡在鼓中。

　　唯安徽署督孫多森，接到江寧獨立消息，頗為駭異。尋復得下關來電，謂：「寧已獨立，公自忖無軍事學識，可將都督一席，仍讓柏公。公如無反對意思，尚可公認為省長」云云。當下密電江寧，探問虛實。嗣得電覆，果屬確鑿，並勸令即日獨立。乃請省議會議長，及各軍官到公署集議。大眾以寧皖相連，寧既生變，皖先當災，不如隨聲附和，維持

現狀為是。孫本袁總統心腹,到了這個地步,亦拿不住一定主意,只好說是未曾統軍,不便督師,眾議推師長鬍萬泰為都督,孫仍任民政長,宣布獨立,並任憲兵營長祁耿寰,為討袁總司令,蕪湖旅長龔振鵬,且先日揭獨立旗,脫離中央關係,龔本瞧不起孫胡,所以省城尚未獨立,他先獨立起來。但皖省財政奇絀,餉項無著,蕪湖獨立,名義上雖是討袁,心目中卻是要錢。兵老爺致治不足,擾亂有餘,吾為民國一嘆。探得大通督銷局,所存鹽款,不下數十萬金,便乘著黑夜,拔營盡起,齊向大通出發。督銷局中的辦事人員,已都到黑甜鄉裡,去做好夢,一聲砲響,局門洞開,蕪兵明火執仗,一擁而入,嚇得全域性司事,從睡夢中驚醒,只在被窩裡亂抖,不知是什麼盜賊。那蕪兵卻不要人物,專要金銀,四處尋覓,得了一個鐵箱,立即開啟,裡面藏著,卻有一大束鈔票,幾十包銀圓,喜得蕪兵眼笑眉開,你搶我奪,不到幾分鐘,已是搬得精光,呼嘯一聲,陸續出局。到了局外,忽有營兵前來攔截,差不多有二三百名。蕪兵錢財到手,興致勃然,當下勇氣百倍,把手中所攜的快槍,一齊放出,擊死來兵一大半。有幾個腳長壽長的,急奔了去。蕪兵方揚長回營。原來大通督銷局附近,本有一營兵防守,驟聞局中有變,急來救護,哪知吃了一場大虧,冤冤枉枉的喪了若干性命,只剩了幾十人,逃回省中,報明孫胡兩人。省城兵備本虛,驟聞此警,惶急萬分,孫又不願獨立,自思身入阱中,性命難保,不如趕緊逃避,乃薙髮易服,步行出城,想是從曹阿瞞處學來。竟乘兵艦下駛去了。胡萬泰聞孫失蹤,也是立腳不牢,索性也揹人私逃。省城無主,越加擾亂,經軍商學各界會議,暫推祁耿寰護理都督,兼民政長。祁恐人心不服,遍貼通告,只說是奉柏總司令所委,暫行代理。甫經接印視事,已有旅長柴寶山出來反抗。祁知不為眾所容,也即逃去。

第二十八回　勸退位孫袁交惡　告獨立皖粵聯鑣

柴寶山等，正議改推都督，忽報柏文蔚到來。胡萬泰亦隨柏回省，乃出城歡迎，導柏入城。柏本在臨淮關，自聞省城鼎沸，乘勢南下，途次適遇胡萬泰，遂相偕同行。一入省城，遂自任都督，兼掌民政長，調集軍隊，抵抗北軍。孫多森逃至上海，電告北京。略稱：「被逼離皖，懇即另任都督，討平亂黨。」袁總統即將討皖事務，責成倪嗣沖。倪是老袁舊部，自然奮力報效，督兵進攻去了。

安徽以外，又有粵東都督陳炯明，亦響應寧、皖、贛各軍，宣告獨立。陳炯明本與孫黃同黨，聞黃興已實行討袁，即親赴議會，演說袁總統罪狀，擬即日出師北伐等語。

議會中尚依違兩可，不甚贊同。陳炯明勃然大怒，竟拔佩刀出鞘，擲置案上，聲言不肯用命，立殺無赦。議員等被他一嚇，那個敢輕試刀鋒，只好唯唯從命。炯明回署，即自稱粵總司令，派兵往寧、贛等處，援助黃興、柏文蔚等。

但因兵餉缺乏，迫令遠近商人助餉，各商錙銖必較，怎肯無故出錢，畀他弄兵逞志？遂陸續電達政府，請速發兵南征，保救商民。袁總統遂命龍濟光為廣東鎮撫使，乃弟龍覲光為副，兩龍本駐紮粵邊，就近派剿，較為便捷；一面下一通令道：

迭據新加坡檳榔嶼僑商，廣州總商會，香港澳門各政黨各行業商民人等，屢電稱：「本月十八日，都督陳炯明在議會拔刀，威逼議員，宣告獨立，乞派兵挽救，速討逆賊」等語。情形迫切，眾口一詞。廣東經兵燹之後，瘡痍未復，迭飭各師旅長等，嚴守秩序，保衛地方。不意陳炯明狼子野心，背國叛立，粵人水深火熱，泣血椎心，披閱電文，不忍卒讀。各該商民深明大義，任俠可風。陳炯明禍國禍鄉，竟敢通電各省，措詞狂悖，罪不容誅，應即褫去廣東都督職官，並撤銷陸軍中將暨上將

衡,著龍濟光飭各師旅長,派兵聲討,懸賞拿辦。其被脅之徒,但能立功自拔,概勿深究!此令。

此外還有湖南、福建二省亦相繼獨立。湖南都督譚延闓,福建都督孫道仁,本持中立態度無意決裂,怎奈軍界欲起應孫、黃,同時脅迫。湖南舉師長蔣翊武為總司令,福建舉師長許崇智為總司令,害得譚孫兩督,無法可施,只好暫時從眾,也張起討袁旗來。最後是重慶師長熊克武,亦宣示獨立。正是:

彼讓此爭徒自擾,南征北討幾時休。

以上所述,獨立的省分,計不下五六省,袁政府遣兵派將,日夕不遑,倒也忙碌得很。欲知成敗,且看下回。

語有云:「不可與言而與之言,失言。」孫文之勸袁退位,毋乃貽失言之譏乎?袁氏野心勃勃,寧肯退位?彼方為一網打盡之謀,而孫實墮其術,徒令撤銷全權,目為亂黨。假使袁氏後日,效曹操之慾為周文王,不思南面稱帝,則假面目終未揭破,孫、黃逋逃海外,終為民國罪人,幾何而不為天下笑也。柏文蔚、陳炯明輩,亦未免躁率取殃,意氣之不可用事也如此。

前車覆,後車鑑,願執此書以告來者。

第二十八回　勸退位孫袁交惡　告獨立皖粵聯鑣

第二十九回
鄭汝成力守製造局　陳其美戰敗春申江

卻說袁政府派兵南下，首先注意是寧、贛兩路。李烈鈞已入圍中，雖有歐陽武等遙應南昌，已被北軍遮斷，宣撫使段芝貴，及總司令李純，步步進逼，還有陸軍中將王占元，及海軍次長湯薌銘，會同水陸各軍，同時進攻。旅長馬繼增、鮑貴卿等，奉段芝貴等派遣，分道攻擊。馬軍從新港一帶，率兵猛進，連奪要隘，占領灰山。湖口西砲臺，忙開砲轟擊馬軍，馬軍仗著銳氣，直薄砲臺，前仆後繼，冒煙衝突，又有外面軍艦，連放巨砲，終將砲臺轟破，守臺各兵，除倒斃外，盡行逃去，馬軍遂占住西砲臺。鮑軍由海軍掩護，從官牌夾渡，至湖口東岸，與李烈鈞部眾激戰，大獲勝仗，乘勢進據鍾山，撲攻東砲臺。可巧西砲臺攻毀，東砲臺知不可守，立即潰散。李烈鈞勢窮力蹙，遂棄了湖口，乘舟逸去。總計李烈鈞起事，偶得偶失，先後不過十多日，湖口一帶，已完全歸入北軍了。袁總統聞捷大喜，即發犒賞銀十萬圓，賚交段芝貴量功頒賚；並稱：「天不佑逆，人皆用命，得此驟勝。恐是天奪之鑑，並非助彼除敵。並飭懸賞緝獲李烈鈞，所有商民，應責成段芝貴設法安撫，以副救民水火的本旨。滿口仁慈。又因陸軍少將余大鴻，參謀湯則賢，前時奉公至贛，道經湖口，為李烈鈞部將何子奇所拘，一併殺害，投屍江流，應特別撫卹，並在受害地方，建祠旌忠」云云。段芝貴等自然照辦，一面從湖口南下，往搗南昌去訖。

這時候的滬軍總司令陳其美，已連攻製造局，三戰三北，紛紛退至

第二十九回　鄭汝成力守製造局　陳其美戰敗春申江

吳淞口。原來江寧獨立，傳檄各屬，陳其美同時響應，已見上文。外如松江軍隊，蠢然思逞，即推鈕永建為總司令，招添新軍，挑選精壯，派統領沈葆義、田嘉祿等為師團各長，先行開往滬南，與北軍決戰。一到龍華，即在製造分廠門外，開了一陣排槍，先聲示威，嗣即整齊軍隊，陸續進廠，廠中沒人抗拒，當由松軍檢點火藥子彈等箱，貼上封條，並在廠前高懸白旗，囑令廠長等嚴加防守，即刻拔隊赴滬。

製造局督理陳榥，與海軍總司令李鼎新，正接黃興急電，請調北軍離局，免致開釁，當已據實電達北京，請示辦理。忽聞龍華藥廠，又被松軍占領，頓露驚慌景象，所有全域性辦事員，及工匠役夫等，走避一空。陳督理與李總司令籌商，急切不得良法，可巧鄭汝成到來，見這情形，遂向李鼎新道：「此處警衛全軍，大總統本責成海軍總司令，完全節制，現在槍械均足，又有兵艦駐泊，足資防守，應該如何對付，當由總司令釋出命令，未便一味游移。」李鼎新遲疑半晌，方道：「昨已電達政府，請示辦理了。」鄭汝成又道：「依愚見想來，政府命公留此，當然要公防護，就是汝成奉命前來，也應助公一臂，何必待著覆電，再行籌備。明日有了複音，當不出我所料。」李鼎新複道：「兵不敷用，奈何？」汝成道：「不瞞公說，我已有電到京，請速派兵到此，儘可無慮。」李鼎新尚是愁容滿面，只恐緩不濟急。汝成又道：「昨日滬上領事團，已有正式通告，無論兩方面如何決裂，不能先行動手，否則外人生命財產，應歸先行開戰一方面，擔任保險。我處有此咨照，那邊應亦照行，想一時不致打仗，不過有備無患，免得臨時為難。」李鼎新尚是躊躇，汝成不覺急躁道：「汝成今日與公定約，公守軍艦，我守這局，若亂黨來攻，我處對敵，公須開砲相助。成敗得失，雖難逆料，但能水陸同心，未必不操勝著呢。」歷敘鄭汝成謀畫，確是有些智略，故二次革命之平定，當

以江西李純、上海鄭汝成為首功。但為袁盡力，還是有掩盛名。李鼎新方才欣允，彼此約定，李即到海籌軍艦中，自行籌備，這且慢表。

且說陳其美樹幟討袁，就在上海南市，設一總司令部辦事機關，所有舊部人員，次第到來，分任職務。且四處發出通告，遍貼街衢，大旨以起兵討袁，義不得已，在滬商民，一應保護，並飭各營約束軍隊，嚴查匪類，另頒六言告誡，申定斬首等律，揭示軍民人等，一體知悉。華界人民，多數搬入外國租界，期避兵鋒。吳淞砲臺官姜文舟，也受陳慫恿，宣布獨立，劃定戰線，照會外國領事，一切軍艦商舶，不得在戰線內下椗，無論何人，亦不得入戰線以內。戰禍將開，風聲日緊。至松軍一到，自龍華藥廠起，至日暉橋止，悉數布置，遍地皆兵。陳其美復商同商會董事李平書，令為保全團長，以王一亭為副，管理民政，保衛自安。上海城內各公署，無兵無餉，怎敢反抗陳其美，只好隨聲附和，獨有鄭汝成駐守製造局，及海軍各艦，不受陳其美運動。北軍逐日南來，統在局內屯駐，聽鄭汝成節制，局中原有的巡警衛隊，俱被汝成遣出，免得生變。陳其美聞這消息，料他是個好手，不便輕敵，即與李平書、王一亭熟商，擬出三萬金賵送北軍，教他讓給製造局。李平書本與鄭汝成相識，便把這副擔子，挑在自己身上，邀同王一亭往製造局，入見鄭汝成，略說：「北軍兵單孤立，南軍四路合圍，眼見這製造局，要被南軍奪去。平書為息戰安民起見，已與陳其美商洽，願饋北軍三萬金，統為賵儀，勸他北返。」說至此，猛聽得一聲呵叱道：「我鄭汝成奉大總統命令，來守此局，你奉何人命令，敢來逐我出境？我若不念舊交，先將你的頭顱，梟示局門，為叛黨鑑。混帳糊塗，快與我滾出去罷！」李、王兩人，碰了這個大釘子，不禁面目發赤，倉皇退出，返報陳其美。陳乃決意開戰，調集南軍，擬專攻製造局，可巧駐寧福字營司令劉福彪，

第二十九回　鄭汝成力守製造局　陳其美戰敗春申江

將部眾編作敢死隊，帶領至滬，與陳其美晤商，願為攻擊製造局的先鋒。其美大喜，即令為衝鋒隊。還有鎮江軍、上海軍，及駐防楓涇的浙江軍，一古腦兒湊將攏來，約有三四千人。鎮、滬兩軍，本無叛志，因黃興藉著程督名義，調撥該軍，不得不奉命來前。浙江本未獨立，所派楓涇防兵，實是防禦滬黨，不意為陳其美買通，也撥遣一隊，助攻製造局。再加松江鈕永建軍；福字營的敢死隊，共計得七千五百人，於七月二十二日夜間，由總司令陳其美髮令，一律會齊，三路進攻，一攻東局門，一攻後局門，一攻西柵門。東局門最關緊要，即用敢死隊猛撲過去。先放步槍一排，繼即拋擲炸彈，蜂擁前進。局中早已預備，即開機關槍對敵，敢死隊也用機關槍擊射，相持不退。局內復續發步槍，繼以巨砲，響震全滬，會西柵門外，又復起火，後局門外，亦起槍聲，鄭汝成分軍堵禦，連擊不懈。正在兩軍開戰的時候，海籌軍艦的李司令，遵約開砲，向東西兩面轟擊，東轟鎮軍，西轟浙軍，大半命中，鎮、浙兩軍，本無鬥志，立即潰散。只有松軍滬軍，及敢死隊數百名，尚是死抗，未肯退回。轉瞬間天已黎明，北軍運機關砲過山砲等，一齊開放，松、滬軍始不能支，逐漸退去。北軍出局追擊，因敢死隊亂擲炸彈，異常猛烈，才停住不追。敢死隊卻自死了多人，總計敢死隊六百五十名，戰了一夜，傷亡了一大半。劉福彪大呼晦氣，悶悶不已。

到了晚間，由吳淞砲臺官姜文舟，撥調協守砲臺的鎮江軍一營，到了上海，又由陳其美下令，再攻製造局，各軍仍然會集，依了老法兒，三路並進，連放排槍，北軍並不還擊，直待敵軍逼近，方將槍砲盡行發出，打得南軍落花流水，大敗而逃。劉福彪氣憤填胸，當下收集潰兵，休息數小時，至二十四日午後，運到槍關大砲，猛攻製造局。

北軍亦開砲還擊，福彪冒險直進，不防空中落下一彈，穿入左臂，

自覺忍痛不住，只好逃往醫院，向醫求治去了。部下的敢死隊，只剩了一二百人，無人統轄，統竄至北門外。

北門地近法界，安南巡捕，奉法總巡命令，嚴行防守，偶見敗軍竄入，即猛放排槍一陣，把他擊回，轉入城內，搶劫估衣等店數家，由南碼頭鳧水逃生，慌忙逸去。敢死隊變作敢生隊。

是日，有海艦一艘入口，滿載華人，彷彿似鐵路工匠模樣，及抵滬登岸，統入製造局，外人才知是北軍假扮，混過吳淞。局中得此生力軍，氣勢愈盛。唯松軍司令鈕永建，迭接敗報，即親率部眾二千名，直至滬南。鄭汝成聞有松軍續到，索性先發制人，立派精銳五百名，出堵松軍。兩下相見，無非是槍砲相遭。奮鬥多時，互有傷亡，唯北軍係久練勁旅，槍無虛發，松軍漸覺不支，向西退去。北軍方擬追襲，忽由偵卒走報，後面又有叛黨來攻，乃急急回軍，退入西柵。松軍返身轉來，復向西柵攻擊，北軍嚴行拒守。既而後面又迭起砲聲，有一千餘人新到，夾攻製造局。看官道此軍何來？乃是討袁總司令陳其美，由蘇調來的第三師步兵，他由閘北河道，坐駁船到滬，隨帶機關槍砲，卻也不少，所以一到戰地，即槍砲迭施，隆隆不絕。北軍並不與敵，只有海軍艦上，開砲相擊，亦沒有什麼猛烈。蘇軍大膽前進，甫逼局門，不料背後猝聞巨響，回頭一望，彈來如雨，不是擊著面部，就是擊著身上，接連有好幾十人，中傷僕地。蘇軍料知中計，急忙退避。時已昏暮，月色無光，不覺倉皇失措，那局內又迭發巨砲，前後夾攻。大眾逃命要緊，頓致自相踐踏，紛紛亂竄。原來鄭汝成聞蘇軍到來，即遣精兵百人，帶著機關砲，埋伏局後，俟蘇軍逼近局門，伏兵即在蘇軍背後，開起砲來，局中亦應聲出擊，遂嚇退蘇軍，狂跑而去。西柵門外的松江軍，尚在猛撲，更有學生軍六十名，力鬥不疲，幾把西柵攻入，湊巧軍艦上開

第二十九回　鄭汝成力守製造局　陳其美戰敗春申江

一大砲，正射著學生軍，轟斃學生三四十人，餘二十人不寒而慄。沒奈何攜槍敗走，松軍為之奪氣。北軍正擊退蘇軍，併力與松軍激戰，松軍死亡甚眾，他只好覓路逃走；途次又被法兵攔住，令繳軍械，始準放行。該軍無法，乃將槍桿軍裝，一齊拋棄，才得走脫二十名。學生軍逃至徐家彙土山灣，睏乏不堪，為慈母院長顧某所見，心懷矜惻，各給洋五圓，飭令速返故里。唯所攜槍械，當令交下。學生稱謝去訖。自二十二日晚間開戰，至二十五日，南軍進攻製造局，已經三戰三北，死的死，傷的傷，逃的逃，不復成軍。虧得紅十字會，慈善為懷，除逃兵外，所有屍骸，代為收殮，所有傷兵，代為收治，總算死生得所，稍免殘慘。但商民經此劇戰，已是流離顛沛，魂上九霄了。

　　陳其美迭接敗報，不得已招集散兵，令赴吳淞效力。唯前時臨陣先潰，有逃兵二十四名，押往地方檢察廳，此次散兵擬赴吳淞，即向檢察廳索還被押兵士，以便偕行。廳長也算見機，立命釋出，不意散兵闖入廳署，持槍威嚇，竟將所有訟案繳款，及存案物件，搶掠一空。該廳所屬，有模範監獄，曾羈住宋案要犯應桂馨，至此也聯繫監犯，大起擾亂。獄官吳恪生力難鎮懾，先偕應出獄，各犯亦乘勢脫逃。城內秩序大亂，巡警亦無法攔阻。地方審判廳長，索性將看守所中，男女各犯，一齊釋出，令他自去逃生。各犯都歡天喜地的攜手同去。是時程都督德全，及民政長應德閎，駐滬已一星期，驚魂甫定，且聞黨人多已失敗，乃聯名發電，作為通告。其文云：

　　德全德薄能鮮，奉職無狀，光復以來，唯以地方秩序為主，以人民生命財產為重，保衛安寧，別無宗旨。不圖誠信未孚，突有本月十五日寧軍之變，維時事起倉猝，誠慮省城頃刻糜爛，不得不忍一時之苦痛，別作後圖。苦支兩日，冒死離寧。十七日抵滬後，即密招蘇屬舊部水陸軍警，籌商恢復。眾情憤激，詢謀僉同，連日規劃進行，布置均已就

緒，茲於本月二十五日，即在蘇州行署辦事。近日滬上戰事方劇，居民震駭，流亡在道，急宜首先安撫，次第善後，並在上海設立辦事處，酌派人員就近辦理。德閎遵奉中央命令，亦即在滬暫行組織行署，以便指揮各屬，籌保衛而策進行。竊念統一政府，自成立以來，政治不良，固無可諱。唯監督之權，自有法定機關，詎容以少數之人，據一隅之地，訴諸武力，破壞治安？看他語意，全是首鼠兩端。德全與黃興諸人，雖非夙契，亦託知交，每見輒諄諄以國家大局為忠告。我未之聞。即黨見之異同，個人之利害，亦皆苦口危言，無微不至。乃自贛軍肇釁，金陵響應，致令德全兩年辛苦艱難，經營累積，所得尺寸之數，隳於一旦。哀我父老，嗟我子弟，奔走呼號，流離瑣尾，泣血椎心，無以自贖。德全等不知黨派，不知南北，但有蹂躪我江蘇尺土，擾亂我江蘇一人，皆我江蘇之同仇，即德全之公敵。區區之心，唯以地方秩序為主，以人民生命財產為重，始終不渝，天人共鑑。一俟亂事敉平，省治規復，即當解職待罪，以謝吾蘇。敬掬愚誠，唯祈公鑑！程德全、應德閎叩。

　　自程督通電後，滬上紳商，已知陳其美不能成事，乃就南北兩方面，竭力調停，要求罷戰。且硬請陳司令部遷開南市，移至閘北。陳其美忿氣滿胸，聲言欲我遷移，須將上海城內，一概焚毀，方如所請。紅十字會長沈敦和，前清時為山西道員，曾婉卻八國聯軍，一意保護商民，晉人稱他為朔方生佛。至此訪陳其美，再三磋商，陳乃勉強允諾。適江陰遣來援兵二千餘名，為陳所用，陳又遣令攻局。並僱用滬上流氓，及東洋車伕，悉數助戰。流氓車伕，也出風頭。偏局中無懈可擊，更兼外面軍艦，用了探海電燈，了照交戰地點，測準砲線，猛擊敵軍。敵軍衝突多時，一些兒沒有便宜，反枉送了許多性命。自二十五日夜半，戰至天明，一律遁去。陳其美方死心塌地，將總司令部機關，遷至閘北，只有鈕永建倔強未服，尚欲誓死一戰，到了二十八日，號召殘軍，且延聘日本砲兵，作最後的攻擊。這次猛戰，比前四次尤為劇烈，

不但**轟擊**製造局，並且**轟擊**兵艦，砲彈所向，極有準則，竟把海籌巡洋艦，擊一窟窿，就是守局的北軍，也戰死不少。北軍未免著急，竟將八十磅的攻城大砲，接連開放，飛彈與飛蝗相似，打死鈕軍無數。

流氓盡行潰散，鈕軍也立腳不住，仍一鬨兒散去。滬局戰事，方才告終。小子時寓滬上，曾口占七絕一首云：

風聲鶴唳盡成兵，況復連宵槍砲聲，

我愧無才空擊楫，江流恨莫睹澄清。

鄭汝成既戰勝南軍，連章報捷，北京袁政府，又有一番厚賚，容至下回表明。

上海宣告獨立，除英美法租界外，只有一製造局，尚奉中央。孤危之勢，可以想見，乃得鄭汝成以守護之，卒能血戰數日，戰敗敵軍，是知用兵全在得人，得人則轉危為安，不得人，雖兵多勢盛無益也。猶憶前清拳匪之役，京中如載漪、董福祥等，用全力以攻使館，不能損彼分毫，有識者知其必敗。陳其美集數處之兵，攻一製造局，三戰三北，甚至用流氓車伕為戰士，欲以兒戲故技，恐嚇北軍，試思此時與袁軍開仗，非清末可比，尚能以虛聲嚇退敵人乎？強弩之末，且不能穿魯縞，況本非強弩，安能不折？是陳其美之弄兵，毋亦一董福祥之流亞歟？彼粗莽如劉福彪輩，徒有匹夫之勇，更不足道矣。

第三十回
占督署何海鳴弄兵　讓砲臺鈕永建退走

　　卻說袁總統聞滬上起釁，屢遣北兵至滬，助守製造局，且令鄭中將汝成，及海軍司令李鼎新，協力固守，如有將士應亂圖變，立殺無赦等語。鄭汝成本服從中央，立將此令宣布，又調開原有警衛軍，專用北軍堵禦。果然內變不生，外患盡卻，當即連章報捷。袁總統即任鄭為上海鎮守使，並加陸軍上將銜，頒洋十萬元，獎賞守局水陸兵士。兩個十萬元，壓倒贛、滬軍，其如債臺增級何？鄭汝成遵令任職，一面將賞洋分訖。嗣聞滬上敗軍，都逃至吳淞口，砲臺官姜文舟，已經遁去，由要塞總司令居正管轄。居正與陳其美等，統同一氣，自然收集敗軍，守住砲臺。松軍司令鈕永建，與福字營司令劉福彪，先後奔到吳淞，與居正一同駐守。鄭汝成、李鼎新等，因吳淞為江海要口，決意調遣水陸軍隊，往攻該處，嗣聞海軍總長劉冠雄，由袁總統特遣，領兵南下，來攻吳淞砲臺，於是待他到來，再議進取。暫作一結。

　　且說黃興在寧，聞贛徐滬三路人馬，屢戰屢敗，北軍四路雲集，大事已去，暗想此時不走，更待何時，當下號令軍中，只說要親往戰地，自去督戰，但卻未曾明言何處。

　　七月二十八日夜半，與代理都督事章梓，改服洋裝，邀同日本人作伴，各手持電燈一盞，至車站登車，並撥兵隊一連，護送出城，既到下關，賞給護送兵士洋二百元，兵士排隊舉槍，恭送黃興等舍車登舟。俟他鼓輪下駛，才行回城。黃興到了上海，擬與孫文、岑春煊等，商議行

止。哪知上海領事團，已轉飭會審公廨，總巡捕房，訪拿亂黨數人：第一名就是黃興，餘如李烈鈞、柏文蔚、陳其美、鈕永建、劉福彪、居正等，統列在內。還有工部局出示，驅逐孫文、岑春煊、李平書、王一亭等，不准逗留租界，害得黃興無處棲身，轉趨吳淞口，與鈕永建、居正會晤，彼此流涕太息。當由鈕永建敘及：孫文、岑春煊，俱已南走香港，陳其美亦不能駐滬，即日當遷避至此。黃興道：「全域性失敗，單靠這個吳淞砲臺，尚站得住麼？」鈕永建道：「在一日，盡一日的心，到了危險的時節，再作計較。」黃興又未免嗟嘆。在鈕營內暫住一宵，輾轉思維，這孤立的砲臺，萬不足恃，不如亡命海外，況隨身尚帶有外國鈔票，值數萬金，足敷川資，怕他什麼。主見已定，安安穩穩的遊歷睡鄉，至雞聲報曉，魂夢已醒，他即起身出營，也不及與鈕永建告辭，竟攜著皮包，趨登東洋商船，航海去了。

　　看官！這討袁總司令黃興，是與袁世凱有仇，並非與領事團有隙，為何上海租界中，也要拿他，他不得不航海出洋呢？原來旅京軍界，恰有通電緝拿黃興，袁總統愈覺有名，遂商準駐京各國公使，轉令上海租界，一體協拿。小子曾記得軍界通電云：

　　大總統副總統各省都督各使各軍長旅長鑑：黃興毫無學問，素不知兵，然屢自稱總司令，儼然上級軍官。凡為軍人者，皆應有效死疆場之精神，而黃興從前於安南邊境，屢戰屢逃，其後廣州之役，漢陽之役，其同黨多力戰以死，而黃興皆以總司令資格，聞砲先逃，其同黨之恨之者，皆曰逃將軍。其人怯懦畏死，可想而知。其以他人性命為兒戲，又極可恨。此次乘兵謀叛，彼非不知兵力不足以敵中央，不過其胸中有一條三十六計走為上計之祕訣，一旦事機不妙，即辦一條跑路，而其同謀作亂者，則任其誅鋤殺戮，不稍顧卹，其不勇不仁，一至於此。苟非明正典刑，不足懲警凶逆。我軍各處將領，於併力攻勦之外，並當嚴防黃

興逃走，多設偵探，密為防範，無使元凶逃逸，以貽他日生民之患。旅京各省軍界人同叩。

　　黃興去寧，南京無主，師長洪承點，亦已遁走，代理民政長蔡寅，亟請第八師長陳之驥，第一師長周應時，要塞司令馬錦春，憲兵司令茅乃封，警察廳長吳忠信及寧紳仇繼恆等，集議維持秩序，當議決七事：（一）取消獨立字樣；（二）通告安民；（三）電請程都督回寧；（四）電請程都督電達中央各省，轉飭各戰地一律停戰；（五）電請由滬籌措軍餉來寧；（六）軍馬暫不准移動，城內不准移出城外，城外不准移入城內；（七）軍警民團責成分巡保衛城廂內外。七事一律宣布，人心稍定。當派參謀盛南苕，軍務課長王楚二人，往迎程督。地方團體，亦舉仇繼恆代表迎程。

　　那知程督不肯回寧，且因第一師長洪承點，已經出走，特派杜淮川繼任。其時寧人已公舉旅長周應時，接統第一師，當有電知照程督。程不但不肯下委，反將周應時的旅長，亦一併取消。於是軍民不服，復懷變志。

　　及杜淮川到任，正值張勳、馮國璋二軍，由徐州而來，杜即往固鎮歡迎。忽有滬上民權報主筆何海鳴，帶領徒黨百餘人，闖入南京，竟占據都督府，宣布程德全、應德閎罪狀，出示曉諭，恢復獨立，只百餘人，便可入城胡行，江寧城中的軍吏，管什麼事？自稱為討袁總司令。黃興之後，不意又有此人。正在組織司令部，第八師長陳之驥，方才到署，何海鳴降階迎接。陳之驥笑語道：「何先生！有幾多餉銀帶來？」目的全在餉銀，無怪擾亂不已。何答道：「造幣廠中，取用不盡。」之驥又道：「有兵若干？」所恃唯兵，所畏亦唯兵。何複道：「都督的兵，就是我的兵。」之驥便回顧左右道：「這廝亂黨，真是膽大妄為，快與我捆起

第三十回　占督署何海鳴弄兵　讓砲臺鈕永建退走

來。」你前時何亦歡迎黃興？左右聞命，立將何海鳴拿下，又將何黨數十人，亦一併拘住。之驥復指何海鳴道：「此時暫不殺你，候程都督示諭，再行定奪。」於是將何海鳴等，羈禁獄中，再出示取消獨立，全城復安。

既而南京地方維持會，向聞張辮帥大名，恐他軍隊到來，入城蹂躪，乃與商會妥議，公舉代表，渡江謁馮軍使，求保寧人生命財產，不必再用武力；且請轉商張軍，幸毋入城。馮軍使國璋，任職宣撫，卻也顧名思義，準如代表所請，一一允諾。代表即日回寧，轉告陳之驥，之驥亦親往謁馮，接洽一切。不意第一師聞之驥出城，竟去搶劫第八師司令部，與第八師交鬨起來。第八師倉猝遇變，敵不住第一師，一擁而出。第一師放出何海鳴，引至督署，復宣告獨立起來。第一師如此行為，定是受何黨運動。城內商民，又嚇得魂飛天外，大家閉市，連城門也通日闔住。何遂設立衛戍司令，並委任參謀各職，及旅團軍官，又是一番糊糊塗塗新局面。彷彿戲場。闔城紳商，急得沒法，只好邀集軍人會議。怎奈軍人紛紛索餉，聲言有錢到手，便可罷休。是時寧城已羅掘一空，急切不得鉅款，沒奈何任他所為。何海鳴卻用使貪使詐的手段，哄誘第一第八兩師，扼守要害，有將來安樂與共等語。兩師被他所惑，願遵號令，只第八師的三十團，不肯附和，由何勒令繳械，資遣回籍。自是南京又抵抗北軍，馮、張兩使，率軍到寧，免不得又啟戰爭了。這皆是程督所賜。

且說海軍總長劉冠雄督領水師南下，因吳淞口被阻，繞道浦東川沙東灘登陸，迂道至滬，暫駐製造局，會晤鄭汝成、李鼎新等，修艦整隊，決意進攻吳淞砲臺。當於八月一日，密令海籌、海圻各軍艦，駛抵吳淞，距砲臺九英哩許，開砲轟擊，砲臺亦開砲相答。居正親自在臺督戰，約一小時，未分勝負，兩下停砲，越二日又有小戰，由海圻兵艦，

連開數砲,砲臺亦還擊多門,尋即罷戰。又越三日,復由海圻、海容、海琛三艦,齊擊砲臺,有數彈擊中臺內土牆,泥土及黑煙飛騰空中。臺上稍受損傷,連放巨砲相答,三艦又復駛回。原來劉總長因吳淞一帶,留有居民,如用猛烈砲火,不免毀傷住宅,且探悉砲臺守兵,餉需缺乏,軍無鬥志,不如靜待敵變,然後一舉可下,所以數次攻擊,無非鳴砲示威,並未嘗實行猛撲;一面轉致程督德全,速勸吳淞砲臺居正等,反正效力。居正、鈕永建,未肯聽從,獨劉福彪頗有異圖,擬將砲臺奉獻,如何作敢死隊頭目?事被居正察悉,遽開砲轟擊劉軍,劉福彪倉皇潰遁,轉投程督,情願效勞。劉總長冠雄,得悉情形,遂調齊海陸大軍,合作圍攻計畫。口外海軍,由劉自為總司令,口內艦隊,由李鼎新為總司令,江灣張華浜方面,派遣陸軍進攻,由鄭汝成為總司令,三路馳擊,大有滅此朝食的形勢。遠近居民,逃避一空,就是滬瀆一方面,距吳淞口四十餘里,也覺岌岌可危,驚惶不已。紅十字會長沈敦和,特挽西醫柯某,乘紅十字會小輪,馳赴戰地,擬勸鈕永建等罷兵息爭。適鈕永建據住寶山城,暫設司令部機關,居正因鈕知兵,已讓與全權,鈕遂為吳淞總司令。柯醫借收護傷兵為名,竟冒險入寶山城,投刺司令部,進見鈕永建。鈕問及傷兵若干?柯嘆道:「屍骸遍地,瘡痍滿目,商業凋敝,人民流離,幾至暗無天日,公係淞人,獨不為家鄉計麼?」鈕亦太息道:「事已至此,弄得騎虎難下,就是有心桑梓,奈愛莫能助,如何是好?」柯遂進言道:「公非自命為討袁司令麼?袁未遇討,故鄉的父老子弟,已被公討盡了。公試自問,於心安否?」單刀直入。鈕不禁失聲道:「然則君今到此,將何以教我?」柯答道:「現贛、寧、湘、皖諸省,都被北軍占了勝著,近日四路集滬,來攻吳淞,將軍雖勇,究竟寡不敵眾,難道能持久不敗麼?從前百戰百勝的項霸王,猶且垓下遇圍,不能自脫,今日的吳淞,差不多與垓下相似,今為公計,毋效項王輕

第三十回　占督署何海鳴弄兵　讓砲臺鈕永建退走

生，不如全師而退，明哲保身。並且淞、滬生靈亦免塗炭，一舉兩得，想尊意當亦贊成。」語語中人心坎，哪得不令人服從？鈕聞言心動，徐徐答道：「君言甚是。北軍如能不殺我部下，我豈竟無人心，忍使江東父老，為我遭劫麼？」柯即答道：「公何不開一條件，交給與我，我當往謁劉總長，冒險投遞，就使赴湯蹈火，亦所不辭。」鈕乃親書條約，函封授柯，且語柯道：「我與劉總長頗有交情，勞君為我介紹，致書劉公，別人處不必交他。」柯連聲應諾，告辭出城，當下仍登小輪，駛赴海圻軍艦。正值砲彈紛飛，兩造酣戰，柯即手執紅十字旗，搖動起來，指示停戰。兩下砲聲俱息，柯乃得登海圻艦中，與劉總長協商。劉總長頗覺心許，遂將艦隊駛回，復與李、鄭兩司令，商議了兩小時，彼此允洽。柯遂返報沈敦和，一面馳書寶山，請鈕踐言。鈕覆稱如約，柯即於八月十三日，率救護隊入寶山城，四面檢視，已無兵士。及至司令部中，鈕已他去，只留職員四人，與柯交接，並出鈕所留手書，由柯展閱，書云：

永建無狀，負桑梓父老兄弟，罪大惡極，百身莫贖。前席呈詞，暢聞明訓，甘踐信約，不俟駕臨，率衛隊三百人，退三十英里。砲臺已飭豎海軍旗，以堅北軍之信。鈕永建臨行走筆。

柯醫閱罷，即返身至吳淞口，張著紅十字旗，至砲臺前，所有軍官兵士等，除居正遠颺外，已盡遵鈕永建密令，歸服北軍，遂一齊歡迎柯醫，且將砲門脫卸，砲門向內，槍枝盡釋。柯復為獎勸數語，大家悅服。柯乃親登砲臺，豎起紅十字旗，旋見海圻各艦，率魚雷艇入口，派五十人登臺。外如海籌各艦，亦陸續駛來，共計八艘，悉數停泊砲臺前。原守各軍，擎槍示敬。劉總長立即傳令，每門派水兵四人把門，餘扎重兵分道防守。原有守將守兵，仍準協同守護，候大總統命令，再行核辦。乃將紅十字旗卸下，易用海軍旗，當易旗時，全體軍隊，均向紅

十字旗,行三呼禮道謝。柯醫與救護員等,及水陸軍合拍一照,留作弭兵的紀念,然後分途散去。柯醫不愧魯仲連。

　　劉總長即電告吳淞恢復情形,適值長江查辦使雷震春,及陸軍二十師師長潘矩楹,奉中央命令,帶兵到滬,由鄭鎮守使接著,詳述吳淞規復,雷、潘等自然欣慰。唯雷、潘兩人南下,本擬助攻吳淞砲臺,及聞砲臺已復,乃電呈袁總統,候令遵行。嗣得覆電,命劉冠雄兼南洋巡閱使,雷震春為巡閱副使,所有潘矩楹部下全師,仍令歸雷節制,出發江寧助剿。雷乃帶領潘軍,乘輪上駛去了。鄭汝成送別雷、潘後,復接袁總統電令,嚴拿陳其美、鈕永建、居正、何嘉祿等人,鄭乃復分飭偵探,密查鈕等蹤跡,期無漏網。那時陳、居等或匿或逃,無從緝獲,只鈕永建賣讓砲臺,由寶山退據嘉定,尚擬募兵防守。為久占計,當由海軍司令李鼎新,及旅長李厚基,兩路進擊,鈕永建始出走太倉,自知事不可為,竟乘美國公司輪船,飄然出洋。陳其美、居正等,也陸續航海,統到外洋避難。既而李烈鈞自南昌出走,柏文蔚自安慶出走,輾轉出沒,結果是亡命外洋。就是歐陽武、陳炯明等,亦皆因政府懸賞緝拿,狼狼遁去。小子有詩詠道:

　　倏成倏敗太無常,直把江淮作戲場。
　　畢竟誰非與誰是,好教柱史自評量。

　　欲知各黨人出走詳情,待至下回續敘。

　　徒以成敗論人,原為一孔之見,不足共信,但如黃興之所為,有奮迅心,無堅忍力。若程督德全,毋乃類是。至鈕永建攻製造局不下,退據吳淞,猶能固守十餘日,其毅力實可欽敬。獨惜袁氏早存排除異己之見,在潯事未發之前,於滬、寧方面,已預為設防,致令未克成功,良可慨已!

第三十回　占督署何海鳴弄兵　讓砲臺鈕永建退走

第三十一回
逐黨人各省廓清　下圍城三日大掠

　　卻說段芝貴、李純等，既奪還湖口，即乘勝直搗南昌。

　　適李烈鈞收集敗軍，退守吳城，吳城係新建縣鄉鎮，距南昌省城一百八十里，烈鈞到此，即遣黨人魏斯昊、曾經等，赴省城勒逼民財，輸作軍餉。省中商民，怨苦得了不得，統罾歐陽武勾引亂黨，擾亂南昌，且因北京已傳達命令，撤銷歐陽武護軍使，歸段宣撫使李鎮守使嚴行拿辦。歐陽武不能安居，方擬出走，又值李烈鈞的敗信，陸續報到，他即收拾細軟，一溜煙的遁去。哪知去了一個新都督，又來了一個老都督，老都督為誰？看官不必細問，就可曉得是李烈鈞。李烈鈞節節敗退，竟至南昌，甫到城外，即令城外居民，立即遷移，意欲堅壁清野，實行扼守。南昌商民，越加驚慌，統說是李軍入城，抗拒官軍，勢必全城糜爛，玉石俱焚，不得已浼商會總董，速派代表，往說李軍，情願集洋三十萬圓，為李軍壽，請他不要入城。當由烈鈞允諾，收了銀圓，移師萬家浦，駐紮候戰。李純率同水陸各軍，踴躍前來，烈鈞下令迎擊，免不得槍彈互施，無如兵已屢敗，不能再振，一經戰鬥，好似秋風隕籜，旭日凌霜，烈鈞支持不住，索性向南遠竄。餘眾或逃或降，弄得乾乾淨淨。收束贛亂，且為前回補筆。李純乃收軍進城，出示安民，當下通電北京及各省道：

　　本月十八日，我軍水陸進攻南昌，於轟家窰、羅口、高橋，與匪激烈戰鬥，其水道一股，擊沈匪船七隻，斃匪四百餘人，俘獲二十餘人，

陸路一股，斃匪六七百人，招降四營。餘奪獲小火輪三隻，步槍五千餘枝，山砲六尊。我軍兩路，共陣亡官兵數名，受傷一百餘名，於是日晚完全占領南昌。我軍入城，各界極表歡迎，現在一面安撫商民，一面分隊追擊潰匪，俾早全贛肅清，以安大局而慰廑系。特聞！李純叩。

　　南昌既聞克復，安慶又報肅清。原來柏文蔚率同胡萬泰，入據安慶，即在城外遍布兵隊，嚴防倪軍。尋聞倪嗣沖已攻克壽州，復下正陽關，直逼省城，胡萬泰忽起變心，竟離了柏文蔚，自張一幟，且揭示柏文蔚五罪，函致議會商會，逐柏他去。統是一般牆頭草。議會商會，乃公舉代表數人，勸柏退讓，柏已形神俱喪，沒奈何應允出城，徑趨蕪湖。胡萬泰即取銷獨立，並親赴九江，往謁段芝貴。不謁倪而謁段，想是與段有交。段委他收復大通、蕪湖等處，另派旅長鮑貴卿，往守安慶，段意亦不甚信胡。一面電告倪嗣沖。是時政府命令，已將安徽民政長兼署都督孫多森免官，特任倪嗣沖為安徽都督，兼民政長，催他晉省。倪乃電致胡萬泰，說是不日就道，先派馬統領聯甲，率所部各營來省，一切軍事計畫，可與該統領商酌辦理。胡即回省待馬，並派旅長顧琢塘，帶兵三營，往剿大通、蕪湖等處，再與鮑貴卿商議，亦令他統率三營，前往接應。顧至大通，擊逐亂兵，轉攻蕪湖，柏文蔚又自蕪湖轉赴南京，只留龔振鵬一軍，奪力抗敵。顧琢塘、鮑貴卿等，先後到蕪，相持未下。會馬聯甲已到安慶，復調旅長柴寶山，助攻蕪湖，龔振鵬自知不敵，乃率眾遁去。蕪湖獨立，亦從此消滅了。倪嗣沖安心至省，改任胡萬泰為參謀長，把他師長一職取銷，唯替他請命中央，給了二等文虎章，才算安了胡心。自此安徽平靖如常，不消細述。收束皖亂，亦是補敘之筆。福建都督孫道仁，聞贛、皖相繼失敗，馬上轉風，歸罪許崇智，把他驅逐，即取銷獨立。當時袁總統已派員查辦，既得取銷獨立的消息，便據實呈復，曾由袁總統下令道：

前據福建獨立，當即飭員確切查明，茲據複稱都督孫道仁，素明大義，傾向中央，唯師長許崇智，糾合亂黨，冒孫道仁之名，妄稱獨立等情。查江寧亂黨，冒程德全之名，安徽亂黨，冒孫多森之名，均通稱宣告獨立。其實程德全、孫多森，並未與聞。閩省事同一轍，似此奸徒竊冒，眩惑觀聽，擾害治安，實屬罪不容誅。著孫道仁督飭所部，迅平亂事，重懸賞格，將許崇智及其私黨，嚴拿懲辦，以伸法紀。仍責成該都督維持地方秩序，毋稍疏忽！此令。

孫道仁奉令後，益服從中央，解散討袁同盟會，閩中也算無事。但閩、粵是毗連省分，閩省取消獨立，粵東自受影響。第二師師長蘇慎初，遂擯逐陳炯明，宣布取銷獨立。全城燃砲鳴賀，商會舉蘇為臨時都督，方擬視事，忽軍警不服，另舉第一師長張我權為都督，蘇即辭去。北京袁政府特任龍濟光督粵，兼職民政長。龍遂督軍東下，徑赴省城。途次復接袁總統命令，以蘇、張兩師長各爭權利，擅自督粵，著飭革軍官軍職，交龍濟光認真查辦，借儆效尤。當下傳令至省，蘇早遠颺，張亦潛遁，軍民等開城歡迎。龍即入城受任，粵東又安靜了。閩、粵事也依次結束。

唯湖南軍界，舉蔣翊武為總司令，倡言北伐，首擬攻取荊、襄，開一出路，遂調動澧州、常德一帶軍隊，進擊荊屬石首、公安二縣。當由黎兼督元洪，檄令荊州鎮守使丁槐，率兵抵禦。湘軍連戰皆敗，仍舊遁回。丁槐以職守所在，未便窮追，湖南獨立如故。既而武昌城內的湖南旅館，又隱設機關，暗圖起事，覆被偵探報告黎督，捕戮了好幾十人，內多湖南派來的祕黨，明槍暗箭，始終無效。黎兼督以湘、鄂相連，湘省多事，終為鄂患，乃致書湖南都督譚延闓，勸他撤銷獨立。譚覆書極為圓滑，略言：「獨立並非本意，不過為軍界所脅，暫藉此名，保護治安。鄂、湘唇齒相依，決不自相殘殺，現已竭力防亂，靜圖報命」等

語。及贛事失敗，北軍將移師南向，蔣翊武自知惹禍，偕死黨唐蟒等，微服潛逃。就是長江巡閱使譚人鳳，也先機遁去，湖南又平。

於是長江上下游，除熊克武據重慶外，只有江南一區，尚由何海鳴占住，未肯罷手。卻似硬漢。何委唐辰為省長，劉傑為警察廳長，唐、劉常語人道：「做一刻算一刻，也管不到什麼成敗呢。」何海鳴也存此想，不過北軍尚未合圍，且樂得統領孤軍，做了幾日總司令，逞些威風，也不枉一生閱歷。苦我民耳！況金陵虎踞龍蟠，素稱險固，就使北軍如何威武，也一時不能奪去，所以昂然自若，並不畏縮。馮、張二使，先派師長張文生、徐寶珍等，陸續進攻，鏖戰數日，未能得手，反被獅子山上的大砲，擊斃了好幾百人。徐師長部下，如團長趙振東，連長黃得勝、王建德等，先後陣亡。連徐師長亦受微傷，抱病回揚。張勳聞報大憤，親率全隊渡江，且檄調滬上各兵艦，赴寧會攻。當下水陸夾擊，得將紫金山占住，紫金山係江寧保障，既由張軍占領，城中倒也恐慌起來。何海鳴只能筆戰，不能兵戰，特商同兵隊，另舉張堯卿為都督，統兵扼守。

張勳飭軍撲天保城，把守軍驅散，完全占領；乘勝攻雨花臺，並由張勳自開條款，勸何海鳴等速降。適值柏文蔚已到江寧，城中復得一助，應上文。暗遣寧軍出城，抄出張軍背後，掩襲天保城，擊傷張軍多名，復將天保城奪去。這事惱動了張辮帥，再催馮軍渡江助戰。徐寶珍病已痊癒，也即重臨戰地，續用巨砲烈彈，撲擊天保城，由徐親自督戰，銳氣無前，殺退寧軍，又把天保城攻克。可巧馮軍前隊，亦渡江南來，齊集聚寶門外，擬攻雨花臺。張、徐兩軍，亦進逼太平、朝陽兩門。寧軍更迭出戰，都被擊退。城外屍骸累累，不及掩埋，又經赤日薰蒸，臭爛撲鼻，真個是神人共恫，天地皆愁。張堯卿怵目驚心，情願卸

職，將都督印信，讓與柏文蔚。柏以兵單餉絀，不肯擔任，經何海鳴從旁婉勸，勉強應允。但城中守兵，傷一個，少一個，城外的北軍，卻連日運至，晝夜圍攻。紫金山及天保城的砲彈，紛紛向城內擊射，似急風暴雨一般，猛不可當。城內兵民，一經觸著，無不傷亡。何海鳴尚抖擻精神，鎮日巡查，不敢少懈。怎奈軍餉無著，按天向商會迫索。看官！你想此時北兵壓境，商旅不通，還有什麼現銀，供他使用？只因被逼不過，今朝湊集千元，明朝挵擋百元，移解督署，終不敷用。柏文蔚睹這情形，已知朝不保暮，且登城四望，強敵如林，不覺唏噓太息，憂懼交併，便下城語何海鳴道：「北軍大隊已到，將次合圍，砲火又烈，城中乏餉，兵不應命，這是必敗的形景，看來此城是萬不可守了。」何海鳴勃然道：「海鳴願誓死守此，城存與存，城亡與亡。」言未畢，旁立張堯卿亦插口道：「萬一此城被陷，張勳入城，尚可與他巷戰，並有炸彈隊，可制敵命，想不至一敗塗地呢。」柏文蔚默然不答，但搖首示意。越宿，即帶領隨從軍隊，潛出南門遁去。臨行時僅留一函界何海鳴道：「金陵困守，終非久計，弟已出南門去了，君好自為之！」何海鳴見了此函，知他去意已堅，不再挽回，改推韓恢為都督，申誓死守。

　　既而馮國璋軍，雷震春軍，一齊到來，四面包圍。雷軍攻聚寶門，馮軍攻水西門、旱西門，張軍攻太平門，徐軍攻儀鳳門，還有下關停泊的兵艦，亦分兩面助攻，槍聲滿地，砲火遮天，闔城紳商，統嚇得魂不附體，只得仍舉代表，勸何海鳴等讓城，何及第八師兵士索銀洋十萬元，以八萬助餉，二萬作川資。可憐紳商已計窮力竭，一時籌不出十萬金，再用全城公民名義，致書韓、何，略謂：「若果籌款解散軍隊，自應陸續措交，或需補助軍餉，亦應擇地出城備戰，不能閉城不出，使城內數十萬生命，同歸於盡。逐日蒐括，人道何在？天理何存？」云云。何

見書援筆批道：「打一天要餉一天，打一年要餉一年，要活同活，要死同死，寧為共和死，不為專制活。」這批傳出，大家又氣又笑，頓時全城罷市，店門外面，多寫著「本店收歇，人死財絕」八字。軍士還疑他反抗，索性揀擇殷實商民，斬門直入，搶擄一空。紳商急得沒法，只好再浼商會代表，與何海鳴熟商，願如前約籌贈十萬元，令他退出江寧。何海鳴乃願為擔保，總教有了銀錢，無論退讓與否，決不騷擾居民，商會即次第挪集，次第繳入，果然錢可通靈，得免搶劫。

到了八月二十九日，北軍攻城益急，張勳又開受撫條件，招降何海鳴，何仍置諸不理。張堯卿託詞募兵，混出城外，韓恢亦避匿不見。海鳴見已垂危，只催令商會繳齊款項，以便出走。商會已繳過七萬，尚缺三萬金，實是急切難辦，不得已寬約數天，何海鳴乃將所有兵隊，移扎城南，專等解款到手，便好一麾出城，避開死路。捱到九月一日，款項尚未繳齊，北軍已經攻入，江寧城垣，被大砲轟開數丈，張、雷二軍，首先擁進，分占富貴山、獅子山、北極閣及朝陽、太平各門。何海鳴尚率軍來爭，奈各無鬥志，不過瞎鬧片時，旋即潰遁。何亦馳出南門，飛竄而去，性命總算逃脫，後來也航海出洋，與一班亡人逋客，同作外國僑民去了。

張、雷二軍，就在城上遍插紅旗，他也無暇追敵，竟借了搜剿的名目，挨門逐戶，任情突入，見有箱籠等物，用刀劈開，無論銀餅紙幣，及黃白釵鈿，統是隨手取來，塞入懷中。老實得很。就是裘衣緞服，也挑取幾件，包裹了去。倘或有人出阻，不是一刀，就是一槍。最可恨的，是探室入幕，遍覓少年婦女，一被瞧著，隨即摟抱過來，強解衣帶，汙辱一番。寧人只望北軍入城，可以解厄，不意火上添油，比前此何軍在日，還要加幾層淫凶，尤其是藍衣辮髮的悍卒，更屬無所不為，

於是大家眷屬，多逃至西人教堂內，求他保護，西人頗加憐惜，允為收留，當時青年閨秀，半老徐娘，也顧不得拋頭露面，相率奔入教堂。可奈堂狹人多，容不住許多婦女，先到的還好促膝並坐，後到的只有挨肩立著。是時天氣尚炎，滿堂擠著紅粉，有汗皆流，無喘不嬌，還防辮兵闖入，敢行無禮，偏辮兵不惜同胞，只畏異族，但至教堂外面，遙望竊視，究不敢進嘗一臠。為淵驅魚，為叢驅爵。此外是要殺就殺，要奪就奪，要搶就搶，要奸就奸，初一日已是淫掠不堪，初二日尤為厲害，至初三日簡直是明目張膽，把民家商店的箱篋，盡行搬掠，甚至幼輩老媼，也受他糟踏一頓，總算是一視同仁，嘉惠同胞的盛德。有幾個受害捐生，有幾個見機殉節，香消玉碎，盡化冤魂，葉敗花殘，無非慘狀。想當初揚州十日，嘉定三屠，也不過這般血幕呢！小子有詩慨道：

幾經世變釀兵戈，猿鶴蟲沙可奈何？

蒿目六朝金粉地，那堪三日走淫魔。

張、雷二軍，淫掠三日，方有飛騎入城，申明軍律，嚴禁騷擾。這人奉誰命令，且看下回分解。

利不百，不變法，功不十，不易俗，以清季之政令不綱，激成革命，一時之意氣用事者；均以革命為無上美名，趨之若鶩。洎乎清帝退位，成為民國，而人民所受之痛苦，較前尤甚。利不勝弊，功不補患，蓋已皆視革命為畏途矣。李烈鈞、柏文蔚、黃興諸人，推倒滿清，方期享革命之幸福。而偏為袁世凱之違法專權，於是重起革命，動兵十數萬，興師六七省，但未達數旬，即成瓦解。以視辛亥之役，適得其反。斯蓋一由民心厭亂，不願再遭慘劇，一由未能明察袁氏之真相，致彼為倡而此未和，黨人反成孤立，俄頃即敗耳。

第三十一回　逐黨人各省廓清　下圍城三日大掠

第三十二回
尹昌衡回定打箭鑪　張鎮芳怯走駐馬店

卻說張、雷二軍，入南京城，淫掠三日，方有軍令到來，嚴禁騷擾，違令者斬。何不早下此令。初三日傍晚，雷副使進城。淫掠少減。又越日，迎入張大帥，兵士俱遵約束，不敢胡行。當時江寧人民，疑張暗示兵士，劫淫三日，其實張在城外，並非沒有軍令，不過所有部眾，陽奉陰違。至搶劫兩日後，外國醫院內，有一個馬林醫生，傷心慘目，乃至城外報告張勳，勸令尊重人道，嚴申軍誡。張尚謂屬部不至如此，唯派兵官入城彈壓，再頒禁令。這時全城居戶，已經十室九空，所有婦女人等，或死或逃，掠無可掠，淫無可淫，自然應令即止了。詮釋透闢。馮國璋亦率軍進城，當即會同張勳、劉冠雄、雷震春等，聯銜告捷，去電朝發，覆電暮來。當奉袁總統命令云：

據江北鎮撫使張勳，江淮宣撫使馮國璋，長江巡閱使劉冠雄，副使雷震春電陳攻克江寧情形，並督飭軍隊搜剿餘匪等語。前因亂黨黃興等潛赴金陵，煽誘軍隊，迫脅獨立。當飭張勳、馮國璋分路督兵南下，會合進攻，迨大軍進克徐州，黃興聞風潛逃，叛軍反正，本大總統因不忍地方人民慘罹鋒鏑，特飭程德全從寬收撫，免煩兵力，貽禍生靈。旋據程德全電稱：「八月八日，亂黨何海鳴赴寧，再謀獨立，業經擊退。乃第一八兩師，覆被煽惑，何海鳴為偽總司令。又因第三十一團不肯附逆，互相激戰，秩序大亂，請飭張勳、馮國璋速進，並派兵艦赴寧」各等情。隨飭張勳督率所部，會闔第四師進討。該叛兵憑險抵抗，復敢先開砲轟擊，各軍連日血戰，紫金山、天保城諸要隘，次第占領。八月

二十五日，攻入朝陽門，匪軍囊沙疊壘，阻礙進行，相持數日，柏逆文蔚，復率大股匪軍助守，隨由馮國璋、劉冠雄督飭陸海軍隊，分頭進攻，雷震春率兵援擊。三十一日，各軍約會前進。越日，張勳督隊，首先架梯登城，會閻第四師，分克朝陽、洪武、通濟等門。第三師支隊，由太平門攻入，進克獅子山，占領下關等處，第五師支隊，攻克神策門。混成第二十九、二十團相繼入城，分占富貴、駱駝等山，進據北極閣。雷震春會閻第四師占領雨花臺，由南門攻入，匪勢不支，紛紛潰逃，擒斬無算。遂於九月一號，克復江寧。該使等排程有方，各將士踴躍用命，旬餘之內，克拔堅城，良堪嘉獎。張勳晉授勳一位，馮國璋給予一等文虎章，劉冠雄特授以勳二位，雷震春特授以勳三位，用彰勞勩。其餘出力人員，由該使查明請獎。傷亡官兵，分別優恤。被難商民，妥籌安撫，一面嚴捕亂黨各首要，務獲懲治，仍督飭各軍隊，查剿潰匪，肅清餘孽，以靖地方。此令。

　　接連又有二電，一是程德全免去江蘇都督官，一是任命張勳為江蘇都督。張勳喜如所願，甚為快慰。唯江寧百姓，受了張軍的荼毒，無從控訴，只好向隅暗泣。偏有日本商人三名，也被殺害，且有被掠情事；日本豈肯干休，當向政府嚴重交涉，一要政府謝罪，二要嚴辦凶犯及該管官，三要重金撫卹及悉數賠償。袁總統忙令李盛鐸南下，查明情形，酌量賞恤；並飭張勳速查凶手，從嚴治罪；其約束不嚴的軍官，立即參辦。一面向日使道歉，日使又談及江寧慘狀，百姓遭難，要外人代言，尚說是共和時代，適令人笑。袁總統乃復下令道：

　　自贛、寧倡亂以來，中央除暴救民，不得不派兵征討。唯是行軍首重紀律，所有各路軍隊，經過及駐紮處所，無論中外商民，生命財產，均須一律保護。其已被匪擾地方，目擊瘡痍，至可慘痛，尤應加意保衛，以重人道而肅軍規。倘有殘殺無辜，及肆意騷擾情事，不特敗壞軍人名譽，且大背本大總統救民水火之苦心。軍律森嚴，斷難寬貸。著各

統兵大員，嚴申誡令，認真稽查！如敢違犯，立按軍法從事，並將約束不嚴之該管官，分別參辦，毋稍徇縱。此令。

這令一下，張勳也稍覺不安，且因馮軍入城，秋毫無犯，寧人多慕馮怨張，免不得傳入張勳耳中。於是張大帥也易威為愛，特派宣慰員十餘人，挨門逐戶，各去道歉，且出示曉諭軍民，凡有收藏人民衣物等件，明搶劫，如何說是收藏？限三日內繳至商會，逾限不繳，查出以軍法從事。

越日，即有衣物拋棄路隅，由團防界交商會。商會令失主認領，哪知所有各件，統是敝衣粗服，舊銅爛鐵，不值多少錢文。小戶人家，出去檢認，還有幾件尋著；富家大戶，遣人往查，仍然一物沒有，只好赤手空回。貓口裡挖鰍，十得一二，已是幸事，還想什麼完璧？馮國璋、劉冠雄兩人，又奉命回任，雷震春代任巡閱使。江蘇民政長，改任韓國鈞，應德閎免官，並督辦皖北、江北剿匪事宜，東南一帶，暫時敉平。話分兩頭。

且說四川陸軍第三師師長熊克武，響應東南，占據重慶，宣告獨立，本擬順流而下，聯繫湘軍，進窺湖北，不意湘軍已取消獨立，湖北邊防，亦很堅固，幾乎無隙可乘，乃遣弟克剛，偕黨徒多人，攜款至鄂，運動宜昌、施南軍隊。行經巴東縣，為駐防該處第十團二營軍隊所獲。營長殷炯，即電達施、宜稽查使馬驤雲，又由馬轉報黎元洪。黎即覆電，飭馬訊實正法，於是克剛以下，統歸冥府。未曾占一便宜，先把乃弟送終。是時袁總統聞熊克武已變，命黎調軍西征，且會合滇、黔、湘三省，助剿重慶。川督胡景伊，又遣兵出擊，區區一個熊克武，怎敵得住五省人馬，只好電告川省，自請求和。川督勒令交出亂首，方準代為調停，克武不從，亂首就是自己，叫他交出什麼？川軍遂進逼重慶。

黔督唐繼堯亦派旅長黃毓成，率混成協一隊援川。熊克武孤危得很，四處派人運動，終乏效果，只有川邊經略使尹昌衡部下，充任軍法局長張煦，被熊勾結，背尹起事。尹昌衡正出師駐邊，留張煦駐丹巴縣，照顧餉械。張煦竟鼓眾應熊，自稱川邊大都督北伐司令，以第一團團長趙城為副都督，第二團團長王明德為招討使，即將所部兩營，及渝中黨羽三千餘眾，編成混成旅，自丹巴兼程返瀘，攻入觀察使顏鐔署中，劫掠一空。顏鐔走免，尹昌衡的父母，及一妹一妾；尚留寓瀘城，均被張煦軟禁起來，一面致書昌衡，迫令反抗中央，聲言如不見從，當將他全家屠戮。昌衡聞警，即率領數騎，馳回瀘城，行近瀘定橋，偏被張煦派兵截住，昌衡望將過去，該兵管帶，係是周明鏡，便大呼道：「周管帶，你如何反抗中央？」周明鏡見是尹昌衡，卻也不敢抗拒，便挺身上前，行過軍禮，才答道：「都督此來，莫非尚未聞獨立麼？」昌衡道：「我正為獨立而來，須知螳斧當車，不屈必折，試想東南數省，彼也討袁，此也北伐，今聞已統歸失敗，難道我川省一隅，尚獨立得住麼？昌衡是本省人，做本省官，不忍我故鄉父老，舊部弟兄，同歸於盡，所以孤身來此，與諸君一白利害，聽我今日，否亦今日，請你等自酌！」語頗動人。周明鏡徐徐答道：「都督囑咐，敢不聽從，請都督入營少憩。」昌衡便馳入軍營，又諭兵士道：「弟兄們來此當兵，在家的父母妻孥，都是期望得很，今朝望你做隊長，明朝望你做團長，此後還望你連步升官，顯揚門閥，豈可為了一時意氣，自投死路，不顧家室。就是為義憤計，今日的事情，與前日亦大不相同，前日是滿人為帝，始終專制，不得已起革命軍；今日是共和時代，總統是要公舉，做了總統，也是定有年限，任滿便要卸職。況現在的袁總統，還是臨時當選，不是正式就任，就是他違法行事，也不過幾月而止，大家何苦發難，弄得身家兩敗。而且五省人馬，相逼而來，眼見得眾寡不敵，徒死無益，空落得父母悲號，妻

孥痛泣呢。」說至此，幾乎哽咽不能成聲，淚亦為之隨下。好一張口才，好一副容態。兵士聞言，不由的被他感激，統是垂頭暗泣，莫能仰視。昌衡又朗聲道：「我言已盡於此，請弟兄們自行酌奪，從尹立左，從張立右。」居然欲摹效古人。大眾都趨往左側。昌衡即發令東進，並將所說的大意，錄述成文，到處張貼。

　　行了五裡，正到瀘定橋，適值趙城、王明德率兵前來，扼住橋右。昌衡乃命周明鏡出馬曉諭，力陳利害。已有替身，不必再行冒險。趙城、王明德，不肯服從，即命部眾開槍，哪知部眾已經離心，多是面面相覷，不肯舉手。至趙、王再行下令，部眾竟馳過了橋，投入昌衡軍中。昌衡飭令歸伍，擬督領過橋，不意驟雨傾盆，天覆昏黑，從眾聲嘈雜中，猛聽得有特別怪響，好似天崩地塌一般，急忙飭前隊探視，反報橋梁木板，已被敵人拆斷了。是時急雨少霽，昌衡即飭兵眾修搭橋梁，渡橋追敵，且分三路搜尋。

　　到了翌晨，竟得拿住兩個要犯，就是副都督趙城，招討使王明德，昌衡本是熟識，也不暇細問，竟將他兩人斬首，梟示軍前。當下赴至瀘城，那川邊大都督北伐司令張煦，已是逃之夭夭，不知去向了。幸虧父母家屬，不曾被害，總算骨肉團圓，闔家慶幸。昌衡復懸賞萬金，飭拿張煦，張煦不殺昌衡家屬，還是顧念舊情，胡必懸賞緝拿，不肯稍留餘地。一面電達北京，詳陳瀘城肇亂及戡定情形。當由袁總統覆電道：

　　前因川邊瀘城逆首張煦倡亂，業經飭令通緝，茲復據川邊經略使尹昌衡電，續陳該逆詳情，尤堪痛恨。

　　該逆歷受薦拔，充當要職，竟敢不顧大局，公然背叛，響應熊逆克武，捏令回瀘，私稱獨立，攻撲觀察使署，擊散衛兵，劫質該經略父母家屬，迫之為逆。搶劫商民，逼迫文武，帶匪在瀘定橋攔截攻擊。使非

該經略單騎馳入，勸導官兵，去逆效順，則邊局何堪設想。張煦應將所得陸軍上校少將銜四等文虎章，一律褫革，各省務飭速緝，無論在何處拿獲，即訊明就地懲辦。該經略定亂俄頃，殊堪嘉尚，所請嚴議之處，仍予寬免。

該處地方陡遭劫害，眷念商民，怒焉如擣，務望綏輯拊循，毋令失所，用副禁暴安民之意。此令。

張煦遁去，川邊已靖，熊克武失了臂助，愈加惶急。黔撫派遣的黃毓成，有意爭功，不肯落後，遂步步進逼，轉戰直前，歷拔綦江、熊家坪諸要隘，進擣重慶，川軍亦自西向東，按程直達。黃毓成聞川軍將到，晝夜攻撲，熊克武料難固守，竟夜開城門，潛自逃生。黔軍一擁入城，除揭示安民外，立即電京報捷。袁總統自然心慰，免不得照例下令，令曰：

據貴州援川軍混成旅旅長黃毓成電稱，重慶克復等情，殊為嘉慰。此次熊逆克武倡亂，招誘匪徒，四出攻掠，蹂躪慘虐，殆無人理。該旅長督率所部，自入川境以來，與逆匪力戰，先復綦江，進取熊家坪諸要隘，直抵重慶，匪徒驚潰，熊逆潛逃，地方收復，實屬謀勇兼優，勞勛卓著。黃毓成應特授勳五位。此外出力員弁，一律從優獎敘，務令安撫商民，維持秩序，將地方善後事宜，商承四川都督胡景伊，妥為辦理，期使兵燹遺黎，咸歌得所。師幹所至，無犯秋毫，用副伐罪弔民之意。此令。

前云救民水火，此又云伐罪弔民，老袁已自命為湯武矣，此即帝制發生之兆。

未幾，又命黃毓成署四川重慶鎮守使，川境亦一律肅清，這便叫做癸丑革命，不到兩月，完全失敗，所有革命人士，統被袁政府斥為亂

黨,下令通緝,其實都已遠颺海外,藉著扶桑三島,作為逋逃淵藪去了。此外有河南新蔡縣宣布獨立,為首的叫做閻夢松,不到數日,即由省城派兵進攻,鬥大孤城,支持不住,徒落得束手就擒,飲槍畢命。又有浙江省的寧波地方,由寧臺鎮守使顧乃斌,聯繫知事沈祖綿,及本地人前署浙江司法籌備處處長范賢方,倡言獨立,響應民軍,至贛、寧失敗,顧等見風使帆,急將獨立取消。時浙江都督朱瑞,與顧乃斌稔有感情,代顧呈請,顧竟得邀寬免。范、沈二人,歸地方官嚴緝,幸早遠颺,免及於禍,甬案也算了結。是時柳州巡防營統領劉古香,被幫統劉震寰脅迫獨立,設立北伐司令,募軍起事。

　　經廣西都督陸榮廷,飛調軍隊進剿,當有駐柳稅務局長黃肇熙,團長沈鴻英,密約內應,俟各軍進攻,即開城納入,當場格殺劉古香,劉震寰遁去,先後不過五日,已霧盡煙消了。簡而不漏,是敘事嚴密處。

　　獨河南省內的白狼,本與黨人不相聯繫,宗旨也是不同,只因黃興據寧,卻派人與他商議,約他一同討袁,如得成事,即推他為河南都督,並給他軍械,及現銀二萬兩,白狼勢力愈厚,更兼河南各軍,紛紛遷調他處,防剿民黨,他益發橫行無忌。田統領作霖,獻計張督,擬三路兜剿,張督不從,只信任旅長王毓秀,命為剿匪總司令,所有汝南一帶防營,統歸節制。王毓秀素不知兵,但知縱寇殃民,諱敗為勝,因此白狼東馳西突,如入無人之境。還有什麼會匪,什麼捻股,什麼叛兵,均糾合一氣,專效那白狼行為,擄人勒贖,所掠男女,稱為肉票,一票或值千金,或值萬金,隨家估值,貴賤不一,唯遇著嬌娃,總須由盜目淫汙過了,方準贖還。璧已碎了,贖去何用?河南婦女,尚仍舊俗,多半纏足,一遇亂警,嬌怯難行,可憐那良家淑女,顯宦少艾,不知被群盜糟蹋了多少。纏足之害,可為殷鑑。而且到處焚燒,慘不忍睹。張督

鎮芳，還諱莫如深，經河南議員彭運斌等，質問政府，方由老袁電飭張督，勒限各軍平匪。張鎮芳無可推諉，沒奈何出城誓師，擬向駐馬店出發。

白狼聞張督親自督師，急忙招集悍黨，會議行止。黨目宋老年主戰，尹老婆主退，獨謀士劉生，攘臂直前道：「我等起事，已閱兩年，名為劫富濟貧，試問所濟何人？徒令桑梓疾首，今唯速擒磔鎮芳，謝我兩河，然後南下皖、寧，聯合民黨，再圖北伐，何必鬱鬱居此，苦我豫人。」此子頗具大志，可惜名字未傳。白狼尚是遲疑，復由樊某卜易，南向西向俱吉，唯返裡大凶。嗣後白狼之死，果蹈凶讖。狼意乃決，遂分悍黨為三隊，潛伏駐馬店北面，專待張督到來。甫半日，果聞汽笛嗚嗚，輪機轆轆，有快車自南而至。前隊的伏盜，望將過去，見車內統是官軍，料知張督已至，一時急於爭功，不待快車到站，便大放槍砲，遙擊車頭。那時煙靄蔽天，響聲震地，嚇得車內的張鎮芳，魂不附體，幸虧衛隊營長張硯田，急忙勒車倒退，疾駛如飛。群盜追了一程，那快車已去得遠了，乃退還駐馬店。白狼頓足嘆道：「為何這般性急，竟失去張鎮芳？」言畢，尚懊恨不已，嗣是率眾東行，越西平、汝南、確山，進陷潢川、光山等縣，乘勢馳入皖境，搗破六安，擬由廬和下江寧；旋聞民黨皆潰，第二師師長王占元，且約皖軍堵擊，不由的太息道：「我久聞黃興大名，誰知他是百戰百逃，不堪一試，直與婦人何異，能成什麼大事呢？」乃返身東行，竄入湖北去了。張督鎮芳，自被群盜嚇退，一溜煙逃回省城，料知匪黨難平，遂乞假進京。豫督一缺，改為田文烈署理。小子有詩詠張鎮芳道：

管領中州已數春，況兼守土是鄉親。

如何坐黍潢池盜，全域性羅殃反脫身？

白狼未平，袁總統也不遑顧及，唯一意的籌備私事，演出許多花把戲來，且看下回方知。

　　借尹昌衡口中，敘述二次革命之非計，蓋斯時袁政府之真相未露，偽共和之局面猶存，徒欲以三數人之言論，鼓動億兆人之耳目，談何容易？尹昌衡片言而周明鏡倒戈，黃毓成一至而熊克武出走，正如新蔡、寧波、柳州諸處，倏起倏滅，尤覺無謂，是豈不可以已乎？且白狼一匪徒耳，名為劫富濟貧，而一無實踐，擾攘二載，毒遍中州，黃興急不暇擇，且欲聯繫之，是尤計之失者也。

第三十二回　尹昌衡回定打箭鑪　張鎮芳怯走駐馬店

第三十三回
遭彈劾改任國務員　　冒公民脅舉大總統

　　卻說贛、寧起事的時候，曾由袁總統運動國會，請他提出征伐叛黨的議案。那時參議院院長張繼，已受國民黨連帶的嫌疑辭職而去。此外國民黨議員，因贛、寧起事，屢戰屢敗，害得大家沒有面目，你也出京，我也回籍，於是國民黨失勢，進步黨愈占勝著。袁政府本利用進步黨，進步黨也願受指使，遂由汪榮寶、王敬芳兩議員，提出議案，咨請政府。大致說是：「臨時政府，曾按照約法，組織正當機關，此外有潛竊土地，私立名號，與政府反抗，就是背叛民國，為四萬萬人公敵。政府為維持國家生存起見，應適用嚴厲方法，對待亂黨。本議院代表民意，建議如右，相應咨大總統查照施行」云云。兩個議員，即可代表民意，若一位大總統，應該作民意代表了。袁總統得此議案，越覺冠冕堂皇，竟飭北京檢察廳，傳訊國民黨議員，謂：「黃興是否黨魁？黨中人如與聯繫，應由政府取締，否則由黨人自行宣布，立將黃興除名。」國民黨議員，無法可施，只好開會公決。有幾個自願脫黨，有幾個自願去職，方在危疑交迫的時候，忽發現一種祕密條件，係是四月內的事情，至七月間才行宣露，為兩院議員所得聞。

　　看官道是什麼祕事？原來大借款未成立以前，政府卻向奧國斯哥打軍器公司，密借款項三千二百萬鎊，約合華幣三千二百萬圓，實收額係是九二，擔保品乃是契稅，利息六厘。約中並附有特別條件，須以借款半數，由公司承購軍械。贛軍事未曾發生，已先借款購械，且嚴守祕

第三十三回　遭彈劾改任國務員　冒公民脅舉大總統

密，老袁畢竟多智。雙方早已簽押，政府卻諱莫如深，一些兒不露痕跡。等到百日以後，方由外人間接說起，傳入議員耳內。議員聞這消息，無論是進步黨，與非進步黨，統說政府違法，不得不向政府質問。政府無詞可辨，只有擱起不答的一法。偏議員不肯罷休，接連遞交質問書，那時政府無可抵賴，不得已實行承認。議員不便彈劾袁總統，只好彈劾國務員。

是時國務總理，由陸軍總長段祺瑞暫代，所有奧款交涉，尚在從前趙秉鈞任內，與段無干；且因革命再起，軍事傍徨，段任陸軍總長，調遣兵將，日無暇晷，已由袁總統提出熊希齡，繼任國務總理，咨交兩院議決。熊隸進步黨，當然經議院通過，遂正式下令，調熊入京，任為國務總理。熊亦直受不辭，竟卸了熱河都統的職任，來京組閣，適值借款外露，質問以後，繼以彈劾，國務員乘勢辭職，袁總統亦乘勢照准，於是外交總長陸徵祥，財政總長周學熙，司法總長許世英，農林總長陳振先，交通總長朱啟鈐，均免去本官，教育總長范源濂，工商總長劉揆一，早已辭去，部務由次長代理，未曾特任。內務總長一缺，本由趙秉鈞兼管，趙去職改官後，亦只由次長暫代。唯陸軍總長段祺瑞，海軍總長劉冠雄，專司軍政，於借款上無甚關係，所以自問無愧，絕不告辭。梳櫛明白。

熊鳳凰既經上臺，改組閣員，當下與袁總統商議，除陸海軍兩總長，一時不能易人，仍請段祺瑞、劉冠雄二人照舊連任外，外交擬任孫寶琦，內務擬任朱啟鈐，教育擬任汪大燮，司法擬任梁啟超，農林擬任張謇，交通擬任周自齊，財政由熊自兼。即由袁總統提交議院，得多數同意，遂一一任命，只工商總長一缺，急切不能得人。特命張謇暫行兼任。張字季直，係南通州人，前清狀元出身，向稱實業大家，兼任工

商,卻也沒人指摘,熊內閣便算成立了。

　　袁總統心中,以進步黨本受籠絡,偏亦因奧款發現,出來作梗,顯見得兩院議員,統是靠不住的人物,欲要自行威福,必撤銷這等議院,方可任所欲為。洞見肺腑之談。但此時不好雙管齊下,只能一步一步的做去,先將國民黨摔除,再圖進步黨未遲。乃通飭各省,如有國民黨機關,盡行撤除;並因江西、廣東、湖南三省議會,附和亂黨,勒令解散,一面派遣偵騎,暗地探緝。適有眾議院議員伍漢持,原籍廣東,因受國民黨嫌疑,憤然出京,行至天津,突被偵騎拿去,說他私通叛黨,牽入軍署,當即殺死。還有眾議院議員徐秀鈞,已回江西原籍,也被軍人拘住,無非是罪關黨惡,處死了案。就是參議院院長張繼,也有通令緝拿,虧得他先機遠引,避難海外,才得保全生命,遯跡天涯。袁總統又藉著湖南會匪為口實,限制各省人民集會結社,特下一通令道:

　　湘省會匪素多,自叛黨譚人鳳設立社團改進會,招集無賴,分布黨羽,潛為謀亂機關,於是案集如鱗之巨匪,皆各明目張膽,借集會自由之名,行開堂放票之實,以致劫案迭出,民不聊生。貽害地方,何堪設想。其餘並有自由黨人道會、環球大同民黨諸名目,同時發生舉動均多謬妄。著湖南都督一律查明,分別嚴禁解散,以保公安。至此等情形,尚不止湖南一處,並著各省都督民政長,一體查禁。須知人民集會結社,本有依法限制之條,如有勾結匪類,蕩軼範圍情事,尤為法律所不容,切勿姑息養奸,致貽隱患。此令。

　　看官至此,稍稍有眼光的,已知袁總統心腸,是要靠著戰勝的機會,變共和為專制,所有反對人物,統把他做匪類對待。從此民黨中人,銷聲匿跡,那一個敢向老虎頭上去搔癢呢?唯一班袁氏爪牙,統想趁此時機,攀龍附鳳,恨不得將袁大總統,即日抬上御座,做個太平天子,自己也好做個佐命功臣。可奈老袁的總統位置,還是臨時充選,不

是正式就任，倘或驟然勸進，未免欲速不達，就是袁總統自己，也未便立刻照允呢。袁氏果欲為帝，吾謂不若早為，何必躊躇。於是大家議定，請國會先舉正式總統，把袁氏當選，然後慢慢兒的尊他為帝。兩院議員，已都怕懼袁政府聲威，樂得敲起順風鑼，響應國門。只是大總統已須選出，大總統選舉法，還未曾制定，這卻不得不急事研究，先將選舉法宣布，方好選舉正式總統。先是國會開幕，曾有先舉總統後定憲法的計畫，但參考西洋各國，多半是憲法規定，才舉大總統，若要倒果為因，理論上殊說不過去，因此擬先定憲法，後舉總統。兩院中的議員，便組織兩個特別機關，一個是憲法起草委員會，一個是憲法會議，草創的草創，討論的討論，彼此各有專責，正在籌議進行。偏值贛、寧亂事，生一波折，好容易平定內訌，改造時勢，議員為勢所迫，幡然變計，遂於九月五日，由眾議院開會投票，解決先舉總統的問題。至開篋檢視，贊成先舉總統的，有二百十三票，不贊成只有一百二十六票。再由參議院公決，也是贊成先舉總統。是即上文所云敲順風鑼。乃復開兩院聯合會，商立大總統選舉法。原來總統選舉法，本屬憲法中一部分，憲法未曾制定，先將選舉法提出另訂，又是一種困難問題，但既有意迎合，索性通融到底，便決定由憲法起草委員會，草成憲法一部分的總統選舉法。旋經憲法會議，各無異言，遂於十月四日，將總統選舉法全案，宣布出來。其文如下：

中華民國憲法會議，謹制定大總統選舉法，並宣布之。

〔大總統選舉法〕

　　第一條　中華民國人民，完全享有公權，年滿四十歲以上，並住居國內滿十年以上者，得被選舉為大總統。

　　第二條　大總統由國會議員，組織總統選舉會選舉之。

前項選舉,以選舉人總數三分二以上之列席,用無記名投票行之,得票滿投票人數四分三者為當選。但兩次投票,無人當選時,就第二次得票較多者二名決選之,以得票過投票人數之半者為當選。

　　第三條　大總統任期五年,如再被選,得連任一次。

　　大總統任滿前三個月,國會議員,須自行集會,組織總統選舉會,行次任大總統之選舉。

　　第四條　大總統就職時,須為左列之宣誓。

　　余誓以至誠遵守憲法,執行大總統之職務,謹誓。

　　第五條　大總統缺位時,由副總統繼任,至本任大總統任滿之日止。

　　大總統因故不能執行職務時,以副總統代理之。

　　副總統同時缺位時,由國務院攝行其職務,同時國會議員,於三個月內,自行集會,組織總統選舉會,行次任大總統之選舉。

　　第六條　大總統應於任滿之日解職,如屆期,次任大總統尚未選出,或選出後,尚未就職,次任副總統亦不能代理時,由國務院攝行其職務。

　　第七條　副總統之選舉,依選舉大總統之規定,與大總統之選舉,同時行之。但副總統缺位時,應補選之。

〔附則〕

　　大總統之職權,當憲法未制定以前,暫適用臨時約法關於臨時大總統職權之規定。

　　總統選舉法,既經宣布,即於十月六日,依選舉法定例,組織總統選舉會,借憲法會議議場,選舉正式總統。第一次投票,袁世凱得票最多,只投票人數,不滿四分之三,作為無效。第二次投票,仍不足法定人數,雖票上多書「袁世凱」三字,終歸無效。參議院議長,已改選王家

裏，因兩次投票，徒費手續，乃邀集兩院議員，密與語道：「我看目下的時勢，非舉項城為總統，恐不得了。況項城左右，統思乘此立功，推他為帝，據我愚見，不如速舉項城為正式總統，免得君權復活。諸君洞明時局，諒也不以為謬呢。」恐仍由袁氏授意。各議員隨口應允，到了第三次投票，還是袁世凱、黎元洪二人，各占多數。再援照選舉法第二條說明，行決選法。正擬寫票投匭，忽有無數人士，擁入議場，服飾鮮明，形容威赫，差不多如軍隊一般。經會長問明來由，大眾齊聲道：「我等統是公民團，來觀盛舉，今日推選正式大總統，關係重大，總統賢良，統是諸君所賜，若選出一個不滿人望的總統，將來國家擾亂；全是諸君的罪過，哼哼！我公民團是不應許的。與其後日遭災，何如今日審慎。

如或所舉非人，諸君不得出議院一步，先此通告，休要見怪！」明明是袁氏團，竟自稱為公民，無怪來強姦民意。數語說畢，遂軒眉抵掌的環繞攏來，竟把會場內議員，包圍至數十匝。簡直是十面埋伏。眾議員睹這情形，已窺透政府作用，沒奈何各握住了筆，草草書袁世凱三字，投入匭中。待至檢票唱名，自然票票是袁世凱，遂當場撥出，袁世凱當選為中華民國正式大總統。這十數字聲浪，傳將出來，便有好幾萬人的應聲，回答轉去，應聲中恰是「大總統萬歲」五字。

看官不必細問，便可知是公民團的應聲了。公民團歡呼以後，一齊退出，又彷彿是得勝班師的形景。能夠強迫議員，應推莫大功勞。越日，選舉副總統，一次投票，即舉出黎元洪。

得票滿法定人數，也沒有什麼公民團，來院強迫了。選舉告終，當由國務院即日通電，布告全國道：

武昌黎副總統、各省都督、民政長、將軍、都統、副都統、辦事長官、經略使、鎮邊使、宣撫使、鎮守使、宣慰使鑑：本日國會組織總統

選舉會,依法選舉,臨時大總統袁公,當選為大總統,特此通告,希轉知省議會,並通電所屬各縣,一體知照。國務院印。

又由外交部長孫寶琦,照會駐京各公使道:

為照會事:中華民國二年十月六日,經國民議會,依大總統選舉法選舉大總統,茲據議長報告,現任臨時大總統袁世凱,當選為中華民國大總統,定於十月十日行就職禮。相應照會貴署理公使大臣、署理大臣查照,即希轉達貴國政府可也。須至照會者。

這次袁總統正式蒞任,一切禮節,已由國務院預先訂定,預先二字,亦用得妙。格外隆備。正是:

政客低頭甘聽令,梟雄得志又登臺。

欲知袁總統就職情形,且至下回再閱。

熊鳳凰就任總理,當時有人才內閣之稱,其實袁總統意中,第借熊為過渡人物,並非實行信任,熊氏亦何苦身當其衝乎?況解散議會,殺害議員,種種違法舉動,已露端倪,而熊氏適丁其時,將來為袁氏受過,已可預料。鳳兮鳳兮,何見幾之不早也?至選舉正式總統,再三迎合,尚受軍隊脅迫,若有潔身自好之議員,應亦先機遠引,而乃甘入漩渦,沁沁倪倪,為國民羞,毋亦自輕聲價耶?總之人生行事,多為利祿所誤,戀戀於利祿中,必有當斷不斷之憂,迨至後來結果,仍然身名兩隳,悔不可追,嗟何及乎!

第三十三回　遭彈劾改任國務員　冒公民脅舉大總統

第三十四回
踵事增華正式受任　　爭權侵法越俎遣員

　　卻說中華民國二年十月十日，正值國慶令節，全國行慶祝禮，又經袁總統正式蒞任，越覺錦上添花，喜氣洋溢。老袁強迫選舉，正為此日。當由國務院通告禮節，定於十月十日上午十時，前稱國慶為雙十節，此次應改呼三十節。大總統正式就職於太和殿。這太和殿的規模，很是弘敞，從前清帝登基，以及元旦誕辰，受百官朝賀，統在這殿中行禮，袁總統就此受任，分明是代清受命的意思。一語道破。是日，殿中已灑掃清潔，布置整齊，陳設華麗，一班伺候人員，早已穿好大禮服，趨向殿前，按班鵠立。好容易待至十時，方見大禮官入殿，導著一位龍驤虎步的袁總統，徐步而來。兩旁奏起國樂，鏘鏗雜沓，諧成一片；接連是殿門外面，遠遠的鳴砲宣威，共計一百另一響。袁總統步上禮臺，中立南向。侍從各官，聯步隨登，站立左右，國樂暫止。侍從官捧進誓詞，由袁總統宣讀告終，即有慶祝官趨至北面，行謁見禮，向袁總統一鞠躬，袁總統倒也答禮。侍從官再進宣言書，袁總統又照書宣讀。讀畢，慶祝官再行慶祝禮，向袁總統三鞠躬。袁總統也答禮如儀，樂又再作。掌儀官引導慶祝官退就接待室，大禮官引導袁總統還休息室，樂復暫止。既而大禮官出殿，接引外賓入禮堂，序次排立，復請袁總統出蒞禮堂，南向正立。樂奏三成，袁總統再就禮臺，由外交總長孫寶琦，邀同各國公使，及參隨各員，至禮臺前，行鞠躬禮，袁總統也鞠躬相答。

領銜公使代表外交團，宣讀頌詞，滿口是愛皮西提，經翻譯員譯作華文，方可作為本書的詞料。詞云：

君現被舉中華民國大總統，本領銜公使代表外交團，來述慶賀之忱。新政體建設以來，此為第一次集會於中國正式慶日，藉此各國公使，請大總統深信所祝，於此選舉君為正式大總統，能為中國開始一新幸福時代之先步，且恪守條約及各項成例，不但能維持中國之平和，保持民國政府之穩建，並能保國內富饒之發達。各國於此舉亦利助成，依中國情形如是，定望各本國政府與貴國政府，所有今日幸結接洽，將必日益親密，諒於此情。各國公使，必承大總統貴重協助，外交團於今日欣祝大總統政治丕益，大總統福躬康樂！

領銜公使讀畢頌詞，袁總統亦親誦答詞道：

今日貴公使以本大總統被選為中華民國大總統，代表各公使惠臨稱賀，並承貴公使以被選正式總統，為中國開始新幸福之先步，致詞推許。本大總統感謝之忱，實為無量。本大總統深願履行條約，循守成例。

與友邦敦睦，為唯一之基礎，前在臨時政府期內，固已早有明證，此後尤當竭其綿力，俾本國政府，與貴各國政府聯繫之感情，懇篤之交誼，日益親密，有加無已。本大總統以保持和平，秩序發達，經濟信用，為作新宗旨，貴各國公使熱誠贊助，樂觀厥成。本大總統深信彼此睦誼，即為他日永久不渝之徵也。順祝貴各國暨貴各公使綏福無疆！

袁總統讀一句，翻譯員亦譯述一句，隨讀隨譯，一氣讀完。各公使均表滿意，即率參隨各員，復向袁總統鞠躬。袁總統答禮畢，各公使再行私覲禮，由大禮官依次引見，個個與袁總統握手，繼以鞠躬。袁總統一一答禮，外交團退赴接待室。大禮官又匯入清室代表世續，與袁總統相見，所有禮節，及彼頌此答，大致與各國公使相同。世續退後，大禮

告成，伺候各官，循例三呼，國樂以外，雜以軍樂，彷彿有鳳凰來儀，百獸率舞景象，引用《虞書》，妙不可階。袁總統緩步下臺，退至休息室小憩。是時袁總統心中應該快樂，吾謂其尚未滿意。約一小時，陸軍總長段祺瑞，戎服趨進，請袁總統蒞天安門閱兵；袁總統又囑外交總長孫寶琦，邀請各國公使，及清室代表，同往校閱。各公使等自然樂從，於是袁總統前行，各公使等後隨，還有一班伺候官員，魚貫而出，統至天安門。門前早有座位設著，袁總統坐中，外賓坐左，陸軍外交等坐右，一聲令下，萬卒齊來，先向上座參見，行過軍禮，然後按著步伐，排齊行伍，把平時練習的技術，當場試演，儼然得心應手，純熟無比。各公使卻也稱賞，袁總統格外嘉慰，越覺得笑容可掬，滿面春風。驕態已露。至閱兵禮畢，座客盡散，袁總統即由天安門外，乘著禮車，返總統府去了。

到了下午，由總統府頒發命令，世續、徐世昌、趙秉鈞，俱特授勳一位。世續係清室代表，如何也授勳一位。朱瑞、蔡鍔、胡景伊、唐繼堯、閻錫山、張鳳翽、張錫鑾、倪嗣沖、張鎮芳、周自齊、陳宧、湯薌銘，均授勳二位。蔣尊簋、孫毓筠、莊蘊寬，均授勳三位。張紹曾、陸建章，均授勳四位。屈映光授勳五位。王家襄、章宗祥，均給予一等嘉禾章。王家襄身為議員，得給嘉禾章，可見前回擬舉袁氏，寓有隱衷。林長民、張國淦、施愚、王治馨、治格，均給予二等嘉禾章。顧鰲給予三等嘉禾章。廕昌給予一等文虎章。趙唯熙、陳昭常、宋小濂、張廣建、唐在禮、張士鈺、袁乃寬、李進才、江朝宗，均給予二等文虎章。總算賞賚優渥，內外蒙恩。還有一種可喜的事件，自美洲各國，承認中華民國後，歐洲諸國，尚是徬徨卻顧，不肯遽認，至此聞正式總統，已經就任，於是俄、法、英、德、奧、意、日本，及比、丹、葡、荷、瑞、挪等國，各於袁總統蒞位這一日，齎致外交部照會，承認中華民

第三十四回　踵事增華正式受任　爭權侵法越俎遣員

國，願敦睦誼；且由內務部農林部工商部交通部，特頒通告，凡公共遊玩等所，一律開放三日，任人遊覽，免收券費，大約是與民同樂的意思。應加斷語，均為後文改圖帝制伏筆。嗣是黎副總統及各省都督、民政長、將軍、都統、副都統、辦事長官、經略使、鎮邊使、宣撫使、鎮守使、宣慰使等，無不上書肅賀，各表歡忱。又由國務院電達武昌，道賀黎副總統正式就職。各省官吏，亦通電致賀。是時黎元洪已辭去江西兼督，保薦李純署任，唯督鄂如故。他本是隨遇而安，無心營競，正式副總統一職，得不足喜，失不足憂，所以人家賀他，他只淡淡的答謝數語，也並沒有什麼隆禮舉行，只是吾行吾素罷了！黎之卒得保身，全虧是著。

　　且說大總統選舉法，自憲法會議議決，即直接宣布，並未經過袁政府手中。當時袁總統未免懊惱，以為國會專制，連自己的公布權，都被奪去，將來制定憲法，均須由國會取決，事事不能自主，反做一個傀儡，如何了得。但因正式就職的期間，已預定在國慶日，倘或為此爭議，勢必選舉延遲，辜負此良辰佳節，豈不可惜？自己尚未當選，已預定就職期間，真可謂滿志躊躇。所以暫時容忍，就援照國會咨文，將總統選舉法全案，刊登政府公報，即日宣布。至就任以後，遂咨照憲法會議，爭回公布權，統共不下二千言，由小子節錄如下：

　　為咨行事，查臨時約法第十九條，內載參議院之職權，一，議決一切法律案；又第五十四條，內載中華民國之憲法，由國會制定；又第二十二條，內載參議院議決事件，咨由臨時大總統公布施行，又第三十條，內載臨時大總統公布法律各等語。凡此規定，均屬前參議院在約法上議決法律，及制定憲法之職權範圍。民國議會成立以來，依國會組織法第十四條之規定，民國憲法未定以前，臨時約法所定參議院之職權，為民國議會之職權，則民國議會，無論係議決法律事件，抑係制定憲法

事件，皆應以臨時約法暨國會組織法所定程序為準，實無絲毫疑義。乃本年十月五日，準憲法會議咨開：大總統選舉法案，業於十月四日，經本會議議決宣布，並公決送登政府公報，為此鈔錄全案，咨達大總統，即希查照飭登等因前來。本大總統當以民國議會，前經議決，先舉總統，後定憲法，係為奠定民國國基起見。本月四日，憲法會議議決大總統選舉法案，來咨雖僅止宣告議決宣布，並公決送登政府公報等語，顯與臨時約法暨國會組織法規定不符。然以目前大局情形而論，內憂外患，紛至沓來，友邦承認問題，又率以正式總統之選舉，能否舉行為斷，是以接準來咨，未便遽以臨時約法及國會組織法相繩，因即查照來咨，命令國務院飭局照登。唯此項咨達飭登之辦法，既與約法上之國家立法程序，大相違反。若長此緘默不言，不唯使民國議會，蒙破壞約法之嫌，抑恐令全國國民，啟弁髦約法之漸。此則本大總統於憲法會議之來咨，認為於現行法律及立法先例，俱有未妥，不敢不掬誠以相告者也。查民國立法程序，約法暨國會組織法，定有明文，一為提案，二為議決，三為公布，斷未有但經提案議決，而不經公布，可以成為法律者，大總統選舉法案，若為法律之一種，則依據臨時約法第二十二條第三十條之規定，當然應由大總統公布。若為憲法之一部，則依據臨時約法第五十四條之規定，雖應由民國議會制定，然制定權行使之範圍，仍應以國會組織法第二十條之起草權，第二十一條之議定權為標準，斷不能侵及於臨時約法第二十二及第三十條之公布權。憲法會議，以此項宣布權，乃竟貿然行使，其蔑視本大總統之職權，關係猶小，其故違民國根本之約法，影響實巨。本大總統此次飭局照登，設中國民起而責以放棄職權之咎，固屬百喙莫辭，而我最高立法機關，乃置現行約法及國會組織法於不顧，竟使本大總統不得不出於放棄職權之一途，恐亦非代表國民公意者所應出此也。何不早說？豈至此方才省悟乎？況民國肇造，二年於茲，憲法未施行以前，約法之效力，與憲法等。民國元年，前參議院議決臨時約法時，業於是年三月十一日，咨送臨時大總統公布有

案。而臨時約法第五十六條，並定有本約法自公布之日施行各明文。夫與憲法效力相等之約法，既經前參議院議決咨送大總統公布於前，則依照民國立法之先例，無論此次議定之大總統選舉法案，或將來議定之憲法案，注意在此條。斷無不經大總統公布，而遽可以施行之理。總之民國會議，對於民國憲法案，只有起草權及議定權，實無所謂宣布權，此為國會組織法所規定，鐵案如山，萬難任意搖動。究竟本月五日來咨所稱飭登之大總統選舉法案，是否即應依照約法公布施行之規定辦理？將來民國會議制定憲法案，應否依照國會組織法第二十條第二十一條之規定，以起草議決為限。事關立法許可權，亟應諮詢國會，從速答覆，相應咨行貴會查照，依法辦理可也。此咨。

憲法會議中，接到此咨。統說是直接宣布，係各國通例，原無庸經過總統手續；且因憲法草案，正在裁定，大家悉心斟酌，忙碌得很，也無暇特別開議，答覆總統。老袁靜待兩日，並不見有覆文，遂欲越俎代謀，特飭國務院派員干涉。適值憲法起草委員會，開憲法草案三讀會，突有八人陸續趨入，據言奉大總統令，來會陳述意見，並齎達總統咨文，請憲法會議查照施行。看官你道這八人為誰？就是施愚、顧鰲、饒孟任、黎淵、方樞、程樹德、孔昭焱、餘棨昌八人。一面遞交咨文，由會中人員公閱，其文云：

查國會組織法，載民國憲法案，由民國會議起草及議定，送經民國議會，組織民國憲法起草委員會，暨特開憲法會議。本大總統深唯我中華民國開創之苦，建設之難，對於關係國家根本組織之憲法案，甚望可以早日告成，以期共和政治之發達。唯查臨時約法，載明大總統有提議增修約法之權，誠以憲法成立，執行之責，在大總統，憲法未制定以前，約法效力，原與憲法相等，其所以予大總統此項特權者，蓋非是則國權運用，易涉偏倚。且國家之治亂興亡，每與根本大法為消息，大總

統既為代表政府總攬政務之國家元首，於關係治亂興亡之大法，若不能有一定之意思表示，使議法者得所折衷，則由國家根本大法所發生之危險，勢必醞釀於無形，甚或補救之無術，是豈國家制定根本大法之本意哉？本大總統前膺臨時大總統之任，一年有餘，行政甘苦，知之較悉，國民疾苦，察之較真。現在既居大總統之職，將來即負執行民國議會所擬憲法之責，苟見有執行困難，及影響於國家治亂興亡之處，勢未敢自己於言。況共和成立，本大總統幸得周旋其間，今既承國民推舉，負此重任，而對於民國根本組織之憲法大典，設有所知而不言，或言之而不盡，殊非忠於民國之素志。茲本大總統謹以至誠對於民國憲法，有所陳述，特飭國務院派遣委員施愚、顧鰲、饒孟任、黎淵、方樞、程樹德、孔昭焱、餘榮昌前往，代達本大總統之意見：嗣後貴會開議時，或開憲法起草委員會，或開憲法審議會，均希先期知照國務院，以便該委員等隨時出席陳述。相應咨明貴會，請煩查照可也。此咨。

會中人員閱畢，便語八委員道：「民國立法，權在國會，不受行政部干涉。諸公來此，未免違法，還請轉達總統，收回成命。」八委員齊聲道：「大總統尚有咨文在此，請諸君再閱，便可分曉。」言畢，又遞交咨文一紙，由眾議員續覽一週，都不覺搖起頭來。小子有詩詠袁總統道：

到底雄心未肯降，議圍先遣五丁撞。

乃翁自命非凡品，國會從今莫語哤。

欲知咨文中如何說法，容待下回再詳。

前半回敘袁氏正式就職，盡舉當時禮節，揭出紙上，見得袁總統威儀烜赫，比前臨時總統，已覺不同，即隱為後文帝制伏筆。後半回迭錄兩咨文，無非為推倒共和，改圖專制張本。袁氏以國家憲法，定諸國會，一切不能自主，所以力爭公布權，並遣八委員干涉立法，曾亦思今

日之中華，固已為民主國體乎？既曰民主，則主權應操之於民，總統不過一公僕耳，烏得妄爭主權耶？總之袁氏為帝之心，憧擾於中而不能自已，一經諸事順手，便逐漸發現出來，作者不肯輕輕放過，故有聞必錄，無隱不揚，若徒以抄胥目之，蓋亦誤矣。

第三十五回
拒委員觸怒政府　借武力追索證書

　　卻說眾議員閱讀袁總統咨文，又是長篇大論，洋洋灑灑的數千言，大致以《臨時約法》，有好幾條不便照行，須亟加修正。小子錄不勝錄，但記得當時有一清單，提出增修約法草案，就中有應修正者三條，應追加者二條，特照錄如下：

　　應修正者三條。

　　（一）《臨時約法》第三十三條　臨時大總統得制定官制官規，但須提交參議院議決。

　　（修正）大總統制定官制官規。

　　（二）《臨時約法》第三十四條　臨時大總統得任免文武職員，但任命國務員及外交大使，須得參議院議員同意。

　　（修正）大總統任免文武職員。

　　（三）《臨時約法》第三十五條　臨時大總統經參議院之同意，得宣戰媾和及締結條約。

　　（修正）大總統宣戰媾和及締結條約。

　　應追加者二條。

　　（一）大總統為保持公安防禦災患，於國會閉會時，得制定與法律同效力之教令。

　　前項教令，至次期國會開會十日內，須提出兩院，求其承認。

（二）大總統為保持公安防禦災患，有緊急之需用，而不及召集國會時，得以教令為臨時財政處分。

前項處分，至次期國會開會十日內，須提出眾議院，求其承諾。

是時憲法草案，已擬定十一章一百十三條，大旨已定，不便變更。況且袁總統提出各條件，全然是君主立憲國的法例，與民主立憲，毫不相容。看官！你想這憲法起草委員，及憲法會議中人，肯一一聽命老袁，委曲遷就麼？當下即向施愚、顧鰲等八人道：「本會章程，憲法讀草，只許國會議員列席旁聽，此外無論何人，不得入席。今諸君來此，欲代大總統陳述意見，更與會章不符，本會但知遵章而行，請諸君自重。」施愚等再欲有言，那會員等已不去理睬，只管自己讀法去了。施愚等奉命而來，趾高氣揚，偏遭了這場白眼，掃盡面上光采，叫他如何不氣？如何不惱？

原是禁受不起。隨即退出院中，回報袁總統，除陳述情形外，免不得添入數語，作為浸潤。袁總統半晌道：「我自有法，你等且退。」施愚等唯唯趨出，隔了一天，即由國務院發出袁總統電文，通告各省都督民政長，反對憲法草案，略云：

制定憲法，關係民國存亡，應如何審議精詳，力求完善。乃國民黨人，破壞者多，始則託名政黨，為虎作倀，危害國家，顛覆政府，事實具在，無可諱言。

此次憲法起草委員會，該黨議員居其多數，閱其所擬憲法草案，妨害國家者甚多。特舉其最要者，先約略言之：立憲精神，以分權為原則，臨時政府，一年以內，內閣三易，屢陷於無政府地位，皆誤於議會之有國務員同意權，此必須廢除者；今草案第十一條，國務總理之任命，須經眾議院同意，第四十三條，眾議院對於國務院，為不信任之決議時，

須免其職，比較臨時約法，弊害尤甚。各部總長，雖準自由任命，然彈劾之外，又有不信任投票一條，必使各部行政，事事仰承意旨。否則國務員即不違法，議員喜怒任意，可投不信任之票，眾議員數五百九十六人，以過半數列席計之，但有二百九十九人表決，即應免職，是國務員隨時可以推翻，行政權全在眾議員少數人之手，直成為國會專制矣。自愛有為之士，其孰肯投身政界乎？

各部各省，行政事務，範圍甚廣，行政實依其施行之法，均得有相當之處分，今草案第八十七條，法院依法律，受理民事刑事行政及其他一切訴訟云云，是不遵約法，另設平政院，乃使行政訴訟，亦隸法院，行政官無行政處分之權，法院得掣行政官之肘，立憲政體，固如是乎？國會閉會期間，設國會委員會，美國兩院規則內有之，而憲法上並無明文；今草案第五條，規定國會委員會，由參眾兩院選出四十人，共同組織之，會議以委員三分二以上列席，三分二以上同意決之，而其規定之職權，一咨請開國會委員會，一閉會期內，國務總理出缺時，任命署理，須得委員會同意，一釋出緊急命令，及財政緊急處分，均須經委員會議決。此不特侵奪政府應有之特權，而僅四十委員，但得二十餘人之列席，與十八人之同意，便可操縱一切，試問能否代表兩院意見，以少數人專制多數人，此尤侮蔑立法之甚者也。文武官吏，大總統有任命之權，今草案第一百八、九兩條，審計員由參議院選舉之，審計院長，因審計員互選之云云。審計員專以議員組織，則政府編制預算之權，亦同虛設，而審計又用事前監督，政府直無運用之餘地。國家歲入歲出，對於國會，有預算之提交，決算之報告，既予以監督之權，豈宜干預用人，層層束縛，以掣政府之肘？綜其流弊，將使行政一部，僅為國會附屬品，直是消滅行政獨立之權。近來各省省議會，掣肘行政，已成習

慣,倘再令照國會專制辦法,將盡天下文武官吏,皆附屬於百十議員之下,是無政府也。值此建設時代,內亂外患,險象環生,各行政官力負責任,急起直追,猶虞不及,若反消滅行政一部獨立之權,勢非亡國滅種不止。推你為帝,想國必不亡,種必不滅。此種草案,既有人主持於前,自必有人構成於後,設非藉此以遂其破壞傾覆之謀,何至於國勢民情,夢夢若是,但你也未必昭昭,奈何?徵諸人民心理,既不謂然,即各國法律家,亦都訾駁,本大總統忝受付託之重,堅持保國救民之宗旨,確見此等違背共和政體之憲法,影響於國家治亂興亡者極大,何敢緘默不言?臨時約法,臨時大總統有提議修改約法之權,又美國議定憲法時,華盛頓充獨立殖民地代表第二聯合會議議長,雖寡所提議,而國民三十萬人出眾議員一人之規定,實華盛頓所主張。法國制定憲法時,馬克馬洪被選為正式大總統,命外務大臣布羅利,向國民會議提出憲法案,即為法國現行之原案。此法、美二國第一任大總統與聞憲法之事,具有先例可援。用特派員前赴國會陳述意見,以期盡我保國救民之微忱。草案內謬點甚多,一面已約集中外法家,公同討論,仍當隨時續告。各該文武長官,同為國民一分子,且各負保衛治安之責,對於國家根本大法,利害與共,亦未便知而不言。務望逐條研究,共抒讜論,於電到五日內,迅速條陳電覆,以憑採擇。

原來憲法草案的內容,袁總統已探聽得明明白白,他因所定草案,仍然由《臨時約法》脫胎,不過增修字句,較為詳備,並沒有特別通融,所以極力反對。各省都督民政長,本是行政人員,當然不能立法,老袁並非不曉,但既為民選的總統,未便悍然自恣,不得不借重官吏,要他出來作梗,反抗立法機關,庶幾藉口有資,得以壓倒國會。借刀殺人,是他慣技。各省都督民政長,見老袁正在得勢,哪個不想望顏色,湊便

逢迎？於是你上一篇電陳，我達一篇電覆，或說是應解散國民黨，或說是應撤銷國民黨議員，或說是應撤銷草案，及解散起草委員會。就中有幾個袁氏心腹，簡直是主張專制，說是：「國會議員，與逆黨通同一氣，莠言煽亂，顛倒黑白，不如一律解散，正本清源」云云。貢媚獻諛，無所不至。袁總統接到這等電文，喜得心花怒開，忙邀入國務總理熊希齡，及各部長等，商議撤銷議員等事宜。

熊總理等依違兩可，乃由袁總統決定，分條進行，先命解散國民黨，及撤銷國民黨議員，於十一月四日下令道：

據警備司令官匯呈查獲亂黨首魁李烈鈞等，與亂黨議員徐秀鈞等，往來密電數十件，本大總統逐加披閱，震駭殊深。此次內亂，該國民黨本部，與該國民黨國會議員，潛相構煽，李烈鈞、黃興等，乃敢據地稱兵，蹂躪及於東南各省，我國民身命財產，橫遭屠掠，種種慘酷情事，事後追思，猶覺心悸，而推原禍始，實覺罪有所歸。綜核伊等往來密電，最為我國民所痛心疾首者，厥有數端：一該各電內稱李逆烈鈞為七省同盟之議，是顯以民國政府為敵國；二中央派兵駐鄂，純為保衛地方起見，乃該各電內稱國民黨本部，對於此舉，極為注意，已派員與黃興接洽，並電李烈鈞速防要塞，以備對待，是顯以民國國軍為敵兵；三該各電既促李逆烈鈞以先發制人，機不可失，並稱黃聯寧、皖，孫連桂、粵、寧為根據，速立政府，是顯欲破壞民國之統一而不恤；四該各電既謂內訌迭起，外人出而調停，南北分據，指日可定，是顯欲引起列強之干涉而後快。凡此亂謀，該逆電內，均有與該黨本部接洽，及該黨議員一致進行，並意見相同各等語，勾結既固，於是李逆烈鈞，先後接濟該黨本部鉅款，動輒數萬，復特別津貼該黨國會議員以厚資。是該黨黨員，及該黨議員，但知構亂以便其私，早已置國家危亡，國民痛苦於度外，亂國殘民，於斯為極。本大總統受國民付託之重，既據發現該國民黨本部，與該黨議員勾結為亂各重情，為挽救國家之危亡，減輕國民之

第三十五回　拒委員觸怒政府　借武力追索證書

痛苦計，已飭北京警備地域司令官，將該國民黨京師本部，立予解散，仍通行各戒嚴地域司令官各都督民政長，轉飭各該地方警察廳長，及該管地方官，凡國民黨所設機關，不拘為支部分部交通部，及其他名稱，凡現未解散者，限令到三日內，一律勒令解散。嗣後再有以國民黨名義，釋出印刷物品，公開演說，或祕密集會者，均屬亂黨，應即一體拿辦，毋稍寬縱。至該國民黨國會議員，既受李逆烈鈞等，特別津貼之款，為數甚多，原電又有與李逆烈鈞，一致進行之約，似此陽竊建設國家之高位，陰預傾覆國家之亂謀，實已自行取消其國會組織法上所稱之議員資格，若聽其長此假借名義，深恐生心好亂者，有觸即發，共和前途之危險，寧可勝言？況若輩早不以法律上之合格議員自居，國家亦何能強以法律上之合格議員相待？應飭該警備司令官，督飭京師警察廳，查明自江西湖口地方倡亂之日起，凡國會議員之隸籍該國民黨者，一律追繳議員證書徽章。一面由內務總長，從速行令各該選舉總監督暨初選舉監督，分別查取本屆合法之參議院眾議院議員候補當選人，如額遞補，務使我莊嚴神聖之國會，不再為助長內亂者所挾持，以期鞏固真正之共和，宣達真正之民意。該黨以外之議員，熱誠愛國者，殊不乏人，當知去害群即所以扶持正氣，決不致懷疑誤會，藉端附和，以自蹈曲庇亂黨之嫌。該國民黨議員等回籍以後，但能湔除自新，不與亂黨為緣，則參政之日月，仍屬甚長，共和之幸福，不難共享也。除將據呈查獲亂黨各證據，另行布告外，仰該管各官吏，一體遵照。此令。

這令下後，不特國民黨議員，驚愕異常，就是別黨議員，也有兔死狐悲的感慨，擬援據議院法，凡議員除名，須經院議決定一條，與政府辯駁。還有新行組織的民憲黨，係擁護憲法草案，抵制政府干涉，共說袁總統能戰勝兵戎，不能戰勝法律，誓共同心力，與憲法為存亡，彼此抖擻精神，要與袁政府辯論曲直。已經遲了。那知迅雷不及掩耳，就是下令這一日，下午四時，軍警依令執行，往來如梭，徹夜不絕。看官道

是何因？乃是向國民黨議員各寓中，追繳證書徽章。議員稍一遲疑，便經那班丘八老爺，拔出手槍，指示威嚇。天下無論何人，沒有不愛惜身命，欲要身命保全，不得不將證書徽章，繳出了事。到了夜半，已追索得三百五十多件，匯交政府。哪知老袁意尚未足，再令將湖口起事前，已經脫黨人員，亦飭令勒繳證書徽章。軍警們不敢少懈，只好再去挨戶搜尋，敲門打戶，行凶逞威。直到天光破曉，紅日高升，方一齊追畢，又得八十餘件，乃回去銷差。不意政府又復下令，叫他監守兩院大門，依照追繳證書徽章的議員名單，盤查出入。凡一議員進院，必須經過查問手續，確是單內未列姓名，方準進去。看官！你想議院章程，必須議員有過半數列席，方得開議，起初追繳國民黨議員證書徽章，尚止三百多件，計算起來，不過兩院中的三分之一，及續行追繳八十餘人，兩院議員，已去了一半，照院章看來，已不足法定人數，如何開會議事？袁氏之所以必須續追，原來為此。因此立法部的機能，全然失去。就是命令中有遞補議員一語，各省候補當選人，也相率視為畏途，不敢赴京。國會遂不能開會，徒成一風流雲散的殘局了。袁政府煞是厲害，見國民黨議員，變不出什麼法兒，索性飭令各省將省議會中的國民黨議員亦一併取消，小子有詩嘆道：

　　大權在手即橫行，約法何能縛項城？
　　數百議員齊俯首，乃公原足使人驚。

　　欲知袁政府後事，且至下回續表。

　　八委員之被拒，為國會正當之舉動，狡如老袁，豈見不到此？彼正欲藉此八委員，以嘗試國會，無論被拒與否，總有決裂之一日，業已戰勝敵黨，寧不能戰勝國會乎？迨解散國民黨，及追繳證書徽章，強權武力，陸續進行，於是擁護袁氏之進步黨議員，亦抱兔死狐悲之感，欲起

而反抗之,然已無及矣。觀袁氏之令出如山,軍警亦奉行唯謹。通宵追索,翌晨畢事,袁氏之威勢,真炙手可熱哉!然以力假仁,得霸而止,仁且未假,欲橫行以逞己志,難矣。請看今日之域中,畢竟誰家之天下?

第三十六回
促就道副座入京　避要路兼督辭職

　　卻說袁總統既削平異黨，摧殘議院，事事稱心，般般順手，當然有籠壓全國，唯我獨尊的氣勢。唯因雲南都督蔡鍔，於二次革命時，擬聯合黔、桂等省，居間調停，主張兩方罷兵，憑法理解決。事為袁氏所忌，遂召他入京，令黔督唐繼堯兼署；還有湖南都督譚延闓，及福建都督孫道仁，曾附和獨立，圖抗中央，雖事後取消，歸罪他人，也不過是掩耳盜鈴的計策，瞞不住老袁心目，袁總統遂將他免職，把湖南都督一缺，特任了湯薌銘，福建都督一缺，令海軍總長劉冠雄兼代，後來且將這缺裁去，只設一民政長罷了。三督既去，此外都俯首帖耳，不敢異詞，只有國會中議員，還因法定人數，屢次缺席，未免嘖有煩言。袁總統特創一新例，挑選了幾個有名人物，組成議事機關，叫做政治會議，老袁既有言莫予違之意，何必設此機關，致多累贅。會長派任李經羲，又有梁敦彥、樊增祥、蔡鍔、寶熙、馬良、楊度、趙唯熙七人，同作襄議員，再由國務總理舉派二人，每部總長舉派一人，法官二人，蒙藏事務局，酌派數人，各省都督民政長，亦酌派數人，集中議政，算作國會的替身。

　　一面授意各省長官，令他倡議遣散議員，取消國會，於是副總統兼領湖北都督事黎元洪，邀集各省都督民政長等，聯名電致袁總統道：

　　大總統鈞鑑：共和國家，以法治為歸宿，當破壞之後，亟宜為建設之謀，所有應行法治，千端萬緒，雖急起直追，猶恐不及。民國初創，

第三十六回　促就道副座入京　避要路兼督辭職

以參議院為立法機關，而成立年餘，制定法案，寥寥無幾，唯以黨爭聞於天下，適為建設之障礙，決無進行之計畫。中外士庶，乃移易其渴望之心，屬諸國會，以為國會既成，必可將各項法制，依次制定。不意開會七閱月，糜帑數百萬，而於立法一事，寂然無聞，欲僅如前參議院尚能立東鱗西爪之法，而亦不可得。民國前途，豈堪久待？蓋因各議員被舉之初，別有來由，多非人民公意之所推定，謂為代表，夫將誰欺？其有愛國思想者，固不乏人，而爭權利，徇黨見，置國家存亡人民死活於不顧者，反占優勢。且人數過多，賢者自同寒蟬，不肖者如飲狂水，餘旨盲從朋附，煙霧障天，雖有善者，或徒喚奈何，寧與同盡。上下兩院，性質相同，無術調劑，因之立法成績，毫無進步，中外援為詬病，國家日益阽危。上無道揆，下無法守。賴我大總統以救國為己任，毅然剛斷，將亂黨議員資格，一律取消，令候補當選人，以次挨補。顧候補人員，與前次人員，資格相同，無論一時斷難如額，即使如額，而八百餘人，築室道謀，仍恐議論多而成功少。現在國本初定，重要法案，何止數百件？由今之道，以七閱月而未立一法，雖遲以百年，亦復何濟？而強鄰環伺，破產在即，豈從容高論之秋？我不自謀，必有起而代我者，欲不為人之牛馬奴隸，何可得耶？元洪等行政人員，亦國民一分子，國苟不存，身於何有？苟利於國，遑論其他，用敢聯名懇切大總統始終以救國為前提，萬不可拘文牽義，以各國長治久安之成式，施諸水深火熱之中華。歷考中外改革初期，以時勢造法律，不以法律造時勢。美為共和模範，而開國之始，第一次憲法，即因束縛政府，不能有為，遂有費拉德費亞會議修正之舉。是役也，全體會員，無不有政治之經驗，其會議之所議決，多軼出原有憲法範圍以外，而自操制定憲法之全權，論者不詆為違法，先例具在，可為明徵。現在政治會議，已經召集，與美國往事由各州推舉之例正同，請大總統飭下國務院，諮詢各員以救國大計，若眾意咸同，則共和政體之精神，即可因茲發軔。即例以南京政府以十四省行政官代表之參議院，其完缺大相懸殊，正與華盛頓

修正憲法,若合一轍。元洪等承乏地方,深知民人心理,痛惡暴亂之議員;各國論調,亦極公允,我大總統何所顧忌而不為之所?文明國議員,無論何黨,皆以扶持本國為宗旨,斷無以破壞阻撓為能事者。現在國民黨議員,悉經解散,其餘穩健議員,素知自愛,聞已羞與噲伍,憤欲辭職。雖欲固結,已屬無從。留此少數之人,既無成立之希望,應請大總統給資回籍,另候召集。各議員皆明達廉潔,決不戀戀於五千元之歲俸,而浮沉於不生不滅之間,以誤國家大計。狂夫之言,聖人擇焉,伏乞鑑核施行,民國幸甚!副總統兼領湖北都督事黎元洪,署湖北民政長呂調元,直隸都督馮國璋,直隸民政長劉若曾,奉天都督兼署吉林都督張錫鑾,奉天民政長許世英,吉林民政長齊耀琳,吉林護軍使孟恩遠,黑龍江護軍使兼署民政長朱慶瀾,江蘇都督張勳,江蘇民政長韓國鈞,江北護軍使蔣雁行,安徽都督兼署民政長倪嗣冲,署江西都督李純,江西民政長汪瑞闉,浙江都督朱瑞,署浙江民政長屈映光,福建民政長汪聲玲,署湖南都督兼理民政長湯薌銘,署山東都督靳雲鵬,署山東民政長田文烈,河南都督張鎮芳,河南民政長張鳳臺,山西都督閻錫山,山西民政長陳鈺,陝西都督張鳳翽,署陝西民政長高增爵,護理甘肅都督兼護民政長張炳華,新疆都督兼署民政長楊增新,四川都督胡景伊,署四川民政長陳廷傑,護理川邊經略使顏鐔,廣東都督龍濟光,署廣東民政長李開侁,廣西都督陸榮廷,廣西民政長張鳴岐,貴州都督兼署雲南都督唐繼堯,雲南民政長李鴻祥,貴州民政長戴戡同叩。

　　看官閱此電文,已見得各省長官,統是仰承意旨,不消細述。唯黎元洪係起義首領,本意在推翻專制,建設共和,此次袁總統摧殘國會,明明欲回覆專制,如何也隨聲附和,反領銜電達呢?古語說得好,「識時務者為俊傑」,大眾既贊成袁氏,他亦不便硬行出頭,與袁反對,樂得同流合汙,做一個與時浮沉的俊傑呢。句中有眼。不意通電未幾,即來了參議院院長王家襄,口稱奉總統密令,邀副總統入京,面商要略。黎元

第三十六回　促就道副座入京　避要路兼督辭職

洪也不推辭，立將任中各項文書，委任民政長暫管，草草的收拾行裝，隨王北上，尚恐部下有變，佯言因公渡江，事畢返署，所以出城就道，行蹤詭祕，連黎氏左右，也未嘗預知情事。待至黎已到京，方聞袁總統下令，有云兼領湖北都督事黎元洪，因公來京，著段祺瑞暫代兼領湖北都督事。當時中外人士，莫名其妙，共疑政府有何大事，必須這黎副總統到京呢。嗣由小子底細調查，方知黎氏入京，段氏出鎮，統含有特別關係，不是無故調動的。說來話長，待小子敘述出來。

原來袁氏倚黎、段為左右手，黎長參謀，段長陸軍，遇事必內外籌商，謀定後動。黎、段亦矢忠矢慎，不敢有違，所以二次革命，黎為外護，段為中堅，終能指日蕩平，肅清半壁。袁總統得此奇捷，未免顧盼自豪，嘗語左右道：「我略用武裝，約叛黨相見，不到兩月，盡已平定，論起功力，不在拿翁下。拿翁即法國拿破崙。唯拿翁自恃武功，覬覦大寶，改變民主，再行帝政，我雖很加羨慕，但不欲輕效拿翁，致蹈覆轍呢。」自知甚明，何後來利令智昏？左右等唯唯如命，未敢妄贊一詞，就中有一位躍躍欲逞的貴公子，聽到此言，便迎機而入，婉進諷詞，老袁掀髯笑道：「汝欲我做皇帝麼？但為事必三思後行，倘或騎梁不成，反輸一跌，豈不是欲巧反拙麼？」意在言外。於是這位貴公子，垂首告退。看官道此人為誰？說是袁總統的長公子克定。畫龍點睛。袁總統有一妻十五妾，子十五，女十四，唯長子克定，為正室于氏所出，機警不亞乃父，幼時除讀書外，輒好武事，及弱冠後出洋，赴德國留學，卒業陸軍學校，至是歸國已久，常思化家為國，一展所長。居然想做唐太宗。湊巧民國成立，乃父得為總統，他便想趁這機會，勸父為帝，好把一座錦繡江山，據為袁氏私產，偏乃父不肯遽為，日日延捱過去，自思光陰易過，何時得達目的？躊躇再四，無可為計，猛然想到故友阮忠樞，與段

祺瑞向稱莫逆，段握陸軍重任，倘得他鼓吹帝制，號召軍民，那時便容易成功了。當下著人去招阮忠樞，忠樞為袁氏門下士，素與克定往來，一聞傳召，立刻馳至。兩下相見，當由克定囑託一番，他即轉往國務院，見段在列，乘間密語。誰料段不待詞畢，便厲聲道：「休得妄言！休得妄言！」阮撞了一鼻子灰，返報克定，克定暗暗懷恨。段又出語人道：「項城屢次宣言，誓不為帝，克定痴心妄想，一味瞎鬧，豈不可笑？」這數語傳入克定耳中，愈令懊惱，遂與袁乃寬密謀，擠排段氏。乃寬與克定，同姓不宗，平時殷勤趨奉，頗得老袁歡心，遂認老袁為叔父行，小袁為兄弟行。這是姓袁的好處。老袁屢加拔擢，累任至陸軍次長，凡段氏一切行為，乃寬無不洞悉，所以吹毛索瘢，得進讒言。老袁雖然聰明，怎奈一個令子，一個愛姪，日事絮聒，免不得將信將疑。段祺瑞素性坦率，未曾防著，只知效忠袁氏，有時袁總統與談湖北軍情，讚美黎元洪，祺瑞獨說黎仁柔有餘，剛斷不足，袁亦嘆為知言。黎氏生平頗合此八字品評。既而袁克定以段不助己，變計聯黎，復遣人示意元洪，元洪不肯相從，所答論調，與段略同。克定乃密結爪牙，攛掇老袁，調黎入京，出段鎮鄂，一是軟禁元洪，緩緩的令他熔化，一是驅開祺瑞，急急的撤他兵權。煞是好計。黎、段非無知識，但立人簷下只好低頭奉令，一往一來，僕僕道途，同做個現成傀儡罷了。黎元洪倒也見機，一經入京，便上書辭職，袁總統即日照准，不過溫語答覆，竭力敷衍。彼此情詞斐亹，可歌可誦，小子不忍割愛，一併照錄。曾記黎元洪的呈文道：

敬呈者：竊元洪屢覲鈞顏，仰承優遇，恩逾於骨肉，禮渥於上賓。推心則山雪皆融，握手則池冰為泮。

馳惶靡措，誠服無涯。伏念元洪忝列戎行，欣逢鼎運，屬官吏播遷

第三十六回　促就道副座入京　避要路兼督辭職

之眾，承軍民擁戴之殷。王陵之率義兵，堅辭未獲，劉表之居重鎮，勉負難勝。洎乎宣布共和，混一區夏，荷蒙大總統俯承舊貫，悉予真除。良以成規久圮，新制未頒，不得不沿襲名稱，維持現狀。元洪亦以神州多難，亂黨環生，念瓜代之未來，顧豆分而不忍。思欲以一拳之石，暫砥狂瀾，方寸之材，權撐圮廈，所幸仰承偉略，乞助雄師，風浪不驚，星河底定，獲託咸靈之庇，免貽隕越之羞。蓋非常之變，非大力不能戡平，無妄之榮，實初心所不及料也。夫列侯據地，周室所以陵遲，諸鎮擁兵，唐宗於焉翦靡。六朝玉步，蛻於功人，五代干戈，貽自驕將。偶昧保身之哲，遂叢誤國之愆。災黎填於壑而罔聞，敵國入於宮而不恤，遠稽往乘，近覽橫流，國體雖更，亂源則一，未嘗不哀其頑梗，憯莫懲嗟。前者漳水弄兵，鍾山竊位，三邊酬諸異族，六省訂為同盟，元洪當對壘之衝，亦嘗盡同舟之誼。乃罪言弗納，忠告罔聞，衷此苦心，竟逢戰禍，久欲奉還職權，藉資表率，只以兵端甫啟，選典未行，暫忍負乘致寇之嫌，勉圖扶杖觀成之計。孤懷耿耿，不敢告人，前路茫茫，但蘄救國。今有列強承認，庶政更新，洗武庫而偃兵，敞文圉而弼教。處四海困窮之會，急起猶遲，念兩年患難之場，回思尚悸。論全域性則須第一統，論個人則願乞餘年，倘仍恃寵長留，更或陳情不獲，中流重任，豈忍施於久乏之身？當日苦衷，亦難襮諸無稽之口，此尤元洪所冰淵自懼，寢饋難安者也。伏乞大總統矜其愚悃，假以閒時，將所領湖北都督一職，明令免去。元洪追隨鈞座，長聽教言，汲湖水以澡心，擷山雲而鏈性。幸得此身健在，皆出解衣推食之恩，倘使邊事偶生，敢忘擐甲執兵之報。伏門待命，無任屏營！謹呈。

　　袁總統的覆書，也是儷黃妃紫，綺麗環生。詞云：

　　來牘閱悉。成功不居，上德若谷，事符往籍，益歎淵衷。溯自清德既衰，皇綱解紐，武昌首義，薄海風從，國體既更，嘉言益著。調停之術，力竭再三，危苦之詞，書陳累萬。痛洪水猛獸之禍，為千鈞一髮之防，國紀民彝，賴以不墜。贛、寧之亂，坐鎮上游，七鬯不驚，指揮若

定。呂梁既濟，重思作楫之功，虞淵弗沈，追論撝戈之烈。凡所規劃，動繫安危，偉業豐功，彪炳寰宇。時局初定，得至京師，昕夕握譚，快傾心膈。褒、鄂英姿，獲瞻便坐。遬、琨同志，永矢畢生。每念在莒之艱，輒有微管之嘆，楚國寶善，遂見斯人。迭據面請，免去所領湖北都督一職，情詞懇摯，出於至誠，未允施行，復有此牘。語長心重，慮遠思深，志不可移，重違其意，雖元老壯猷，未盡南服經營之用，而賢者久役，亦非國民酬報之心，勉遂謙懷，姑如所請。國基初定，經緯萬端，相與有成，期我益友，嗣後凡大計所關，務望遇事指陳，以匡不逮。

昔張江陵嘗言：「吾神遊九塞，一日二三。」每思茲語，輒為敬服。前型具在，願共勉之！此覆。

覆詞以外，即老老實實下一令道：「兼領湖北都督事黎元洪呈請辭職，黎元洪準免本官。」正是：

功狗未嗥先縛勒，飛禽已盡好藏弓。

鄂督已更，又免去張勳本官，改任為長江巡閱使，另調馮國璋都督江蘇，趙秉鈞都督直隸，是何用意，容待小子下回表明。

黎之於袁，可謂竭盡所事，始終不貳者矣。癸丑之役，微黎陰助北軍，則安能順流無阻，先發制人？甚至撤消國會之議，黎亦不恤曲徇袁意，領銜電請，黎之忠袁如是，而袁獨潛圖帝制，甘心舐犢，遣人南下，召黎入京，陽加優禮，陰即軟禁，好猜至此，而慾望人心之不解體，其可得乎？雖然，黎欲見好於袁，而卒為袁所賣，假使袁得永年，黎豈終能免禍乎？吾閱此回，殊不禁為黎氏惜焉。

第三十六回　促就道副座入京　避要路兼督辭職

第三十七回
罷國會議員回籍　行婚禮上將續姻

　　卻說張勳本黨附袁氏，從前袁世凱任直督時，奉清廷命募練新軍，所有馮、段一班人物，統是練軍中的將弁，張勳亦嘗與列，受袁節制。所以張勳平日，除清廷皇帝外，只服從一袁項城。辛亥革命，張勳退出南京，雖是孤城受困，敵不住江浙聯軍，但也由老袁授意，為此知難而退。癸丑革命，張又為袁盡力，督兵南下，戰勝異黨，攻入南京，老袁特任他為江蘇都督，明明是報功的意思。補敘明白。但張勳為人，粗魯中含著血性，他自念半生富貴，統由清朝恩典，不過因時勢所趨，無法保全清朝，沒奈何推戴老袁，老袁只做總統，不做皇帝，還是有話可說，並非篡逆一流，為此仍然效命，唯背後的辮髮，始終不肯薙去，卻是不忘清室的標示。棄舊事新，已成通習，張辮帥猶懷舊德，我說他是好人。但老袁卻為此一著，有些疑忌張勳，預恐帝制一行，他來反對，所以將他撤去督篆，調任散職，特令馮出督江，趙出督直，作為南北洋的羽翼。自是京都內外，統已布置妥當，就好慢慢兒的變更政體，開拓皇圖，偏這兩院議員，尚是睡在夢中，迭據一張沒用的臨時約法，指摘政府，迭加質問。真是盲人。那國務院討厭得很，索性簡截了當的答覆數語。看官道如何說法？他說：「兩院議員，既不足法定人數，當然停議，何能提出質問書？況大總統救焚拯溺，扶危定傾，確是當今第一位人傑，是非心跡，昭然天壤，更不便繩以常例」等語。簡直視為湯、武。議員爭他不過，只好將就過去。一日又一日，已是民國第三年元

第三十七回　罷國會議員回籍　行婚禮上將續姻

旦，總統府中，熱鬧異常，外賓內吏，均去觀賀，差不多有九天閶闔，萬國衣冠的盛儀。袁總統又把五等勳位，及九等嘉禾文虎各章，給賞了若干功狗，算作良辰令節的點染品。受惠感德的人，謳歌不絕。獨有人民向隅。轉眼間過了十日，忽由袁總統頒下一令道：

　　本日政治會議，呈覆救國大計諮詢一案，據稱：前兼領湖北都督黎元洪等原電，修正憲法一節，若指約法而言，應於諮詢增修約法程序案內，另行議覆，其對於國會現有議員，給資回籍，另候召集一節，應請宣布停止兩院現有議員職務，並宣告兩院現有議員，既與現行國會組織法第十五條所載總議員過半數之規定不符，應毋庸再為現行國會組織法第二條暨第三條之組織。至如何給資之處，應由政府迅速籌畫施行。

　　是否回籍，可聽其便，政府毋庸問及等語。本大總統詳加披閱，該會議議覆各節，與該前兼領都督黎元洪等，救國苦心，深相契合。原呈所陳大要，以為非速改良國會之組織，無以勉符尊重國會之公心，洵屬度時審勢，正當辦法。查兩院現有議員，既與現行國會組織法第十五條所載總議員過半數之規定不符，應即依照政治會議議決宣布停止議員職務，毋庸再為現行國會組織法第二條暨第三條之組織。所有民國議會，應候本大總統依照約法，另行召集，此次停止職務各議員，由國務總理財政總長，迅將如何給資之處，籌畫施行，餘如該會議所陳辦理。至兩院現有議員，自宣布停止職務之日起，既均毋庸再為國會組織法第二條暨第三條之組織，一應兩院事務，應由內務總長督飭籌備國會事務局，分別妥籌辦法，免滋貽誤，以副本大總統尊重國會之初意。此令。

　　還有一篇布告，是詳述黎元洪等電請原文，及政治會議中呈覆，無非說是約法不良，議員未善，應全體撤換，改新國會等情。其實是騙人伎倆，藉此取消立法機關，免得節外生枝，牽掣行政，那裡還肯再行召集呢？政治會議諸公，自李經羲以下，也有一兩個明白事理，陰懷憤恨，但看到黎元洪等原電，及老袁交議情形，已知木已成舟，不如順風

使帆，博得個暫時安穩；只晦氣了這班議員，平白地丟去歲俸五千圓，徒領了幾十元川資，出都回籍去了。雙方挖苦。

是時袁大公子克定，默觀乃父所為，明明是與自己的希望，一同進行，黎既軟禁，段又外調，所有阻礙，已經捽去，但只少一個位高望重的幫手，終究是未能圓滿。他又與段芝貴商議，想去籠絡江蘇都督馮國璋。馮國璋的勢力，不亞段祺瑞，聯段不可，轉而聯馮，也是一條無上的祕計。段芝貴的品行，清史上已經表見，他是揣摩迎合的聖手，敏達圓滑的智囊。既蒙袁公子垂詢，便想了一條美人計來，與袁公子附耳數語。袁公子大喜過望，便託他竭力作成。看官試掩卷猜之，愈加趣味。段芝貴應命去訖。

原來袁總統府中，有一位女教授，姓周字道如，乃是江蘇宜興縣人。她的父親，曾做過前清的內閣學士。這女士隨父居京，曾入天津女師範學校，學成畢業，雅擅文翰，喜讀兵書，嗣因中途失怙，情願事母終身，矢志不嫁。怎奈宦囊羞澀，餬口維艱，親丁只有一弟，雖曾需次都門，也未能得一美缺，所以這位周小姐，不能不出充教席，博衣食資。袁總統聞她才學，特延入府中，充為女教員，不特十數掌珠，都奉贄執弟子禮，就是後房佳麗，亦多半向她問字，願列門牆。袁三夫人閔氏，或云金氏，係高麗人，本末當詳見後文。與周女士尤為投契，朝夕相處，儼同姊妹。書窗閒談，偶及婚嫁事，三夫人笑語道：「吾姊芳齡，雖已三十有餘，但望去不過二十許人，摽梅迨吉，穠李餘妍，奈何甘心辜負，落寞一生呢？」周女士年齡藉此敘過。周女士道：「前因老母尚存，有心終事，今母已棄養，我又將老，還想什麼佳遇？」三夫人道：「姊言未免失察了。男婚女嫁，自古皆然，況太夫人已經仙逝，剩姊一身，漂泊無依，算什麼呢？」周女士喪母，亦隨筆帶過。這一席話，說

得周女士芳心暗動，兩頰緋紅，不由的垂頭嘆息。三夫人又接著道：「我兩人分屬師生，情同姊妹，姊有隱衷，儘可表白，當代為設法，玉成好事。」周女士方徐徐道：「我的本意，不願作孟德臞，但願學梁夫人，無如時命不齊，年將就木，自知大福不再，只好待諸來生了。」三夫人道：「哪裡說來！當代覓蘄王，慰姊夙願，何如？」周女士脈脈無言。

三夫人匆匆別去，即轉告袁總統，袁亦願作撮合山，但急切未得佳耦，因此權時擱起。可巧馮國璋在京，有時至總統府中，晤商要公，偶見一豐容盛鬋的周女士，不覺嘖嘖嘆羨，訝問何人？袁總統觸起舊感，即語國璋道：「這是宜興周女士，現在我處充女教習，博通經史，兼識韜鈐，聞汝喪耦有年，我當為汝作伐，聘她為繼室，倒也是一場佳話呢。」好一個冰上人。國璋答道：「總統盛意，很是感佩，但國璋正室雖喪，尚有姬妾數人，豚兒亦已長大，自問年將半百，恐難偶此佳麗，為之奈何？」口中雖這般說，心中卻早預設。袁總統道：「周女士的年齡，差不多要四十歲了，與汝相較，亦不過相距十歲，你既如此說法，我待商諸周女士，再行定議便了。」國璋稱謝而退。

未幾，國璋出督江寧，各大吏祖餞都門，恭送行旌，段芝貴時亦在座，席間談及周女士事，國璋掀髯笑道：「講到容貌兩字，亦未必賽過西子、王嬙，可是人家學問，實在高出我一個武夫，我年已及艾，還有什麼不滿意的事？不過這鬍子還長得住否，實在是一個大問題。」得意語。言畢，鼓掌大笑，眾亦隨作笑聲。段芝貴卻從旁湊趣道：「當日劉備娶孫夫人，洞房中環列刀槍，把劉備嚇得倒退，馮公雖統兵有年，若好事果成，雌威不可不防哩。」國璋復笑道：「言為心聲，段君想是懼內，自己有了河東獅，儘管小心奉承，不要向他人代慮呢。」大家詼諧一番，興闌席散。越宿，國璋即別友出都，自行赴任去了。段芝貴記在心裡，適

逢克定垂詢，遂將現成的美人計，敬謹奉獻。一日，至總統府，便乘間稟明袁總統，袁總統道：「我亦早有此想哩，只因國事倥傯，竟致忘懷，但兩造的意思，究未知是否贊同？」段芝貴道：「得大總統與他撮合，那有不情願之哩？況兩造感及玉成，將來總統有所指使，還怕他不內外效順麼？」袁總統頻頻點首。明人不必細說。一俟段芝貴退出，即囑三夫人去作說客。三夫人笑著道：「我已早代為說妥了。」袁總統即致函馮國璋，請踐原約。國璋本已有心，自然返報如命，且擇於民國三年一月十九日，行成婚禮。

到了一月十二日，袁總統即遣公子克定，及三夫人率領周家姻族，及主婚代表等，送周女士南下江寧。江寧鐵路，特備花車歡迎，沿路排列兵隊，氣象巍然。下關、江口一帶，熱鬧異常。輪渡碼頭，懸燈結綵，並有松柏牌樓一座，上懸匾額，署「大家風範」四大字。兩旁分列楹聯，左首八字，是「天上神仙，金相玉質。」右首八字，是「女中豪傑，說禮明詩。」待周女士等渡江而來，各乘大轎入江寧城，當以鼓樓前交涉局為坤宅，門前亦設著松枝牌樓，特用五色電燈，盤出「福共天來」四大字。宅中陳設一新，尤覺光怪陸離，色色齊備。室中環列武裝兵隊，層層擁護，又特置布篷職位數十所，屯駐警察，刀槍森耀，與晝間日光，夜間燈影，掩映生輝。都督府中人員，又稔知新人尚武，多派軍服侍者，窗前堦下，荷槍鵠立，端的是文經武緯，燦爛盈門。極力描摹。到了十八日下午二時，移置妝具，由坤宅啟行至都督府，前導軍樂，引以紅綢彩門，橫書四字為「山河委佗」，左右對聯，上為「掃眉才子，名滿天下」，下為「上頭夫婿，功垂江南」，聞說為旅寧同鄉所送。此外尚有直隸女師範學校，與高等女子小學教習學生，以及周女士閨友所贈詩章敘文頌詞對聯詞曲，均用玻璃屏裝飾，約計數十具。餘如箱櫳物件，卻

第三十七回　罷國會議員回籍　行婚禮上將續姻

尚簡樸，荊釵布裙，想見高風，不比那小家婦女，專從服飾上著想哩。好女不穿嫁時衣，想周小姐深得此旨。越日，即為婚期，坤宅因交涉局與都督府，相去太遠，移駐都督府西首花園內，專候馮都督親迎。時當午後，馮都督著上將禮服，佩掛勳章，乘輿出轅，由大總統代表人，介紹人，及司儀人，迎親人等，擁著彩輿，並排著全副儀仗，偕馮都督同至坤宅。護兵雜沓，軍樂喧闐，馮都督降輿入室，行過了親迎禮，略用點心，先行告別。過一小時，即由送親人等，送彩輿至都督府，三星在戶，百兩迎門。司儀員先登禮堂，請馮都督出來，一面請新娘降車。輿門開處，但見一位華裝炫飾，胡天胡帝的女嬌娃，姍步下輿，身穿玄青色貢緞繡著八團五彩花的禮衣，下係繡金灑花的大紅裙，宮額齊眉，遍懸珠勒，後面披著粉紅紗，約長丈許，有侍女兩人持著兩端，隨步而前。紅紗上設一彩結，置於髮頂，前懸兩球，適垂前額，藉以覆面。既入禮堂，與馮都督並肩立著，行文明結婚禮式，男女賓東西站立，先由大總統代表齎讀頌詞，新郎新娘，遣人代誦答詞，繼由男女賓分致頌詞，新郎新娘，又遣人誦答如儀。司儀員乃唱新郎新娘行鞠躬禮，兩下裡對向鞠躬，至再至三，夫婦禮成。當由兩新人對著代表介紹，鞠躬致謝。代表人、介紹人，依次答禮，然後男女親族，各行相見禮，無非是按著尊卑，相向鞠躬。男女賓又各行賀禮，兩新人亦依禮相答。笙簧並奏，鸞鳳和鳴，兩新人歸入洞房，賓朋等俱退出禮堂，各至客廳中，歡宴喜酒去了。自此洞房葉好，合巹共牢，說不盡的枕蓆風光，描不完的伉儷恩愛。小子且作詩一首，作為本回的結束。詩云：

一番趣事話風流，盡有柔情筆底收。
為問江南新眷屬，可將月老記心頭？

袁克定等送親畢事，相率返京，欲知後事，再閱下回。

立法機關,是民主國最要條件,此而可以停止,是已舉民主政體,完全推翻,奚待籌安設會;洪憲紀元,方為鼓吹帝政乎?老袁行於上,小袁行於下,聯黎聯段,俱難生效,不得已轉聯老馮,周女士道如,守北宮嬰兒之節,乃必為馮作伐,牽入政治漩渦中,枕蓆風光,雖饒趣味,然揆諸周女士之初志,毋乃未免渝節歟?一條美人計,究用得著否,試看後文便知。

第三十七回　罷國會議員回籍　行婚禮上將續姻

第三十八回
讓主權孫部長簽約　　失盛譽熊內閣下臺

　　卻說袁總統密圖帝制，專從內政上著手，日事變更，亦無暇顧及外交，就中蒙、藏風雲迄未解決，前藏達賴喇嘛，屢生異圖，辦事長官鍾穎，亦連電乞援。袁總統飭令滇、蜀各軍，相繼進徵，不防英兵亦陸續入藏，駐華英使，且向袁政府抗議，謂中國若增兵藏境，英政府非但不承認民國，且將派兵助藏，令他獨立。全是強權。袁總統無法對待，只好停止滇、蜀各軍，一面與達賴電商，撤還駐藏兵隊，全藏應承認中國的宗主權。達賴總算照允。嗣是川、藏邊境，暫息兵戈。尹昌衡亦奉召入京，撤去兵權。旋因尹擅納蠻女，滋擾川邊，竟加他罪名，拘禁起來，結果是褫職了案。總是一個刻薄手段。還有俄蒙協約，前經外交總長陸徵祥，與俄使辯論數次，只爭得一個領土權，另訂中俄協約六條，並將俄蒙協約中所稱附約十七條，作為中俄協約的附件，字句略加修改，所有外蒙古政府字樣，均改為外蒙古地方官字樣，算是保存國權的要點。當時政府曾提出國會，徵求同意，眾議院多進步黨，贊助政府，權予通融；參議院多國民黨，排斥政府，竟致否決。旋因贛、寧變起，不遑顧及此事。至民黨失敗，國會已成殘局，俄使庫朋斯齊，且提出協約四條，較原訂六條，尤為嚴酷。庫匪又連番南下，時來尋釁，防邊各兵，屢與戰爭，互有勝負。會外交總長已改任孫寶琦，不得已與俄使交涉，另訂協約五款，可巧國會停止，得由袁政府獨斷獨行，款約如下：

（一）俄國承認中國在外蒙古之主權。

（二）中國承認外蒙古之自治權。

（三）中國承認外蒙古人享有自行辦理自治外蒙古之內政，並整理本境一切工商事宜之專權。中國允許不干涉以上各節，是以不將兵隊派駐外蒙古，及安置文武官員，且不辦殖民之舉。唯中國可任命大員，偕同應用屬員，暨護衛隊，駐紮庫倫，此外中國政府，亦可酌派專員，駐紮外蒙古地方，保護中國人民利益，但地點應按照本檔案第五款商訂。俄國一方面，擔任除各領事署擁衛隊外，不於外蒙古駐紮兵隊，不干涉此境內之各項內政，並不在該境有殖民之舉動。

（四）中國宣告承受俄國調處，按照以上各款大綱，以及一九一二年十月二十一日俄蒙商務專條，明定中國與外蒙古之關係。

（五）凡關於俄國及中國在外蒙古之利益，暨各該處因現勢發生之各問題，均應另行商訂。

此外又由外交總長孫寶琦，照會俄使，另加宣告道：照得簽定關於外蒙古問題之宣告檔案，本總長奉有本國委任，以政府名義，向貴公使宣告各款如下：

（一）俄國承認外蒙古土地為中國領土之一部分。

（二）凡關於外蒙古政治土地交涉事宜，中國政府，允與俄國政府協商，外蒙古亦得參與其事。

（三）正文第五款所載隨後商訂事宜，當由三方面酌定地點，派委代表接洽。

（四）外蒙古自治區域，應以前清駐紮庫倫辦事大臣，烏裡雅蘇臺將軍，及科布多參贊大臣，所管轄之境為限。唯現在因無蒙古詳細地圖，而各處行政區域，又未劃清界限，是以確定外蒙古疆域，及科布多、阿爾泰劃界之處，應按照宣告檔案第五款所載，日後商定。

以上四款，相應照會貴公使查照，須至照會者。

照會去後，俄使也不復答覆，是否承認，無從懸揣。不過外蒙古一部分，已不啻告朔餼羊，名存實亡了。回結前第十七回。老袁也沒甚顧惜，但教皇帝做得成功，就是割去若干土地，亦所甘心，所以俄約告成，他尚喜慰，以為朔漠一帶，免多顧慮，從此好一心一意的，改革內政，求吾大欲。當下令政治會議諸公，於立法機關以外，特設一造法機關，法可自造，何用機關。為增修約法，及各種法案的基礎。議長李經羲以下，希旨承顏，即議定一約法組織條例，呈經袁總統裁奪，申令公布。凡約法會議的議員，仍參用選舉方法，選舉區畫，取都會集中主義。選舉資格，取人才標準主義。所以選舉會只限都會。京師選舉會，只準選出四人，選舉監督，就是內務總長充任。各省選舉會，每省只準選出二人，由各省民政長，充選舉監督，蒙藏青海聯合選舉會，只準選出八人；由蒙藏事務局總裁，充選舉監督。全國商會聯合會選舉會，只準選出四人，由農商總長，充選舉監督。選舉人及被選舉人，資格很嚴。選舉人分四等：（一）曾任或現任高等官吏，通達治術；（二）由舉人以上出身，夙著聞望；（三）在高等專門學校三年以上畢業，研精科學；（四）有萬元以上財產，熱心公益。被選舉人只分三等；（一）曾任或現任高等官吏，確有成績；（二）在中外專門學校，習過法律政治學，三年以上畢業；或曾由舉人以上出身，通曉法政，確有心得；（三）碩學通儒，著述宏富，確有實用。這三項人當選以後，還須經過中央審查會，查係合格，方得給予證書，實任約法會議議員，正副議長，由議員互選，各置一人。遇有議決事件，必咨請總統裁可，才得公布。政府且得派員出席，發表意見，唯以不得加入議決為限。這等條例，明明是限制民意，集權政府，一時不便擅作威福，就借這非驢非馬的法子，掩飾過去。還是多事。

第三十八回　讓主權孫部長簽約　失盛譽熊內閣下臺

尋又修正法制局官制，訂定法律編查會規則，統是責成官長，不採公議。未幾，又取消地方自治制。曾記民國三年二月三日，有一通令云：

地方自治，所以輔佐官治，振興公益，東西各國，市政愈昌明者，則其地方亦愈蕃滋。吾國古來鄉遂州黨之制，嗇夫鄉老之稱，聿啟良規，允臻上理，要皆辦等位以進行，決非離官治而獨立，為社會謀康寧，決非為私人攘權利。乃近來迭據湖北、河南、直隸、甘肅、安徽、山東、山西等省民政長電呈，僉以各屬自治會，良莠不齊，平時把持財政，抵抗稅捐，干預詞訟，妨礙行政，請取消改組等語，業經先後照准在案。

茲又續據熱河都統姜桂題，電稱承德縣頭溝鄉議事會，私設法庭，非刑拷訊。湖南都督湯薌銘，電稱湘省各級自治機關，密布黨徒，暗中勾結，當亂黨叛變，各會職員，跳蕩譸張，或汙偽命，自任中堅。且平時弁髦法令，魚肉鄉民，無所不至，請即行解散，以清亂源。山東民政長田文烈等，電稱棲霞縣鄉民，因上下兩級自治會，平日私受訴訟，濫用刑罰，集怨釀變，聚眾圍城，業已派隊彈壓。吉林民政長齊耀琳，呈稱長春縣議事會議決，不按法定人數，違反省行政官命令，把持稅務，非法苛捐，冒支兼薪，並對於外交重事，公然侮辱。貴州民政長戴戡，電稱黔省自治機關，由多數暴民專制，動稱民權，不知國法，非廓清更始，庶政終無清肅之時。浙江民政長屈映光，電稱浙省自治會，侵權違法，屢形自擾，請停止進行，另訂辦法各等情，本大總統深維致治之道，貴在無擾，革命以來，吾民兩丁困厄，滿目瘡痍，每一念及，怒焉如擣。

似此蔑法亂紀之各自治機關，若再聽其盤踞把持，滋生厲階，吏治何由而飭？民生何由得安？著各省民政長通令各屬，將各地方現設之各級自治會，立予停辦，所有各該會經管財產文牘，及另設財務捐務公所

等項，由各該知事接收保管。會員中如有侵蝕公款公物者，應徹底清查，按律懲辦。其從前由各該會擅行苛派之瑣細雜捐，諸凡不正當之收入，並著各該縣知事，詳晰查報內務部，酌量核定。至於自治不良，固由流品濫雜，亦由從前立法未善，級數太繁，區域太廣，有以致之。著內務部迅將自治制度，從新釐訂，務以養成自治人才，鞏固市政基礎，為根本之救治，庶符選賢與能之古旨，漸進民治大同之盛軌。其自治制未頒定以前，各該地方官，尤宜慎選公正士紳，委任助理，自治會員中，亦不乏賢達宿望，並宜虛衷延訪，勤求民隱，不得誤會操切，致違本大總統懲除豪暴，保良善之本意。此令。

　　地方自治，既已取消，各省都督民政長，又推趙秉鈞領銜，呈請將各省議會議員，一律停止職務。恐仍由老肅授意。

　　袁總統復有所藉口，又續下一令道：

　　據署直隸都督趙秉鈞署直隸民政長劉若曾等電稱，各省議會成立，瞬及一年，於應議政事，不審事機之得失，不究義理之是非，不權利害之輕重，不顧公家之成敗，唯知懷挾私意，一以黨見為前提。甚且當湖口肇亂之際，創省會聯合之名，以滬上為中心，作南風之導火，轉相聯繫，胥動浮言。事實彰明，無可為諱。有識者潔身遠去，謹願者緘默相安。議論紛紜，物情駭詫，而一省之政治，半破壞於冥冥之中。推求其故，蓋緣選舉之初，國民黨勢力，實占優勝，他黨與之角逐，一變而演成黨派之競爭，於是博取選民資格者，遂皆出於黨人，而不由於民選。雖其中富於學識，能持大體者，固不乏人，而以擴張黨勢，攘奪權利為宗旨，百計運動而成者，比比皆是。根本既誤，結果不良。現自國民黨議員奉令取消以來，去者得避害馬敗群之謗，留者仍蒙薰蕕同器之嫌。議會之聲譽一虧，萬眾之信仰全失。微論缺額省分，當選遞補，調查備極繁難，即令本年常會期間，議席均能足額，而推測人民心理，利國福

第三十八回　讓主權孫部長簽約　失盛譽熊內閣下臺

民之希冀，全墮空虛。一般輿論，僉謂地方議會，非從根本解決，收效無期；與其敷衍目前，不如暫行解散，所有各省省議會議員，似應一律停止職務，一面迅將組織方法，詳為釐定，以便另行召集，請將所陳各節，發交政治委員會議決等語。該都督所陳各節，自係實情，應如所請，交政治會議公同議決，呈候核奪施行。此令。

看官！你想政治會議諸公，都是一班明哲保身的人物，就時論勢，已覺得各省議會，存立不住，索性撤掉了他，使老袁得稱心如願，因此呈覆上去，只說各省電呈，實是不錯。袁總統非常快活，遂名正言順的將各省議會取消了。自是民意機關，摧殘殆盡，就是司法一部分，也說因財政艱難，將初級審檢廳，盡行裁去，並歸縣知事帶管，於是行政權擴充極大，官僚派乘時得位，復借幾種古聖先王的政治，緣飾成文，曲為迎合，如祭天祀孔制禮作樂等議論，盛倡一時。袁總統一一照准，說什麼對越神明，說什麼尊崇聖道。大祀典禮，概用拜跪，大有希蹤虞夏，凌駕漢唐的規範。東施效顰，適形其醜。

唯內閣總理熊希齡，起初是一往無前，頗欲展施抱負，造成一法治國，所以一經就任，便草就大政方針宣言書，擬向國會宣布。偏偏國會停止，變為政治會議，熊復將大政方針，交政治會議審定。政治會議諸公，以內閣將要推倒，還有什麼責任內閣政策，可以施行，隨即當場揶揄，加以譏笑。京內外人士，又因袁總統種種命令，多半違法，熊總理不加可否，一一副署，既失去官守言責的義務，有何面目職掌首揆，侈談政治？從此第一流內閣的名譽，又變做落花流水，蕩滅無遺。熊亦心不自安，提出辭職呈文，極力請去。何不早去？遲了數日，反害得聲名塗地。袁總統批示挽留，只準免兼財政，另調周自齊署財政總長，仍兼代陸軍總長，所有交通總長一缺，命內務總長朱啟鈐兼理。熊希齡決計告退，再行力辭，袁總統乃準免本宮，令外交總長孫寶琦，兼代理國務

總理。司法總長梁啟超，教育總長汪大燮，因與熊氏有連帶關係，依次辭職。袁復改任章宗祥為司法總長，蔡儒楷為教育總長，餘部暫行照舊。小子有詩詠熊鳳凰道：

不經飛倦不知還，鳳鳥無靈誤出山。

古諺有言須記取，上場容易下場難。

熊內閣既倒，熊希齡相率出都，忽有一急電到總統府，說有一現任都督，竟致暴斃了。究竟何人暴亡，俟下回再行揭載。

中國兵力，戰強俄則不足，平庫倫則有餘，當庫倫獨立之日，正民國創造之時，設令乘南北統一，即日發兵，遠征朔漠，內以掩活佛之不備，外以制俄焰之方張，則庫倫不足平，而俄入自無由置喙矣。乃專為自謀，竟忘外患，因循久之，卒致俄人著著進行，不惜棄外蒙辦甌脫地，與彼定約。夫老袁既欲取威定霸，何對於外人，畏葸若此？而對內則又悍然不顧，肆行無忌，自國會停止後，而地方自治，而省議會，諸民意機關，如秋風之掃落葉，了無孑遺。然鳳凰身為總理，不能出言匡正，且又戀棧不去，以視唐少川輩，有愧色矣。一失足成千古恨，熊亦自知愧悔否耶？

第三十八回　讓主權孫部長簽約　失盛譽熊內閣下臺

第三十九回
逞陰謀毒死趙智庵　改約法進相徐東海

　　卻說暴病身亡的大員，並非別人，乃是現任直隸都督趙秉鈞。秉鈞本袁氏心腹，自袁氏出山後，一切規劃，多仗秉鈞參議，及晉任國務總理，第一大功，便是謀刺宋教仁一案，回應第二十回。他嘗指示洪述祖，勾結應夔丞，實為宋案中的要犯。至贛、寧失敗，民黨中人，統已航海亡命，把這一樁天大的案件，無形打消，應夔丞也從上海監獄中，乘機脫逃。應在上海潛跡數月，不便出頭，自思刺宋一案，有功袁氏，不如就此北上，謁見老袁，料老袁記念前功，定必給畀優差，還我富貴。但自己與老袁未曾相識，究不便直接往見，湊巧趙秉鈞調任直隸總督，正好浼他介紹，作為進身地步。一函密達，旋得好音，趙秉鈞已替他轉達老袁，召使北上，於是這鑽營奔走的應桂馨，遂放心安膽，整備行裝，乘津浦火車北上。既至天津，與秉鈞相見，秉鈞很是優待，一住數日，賓主言歡，彼此莫逆。應欲進謁總統，當由趙用電話，先向總統府接洽，然後送應出署，且派衛隊送至車站，待應上車北駛，衛隊方回署消差。

　　不到半日，忽由京津路線的車站，傳達緊急電話，到了直督署中，報稱應夔丞被刺死了。趙秉鈞得此消息，吃一大驚，急忙覆電，問係何人大膽，敢爾行凶？現在曾否拿住凶手？不料回電又來，說係凶手勢大，不便拿訊。趙秉鈞聞到此語，已瞧料了十分之九，只因良心上忍不過去，乃復傳電話至總統府，向袁總統直接問話。袁總統直捷答覆，但

有「總統殺他」四字。秉鈞又向電話中傳聲道：「自此以後，何人肯為總統府盡力。」連呼數聲，簡直是沒人答應，秉鈞亦只好擲下電筒，咨嗟不已。並非嘆惜應夔丞，實是嘆惜自己。原來袁總統慣使陰謀，彷彿當年曹阿瞞，有寧我負人，毋人負我的意思。他想應果來京，如何位置？不如殺死了他，既免為難，又可滅口，遂陰遣刺客王滋圃，乘了京津火車，直至津門，與應在車中相見，但說是奉總統命，特來歡迎。應夔丞快慰得很，那裡還去防備。不料到了中途，拍的一聲，竟送應一顆衛生丸，結果了他的性命，車中人夫相率驚惶，王滋圃竟抬出「總統」二字，作為護盾。

　　當時京畿一帶，聽得袁總統大名，彷彿與神聖一般，那個敢去多嘴？唯應夔丞貪慕榮利，害得這般收場，徒落得橫屍道上，貽臭人間。漁父有知，應在泉下自慰曰：「應該如此」。趙秉鈞自應被刺後，免不得暗暗悔恨，憂鬱成疾，好幾日不能視事，便電向總統府中，去請病假。袁總統自然照准，且飭遣一個名醫，來津視疾。秉鈞總道他奉命來前，定是高手，便令他悉心診治，依方服藥，誰知藥才入口，便覺胸前脹悶；過了半時，藥性發作，滿身覺痛，腹中更覺難熬，好似絞腸痧染著，忽起忽僕，帶哭帶號，急思詰問來醫，那醫生已出署回京。秉鈞自知中毒，不由的恨恨道：「罷了罷了。」說到兩個「罷」字，已是支持不住，兩眼一翻，嗚呼畢命。好至閻王殿前，與宋教仁、應夔丞、武士英等一同對簿。死後的情形，甚是可怕，四肢青黑，七孔流血，比上年林述慶死狀，還要加重三分。當下電訃中央，袁總統談笑自若，只形式上發了一道命令，說他如何忠勤，給金治喪，算作了事。看官不必細問，便可知秉鈞中毒，仍與應夔丞被刺一樣的遭人暗算，不過夔丞被刺，是完全為宋案關係，殺死滅口，秉鈞中毒，一半是為著宋案，一半是為著帝制。

先是秉鈞在京，嘗恨東南黨人，迭加詰責，曾語袁總統道：「名為元首，常受南人牽制，正足令人懊恨，不如前時統領北洋，尚得自由行動呢。」袁總統點首無言。袁大公子克定，疑他言外有意，隱諷老袁為帝，所以密謀禪襲，首先示意秉鈞，不料秉鈞竟不贊成。克定亦從此挾嫌，至夔丞刺死，遂向老袁前進讒，說他怨望。袁信以為真，適秉鈞命數該絕，生起病來，遂暗囑醫生，赴津治病，投藥一劑，即將秉鈞活活治死，真個是殺人猛劑，賽過刀鋸呢，話休煩敘。

且說約法會議，組織告成，於三月十八日開會，推孫毓筠為議長，施愚為副議長，把民國元年的《臨時約法》，逐條修改，一意的尊重主權，剷除民意，一面設平政院及肅政廳，規復前朝御史臺規制，並組織海陸軍大元帥統率辦事處，將全國海陸兵柄，一古腦兒收集中央，於是召段祺瑞回京供職，另遣段芝貴署理湖北都督。是時白狼正馳突楚、豫，擾均州，竄淅川，勾結餘黨孫玉章、時家全、王成敬等，攻破荊紫關，意圖西向。回顧第二十五回。袁總統既召祺瑞回京，復令他沿途緝匪，助剿白狼，這明是忌他督鄂，迫令交卸，又不願他速回陸軍本任，特令逗留京外，免來作梗。至護軍使趙倜等，已將白狼逼入西北，陣斃悍匪千餘人，白狼勢焰已衰，然後段祺瑞返入京師，再任陸軍總長。這時候的約法會議，已經修正約法，由袁總統核定，照例公布了。新約法共計十章，分列六十八條，就中所有文字，實是袁氏潛圖帝制的先聲，小子不能不錄，約法如下：

〔第一章　國家〕

　　第一條　中華民國，由中華人民組織之。

　　第二條　中華民國之主權，本於國民之全體。

　　第三條　中華民國之領土，依從前帝國所有之疆域。

〔第二章　人民〕

　　第四條　中華民國人民，無種族階級宗教之區別，法律上均為平等。

　　第五條　人民享有下列各款之自由權：

　　（一）人民之身體，非依法律，不得逮捕拘禁審問處罰；（二）人民之住宅，非依法律，不得侵入或搜尋；（三）人民於法律範圍內，有保有財產及營業之自由；（四）人民於法律範圍內，有言論著作刊行，及集會結社之自由；（五）人民於法律範圍內，有居住遷徙之自由；（六）人民於法律範圍內，有信教之自由。

　　第六條　人民依法律所定，有請願於立法院之權。

　　第七條　人民依法律所定，有訴訟於法院之權。

　　第八條　人民依法律所定，有訴願於行政官署，及陳訴於平政院之權。

　　第九條　人民依法律所定，有願任官考試及從事公務之權。

　　第十條　人民依法律所定，有選舉及被選舉之權。

　　第十一條　人民依法律所定，有納稅之義務。

　　第十二條　人民依法律所定，有服兵役之義務。

　　第十三條　本章之規定，與海陸軍法令，及紀律不相牴觸者，軍人適用之。以上數條，多用法律二字，其時國會已廢，即下文所定之立法院，後且未聞建設，徒以命令為法律，朝三暮四，民無適從，何民權之足言？

〔第三章　大總統〕

　　提大總統於立法院之前，見得行政勢力，重於立法。

　　第十四條　大總統為國之元首，總攬統治權。

　　第十五條　大總統代表中華民國。

第十六條　大總統對國民之全體負責任。

第十七條　大總統召集立法院，宣告開會停會閉會。

第十八條　大總統提出法律案及預算案於立法院。

第十九條　大總統為增進公益，或執行法律，或基於法律之委任，釋出命令，並得使釋出之。但不得以命令變更法律。

第二十條　大總統為維持公安，或防禦非常災害，事機緊急，不能召集立法院時，經參政院同意，得釋出與法律有同等效力之教令，但須於次期立法開會之始，請求追認。若立法院否認時，即失其效力。

第二十一條　大總統制定官制官規，並任免文武職官。

第二十二條　大總統宣告開戰媾和。

第二十三條　大總統為陸海軍大元帥，統率全國陸海軍，並定陸海軍之編制及兵額。

第二十四條　大總統接受外國大使公使。

第二十五條　大總統締結條約，但變更領土，或增加人民負擔之條款，須經立法院同意。

第二十六條　大總統依法律宣告戒嚴。

第二十七條　大總統頒給爵位勳章，並其他榮典。

第二十八條　大總統宣告大赦特赦減刑復權，但大赦須經立法院同意。

第二十九條　大總統因故去職，或不能視事時，副總統代行其職權。

〔第四章　立法〕

第三十條　立法以人民選舉之議員組織立法院行之。（立法院之組織，及議員選舉方法，由約法會議議決之。）

第三十一條　立法院之職權如下：

（一）議決法律；（二）議決預算；（三）議決或承諾關於公債募集及國庫負擔之條件；（四）答覆大總統諮詢事件；（五）收受人民請願事件；（六）提出法律案；（七）提出關於法律及其他事件之意見，建議於大總統；（八）提出關於政治上之疑義，要求大總統答覆；但大總統認為須祕密者，得不答覆之；（九）對於大總統有謀叛行為時，以總議員五分四以上之出席，出席議員四分三以上之可決，提起彈劾之訴訟於大理院。

第三十二條　立法院每年召集之會期，以四個月為限，但大總統認為必要時，得延長其會期，並得於閉會期內，召集臨時會。

第三十三條　立法院之會議，須公開之，但經大總統之要求，或出席議員過半數之可決時，得祕密之。

第三十四條　立法院議決之法律案，由大總統公布施行。

第三十五條　立法院議長副議長，由議員互選之，以得票過投票總數之半者為當選。

第三十六條　立法院議員於院內之言論及表決，對於院外不負責任。

第三十七條　立法院議員，除現行犯及關於內亂外患之犯罪外，會期中非經立法院許可，不得逮捕。

第三十八條　立法院法由立法院自定之。

〔第五章　行政〕

第三十九條　行政以大總統為首長，置國務卿一人贊襄之。

第四十條　行政事務，置外交、內務、財政、陸軍、海軍、司法、教育、農商、交通各部分掌之。

第四十一條　各部總長，依法律命令，執行主管行政事務。

第四十二條　國務卿、各部總長及特派員，代表大總統出席立法院發言。

第四十三條　國務卿、各部總長，有違法行為時，受肅政廳之糾彈，及平政院之審理。

〔第六章 司法〕

第四十四條 司法以大總統任命之法官,組織法院行之。

第四十五條 法院依法律獨立,審判民事訴訟,刑事訴訟,但關於行政訴訟,及其他特別訴訟,各依其本法之規定行之。

第四十六條 大理院對於第三十一條第九款之彈劾事件,其審判程序,別以法律定之。

第四十七條 法院之審判,須公開之,但認為有妨害安寧秩序,或善良風俗者,得祕密之。

第四十八條 法官在任中,不得減俸或轉職,非依法律受刑罰之宣告,或應免職之懲戒處分,不得解職。

〔第七章 參政院〕

第四十九條 參政院應大總統之諮詢審議重要政務。（參政院之組織,由約法會議議決之。）

〔第八章 會計〕

第五十條 新課租稅,及變更稅率,以法律定之。（現行租稅,未經法律變更者,仍舊徵收。）

第五十一條 國家歲出歲入,每年度依立法院所議決之預算案行之。

第五十二條 因特別事件,得於預算內預定年限,設繼續費。

第五十三條 為備預算不足,或於預算以外之支出,須於預算內設預備費。

第五十四條 下列各款之支出,非經大總統同意,不得廢除或裁減之:(一)法律上屬於國家之義務者;(二)法律之規定所必需者;(三)履行條約所必需者;(四)海陸軍編制所必需者。

第五十五條 為國際戰爭或戡定內亂,及其他非常事變,不能召集立

法院時，大總統經參政院之同意，得為緊急財政處分。但須於次期立法院開會之始，請求追認。

　　第五十六條　預算不成立時，執行前年度預算。會計年度既開始，預算尚未議定時亦同。

　　第五十七條　國家歲出歲入之預算，每年經審計院審定後，由大總統提出報告書於立法院，請求承諾。

　　第五十八條　審計院之編制，由約法會議議決之。

〔第九章　制定憲法程序〕

　　第五十九條　中華民國憲法案，由憲法起草委員會起草。（委員會以參政院所推舉之委員組織之，人數以十名為限。）

　　第六十條　中華民國憲法案，由參政院審定之。

　　第六十一條　中華民國憲法案，經參政院審定後，由大總統提出於國民會議議決之。（國民會議之組織，由約法會議議決之。）

　　第六十二條　國民會議，由大總統召集並解散之。

　　第六十三條　中華民國憲法，由大總統公布之。

〔第十章　附則〕

　　第六十四條　中華民國憲法未施行以前，本約法之效力，與憲法等。（約法施行前之現行法令，與本約法不相牴觸者，保有其效力。）

　　第六十五條　中華民國元年所宣布之清帝辭位後優待條件，清皇族待遇條件，滿蒙回藏各族待遇條件，永不變更其效力。

　　第六十六條　本約法由立法院議員三分二以上，或大總統提議增修，經立法院議員五分四以上之出席，出席議員三分二以上之可決時，由大總統召集約法會議增修之。

　　第六十七條　立法院未成立以前，以參政院代行其職權。

第六十八條　本約法自公布之日施行，民國元年三月十一日公布之臨時約法，於本約法施行之日廢止。

舊約法既廢，新約法施行，便靠著三十九條新例，請出一位老朋友來，做了國務卿，看官道是誰人？就是清末的內閣協理徐世昌。抬出他的舊官銜，未免太刻。徐字菊人，東海人氏，世人叫他徐東海。他與袁總統係是故交，民國新造，他雖未曾登場，尚是留住都門，隱備老袁顧問，至此奉到袁總統命令，起初是上書告辭，只說是年衰力絀，難勝巨任，後經孫寶琦、段芝貴兩人，替總統代為勸駕，備極殷勤，那時這位徐菊老，幡然心動，也不暇他顧，居然來做國務卿了。當下將國務院官制，一律取消，特就總統府設一政事堂，由國務卿贊襄政務，承大總統命令，監督政事堂事務，國務卿以下，分設左右兩丞，左丞任了楊士琦，右丞任了錢能訓，並設五局法制局，機要局，銓敘局，主計局，印鑄局。一所，各置長官，又選入參議八員，與議政事，這明明是置相立輔，唯王建國的意思。正是：

濁世復逢新魏武，泥人又見老徐娘。

國務卿以外，還有各部總長，亦略有更動，容待下回敘明。

應夔丞之被刺，與趙秉鈞之暴亡，雖係由老袁辣手，然亦未始非趙、應之自取。殺人，何事也？與人無讎，而甘受主使，致人於死，我殺人人亦殺我，人能使我殺人，安知不能使人殺我？相去不過一間，趙秉鈞特未之思耳。若廢止舊約法，施行新約法，實是藉此過渡，接演帝制。徐東海閱世已久，應燭幾先，何苦受袁氏羈縻，甘居肘下耶？我為徐東海語曰：「太不值得。」

第三十九回　逞陰謀毒死趙智庵　改約法進相徐東海

第四十回
返老巢白匪斃命　守中立青島生風

卻說各部總長,由袁總統酌量任命,外交仍孫寶琦,內務仍朱啟鈐,財政仍周自齊,陸軍仍段祺瑞,海軍仍劉冠雄,司法仍章宗祥,農商仍張謇,唯教育總長,改任了湯化龍,交通總長,改任了梁敦彥。大家俯首聽命,毫無異言。袁總統又特下一令道:

現在約法業經公布施行,所有現行法令,及現行官制,有無與約法牴觸之處,亟應剋日清釐,著法制局迅行,按照約法之規定,將現行法令等項,匯案分別修正,呈候本大總統核辦。在未經修正公布以前,凡關於呈報國務總理等字樣,均應改為呈報大總統;關於各部總長會同國務總理呈請字樣,均應改為由各部總長呈請;關於應以國務院令施行事件,均改為以大總統教令施行。餘仍照舊辦理。此令。

據這令看來,大總統已有無上威權,差不多似皇帝模樣,就是特任的國務卿,也是無權無柄,只好服從總統,做一個政事堂的贅瘤,不過總統有令,要他副署罷了。令出必行,還要什麼副署。嗣是一切制度,銳意變更,條例雜頒,機關分設,就中最注目的法令,除新約法中規定的審計院,參政院,次第組織外,還有什麼省官制,什麼道官制,什麼縣官制,每省原有的民政長,改稱巡按使,得監督司法行政,署內設政務廳,置廳長一人,又分設總務、內務、教育、實業各科,由巡按使自委掾屬佐理。道區域由政府劃定,每道設一道尹,隸屬巡按使,所有從前的觀察使,一律改名;縣置知事,為一縣行政長官,須隸屬道尹。且

各縣訴訟第一審,無論民事刑事,均歸縣知事審理。打消司法獨立。至若各省都督,也一概換易名目,稱為將軍。都督與將軍何異?無非因舊有名目,非經袁氏制定,所以有此更張。又另訂文官官秩,分作九等:(一)上卿,(二)中卿,(三)少卿,(四)上大夫,(五)中大夫,(六)少大夫,(七)上士,(八)中士,(九)少士。不稱下而稱少,是何命意。此外又有同中卿,同上大夫,同少大夫,同中士,同少士等名稱,秩同本官。少卿得以加秩,稱為同中卿,故有同中卿之名。同上大夫以下,可以類推。他如各部官制,亦酌加修正,並將順天府府尹,改稱京兆尹。所有大總統公文程序,政事堂公文程序,及各官署公文程序,盡行改訂。一面取消國家稅地方稅的名目。

什麼叫做國家稅地方稅?國家稅是匯解政府,作為中央行政經費,地方稅是截留本地,作為地方自治經費。此次袁氏大權獨攬,已命將地方自治制,廢撤無遺,當然取消地方稅,把財政權收集中央,而且募兵自衛,加稅助餉,新創一種驗契條例,凡民間所有不動產契據,統要驗過,照例收費;又頒三年國內公債條例,強迫人民出貲,貸與政府;還有印花稅,菸酒稅,鹽稅等,陸續增重,依次舉行。

民間擔負,日甚一日,叫他向何處呼籲?徒落得自怨自苦罷了。

五月二十六日,參政院成立,停止政治會議,特任黎元洪為院長,汪大燮為副院長,所有參政人員,約選了七八十人,一大半是前朝耆舊,一小半是當代名流。袁總統且援照新約法,令參政院代行立法權,黎元洪明知此事違背共和,不應充當院長,但身入籠中,未便自由,只好勉勉強強的擔個虛名兒,敷衍度日,院中也不願進去,萬不得已去了一回,也是裝聾作啞,好像一位泥塑菩薩,靜坐了幾小時,便出院回寓去了。也虧他忍耐得住。袁總統不管是非,任情變法,今日改這件,明

日改那件,頭頭是道,毫無阻礙,正在興高采烈的時候,又接到河南軍報,劇盜白狼,已經擊斃,正是喜氣重重,不勝慶幸,究竟白狼被何人擊死?說來話長,待小子詳敘出來:

白狼自擊破紫荊關,西行入陝,所有悍黨,多半隨去,只李鴻賓眷戀王九姑娘,恣情歡樂,不願同行,王成敬亦掠得王氏兩女,此非王不仁女。左抱右擁,留寓宛東。當時白狼長驅入陝,連破龍駒寨、商縣,進陷藍田,繞長安而西,破盩厔,復渡渭陷乾縣,全陝大震。河南護軍使趙倜,急由潼關入陝境,飛檄各軍會剿,自率毅軍八營,追擊白狼。白狼偵得消息,復竄踞鄜縣,大舉入甘肅,甘省兵備空虛,突遭寇警,望風奔潰,秦州先被攻入,伏羌、寧遠、醴縣,相繼淪陷,回匪會黨,所在響應,嘯聚至數萬人。白狼竟露布討袁,斥為神奸國賊,文辭工煉,相傳為陳琳討曹,不過爾爾。居然大出風頭。嗣聞毅軍追至,各黨羽飽囊思歸,各無鬥志,連戰皆敗,返竄岷、洮。白狼乃集眾會議,借某顯宦宅為議場,狼黨居中,南士居左,北士居右,其徒立門外。白狼首先發言道:「我輩今日,勢成騎虎,進退兩途,願就諸兄弟一決。有奇策,可徑獻。贊成者擊掌,毋得妄譁!」當有馬醫徐居仁,曾為白狼童子師,即進言道:「清端郡王載漪,發配在甘,可去覓了他來,奉立為主,或仍稱宣統年號,藉資號召。」此策最愚。言已,擊掌聲寥寥無幾。白狼慨然道:「滿人為帝時,深仁如何,虐待如何?

都與我無干。但他坐他的朝,我趕我的車,何必拉著皇帝叫姊夫,攀高接貴呢。」旁邊走過一個獨隻眼,綽號白瞎子,也是著名悍目,大言道:「還不如自稱皇帝罷,就使不能為朱元璋,也做一個洪秀全。」此策卻是爽快,然理勢上卻萬不能行。狼黨聞言,多半擊掌。南士北士,無一相應。狼之謀士,且反對帝制。白狼笑道:「白家墳頭,也沒有偌大氣

脈，我怎敢作此妄想？」頗還知足。謀士吳士仁、楊芳洲獻議道：「何不入蜀？蜀稱天險，可以偏安，且前此得城即棄，實非良策，此後得破大城，即嚴行防守，士馬也得安頓休息，養精蓄銳，靜待時機，何必長此奔波呢？」為白狼計，要算上策。南士北士，全體擊掌。唯狼黨狼徒，相率寂然。芳洲又道：「富貴歸故鄉，楚霸王終致自刎；且樊生占易，返裡終凶，奈何忘著了？」白狼瞿然道：「汝言極是，我願照行。」語未畢，但聽門外的狼徒，齊聲譁噪道：「就是到了四川，終究也要回來，不如就此回去罷。」士仁再欲發言，狼徒已競拾磚石，紛紛投入，且譁然道：「白領袖如願入川，盡請尊便，我等要回里去了。」惡貫已盈，不歸何待？白狼連聲呵止，沒人肯聽，乃恨恨道：「都回去死罷。」乃徑向東行。回匪會黨，沿途散歸，就是南北謀士，也知白狼不能成事，分頭自去。狼眾又各顧私囊，與白狼分道馳還。人心一散，便成瓦解。

　　白狼怏怏不樂，行至寧遠、伏羌，遇著官軍，再戰再敗，白瞎子等皆戰死，唯白狼且戰且走，馳入鄜縣，又被趙倜追至，殺斃無算；轉向寶雞，又遭張敬堯截擊；遁至子午谷，覆被秦軍督辦陸建章攻殺一陣，那時白狼收拾殘眾，硬著頭皮，突出重圍，走鎮安，竄山陽。鄂督段芝貴，豫督田文烈，飛檄各軍堵剿，部令且懸賞十萬圓，購拿白狼。白狼越山至富水關，倦極投宿，睡至夜半，忽聞槍聲四起，慌忙起床，營外已盡是官軍，眼見得抵敵不住，只好赤身突圍，登山逃匿，官軍乘勢亂擊，斃匪數百人。比明，天覆大霧，經軍官齊鳴號鼓，響震山谷，匪勢愈亂，紛紛墜崖。

　　看官道這支官兵，是何人統帶？原來就是巡防統領田作霖。作霖奉田督命令，調防富水，隨帶不過千餘人，既抵富水關附近，距匪不過十餘里，聞鎮嵩軍統領劉鎮華，駐紮富水鎮，乃重資募土人，令他致函與

劉，約他來日夾攻，土人往返三次，均言為匪所阻，不便傳達。作霖正在驚疑，忽有一老翁攜榼而來，饋獻田軍，且語作霖道：「從前僧親王大破長髮賊於此，此地有紅燈溝、紅龍溝兩間道，可達匪營，若乘夜潛襲，定獲全勝。」鄉民苦盜久矣。作霖大喜，留老翁與餐，令為鄉導。黃昏已過，即令老者前行，自率軍隨後潛進。老翁夜行如晝，此老殆一隱君子。及至狼營，即由作霖傳令，分千人為左右翼，衝突進去。果然狼營立潰，大獲勝仗。嗣因兵力單弱，不便窮追，俟至天明，令軍士擊鼓，作為疑兵。連長鞠長庚，率左翼抄出山北，巧遇鎮嵩軍到來，正要上山擒狼，那知毅軍尾至，錯疑鎮嵩軍為匪，開砲轟擊。鎮嵩軍急傳口號，禁止毅軍，毅軍攻擊如故，惱動了劉鎮華，竟欲揮眾返攻。白狼乘隙遁去。至田作霖馳至，互為解釋，各軍復歸於好，那白狼已早遠颺了。

但狼眾經此一戰，傷亡甚眾，及遁至屈原岡，白狼檢點黨羽，不過三四千人，楊芳洲喟然道：「初入甘省，三戰三勝，一行思歸，四戰四敗。昔楚懷王不用屈原，終為秦擄，目今我等亦將被擄了。」白狼亦長嘆道：「諸兄弟固強我歸，使我違占愎諫，以至於此，尚有何言？」乃與宋老年等，再行東竄。趙倜、田作霖二軍，晝夜窮追，迭斃狼眾。

至臨汝南半閘街東溝，與白狼相遇，飛彈擊中狼腰，狼負傷入搭腳山，手下只百餘人，又被官軍圍攻，越山北遁，返至原籍大劉莊，傷劇而亡。狐死正首邱，豈狼死亦復如是？黨夥七人，把屍首掩埋張莊，狼有叔弟二人，知屍所在，恐被株連，潛向鎮嵩軍呈報。民國四年八月五日，分統張治功，掘斬狼首。特載年月日，為了結白狼一案。只說是派人投匪，乘間刺斃。對鎮華忙據詞電陳，袁總統喜出望外，即下令嘉獎。

第四十回　返老巢白匪斃命　守中立青島生風

那知趙倜的呈文，又復到來，聲稱白狼斃命情形，實係因傷致死，並非張治功部下擊斃，田作霖、張敬堯稟報從同，乃再下令責罰張治功，褫去新授的少將銜及三等文虎章。

劉鎮華代為謊報，亦撤銷新授的中將銜及勳五位，以示薄懲。所有餘匪，著各軍即日肅清。究竟白狼如何致死，尚沒有的確憑證，無非是彼此爭功罷了。論斷甚是。

這時候的王成敬、李鴻賓，已被防營拿住，一體正法。

王氏二女得生還，王九姑娘，已生有子女各一人，也在匪穴中拔出，送還母家。王滄海撲殺九姑娘的子女，將她改嫁汝南某富翁，作為繼室。王滄海畢竟不仁。某富翁甘娶盜婦，想也是登徒子一流。段青山、尹老婆、孫玉章等，統遭擊斃。只張三紅就撫陸軍，宋老年流入陝境，往投旅長陳樹藩，繳槍五十枝，得為營長。三年流寇，至是剷除，可憐秦、隴、楚、豫的百姓，已被他蹂躪不堪了。誰屍其咎。

袁總統以劇寇蕩平，內政問題，又復順手，越加痴心妄想，要立子孫帝王萬世的基業。但默唸東西各邦，只承認中華民國，不承認中華帝國，倘或反對起來，仍不得了，再四圖維，想出一法，擬騰出鉅款，延聘幾個外人，充總統府顧問員，將來好教他運動本國，承認帝制。可惜款項無著，所有國家收入，專供行政使用，尚嫌不足，哪裡能供給客卿？於是又從籌款上著想，弛廣東賭禁，設鴉片專賣局，又創行有獎儲蓄票洋一千萬圓，儲蓄票本，當時允三年後償還，至今分毫無著，各省援以為例，仿造各種獎券，散賣民間，禍尤甚於賭博鴉片。作法於涼，弊將若何？真足令人慨嘆。一面向法國銀行商量，乞借法幣一萬五千萬佛郎，情願加重利息，並讓給欽渝鐵路權。自廣東欽州，至四川重慶。款既到手，乃聘用日本博士有賀長雄，及美國博士古德諾等，入為顧

問，加禮優待，正思借他作為導線，不料歐洲一方面，起了一個大霹靂，竟鬧出一場大戰爭來。這場大禍，本與中國沒甚關係，不過五洲交通，此往彼來，總不免受些影響。從理論上說將起來，歐洲各國，注力戰爭，不遑顧及中華，我中華民國，若乘他多事的時候，發憤為雄，靜圖自強，豈不是一個絕好機會？偏這袁總統想做皇帝，一味的壓制人民，變革政治，反弄得全國騷擾，內訌不休，這正是中華民國的氣運，不該強盛呢！絕大議論，聲如洪鐘！

且說歐洲戰爭的原因，起自奧、塞兩國的交涉，奧國便是奧地利，與匈牙利合為一國，地居歐洲東南部，塞國便是塞爾維亞，在匈牙利南面，為巴爾幹半島中一小國。奧、塞屢有齟齬，暗生嫌隙，會當西曆一千九百十四年，即中華民國三年六月二十八日，奧國太子費狄南，至塞國斯拉傑夫境內，被塞人潑林氏刺死。潑林氏實為禍首。奧皇聞這消息，怎肯干休，當即嚴問塞國，要他賠償生命，並有許多條件，迫塞承認，塞本弱小，不肯履行，奧遂向塞國致哀的美敦書，即戰書。與他決裂。塞亦居然宣戰，俄國亦下動員令，出來助塞。奧與德為聯盟國，便請德幫助，抵制俄國。德皇維廉二世，夙具雄心，遂欲藉此機會，戰勝各國，雄長地球，當下出抗俄國，與俄宣戰。法國與俄國，又夙締同盟，當然助俄抗德，德復與法宣戰，法、德兩國的中間，夾一比利時國，向由列強公認，許他永久中立，此次德欲攻法，向比假道，比人不許，德軍竟突入比境。英國仗義宣言，要求德皇尊重比利時中立，德皇全然不睬。那時英國亦欲罷不能，只好對德宣戰。於是英、俄、法、塞四國，與奧、德兩國，互動干戈，角逐海陸，爭一個你死我活。日本與英聯盟，也與德絕交。獨美國宣告中立，其餘各國，亦尚守中立態度，不願偏袒。中國積弱已久，只好袖手旁觀，嚴守局外中立，當由袁總統下令道：

我國與各國，均係友邦，不幸奧、塞失和，此外歐洲各國，亦多以兵戎相見，深為悵惜。本大總統因各交戰國與我國締約通商，和好無間，此次戰事，於遠東商務，關係至巨，且因我國人民，在歐洲各國境內，居住經商，及置有財產者，素受各國保護，並享有各種權利，故本大總統欲維持遠東平和，與我國人民所享受之安寧幸福，對於此次歐洲各國戰事，決意嚴守中立。用特宣布中立條規，凡我國人民，務當共體此意，按照本國所有現行法令條約，以及國際公法之大綱，恪守中立義務。各省將軍巡按使，尤當督率所屬，竭力奉行，遵從國際之條規，保守友邦之睦誼，本大總統有厚望焉。此令。

　　中立條規，共計二十四條，無非是對著交戰國，各守領土領海界限，不相侵犯。所有彼此僑寓的兵民，不得與聞戰事。各交戰國的軍隊軍械，及輜重品，不得運至中國境內，否則應卸除武裝，扣留船員。這係各國中立的通例，中國亦不過模仿成文，無甚標異。造法機關，只能對內，不能對外。

　　只中國山東省境內，有一青島，素屬膠州管轄。光緒二十四年，因曹州教案，戕殺德國二教士，德國遂運入海軍，突將青島佔去。嗣經清政府與他交涉，把青島租借德國，定九十九年的租約，然後了案。此番德人與各國開戰，日本與德絕交，遂乘機進攻青島，謀為己有。看官！你想青島是中國領土，德人只有租借權，德既無力兼顧，應該歸中國接收，如何日人得越俎代謀呢？袁總統一心稱帝，有意親日，竟任他發兵東來，袖手作壁上觀。日人遂破壞中國中立，從膠州灣兩岸進兵。小子有詩嘆道：

　　　　大好中原任手揮，如何對外昧先機，
　　　　分明別有私心在，坐使東鄰炫國威。

日本恃強弄兵，袁總統挾權脅民，彼此各自進行，又惹出種種禍事。天未厭亂，事出愈奇，小子演述至此，禁不住傷心起來，暫時且一擱筆。後文許多事實，待至下回續述，看官少安毋躁；小子即日賡續，再行宣布。

　　吾嘗謂權利二字，誤人不淺。白狼之甘心為盜，擾攘至三載，蹂躪至四五省，卒至惡貫滿盈，身首異處，誰誤之？曰權利二字誤之也。袁總統之熱心帝制，不憚冒天下之不韙，舉誤國病民諸弊政，陸續施行，誰誤之？曰權利二字誤之也。即如歐洲之大戰爭，震動全球，牽率至十餘國，鏖鬥歷四五年，肝腦塗地，財殫力痡，亦何莫非權利二字誤之耶？嗚呼權利！吾閱此，吾不忍言。

民國演義 ── 從故老重來至青島生風

作　　　者：蔡東藩	國家圖書館出版品預行編目資料
發　行　人：黃振庭	
出　版　者：複刻文化事業有限公司	民國演義 ── 從故老重來至青島生風 / 蔡東藩 著 . -- 第一版 . -- 臺北市：複刻文化事業有限公司 , 2024.11
發　行　者：複刻文化事業有限公司	面；　公分
E-mail：sonbookservice@gmail.com	POD 版
粉　絲　頁：https://www.facebook.com/sonbookss/	ISBN 978-626-7595-64-0(平裝)
網　　　址：https://sonbook.net/	857.458　　　　113016042
地　　　址：台北市中正區重慶南路一段 61 號 8 樓	
8F., No.61, Sec. 1, Chongqing S. Rd., Zhongzheng Dist., Taipei City 100, Taiwan	
電　　　話：(02)2370-3310	
傳　　　真：(02)2388-1990	
印　　　刷：京峯數位服務有限公司	
律師顧問：廣華律師事務所 張珮琦律師	

定　　　價：450 元
發行日期：2024 年 11 月第一版
◎本書以 POD 印製

電子書購買

爽讀 APP　　　臉書